밀황

민황
화자의 바람

개정판 1쇄 인쇄일 2017년 2월 13일
개정판 1쇄 발행일 2017년 2월 20일

지은이 정 원
펴낸이 양옥매
디자인 남다희
교 정 조준경

펴낸곳 도서출판 책과나무
출판등록 제2012-000376
주소 서울특별시 마포구 방울내로 79 이노빌딩 302호
대표전화 02.372.1537 팩스 02.372.1538
이메일 booknamu2007@naver.com
홈페이지 www.booknamu.com
ISBN 979-11-5776-368-9(03800)

이 도서의 국립중앙도서관 출판시도서목록(CIP)은 서지정보유통지원 시스템
홈페이지(http://seoji.nl.go.kr)와 국가자료공동목록시스템
(http://www.nl.go.kr/kolisnet)에서 이용하실 수 있습니다.
(CIP제어번호 : CIP2017001905)

民皇

花子
화자의 바람

정원 지음

바람을 타고 뜻이 하늘에 닿으니
필연코 민황民皇의 시대가 펼쳐지리라

책과나무

하늘에 계신 아버지께

그리고

늘 미안한 마음이 앞서는

내 존재存在의 트라이앵글인

아들의 우행愚行을 인내하신 어머니,

서치書癡인 서방을 사랑하는 아내,

빈부貧父의 부접도 복되다는 아들에게

목
차

민호
民皇

이제 대동에 대한 철학적 탐색이 시작된다

미친 얼간이

   나는 화자요 민황이다. 남들은 나를 화자라고 업신여겼지만 나는 나를 민황이라 여겼다. 화자花子는 말이 좋아서 꽃의 자식이라는 뜻이지 실상은 빌어먹는 비렁뱅이인 거지라는 의미이다. 민황民皇은 세상의 밑바닥을 받치는 민民이 곧 세상의 중심인 황皇이라는, 거지의 거창한 꿈이었다.

   속칭 황皇은 하늘의 천제와 땅위의 황제 그리고 저 만물의 주재자를 지칭하는 겁나게 존귀한 문자였다. 한데, 나는 민民이 곧 황皇이라는 그런 주체의 존엄을 자각한 존재를 존칭하기 위해서 민황이란 말을 즐겨서 사용했다. 그것은 세상에서 가장 지존한 존재들, 예를 들면 저 황천皇天 상제나 황극皇極, 황제皇帝 라고 불리는 잡것들에게 어울리는 황皇을 걸개乞丐의 발아래에 두고 싶은 바람이 바로 민황이다. 물론 스치는 바람마냥 잡을 수 없는 바람이겠지만 여태껏 나는 나를 민황처럼 존귀한 존재로 여겼다. 남들이야 비웃건 말건 신경 쓰지 않았다. 이렇듯 잘난 거지에게 가슴이 쓰라린 기억이 있으니 요즘도 그 아린 기억이 불쑥 튀어나와서 마음을 난도질하곤 했다.

젠장, 쓸데없는 푸념만 늘어놓는 사이 흥양興陽 지래산智來山의 산허리를 맴돌던 바닷바람이 서늘해졌다. 바다의 비린내도 쪼그라드는 햇살을 따라 움츠러들었다. 쪽빛 없는 잿빛 하늘은 점점 무거워졌고 대지는 스며드는 습기로 붉어졌다. 모처럼 눈이라도 한바탕 퍼부을 듯이 먹구름이 잔뜩 힘을 주기 시작했다. 진짜 애쓴다 싶었지만 용쓰는 것은 그만하고 퍼뜩 눈이나 퍼붓길 마음으로 빌었다.

나는 마당의 남쪽 모퉁이로 갔다. 널찍한 반석에 엉덩이를 걸치고 앉았다. 차가웠다. 바윗돌의 냉기가 두툼한 궁둥이 살의 좁은 틈새를 비집고 뼛속까지 쑥 전해졌다. 몸뚱이가 자연스레 떨렸다. 사실 엉덩이가 엄청나게 시렸다. 온몸에 소름이 돋으면서 신음이 저절로 나왔다. 그래도 나는 이 반석이 좋았다. 지우려 해도 지울 수 없는 지난날의 업장들로 몸과 마음이 지칠 때마다 바위만이 나의 애처로운 이 육신을, 아니 나의 구린내 나는 궁둥이를 불평 한마디 없이 받쳐주었으니까. 때로는 말 못하는 바위가 말 잘하는 영장靈長보다 더 영특했다. 세상 인간들 죄다 죽어도 반석은 살아있을 테니까.

망념이 다시 시발하나 싶어서 고개를 들어 바다를 보았다. 먹구름이 바다와 포개진 산들을 삼켰다. 마침내 해맑은 눈꽃이 허공에 피었다. 더는 참을 수가 없었는지 먹빛 구름이 머금었던 눈꽃들을 토해냈다. 하늘거리며 하늘에서 내리는 눈을 보자 바람에 부질없이 흩어졌던 그날의 비참한 기억도 함께 떠올랐다. 침을 꿀꺽 삼켜서 목구멍까지 치밀어 오르는 쌍욕을 꾹꾹 눌러 잠재우자 이번에는 눈가가 촉촉해졌다.

한 인간의 무참한 욕망이 핏빛 야차로 피어나던 날. 나는 칼을 버렸다. 그러나 생생한 기억은 버릴 수가 없었다. 부끄러운 이념의 시비가 빚어낸 도륙의 시간. 핏물이 강물이 되어 흐르던 절규의 시간. 비겁한 권력에 복종하던 버러지들의 원한의 앙갚음. 그 칼춤에 절망하던 무지렁이들의 장탄식과 눈물. 복수의 칼바람이 지나간 자리에 피어났던 피의 꽃들. 몸에 깃들어 시들지 않는 핏빛 꽃들을 떨어뜨릴 수 없었다. 이놈의 피꽃들은 지독해서 지워도 다시 피었기에 눈꽃에 기대고 싶었다. 몹쓸 기억에 깃든 해맑은 혈화를 설화가 씻어주길 기도했다. 마음으로 간절히 함지박만한 함박눈이 펑펑 퍼붓길 빌었다. 대박만한 눈이 내릴 리는 만무했지만 혹여 싸락눈이라도 내리면 좋았으니까.

하여간 마음이 하늘에 닿았는지 임진년1592 새해 첫날부터 첫눈이 내렸다. 홍양 지래산이 눈꽃에 덮여 하얀 눈의 나라로 탈바꿈하는 것까지는 좋았다. 하지만 그녀를 처음 만났던 그날의 기억마저 함께 떠오를 줄이야. 동시에 망할 놈의 비력질이 비롯된 원초적인 운명의 시발, 나의 현존에 대한 기억도 더불어 꼽사리를 낄 줄이야. 이런 행운을 일석이조一石二鳥라고 했던가. 짱돌 하나 던져서 참새를 두 마리나 포획하는 횡재수. 굳이 일석이조와 같은 고상한 문자를 쓰고 싶지는 않지만 딱히 어울리는 표현이 없어서 어쩔 수가 없다. 잘난 체하면 살기殺氣를 받아서 진짜 체한다고 그러던데, 나야 워낙에 먹는 게 없으니 그럴 일은 절대 없을 듯했다. 눈치가 빠른 인간들은 이미 대충 파악을 했을 것이다. 뭔가 어설픈 꼴값을, 그러니까 내가 알면서도 모르는 척 은근히 빼기는 인간이라는 사실을 간파했을 듯싶다. 모순된 문장을 발견한 벗이라면 지금부터 내가 털어놓는 모순된 이야기도, 날카로운 방패로 뭉뚝한 창을 찌르려고 터울댔던 얼간이의 몸짓도 능히 이해할 것이다.

옛날이나 지금이나 나는 걸개乞丐의 기품氣品만을 소중하게 여기는 미친 얼간이다. 남들이야 뒤에서 뭐라 하건 말건 그건 중요하지 않았다. 오로지 나는 화자花子의 자존自尊 하나만으로 서글픈 세월을 버텨냈으니까. 사실 그것이 뭐 그리 대단한 것은 아니었다. 누구든지 내 처지였다면 나처럼 미쳐버렸을 것이다. 그것이 정상이니까.

미치광이인 그것도 빈천한 대인의 그늘에서 비럭질로 연명하며 코흘리개 걸개들이나 거느린 거지 두목. 그놈이 바로 나였다.

미친 언어와 혼이 빠진 행동. 때로는 가볍고 때로는 무거운 문자를 두서없이 나열하고 종잡을 수 없는 행동들을 거리낌 없이 결행하는 얼빠진 얼간이. 다시 말해서 별 볼 일 없는 비렁뱅이. 조금 유식하게 말해서 존재감 없는 존재가 바로 나였다.

나는 그래도 나름 꽤 똘똘한 거지였다. 주변에 널린 괴짜들 덕분에 주워들은 지식의 쪼가리는 제법 풍부했으니까. 게다가 나는 상당히 깔끔한 거지였다. 비록 몸에는 막누더기를 걸쳤지만 결벽증이 무지 심해서 말에도 글에도 군더더기를 붙이길 싫어했다. 그러니까 나라는 놈은 겉모습은 걸개지만 본모습은 새하얀 백지마냥 순결한 백치였다. 이런 비렁뱅이가 저주하는 것은 이 세상을 가득 채운 차별이었다. 나는 그 차별이란 놈이 정말 싫었다.

지금부터 풀어내는 조금 조잡한 이야기는 내가 차별이라는 놈과 몸으로 부대끼며 마음으로 그놈을 물고 늘어졌던 과거일지도 몰랐다. 솔직히 모르긴 뭘 모르리오. 그냥 과거인 게지. 다만 잊힌 과거가 아니라 여전히 나의 시뻘건 심장 속에서 살아 숨 쉬는 과거였다. 그것이 중요할 뿐이었다.

젠장, 엿처럼 끈적대는 이야기를 녹여내려니 서설이 너무 장황했다. 사실 나는 마음으로 생각에만 잠겨있는 머저리여서 딱 남들 눈에는 얼뜨기로 보였다. 늘 멍하니 망상에 잠겨있기 일쑤였으니까. 그러니 나의 이야기도 엿가락처럼 쭉쭉 늘어져서 지루할 터였다. 그렇지만 발심한 이상 끝까지 가보려고 한다.

내 나이 스물 그리고 일곱. 그중 짧지만 옹골진 칠 년의 이야기가 중심을 잡을 것이다. 간혹 길지만 한가롭던 이십 년의 이야기도 가미될 것이다. 모든 이야기의 시작은 나로부터 비롯되었다. 나라는 존재가 없었다면 없었을 이야기. 이제부터 그 내면의 담화를 아낌없이 꺼내 놓고 싶다. 그리하면 나의 마음속에 응어리진 원寃의 멍울들이 조금은 풀어지리라. 더불어 그녀의 한恨도 한 꺼풀 벗겨지리라.

이십 칠 년 전 가을. 첫서리가 내린다는 상강霜降. 그날 나는 세상의 빛과 만났다. 빛은 항상 빛났으나 나의 삶은 태어나는 순간부터 누비했다. 사실은 비참했다. 운암산 자락이 어미젖을 찾는 탯덩이의 울음으로 가득할 때 아내를 잃은 아버지는 핏덩이만 안은 채 소리 없이 울었다. 핏덩이를 젖동냥으로 키우며 홀로 울었을 아버지를 위해 뭘 수 있는 나이가 되자 나는 동냥으로 삶을 채워 나갔다.

그렇게 몸은 흥양의 바닷바람이 실어오는 짠맛에 절어서 모진 삶을 질기게 이어갔다. 마을을 전전하며 구걸하던 몸은 밤이면 지쳤지만 마음은 구걸로도 채워지지 않는 모정으로 인해서 쉬이 지치지도 쉬이 잠들지도 않았다. 오직 소리 없는 울음과 하염없는 눈물만이 보채는 마음을 달래서 잠재웠다. 부대끼며 정을 싹틔울 어머니의 몸이 없었기에, 기대어 그리워할 기억조차 없었기에 잃어버린 모정母情은 시나브로 한恨이 되었다.

정情이 몸을 통해서 피어난 마음이라면 한恨은 부대낄 몸을 잃어서 방황하는 마음이요. 몸을 가진 모든 것은 정을 품고 태어나 살갑게 몸을 부대끼며 정을 싹틔우지만, 몸이 사라지면 정情은 끝내 한恨이 된다는 사실을 철들자 깨우쳤다. 그렇게 나름대로 내가 철이 들었다고, 그것도 넉넉하게 들었다고 자부하며 흥양에서 화자들의 두목 노릇으로 소일했다. 좋게 말해서 두목이지 따르는 걸개라고 해봐야 겨우 열 명 남짓. 전부 내게 고사리처럼 시커먼 손만 벌리는 어린 거지들뿐이었다. 그러니 그해 겨울 첫눈만 아니었다면 여태껏 유걸로 떵떵대며 사람들의 비웃음을 밥 삼아 살아왔을지도 모르겠다.

야수

난생처음 삶의 의욕이 솟았다. 입맛이 돋듯 열정이 몸피를 감쌌다. 홍양의 밑바닥만 싹싹 핥고 다니던 비렁뱅이의 일상이 무너지고 삶의 정열이 처음으로 촉발된 순간이 그녀와의 첫 만남이었다.

내가 스무 살 되던 해 동지冬至. 그날 그녀를 처음 만났다. 그녀를 만나기 전까지 계절의 바뀜은 부질없었다. 감정이 메마른 걸개에겐 사계절의 변화도 그저 그랬다. 거지는 늘 무덤덤했다. 그렇게 박제된 감정도 번번이 눈꽃에는 감응했다. 조금 더 그럴싸하게 얘기해서 예나지금이나 나는 눈만 퍼부으면 진짜로 온몸이 전율했다. 미친놈처럼, 아니 눈밭을 누비는 똥개마냥 혓바닥을 휘날리면서 깝죽댔다. 하여간 그해 동짓날 내 지질한 삶에도 처음으로 눈꽃이 피었다. 서글프지만 그놈은 지금도 내 가슴 깊숙한 곳에 피어있다.

터놓고 얘기해서 사는 게 별거냐 싶다. 물론 빌어먹는 비렁뱅이의 처지를 말하는 거다. 그때나 지금이나 배때기의 허기를 달래는 것이 가장 시급했으니까. 동지 팥죽은 죽은 귀신들 차지니까 걸개는 그저 국밥이나 한 그릇 얻어먹을 요량으로 운암산 움막을 벗어났다. 당연히 장작도 한 짐 가득 지고 또 뜨끈한 국밥을 먹을 꿈에 부풀어서 길을 나섰다.

한데 국밥을 처먹으러 나선 그 길이……
나의 운명을 송두리째 뒤집어 놓을 줄이야!

햇눈이 하늘거리며 뜨문뜨문 날리기 시발했다. 솔 고개 초입으로 들어서자마자 맥도 없던 눈발이 점차 거세졌다. 한 치 앞도 보이질 않았다. 얼씨구! 잘 내린다! 신나게 퍼부어라! 나는 콧노래를 흥얼대면서 언덕을 올랐다. 운암산 중턱에 자리를 잡은 주막은 걸개의 단골집이었다. 주모의 씀씀이가 규모가 있어서 장작의 대가가 푸짐했으니까. 주막에 막 닿을 무렵이었다. 거칠었던 눈발이 잦아들면서 시야가 넓어졌다.

탁 트인 두 눈에 두 사람이 들어왔다. 사내와 여인이 함께 언덕을 내려오고 있었다. 검은색 도포에 칼을 차고 삿갓을 쓴 당당한 몸피의 사내와, 비록 초립에 남장했으나 드러나는 몸태가 여인임을 숨길 수 없는 젊은 처자였다. 무예를 수련한 듯 사내의 몸놀림은 경쾌하고 중후했다. 제법 검으로 경지에 닿은 듯싶었다. 삿갓에 가려진 사내의 얼굴이 궁금했지만 눈은 자연스레 초립을 쓴 여인의 얼굴로 향했다. 가늘고 긴 눈썹 아래 반달처럼 숨어든 눈. 조금은 날카로워 보이는 콧날과 적당히 도톰한 입술, 갸름한 턱선 그리고 뽀얀 빛깔 피부. 지금껏 홍양에서는 전혀 볼 수 없었던, 이목구비가 서로 수지맞는 아름다운 모습이다. 정녕, 저런 여인이 존재한단 말인가. 뭔가 짜릿한 느낌이 몸뚱이를 맴돌았다.

한참 동안을 부끄러움도 잊은 채 침만 질질 흘리면서 어벙하니 바라만 보았다, 그녀의 얼굴만. 나의 뜨거운 시선을 느낀 듯 사내와 여인도 나의 행색을 아래위로 살폈다. 마주친 서로의 시선은 주막 초입에서 갈라졌다. 때마침 서글픈 소리가 시선을 빼앗았다. 너무도 귀에 익숙한 목소리가 눈밭 위에 낮게 깃든 고요를 깨트렸다. 목소리의 주인공은 며칠 전에 또다시 종적을 감췄던 아버지였다.

"똥개 죽네. 개똥만도 못한 풍헌風憲이 죽네. 하하하. 간지러워서 죽겠네. 어쩌 놀고먹는 양반네 매질이라 아낙네보다 매가리가 없구나. 잉! 그놈의 계집질에 기력이 쇠하셨나. 하하하."

"저 빌어먹을 비렁뱅이 새끼가 완전 요령을 부리네. 염병할 놈이! 진짜 핏대만 팍팍 돋게 하네. 참판 어른, 이참에 제 손으로 저 난봉꾼 놈을 골로 보내지요."

"안 진사, 양반의 체면이 있지. 저 지저분한 잡것의 몸에 양반의 손이 닿으면 어찌 그 손으로 똥이나 닦아대는 분지를 잡고 또 붓은 어찌 들겠나. 그냥 아랫것들에게 맡기면 될 것을."

잡놈들의 맞장단을 밀어내며 다시 익숙한 목소리가 밀려왔다.

"존귀한 인존人尊을 두고 잘난 위아래나 따지는구나. 떠는 육갑엔 따귀가 딱 제격인데. 무참한 무武를 쓰려니 머쓱하구나."

아버지의 몰골은 영락없는 야수의 형상이었다. 헝클어진 머리털을 비집고 솟아난 뾰족한 두 귀와 땟국이 넘치는 상판. 그 중심부에 우뚝 솟은 너무 큰 코. 쭉 찢어진 두 눈에 그나마 단정한 입술. 기골이나 간신히 가려주는 누더기, 더군다나 새하얀 눈밭에 비견되는 새카만 맨발. 딱 거지꼴이었다. 하지만 형편없는 꼬락서니에도 불구하고 야수는 위풍당당했다. 순치도 거부했고 우아한 인두겁마저 거절했다. 조순에 저항하는 야수의 몸짓이 야속했다.

아버지가 또 광기를 부린 듯했다. 매양 경험했던 익숙한 광경이지만 하필 이런 날에 이럴 게 뭐람. 낯설지만 왠지 마음이 슬그머니 끌리는 꽃다운 여인 앞에서 낯짝이 화끈거렸다. 광증이 폭발할 때마다 아버지는 조선의 존귀한 임금과 신하와 양반들을 싸잡아서 힐난하곤 했다. 아무리 욕해도 바뀌는 것 하나 없음에도 아버지는 그 지존하고 잘난 종자들을 향해서 육두문자를 실컷 퍼붓곤 했다. 제기랄, 욕해봤자 주둥아리만 아프지 조잔한 조선의 치자들이 변할 리가 있나. 조선이 변하거나 말거나 아버지는 가끔 신나게 욕설로 해원의 굿판을 벌였다.

무애無㝵의 몸짓으로 마음의 무위無爲를 우려내는 야수. 아버지를 이해할 수 없었다. 손가락 하나만 탁 튕기면 저놈들을 죄다 쓸어버릴 수 있는 야수가 날카롭기 그지없는 발톱을 숨기고 그저 일부러 두들겨 맞는 이유를 알 수가 없었다. 아버지는 마음은 텅 빈 몸이라고 우겨댈 뿐 세상의 폭력에 대항하지도 그렇다고 굴종도 굴복하지도 않았다. 그냥 씁쓸한 미소 하나로 세상을 비웃기만 했다. 게다가 아버지는 내가 해원의 굿판에 개입하는 것도 용납하지 않았다.

적서와 반상의 차별이 졸깃하고 재화財貨만이 재화才華를 살찌우는 세상에서 아버지가 기댈 언덕은 조소와 비소밖에 없었다. 차별만이 찬란한 세상에서 차별에 익숙해진 인간들을 비웃는 아버지의 웃음. 한데, 그 웃음이 묘하게도 듣는 이들의 속을 확 까뒤집어 버렸다. 한껏 차려입고 길을 나섰는데 똥물만 뒤집어쓴 기분이랄까. 하여튼 아버지의 비웃음은 인간의 원초적인 부끄러움을 자극했다. 아니나 다를까 미치광이의 모람冒濫에 양반 놈들도 심사가 뒤틀린 듯했다. 종들 앞에서는 임금의 권력이 부럽지 않은 놈들은 홍양의 난봉꾼을 잡도리하려고 작심한 듯했다. 웃음으로 순치에 반항하는 천것의 천진한 몸짓 앞에 잡놈들은 핏대가 솟구쳤다. 좀생이들은 야수에게 씌워진 광인이라는 낙인을 각인시켜 주려고 안달했다.

"이제 그만 멈추시오."

나와 함께 주막에 들어섰던 중년의 사내가 삿갓을 벗으며 외쳤다. 나는 사내의 상판을 살펴보았다. 조금 길쭉한 얼굴에 부리부리한 눈매와 높게 솟은 콧날이 한눈에도 날카로워 보였다. 목소리도 묵직해서 듣는 이들이 절로 주눅이 잡힐 듯했다. 하지만 홍양에서 조악刁惡하기로 소문이 자자한 좀생이 진사 안주정은 마치 독사처럼 사내를 노려보며 조금 귀찮다는 듯 말했다.

"지나가는 객은 그냥 지나가게. 이분은 홍양의 안 참판 어르신이네. 주제도 모르는 사고뭉치를 손보려는 것이니 간여하지 마시게."

진짜 진사는 지랄로 따셨나. 어른은 무슨 얼빠진 어른이냐. 양반이라는 허울만 벗겨내면 허깨비에 불과한 잡것들이 참말로 가관이었다. 속으로 불만을 삭이면서 사내의 얼굴을 살폈다. 낯빛이 일그러진 사내는 주먹을 틀어쥐고 몸의 중심부에서 밀려 나오는 분노를 막아냈다. 사내 옆에 서 있는 여인의 얼굴을 살폈다. 그녀도 무자비한 폭력에 분노한 듯 그녀의 낯빛도 눈빛도 매섭게 변했다. 그들의 날카로운 눈길을 따라서 고개를 돌리자 참판 안상건의 상판, 아니 지게 작대기로 조져버리고 싶은 놈의 골통이 눈에 들어왔다.

불쑥 속에서 천불이 솟았다. 솔직히 장작더미 속에 숨겨둔 목검 하나면 저 잡놈들을 죄다 죽여 버릴 수가 있지만 개입을 원치 않는 아버지 때문에 참고만 있으려니 미칠 것만 같았다. 젠장, 아버지도 마음만 먹으면 저렇게 맞고 있을 위인이 전혀 아니었다. 한데, 맞고만 있었다. 양반 놈이건 종놈이건 저놈들을 죽이면 좀스러운 좀놈들의 나라 조선과 작별할 수밖에 없다는, 그 자명한 진실을 아버지도 알고 있었다. 정말로 답답했다. 그놈의 반상의 벽이 뭐라고 몸이 좀처럼 쉽게 움직이질 않았다.

칼로 차별의 벽癖을 베어내고 싶었다, 균등均等이라는 말이 무색하게. 부질없는 바람일지라도 반반한 반상의 벽壁을 반듯하게 베어내고 벽 너머의 너저분한 세상을 해방解放하고 싶었다. 신분이 소중한 세상에서 소박한 생명들이 숨죽여 올 때 사박한 생명들은 소리 내어 웃었다. 같은 생명들이 차별에 울고 웃는, 이 무참히도 아름다운 세상을 칼로 베어서 더욱 아름답게 만들고 싶었다. 물론 닿을 수도 없는 머나먼 이상理想이겠지만.

분노로 흐릿해진 눈에 개기름이 번번한 참판 상건의 낯짝이 비쳤다. 놈은 홍양의 땅 태반을 발아래 두었기에 놀고먹는 놈팡이였다. 놈팡이는 홍양에서 못 하는 일이 없었기에 교만한 태깔이 자연스레 몸에서 배어났다. 인색한 오그랑이의 위세에 천것들도 양반 잡놈들도 죄다 알랑댔다. 광인인 아버지는 아부하지도 아첨하지도 않았다. 그저 참판 놈팡이를 무시했다. 그러니 참판은 그런 아버지를 발샅에 낀 묵은 때로 여겼다. 때마침 햇눈도 흩날리는 동짓날 오랫동안 묵어서 시커메진 때를 신선하고 새하얀 눈으로 벗기려는 듯 놈팡이는 자신의 데림추이자 사시랑이인 주정에게 명을 내렸다.

"종삼이 형제가 거들 테니 오늘은 자네 노복들이 힘을 쓰거나."

"그리 하지요. 저 미친개에겐 몽둥이 매질이면 무던하겠죠."

앙가발이 주정이 비열한 말본새로 상건에게 알랑댄 뒤 노복들에게 눈짓했다. 참판 놈팡이의 노복들인 종일과 종이와 종삼은 아버지의 뒤쪽으로 돌아가서 섰다. 이놈들은 홍양의 잡것들을 잡도리하는 종놈들로 구실아치도 두려워하는 저승사자들이다. 칼을 찬 녀석들은 몸놀림이 날렵했다. 이번에는 앙바틈한 몸태의 종놈들이 나섰다. 좀팽이 진사 주정의 주구인 노일 형제였다. 놈들은 아버지 앞에 서더니 웃옷을 벗어 던져서 웃통을 드러냈다. 꿀통 같은 놈들은 다부지게 다져진 몸통을 내세워 차별로 다져진 설움을 비겨내려 했다. 아니 천대받는 마음을 단단한 몸매로 위로하려고 애쓰는 듯싶었다. 놈들의 옹골차고 아름다운 몸뚱이 위로 여린 눈덩이들이 성글지만 누누이 내렸다. 그때 주정이 주둥이를 놀렸다.

"노일아, 저 미친놈을 맘껏 두들겨라. 네놈 한恨을 실컷 풀어라."

노일이 몸을 풀면서 주정에게 물었다.

"죽도록 패도 될랑가요. 그러다 진짜 저 미친놈이 죽어 나자빠져도 나리께서 계시니 괜찮겠지요."

빌어먹을! 보고만 있자니 정말로 가관이었다. 노일이 저놈은 성질 하나는 참 야무지게 비굴해서 팔푼이보단 덜 덜떨어졌지만 팔불출이 었다. 그런데 죽음을 입에 올리는 이 와중에도 뒷배를 확인하는 재치 를 보니 전혀 천치가 아니었다. 백치인 척 꾸며서 자신을 둘러싼 차별 을 애써 외면하는 것일지도 몰랐다. 그건 그렇다 치자. 별로 중요한 것 은 아니니까.

새끼를 꼬듯 말을 비꼬지 말고 터놓고 말해보자. 지극히 주관적인 거지의 처지에서 지금 이 시대를 정의해 보자. 지금은 주체의 존엄을 상실한 시대요. 차별의 위세만 지엄한 시대다. 더불어 개나 소나 조물 주 노릇을 자처하니 생명의 존귀함은 땅의 맨바닥에 머리를 처박고 나뒹굴었다.

정말로 중한 것은 생명의 존엄 아니던가. 주체의 존엄조차 상실한 잡것이 감히 죽이니! *마니! 씨부렁댄단* 말이던가. 어디 조물주라도 되시나! 아니 조화옹도 생명의 죽음을 마음대로 주물럭대지 못해서 진실로 조화옹이 있나 싶을 정도로 세상이 난판이구만. 사실 생명을 겁탈하고 겁살하고 학살하는 잡놈들도 진짜로 죽여야 하는 무수한 검불들도 죽음 대신 감옥에서 대궐 같은 기와집에서 목숨을 이어가 는 판에, 조물주도 그놈들을 어찌하지 못하는 판에, 제 놈들이 뭐라 고 죽음을 입에 올린단 말이더냐. 더구나 쌍욕이 합당한 놈들에게 상 욕만 했지 아버지가 누굴 때린 것도 죽인 것도 아니었다. 마땅히 상 욕은 무지 심하게 했을 것이다. 원래 아버지의 육두문자는 오직 완벽 만을 지향했다. 적당과의 타협은 아버지에게 굴욕이었다. 당연히 욕 ☞할 때만.

그때 좀팽이 주정이 개소리로 거만을 떨었다. 하여튼 저 팽이라는 놈은, 아니 진사 나부랭이는 입만 살아서 나불댔다.

"아무렴! 짐승만도 못한 놈이니 이참에 죽여 버려라. 본데없는 오색잡놈은 죽여야지. 광인 한 놈을 죽인다고 홍양에 무슨 변고가 생기겠냐. 아니 그렇습니까. 참판 어른?"

좀팽이 주정의 아양이 싫지 않은 듯 놈팡이 상건은 인자한 미소 속에 사박한 속내를 사리며 헛소리를 했다.

"지당한지고. 이런 무지렁이들을 어여삐 여겨서 세상을 아름답게 하라고 이 나라에 반상班常이 있는 게야. 반상이."

팽이와 팡이 사이의 참 잘난 대화를 듣고 있자니 속이 확 뒤집힐 것만 같았다. 놈들에겐 반상이 정당했고 내게는 반상이 부당했다. 내내 똑같은 반상이 정당과 부당 사이를 방황한다면 그건 부당한 것이니 반상은 마땅히 부셔야만 했다. 더불어 모두에게 합당한 새판을 새롭게 열어야만 했다. 그런데 누가! 또한 어떻게! 비렁뱅이인 거지가 그것을 어떻게 대답하리오. 그냥 그렇다는 거지.

때마침 다부진 근골이 눈부신 노이 놈이 깍지를 끼고 몸을 풀며 나댔다. '그동안 몸이 근질댔는데 미친개에게 분풀이나 좀 해볼까나.' 저놈을 보자마자 나도 모르게 전신이 부르르 전율했다. 치욕의 순간이 떠올랐다. 마음의 기억들은 망각에 먹혀서 소멸했지만 몸은 모멸의 기억을 여전히 간직하는 듯했다. 몸에 착 달라붙은 추억은 마음도 어찌할 수 없는 것이었다.

치욕과 자존

땅바닥이 끝이었다. 더는 내려갈 바닥이 없었다. 억지로 짓밟아서 쑤셔 넣으면 땅속도 가능했지만 그것은 죽음이었다. 비렁뱅이에게도 땅바닥에 딱 달라붙은 자존심이 있었건만, 정말로 딱 죽지 않을 정도까지만 짓밟혔다.

내 나이 아홉 살 되던 해 겨울. 유걸로 아사를 면하여서 무던하던 시절이었다. 흥양에는 어김없이 온화한 겨울이 찾아왔다. 그렇지만 겨울은 구걸하는 걸인들에겐 고난의 계절이자 구걸을 결속하는 죽음의 계절이었다. 버거운 배고픔에 차진 추위가 달라붙자 바람에 부고를 실어서 보내는 비렁뱅이들이 줄을 섰다. 원과 한의 옹이들이 마음에 살뜰하게 틀어박힌 화자들은 하얀 눈밭을 요 삼아 눈부신 쪽빛 하늘을 이불 삼아 사랑하는 세상의 품속에서 잠이 들었다. 은빛 눈밭에 버려진 죽음들이 차가웠다. 동태마냥 뻣뻣하게 얼어서 죽은 걸개들의 주검이 나의 폐부를 후벼 팠다. 나는 잠들지 않으려고 무진장 애를 썼다. 나는 불어 터지는 배고픔과 친근하게 달라붙는 추위를 달래고 어루만지며 하루하루 버텼다.

첫눈이 내린다는 소설小雪. 그날 정말 살포시 눈이 내렸다. 흥양의 산천이 새하얀 설국으로 변하던 그날. 나는 생지옥을 경험했다. 버텨내기 힘겨운 배고픔 때문에 뼈에다 새겨야 할 거지들의 금언을 깨트린 것이었다. 같이 구걸하던 걸개들은 진사 좀팽이의 아늑하고 고래 등과 같은 기와집에는 가급적이면 가지 말라고 누차 말했다. 가급적이란 말에 담긴 가벼움을 경험하는 대가는 가혹했다. 능멸의 손길이 눈앞에 닥친 것도 모른 채 나는 좀생이 진사의 대궐과 같은 기와집 주위를 기웃거렸다. 돌담 너머에서 매질하는 소리가 넘어왔다. 구슬피 목숨을 구걸하는 목소리도 알뜰하게 넘어왔다.

"애고! 나리, 죽을죄를 지었습니다요. 한 번만 살려주시면 주인님을 위해 목숨을 바치겠습니다. 아이고! 노일이 죽네!"

벌어진 문틈으로 대문 안쪽을 들여다보니 장정 넷이서 둘둘 말린 멍석을 신나게 두들기고 있었다. 대청마루에서 안온한 상판의 얼뜨기 진사가 뒷짐을 진 채 내리는 눈만 바라보고 있었다. 매타작하는 소리와 살가운 노일의 울음소리가 어우러져 아름다운 화음을 빚어냈다. 퍽 퍽퍽…… 애고! 아이고! 그 순간 모든 것이 정지한 듯싶었다. 아무 소리도 들리지 않았다. 갑자기 목이 확 꺾였다. 머리털이 송두리째 뽑혀 나가는 듯 무지 아팠다. 몸도 부들부들 떨렸다. 누군가 나의 봉두난발을 낚아 챈 뒤에 질질 끌고 가기 시작했다.

"야야! 이 거지새끼야! 우리 형님이 멍석말이 당하는 게 그렇게도 고소하냐."

제기랄, 노이였다. 이놈은 흥양의 화자들 사이에서는 악귀로 통했다. 이놈은 자신도 존귀한 천것이면서 같은 천것인 걸개들을 잡아먹지 못해서 안달했다. 이제 악귀한테 걸렸으니 큰일 났다 싶었다. 그런데 정말 지옥보다 더한 치욕을 경험할 줄이야.

노이 놈은 인적이 뜸한 뒷골목으로 나를 끌고 갔다. 눈밭에 나를 내팽개친 놈은 물이 올라 힘이 붙은 몸으로 피골이 푸접스레 부접하여 때리기가 마뜩한 걸개의 여린 몸을 향해서 부지런히 분풀이했다. 가녀린 유결의 몸에서 피가 튀고 뼈마디가 부서질 때마다 노이 놈은 마치 분노가 똥처럼 시원하게 몸 밖으로 빠져나가는지 흡족한 미소를 지었다.

나는 저항할 힘조차 없었기에, 온몸이 으스러지는 고통에 고독한 비명만 뱉어내며, 따스한 눈물만 하염없이 쥐어짜면서 그저 무던히 맞기만 했다. 노이 놈은 온몸에 알알이 맺히는 땀방울들로 땀범벅이 되었다. 놈은 내 가슴을 깔고 앉은 채 피범벅이 된 거지의 낯짝에 자신의 상판을 들이밀며 속마음을 토해냈다. 때리는 것도 힘에 부쳤는지 노이가 입을 열어 말할 때마다 단내가 풀풀 났다. 당연히 똥내 나는 침도 함께 튀었다.

"누가 노비로 태어나고 싶어서 태어났냐. 아! 태어나 보니 노비인데 어쩌라고 좆같은 세상! 좋아하는 것도 죄여! 무식해도 우리 형님이 호랑이만치 용맹하잖아. 그런데 마음만은 여려서 아씨 손목도 한번 잡아보지 못하고 그냥 바보처럼 멍하니 쳐다보기만 했어야……."

돌연 노이 놈이 벌떡 일어서더니 뒤로 물러났다. 미친놈의 꿍꿍이가 뭔지 몰라 두려웠다. 그런데 놈이 바지춤을 내리더니 천연덕스럽게 나를 향해 오줌을 내갈겼다. 노란 빛깔 뜨거운 물줄기가 몸에 닿자 지린내가 진동했다. 된매에는 둔감했던 몸이 순간 치욕으로 인해서 부르르 떨렸다. 놈은 꿈틀대는 내 몸을 비웃듯 바라보며 주둥이를 나불댔다.

"물론 너무 자주 쳐다보긴 했지 바보처럼…… 암튼 나를 원망하지 마라. 똥 같은 세상에 태어난 운명을 탓하란 말이여…… 개만도 못한 거지새끼가 뒈져도 세상은 아무 일도 없으니께."

나는 눈밭에 나른하게 누운 채 귓가에 울리는 놈의 훈계에 감읍했다. 이젠 느낄 고통조차 사라진 듯했다. 온몸이 의식의 통제로부터 해방된 듯 마음이 흐뭇했다. 행복에 겨운 눈물로 눈이 흐려졌다. 흐려진 눈에 숨을 돌린 노이 놈이 다가오는 모습이 비쳤다. 녀석은 숨만 붙은 비렁뱅이의 비쩍 곯은 몸통에 똥 같은 분노를 다시 싸지르기 시발했다. 똥을 싸듯이 쏟아지는 놈의 매질에 쏟아낼 신음도 눈물도 모두 말라버렸다. 퍽퍽! 고요한 눈밭에 경쾌한 매질 소리만 가득했다. 나는 그렇게 가뭇하게 다가오는 죽음만을 준비했다. 진지하게 조져대던 녀석의 몸짓이 돌연 멈췄다. 놈은 피범벅이 된 나를 눈밭에 내버려둔 채 달아났다. 나는 의식을 잃었다.

의식이 돌아왔다. 극심한 고통이 밀려왔다. 나는 다시 의식을 잃었다. 의식의 문턱을 넘나들면서 몸으로 부대낀 기억조차 없는 어머니를 찾았다. 다시 의식이 돌아왔다. 아버지의 등이었다. 눈에 익은 운암산 초막이 처연하게 나를 바라보았다.

"대원이란 어린놈이 네가 죽어간다고…… 그놈은 거지도 사람으로 보였나! 풍아, 미안하다. 이젠 네게 목검을 줄 때가 되었구나."

그 순간 아버지의 몸에서 맑은 지기至氣가 내 몸으로 물밀 듯이 밀려들어 왔다. 으깨어져서 너덜대던 몸이 아픔을 밀어내고 원래의 몸으로 소생하기 시작했다. 아버지의 몸은 자비로운 생명의 바다인 양 죽어가던 내 몸을 부활시켰다. 의식을 회복하자 흩어졌던 기억들이 자리를 잡으면서 의식을 놓아버리던 순간이 뇌리를 스쳤다.

"네 이놈! 당장 멈추어라!"

꼬마의 당당한 외침에 황망히 도망치는 노이 놈의 꽁무니가 눈에 비쳤다. 사라지는 노이의 꽁무니 위로 앳된 아이의 얼굴이 포개졌다. 꼬맹이 이대원이 멸도의 문턱에서 구해주었다. 비렁뱅이요 꼬맹이였던 나를.

내가 몸을 추스르고 기력을 회복하자 아버지는 누더기마냥 너덜거리는 두루마리를 주었다. 단학의 정수를 담은 용호결이었다. 용호결은 무지렁이의 너절한 삶을 구박하거나 차별하지 않았다. 신분의 귀천으로도 재화의 빈부로도 학식의 풍박으로도 후박을 두지 않았다. 오직 용호결은 순일한 몸과 절박한 마음만 바랐다. 반상의 벽에 갇히고 가난의 굴레에 매이고 무학無學의 모멸에 물든 내게 용호결은 탈속의 해방구였다. 그날 이후 나는 부지런히 장작을 내다 팔고 부지런히 용호결이 열어주는 생경한 세상과 만났다. 그렇게 세상의 안과 세상의 밖을 신나게 왕래했다. 세상의 안팎을 근하게 넘나드는 사이 몸은 한계의 벽을 비웃는 조화의 주벽이라는 사실을 정직하게 깨우쳐갔다.

몸으로 만물과 소통하는 비법을 터득하자 손에 목검이 쥐어졌다. 술에 취한 아버지는 삼기검이라는 낯선 검술을 펼쳤다. 정말 보고도 믿을 수가 없었다. 인간의 몸으로는 결코 가능한 몸짓이 아니었다. 목검과 함께 창공을 자유자재로 누비는 아버지. 그를 과연 광인이라고 폄하할 수 있단 말인가. 저것이 정녕 미치광이의 미친 몸짓이란 말인가. 참으로 귀신조차 곡할 노릇이었다. 초인과 광인이라는 두 얼굴의 인간. 대체 언어의 굴레를 어떻게 씌워야 아버지를 정의할 수 있단 말인가. 포기했다. 언어로는 아버지를 재단할 수가 없었다. 아니 그의 불가사의한 몸짓 앞에서 두려움마저 생겼다.

검술 시연을 끝낸 아버지는 다시 술을 찾았다. 술꾼으로 되돌아온 아버지는 고구려의 대막리지였던 연개소문이 대륙의 지배자였던 당태종을 처절하게 굴복시킨 이야기를 했다. 삼기검三奇劍이 바로 연개소문의 검술이었다는 이야기도 전해주었다. 그날 이후 삼기검은 마치 적중해야 할 과녁과도 같았다. 몰입할 표적을 찾던 나에게 칼은 최적의 대상이었다. 그렇게 걸개는 목검에 미쳐버렸다. 내게는 초인이나 세인에게는 광인에 불과한 아버지 곁에서 늘 같은 오늘과 시답지 않은 내일을 살아갔지만 나는 의지할 몸과 기댈 칼이 있었기에 비루함에 삐대는 삶이 비굴하지 않았다.

화자의 자존이 삶의 중심에 자리를 잡자
주체의 존엄을 자각한 걸개가 깨어났다.

정여립

　진심을 속이거나 양심을 팔아먹지도 않았다. 그것은 걸개의 품격을 지키려는 처절한 몸부림이었다. 농사철에는 품팔이로, 봄여름엔 똥지게로, 가을 겨울엔 장작으로 빌어먹는 비렁뱅이였지만 자존심은 탱탱했다. 그래 봤자 거지의 자존심일 뿐 세상은 여전했다. 폭력을 동반한 차별의 기세는 예전이나 지금이나 똑같이 등등했다.

　지금도 눈앞에선 신분의 차별이 빚어낸 자연스러운 폭력이 자행되었다. 종놈들의 몸은 신이 났고 목소리는 우렁찼다. 나면서부터 반상의 차별을 몸으로 익힌 종놈들에게 괄시받고 학대받은 설움을 해소할 마뜩한 멍석이 눈밭에 널렸다. 아버지는 자진해서 종놈들의 해원을 위한 멍석이 되었다. 망설임도 없었다. 스스로 밟혔다. 흩날리는 하얀 눈꽃들 사이로 빨간 핏방울들이 설핏하게 끼어들었다.

노일의 주먹이 아버지의 얼굴에 닿자마자 퍽! 소리와 함께 피가 튀었다. 아버지는 웃을 뿐 울지 않았다. 노이가 아버지의 배를 걷어차자 억! 소리와 함께 아버지의 입에서 새빨간 피가 뿜어져 나왔다. 역시 아버지는 웃을 뿐 울지 않았다.

"아이고, 풍헌이 죽네…… 으하하하!"

"미친놈의 새끼야, 천한 입으로 감히 나라님을 욕하고 우리 주인님들도 욕하다니. 이놈의 비렁뱅이 새끼야, 오늘 한번 아주 죽어봐라. 이 오사리잡놈의 새끼야……."

노일과 노이는 장작을 패듯이 아버지를 두들겼다. 그들의 매질에 장단을 맞춘 아버지의 웃음소리가 운암산 자락에 울려 퍼졌다.

"어이쿠! 아이코! 하하하!"

아버지는 신나게 울부짖을 뿐 놈들의 정교한 주먹질과 발길질을 피하지도 거부하지도 않았다. 그냥 온전히 온몸으로 받아내어 순백의 눈밭에 순결한 피꽃을 피웠다. 화려하게 흐드러진 혈화가 하얀 눈밭을 수놓았다. 아버지를 조져대는 종놈들의 우아한 몸짓에 분노가 노도처럼 들끓었다. 도저히 더 이상은 저 분노의 파도를 버텨낼 재간이 없었다. 전부 다 죽여 버리겠다. 아버지를 진득하게 조져대는 종놈들도 천것들을 이용해 손에 피 한 방울 묻히지 않고 천것들을 잡도리하는 양반 잡놈들도 죽여 버리리라. 지게를 벗어서 작대기에 괴었다. 장작더미 속에 감춰둔 목검을 잡으려고 손을 뻗치려는 찰나 중년의 사내가 먼저 몸을 움직였다.

"멈추어라!"

사내가 종놈들을 막아섰다. 예상했던 대로 사내의 몸놀림은 민첩

했고 간결했다. 칼을 칼집에 꽂은 채 노일 형제의 주먹질과 발길질을 멈춰 세웠다. 사내의 위세에 움찔하고 놀란 노일은 고개를 돌려서 좀팽이의 눈치만 실실 살폈다. 놈팡이와 좀팽이의 상판은 보기 좋게 일그러졌다. 사내는 서슴없이 예의 그 묵직한 목소리로 잡놈들의 존귀한 자존심에 똥칠했다.

"한낱 미물도 살고 싶어 세상에 태어나는 것인데 하물며 존귀한 인간이 어찌 예외이겠소. 술꾼의 주사에 주살은 가혹한 것 같으니 그만 멈추시오. 듣자 하니 참판이라던데, 소인 금구 유생 정여립이 초면이지만 부탁 좀 하겠소."

정여립. 낯선 이름의 사내가 아버지를 향해서 조밀하게 집중되던 정의로운 폭력에 항거했다. 만약 그가 나서지 않았다면 내가 나섰을 것이다. 야멸찬 양반 오그랑이들과 주인을 잘 만나서 잘난 종놈들을 준엄한 저승으로 잡아넣고 어머니의 몸이 잠든 홍양을 버리리라, 아니 이 좀스러운 나라 조선을 버리리라 마음먹은 찰나였다.

하지만 이내 허무함에 휩싸였다. 잡았던 목검을 놓으면서 눈밭에 널브러진 아버지를 보았다. 천것들을 천시하는 반반한 버러지들을 짓밟아 죽이고 아버지와 내가 갈 곳은 조선 팔도 어디에도 없었다. 양반을 압살한 대가는 선택이었다. 죽거나 아니면 조선을 포기하거나. 택일이 싫다면 답은 쉬웠다. 그냥 때리면 그저 맞는 것뿐. 어찌 보면 천것에게 선택은 과분한 것이었다. 그나마 미친 얼간이마냥 칼춤이라도 제법 추면 이 좁아터진 조선을 내던지고 탁 트인 대륙이나 아니면 꽉 막힌 섬나라로 도망쳐서 입에 풀칠이나 하며 근근이 연명은 할 수 있으리라.

차마 내가 그러지 못하는 것은 내가 정말 집착하는…… 어머니의 무덤을…… 버리기 싫어서였다. 어린 시절 그리고 지금도 내 마음을 위로해 주는 것은 오직 어머니의 몸이 묻힌 무덤뿐이었다. 한데, 오늘 정말로 조선이 싫어졌다. 허무했다. 인간이라는 허울이 허망했다. 무참했다. 생명을 차별하는 양반 놈들의 꼴값이 끔찍했다.

그때 참판의 상판이 눈에 들어왔다. 놈팡이의 낯짝은 개똥이라도 씹어 드셨는지 떨름한 입맛만 다셔대는 꼴이었다. 눈은 감고 턱은 내민 채 무언가를 골똘히 생각하던 팡이는 얼굴 한가득 함박웃음을 띠었다. 놈팡이의 낯빛에서 변함없이 빛나던 번번함은 꼬리를 감추고 간사한 가식이 똬리를 틀었다. 게다가 사내의 이름에 살랑살랑 아양까지 떨어댔다. 놈팡이도 저런 별꼴이 있었나 싶었다.

"정여립이라. 지난해에 낙향한 전주부의 고명한 선비가 아니시오. 세간에서 죽도 선생이라고 명성이 자자하더이다. 검술도 비범하다지요. 한데 귀하신 분이 이리 한적한 흥양에는 어인 일이시오?"

"고명이라니요…… 그냥 허울뿐인 허명이외다. 헛된 명만 쫓다가 묵어버린 조선에서는 저처럼 무능한 무지렁이가 뜻을 펼칠 수 없기에 금구로 낙향했지요. 나 홀로 시골에서 세월을 낚으려니 낙樂이 없기에 적적함을 쫓으려고 지기들을 모아 무람한 모임을 만들었지요. 이곳 흥양에는 막역한 지기인 유덕현을 만나러 왔소이다."

은근한 우롱이 담긴 정여립의 어투가 딱 마음에 들었다. 하지만 참판의 상판은 살짝 찌그러들었다. 그러나 놈팡이는 노회한 능구렁이마냥 사박한 속내를 사리며 아부하는 입을 닫지 않았다.

"허명이라니요. 풍문에 율곡 선생도 죽도 선생의 학식을 칭송했다지요. 호남에서 글 읽는 선비 중에 죽도 선생이 으뜸이라고……."

참판 상건이 갑자기 말끝을 흐리며 진사 주정에게 물었다.

"유덕현이 누구였더라?"

안다니 짓에 이골이 난 좀팽이가 가늘게 찢어진 눈꼬리를 좁히며 놈팡이에게 우렁찬 목소리로 답했다.

"유 훈장이라고 저 팔영산 자락에 서당을 열고 꼴에 반상을 따지지 않고 학동들을 가르친다는 놈이지요."

"그 골치 아픈 서치書癡. 반상의 틀을 부수려는 불온한 놈."

"아하! 그러고 보니 덕현이 놈하고 미친 풍헌이 놈하고 참 친하다고 들은 듯합니다. 참말로 세상은 유유상종입니다요. 미친놈들은 미친놈들끼리. 그런 놈들 때문에 세상이 혼탁합니다. 흙탕물이 언제쯤 맑아지려나."

팽이와 팡이가 덕현을 씹어대자 여립이 그들의 주접을 잘랐다.

"영명하신 참판께서 일개 유걸과 씨름이라. 이제 그만 놓아주시지요. 참판처럼 재화가 진진한 분이 마냥 마음까지 넉넉하면 아름다움이 더하지 않겠소. 아니 그렇소, 안 진사?"

여립의 일침이 따끔했는지 팽이의 낯짝이 우글쭈글 변했다. 놈은 혼자서 뭐라고 중얼거리더니 퉤! 하며 누런 가래침을 뱉었다. 참판 놈팡이의 상판도 별반 다르지 않았다. 한참이나 고민하던 놈팡이가 마지못해 답했다.

"죽도 선생이 부탁하니 그렇게 하지요."

참판 상건은 여립의 기세에 눌려서 물러났지만 진사 주정은 가래침으로는 부족한 듯 혼잣말을 씨불였다.

"별 미친놈이 나타나서 남의 잔칫상을 뒤집네. 속도 뒤집히네."

팡이 상건은 팽이 주정의 불만을 무시하고 종놈들에게 눈짓으로 물러날 것을 명했다. 종삼이 형제는 뽑았던 칼을 다시 칼집에 집어넣었다. 노일과 노이는 벗었던 웃옷을 주섬주섬 챙겨 입었다. 상건이 무리를 이끌고 물러나다 눈밭 위에 대★자로 드러누운 아버지를 애틋하게 꼬나보며 세 치 혀를 놀렸다.

"명命대로 살고 싶거들랑 쥐 죽은 듯이 조용히 숨죽이고 살아라. 죽도 선생 덕에 네놈 명이 늘어났으니까…… 고얀 놈!"

그때까지 거꾸러져 가만히 누워만 있던 아버지가 갑자기 새들이 우짖듯 소란하게 웃어댔다.

"우습구나! 염치를 잃어버리고도 의연한 인간들이여. 눈꽃에 견주기에도 가엾은 검불들이 금권의 권세에 기대어서 세상을 죄다 가진 양 으스대는 꼴이 사납구나!"

초주검이 된 듯 보였던 아버지가 말쑥한 목소리로 멀어지는 무리를 조롱했다. 모두가 놀란 시선으로 아버지를 쏘아보았다. 좀팽이가 실룩대는 입술 사이로 새된 소리를 쏟아냈다.

"짐승만도 못한 놈이 지금 뭐라고 주둥아리를 놀리는 게야!"

노이 녀석도 놀란 눈을 멀뚱거리며 말했다.

"저것이 사람이여 귀신이여. 저렇게 맞고도 목소리가 말짱하대."

놈팡이도 걸음을 멈추고 몸을 돌렸다. 그러나 놈은 여럽의 눈살에 뱃심이 오그라든 듯 입맛만 다시며 무리를 이끌고 떠났다.

마음의 연못

마음의 한편이 휑했다. 아니, 마음의 중심이 푹 꺼졌다. 대체 이렇게 살아야 할 이유가 뭘까. 아니면 아무런 이유도 없이 이렇게라도 살아야 하는 걸까. 답을 몰라 답답했다. 이런 상황에서 멍하니 망념에 빠져 드는 나 자신도 답답했다. 젠장, 죄다 답답한 것들 천지였다. 나는 장작 한 개비를 집어 들었다. 치솟는 울분을 대신해서 장작을 허공으로 날려버렸다. 멀리 날아갔다. 마음을 두들기는 분노를 장작마냥 날려 버릴 수 있다면 좋으련만. 제멋대로인 마음이 야속했다.

눈발이 힘을 잃더니 눈이 그쳤다. 삽시간에 눈이 시리도록 맑은 하늘이 열렸다. 눈밭 위의 피꽃이 쪽빛 하늘에 어리는 듯했다. 누구도 울지 않았다. 한스러운 하늘만 하염없이, 정겨운 대지만 두미없이 울어 댔다. 한바탕 휘몰아친 차별의 폭압에도 아버지는 의연했다. 눈밭에 바위처럼 단단하게 좌정한 아버지의 풍채는 광인의 기상이 아니었다. 오히려 범부들은 범접할 수도 없는 비범한 기풍이 풍겼다. 그러면 뭐하냐. 그래 봤자 개떡보다 못한 비렁뱅이일 뿐. 세상의 그 누구도 아버지를 알아주지 않았다. 빌어먹을 반상에 배알이 꼴리기 시발했다. 동시에 화가 머리끝까지 치솟았다. 눈은 왜 흐려지는지. 나는 애써 아버지를 외면하며 화사한 하늘과 빛나는 대지만 무던히 바라보았다.

"옥정아, 물을 좀 가져오너라."

홀로 망부석마냥 얼어있던 여인을 여립이 불렀다. 박제된 몸속에 놀란 맘을 숨긴 듯 그녀의 하얀 얼굴이 파리했다. 눈밭에서 펼쳐진 차별의 대극, 아니 일방적인 조져댐에 조악했던 여인은 이내 원래의 낯꽃을 되찾으면서 물병을 들고 피꽃의 한가운데로 걸어 들어갔다. 때맞춰 부엌 문틈으로 끼어들 틈새를 엿보던 주모 복래가 문짝을 활짝 열어 재끼면서 걸어 나왔다. 복래는 이미 떠나간 표적들을 향해 푸접 있는 푸념을 늘어놓았다.

"저 쳐! 죽일 양반 거스러미들. 우째 사람을 이리 패노. 힝! 개새끼도 이리 패면 안 되지. 패는 놈은 인간도 아니다. 맞아도 참는 게 인간이제. 서러워서 신나게 살기라. 에이 퉤! 퉤! 퉤!"

복래는 주막 초입까지 걸어가 시원하게 침을 뱉었다. 그래 봤자 내뱉은 침만 아까웠다. 침으로 뒤덮인들 저 잡놈들의 만행이 희석될 리는 없었다. 그녀는 잰걸음으로 나에게 다가오며 살갑게 위로했다. 물론 지금 내게는 어떤 위안도 소용이 없었다. 그래도 그녀의 고운 마음만은 고마웠다.

"풍아, 놀랬제…… 참아라. 어쩌겠나! 참말로 더러워서…… 장작만 가지다 놓고 아버지랑 앉아라. 국밥 퍼뜩 말아 오마. 잉."

꼴에 사내라고 애가 타서 시커먼 속내를 내보이고 싶지는 않았다. 장작을 지고 뒷마당으로 걸음을 옮기며 곁눈질로 옥정을 살펴보았다. 그녀는 아버지에게 살뜰하게 물을 먹였다. 이상했다. 평소 야수처럼 거칠고 투박하던 아버지가 지금은 그녀가 주는 물을 무람하게 마셨다. 흡사 시중드는 딸의 손길을 무던하게 따르는 아비마냥 고분고분했다. 이해할 수 없었다. 평소에도 폭을 잡기 어려웠지만 도시 지금의 조순된 몸짓은 금시초문이었다. 의혹이 자심했지만 그냥 뒷마당으로 갔다.

아름이 넘는 장작더미를 옮겨 쌓으며 출렁이는 감정을 시원하게 삭였다. 손놀림을 따라 장작개비들이 떠났고 숨이 막힐 듯이 갑갑했던 울한 감정들은 옹이가 되어 심연心淵 속으로 들어갔다.

한 개비에 원怨이, 한 개비에 한恨이, 한 개비에 분憤이,
한 개비에 노怒가, 마지막 한 개비의 장작을 옮기고 나니……
허무만이 남았다.

순간 욱여드는 감정의 옹이를 의연하게 인내하는 마음에게 미안했다. 텅 비어서 무안한 빈손을 바라보았다. 퍼뜩, 머리에서 번개가 번쩍하면서 보현사 노승의 장광설이 뇌리의 표피를 감쌌다.

열다섯이 되던 해. 불법이나 배워볼 심산으로 자진해서 보현사에 불목하니로 들어갔다. 보현사는 여덟 개의 바위 봉우리들이 병풍처럼 펼쳐진 팔영산을 등지고 평지에 자리를 잡은 제법 큰 사찰이었다. 뭐 크고 작은 게 중요한 것은 아니었다. 정작 중요한 것은 보현사가 홍양의 화자들 사이에서는 인심이 후덕한 사찰로 소문이 자자하다는 사실이었다. 몸도 쓰고 배까지 부르니 이보다 더는 좋을 수가 없다고 생각해서 절간으로 왔건만 노망난 노승 지심을 만날 줄이야.

그해 여름. 아마 대서大暑였을 것이다. 짭짜름한 바닷바람이 끈적대며 몸에 달라붙자 은근히 꾀가 나기 시발했다. 스님들은 뭔 놈의 거창한 깨달음을 구하는지 죄다 하안거를 한답시고 방구석에 틀어박혀 나오지를 않았다. 해가 서천으로 기울어질 때쯤 무료한 마음을 달래려고 경내의 구석에 있는 연못으로 갔다. 자줏빛 연꽃들이 듬성듬성 피어있었다. 작은 돌멩이를 들어 연못에 던졌다. 퐁! 하며 돌멩이는 연못 속으로 사라졌다.

"콜록…… 톡. 콜록…… 톡."

먼 곳에서 기침 소리와 막대기 두드리는 소리가 점점 내게 다가왔다. 나는 전혀 관심을 두지 않았다. 그저 연못을 향해서 돌멩이만 계속 집어 던졌다.

"콜록…… 톡. 콜록…… 톡."

먼듯했던 소리가 바로 옆에서 들렸다. 깜짝 놀라 고개를 돌리려는 순간 대갈통에서 별이 번쩍하며 카랑카랑한 목소리가 들렸다.

"가서 네놈이 던진 돌덩이들을 죄다 주워서 와."

머리엔 혹이 솟고 마음엔 화가 났다. 골통을 벅벅 문질러 마음에 돋은 뿔을 삭이며 고개를 돌렸다. 에계! 이건 뭐 골을 내봤자 무의미할 듯싶었다. 정말 작고 아담한, 게다가 허리까지 구부정한 노승이 주장자를 짚은 채 연못을 응시하고 있었다. 머리는 당연히 반들반들했지만 눈썹도 수염도 모두 새하얀 것이 운치가 있어 보였다. 한데 덕지덕지 기웠음에도 너덜너덜한 가사는 내 행색과 별반 다르지 않아 보여서 노승이 별로 무섭지는 않았다. 그저 뿔난 머리통에 성이 나서 불평만 했다.

"이미 사라진 돌멩이를 어떻게 다시 찾아옵니까. 연못물을 몽땅 퍼내면 모를까."

나의 볼멘소리에 다시 주장자가 날아들었다. 팍! 생각보다 빨라서 피할 수가 없었다. 머리가 텅 빈 듯 멍한 것이 제법 아팠다. 잽싸게 피하는 게 상책이다 싶어서 자리를 뜨려는데 노승의 주장자가 나의 어깨를 눌렀다. 다시 본래 자리에 앉았다. 그러자 첫 만남부터 노승이 장광설을 풀어놓았다.

"연못은 마음과도 같은 겨. 해서 심연心淵. 저 연못에 조그만 돌멩이를 던지면 여린 물결이 일면서 돌멩이는 연못의 중심으로 스르륵 가라앉지. 그때 출렁이는 물결들이 감정의 동요라면 돌멩이는 마음이 감내해야만 하는 수많은 탈頉들인 겨. 물론 아무리 많은 돌덩이들이 날아들어도 고놈들이 가라앉고 물결이 잦아들면 연못은 늘 변함없는 연못일 뿐이야. 그렇다고 쉼 없이 돌멩이가 날아들면 연못이 고요할 사이가 없겠지. 그러니 다른 이들의 마음에 말이라는 돌멩이를 던질 때에는 항상 저렇게 물결이 요동친다는 사실을 명심하고 조심해라. 이놈 바람아!"

잔소리는 늘어져야 제맛이겠지. 물론 하품은 나겠지. 그러니 그냥 타인의 마음을 배려하라고 한 마디만 하면 될 것을 뭔 놈의 장광설의 서설이 저리도 지루한지 참말로 딱했다. 내가 속으로 구시렁대며 대답도 없이 앉아만 있자 다시 주장자가 날아들었다. 이번에는 피하지 않고 가만히 앉아있었다. 그러자 주장자가 머리 바로 위에서 멈췄다, 기침 소리와 함께.

"콜록…… 이놈 바람아! 다음에 보자."

엉덩이를 털고 일어나 멀어지는 노승의 뒷모습만 물끄러미 바라보았다. 그 후로 보현사 경내에서 그와 마주칠 때마다 내 머리에는 번개가 쳤다. 장대한 장광설도 늘 함께했다. 뇌리의 테두리를 둘러쌓던 지심의 잔소리가 내리로 내려가자 이번에는 광인의 군소리가 뇌리의 표피를 감쌌다. 잔소리든 군소리든 짜증이 증폭하긴 매한가지였다. 늙을수록 늘어나는 잔소리는 기운이 죄다 저 입으로 수렴하는 덕분이었다. 그나마 그것이 그들에겐 삶의 낙인 듯싶어 반박은 자제하고 그저 듣기만 했다.

"삶은 몸의 채움과 마음의 비움이다. 마음은 텅 빈 몸이니 비워라. 죽음과 대면하기 전까지 욕망을 하나씩 포기하는 것이 삶이다. 그러니 채우려 애쓰지 마라. 채우면 추해진다. 비워야 나처럼 비렁뱅이로 멋지게 살다가 갈 것이다. 죽기 전에 자기 자신이 누구인지 자각自覺만 하여도 족足하다. 제가 저 자신도 모르면서 헛꿈만 꾸는 헛짓은 하지 마라. 그러면 마음에 한恨만 쌓일 뿐이다. 심금을 튕겨서 울든지 웃든지 결국 삶은 울음이다. 웃음은 울음의 수면을 찰나에 스치는 바람일 뿐. 울음을 외면하지 마라. 애초부터 생명은 울음과 함께 세상으로 왔고 울음을 타고 하늘로 오르니까."

그것이 요지였다. 나로서는 납득할 수가 없는 내용이었다. 욕망은 비운다 하더라도 살아온 날들이 늘어날수록 늘어나는 감정의 옹이들로 풍성해진 마음이 도대체 어떻게 텅 빈 몸이며, 게다가 그놈들을 도

대체 어떻게 비울 수 있단 말인가. 풀리지 않는 감정의 멍울들이 너무
도 무참했다.

　진짜 괴짜였다. 아니 별짜였다. 지심도 아버지도 둘 다 유별났다. 저
먼 별나라에서 온 괴물들인 양 별스럽기가 정말 남다른 별사람들이
었다. 물론 미친 정도를 따졌을 때 그렇다는 것이다. 사실 비울 수 없
는 마음을 비우라고 보채는 별사람이 원망스러웠다. 광인으로 추앙
받는 이유를 이해할 듯싶었다. 그러나 지금은 광인이 가여웠고 그저
안쓰러웠다.

운명

　고정되어 불변하는 실체는 없었다. 존재하는 모든 것들은 변했고 그것이 순리인 듯했다. 정해진 물길을 따라 흐르는 강물조차 자신의 물길을 자신의 몸으로 깎고 다듬고 넓혔다. 강물도 자신의 길은 스스로 열어갔다. 하물며 인간인데 뭔들 못하리오. 몸으로 당당하게 부딪히면 운명마저 굴복하리라 여겼다. 그것은 비렁뱅이가 기대고 싶은 마지막 믿음이었다.

　광인인 아버지는 그것을 부정했다. 마치 대자연의 거대한 섭리를 거창하게 깨달은 양 아버지는 매양 나보고 까불지 말라고만 했다. 제기랄, 그렇게도 잘난 양반이 흠씬 두들겨 맞고서도 또 잘난 체를 할까. 자존심만 살아있는 아버지가 불쌍했다. 나는 내린 눈을 슬며시 쓰다듬었다. 퍼뜩, 아버지의 얻어맞은 마음이 궁금했다. 앞마당으로 걸음을 옮기려는 순간 몸이 굳어버렸다. 다 헤진 누더기 사이로 드러나는 새까만 맨살과 너덜거리는 짚신 사이로 비치는 맨발이 한눈에 들어왔다. 머리 위의 난발이 머릿속을 맴돌자 이젠 마음마저 무참했다. 부끄러움이 신물처럼 목구멍을 타고 넘어왔다. 멍하니 내린 눈만 바라보았다.

"왜 이리 안 오나. 장작을 쌓는 게 아니라 패고 있나."

주모 복래가 뒷마당에 모습을 드러냈다.

"거기서 뭐하는 기고 싸게 싸게 와라. 국밥 다 식겠다. 잉."

목이 막혀 답을 하지 못했다. 그저 고개만 끄덕였다. 복래는 이해할 수 없다는 낯빛만을 남겨둔 채 돌아갔다. 지금껏 당연하게 여겼던 걸개의 꼴이 난생처음 부끄럽게 느껴졌다. 참 꼴에 거지도 꼴을 따지나 싶겠지만 거지도 사내인지라 수치심이 자심했다. 땅바닥에 붙어서 움직이지 않는 두 발을 억지로 부여잡아 끌고 앞마당으로 갔다. 앞마당은 쏟아지는 햇살로 환했다. 세 사람은 툇마루에 오붓하게 앉아 국밥을 먹고 있었다. 아무 일도 없었다는 듯이 아버지는 천연덕스럽게 국밥을 먹었다. 그 순간 나와 눈이 마주친 아버지가 옥정을 바라보며 실없는 말을 했다.

"낭자처럼 재색을 겸비한 여인을 아내로 맞는 놈은 분에 넘치는 복을 받는 게지."

"서책만 가까이해서 세상 물정을 모르는 철부지라오."

"죽도 선생. 그대가 비록 흉중에 품은 뜻이 고고하지만 올곧음은 낭자에게 비할 바가 아니니까 무시하지 마시오. 그대에게 서찰이나 보내는 서치 덕현 보다 옥정 낭자가 더 두연하단 말이오."

그 순간 여립이 멈칫했다. 나는 분방한 성격의 아버지가 결례를 범할까 걱정되어 여립에게 다가갔다.

"아버지를 구해주셔서 고맙습니다."

"아닐세. 마땅히 해야 할 일을……."

"구해주다니 누굴 구해줘. 나는 그깐 도움 없어도 되는 사람이여. 내가 말이여 오늘 이 몸뚱이로 종놈들 해원이나 시켜주려고 했는데 철부지 죽도 선생 때문에 죄다 틀어져 버렸어."

또 시작하네 싶었다. 아버지의 잘난 자존심은 지존하고 지천했다. 강한 좀놈들 앞에서는 하늘을 꿰뚫을 만큼 지존했고 연약한 인존들 앞에서는 땅바닥을 보듬을 만큼 지천했다. 안하무인으로 드러나는 광인의 몸짓에도 또 측량을 거부하는 광인의 자존심에도 전혀 악의는 없었다. 하지만 왠지 여립과 옥정에게 무안했다. 나는 아버지의 눈을 바라보며 부탁했다.

"오늘은 좀 자제를……."

그러나 이미 늦어버렸다. 한번 발동 걸린 아버지의 광증의 폭주는 누구도 막을 수가 없었다.

"저 종놈들도 불쌍한 놈들이여. 저놈들도 가슴에 알알이 틀어박힌 옹이들을 풀어야 사는 숨통이라도 트이지. 만날 당하고만 사는 무지렁이들인데…… 그 서러움과 원통함과 그 통절한 한을 나 같은 천것들이나 알지. 시방 세상은 그런 것이여."

아버지는 방분하듯 자신의 말만 하더니 이제는 대놓고 아예 혼잣소리를 하면서 소리 내어 울기까지 했다.

"얽혀드는 인연이 그저 스쳐 사라지는 인연이길 바라서 종놈들에게 몸으로 보시까지 했는데 눈꽃이 피는 바람에 기어이 얽혀버리고 마는구나. 에고, 내가 오늘 겪은 고초는 아무것도 아닌 게지. 다가올 가을의 소조한 시련을 어찌 견디려나. 꺼이꺼이!"

아버지의 서러운 울음에 파란 하늘과 하얀 대지가 소슬하게 느껴졌다. 아버지의 기이한 언행에 기가 막혔다. 여립과 옥정에게 낯짝을 들 수가 없었다. 그때였다. 아버지가 남은 국밥을 허겁지겁 먹으며 혼잣말을 했다. 게다가 소리 내어 웃었다.

"하하. 그래도 살아야지. 신나게 살아야지. 살라고 태어난 삶인데. 서러움도 시련도 숙명도 죄다 지나가는 기라. 그게 시간이고 세월이고 삶이다. 조물주가 별거더냐. 시간이 조물주여. 시간이 다 해결해 준다니까."

울다가 웃는 아버지의 알 수 없는 언행에 여립도 옥정도 어안이 벙벙해졌다. 평소 아버지의 언어에 익숙한 나였지만 오늘은 도저히 폭을 잡을 수 없었다. 국물까지 깨끗하게 들이켠 아버지는 여전한 혼잣소리와 함께 울기 시작했다.

"운명이라. 그런 족쇄가 있기나 한가. 괜히 막으려고 악다구니를 쳤어. 힘이 부쳐서 어찌할 수가 없구나. 악바리 같은 운명아. 떨쳐버리려 해도 떼어낼 수조차 없는 그림자 같은 놈아. 꺼이꺼이!"

서러운 삶에는 울고 살만한 삶에는 웃는 아버지의 저 미친 몸짓을 아무도 막으려 하지 않았다. 사실 끼어들어 막을 틈새조차 찾을 수가 없었다. 저런 짓을 혼자 북 치고 장구 친다고 하던데, 아버지는 정도가 더 심하니까 혼자 징까지 치는 턱이었다. 갑자기 아버지가 정색하며 여립에게 거의 훈계 수준의 부탁을 했다.

"죽도 선생, 오랜만에 사람과 같은 사람을 만났으니 한마디만 하리다. 그대가 내 넋두리에 부응하길 바라지만 그것 또한 부질없는 바람일지도. 하지만 여립 선생, 그대의 고상한 뜻을 모르는 바는 아니요만 씨를 뿌린 것에 만족하시오. 싹이 움트고 열매를 맺으려면 시간이 필요하니 때가 아닌데 괜한 헛심 쓰다 무고한 생명들의 명을 재촉할 수 있단 말이오. 그러니 그냥 자중하소. 때를 못 만난 그대의 운명을 탓하시오. 내 푸념이 그대의 흉중에 품은 뜻을 바꿀 수 있다면 좋겠으나 그리하면 그것 또한 그대의 운명이 아닐 수도 있겠지. 아! 존귀한 인존人尊이여. 또한 심량할 수 없어 어려운 인존이여. 그 수많은 욕망과 수많은 원한들을 어이할꼬. 그놈들을 어찌 다 버리고 어찌 다 풀어버린단 말이냐. 애고! 모르겠다. 나의 능력 밖에 일을 고민한들 무슨 소용이 있으리오. 여립 선생, 옥정 낭자, 부디 무탈하기만을 바라오."

정말로 긴 한마디였다. 거의 잔소리 수준이었다. 물론 나는 익숙했지만 누군가에겐 실로 낯설었을 것이다. 하여간에 아버지의 사설은 장황해서 신물이 났다. 푸념을 끝마친 아버지는 비틀걸음으로 느린 듯 빠르게 눈밭 너머로 사라졌다. 세상 사람들로부터 미치광이라고 무시되고 비렁뱅이라 버려지고 광인이라 괄시받고 걸인이라 개밥에 도토리로 융숭하게 대접받는 아버지. 그러나 아버지는 누구도 측량할 수 없을 만큼 초인했다. 어떤 허울로도 폭幅을 잡을 수 없었다. 그러나 단 하나의 폭은 잡을 수 있었다. 그 어떤 껍데기로도 감출 수 없는 아버지의 여린 마음이었다. 여린 마음. 그러니 미치광이로 그러니 비렁뱅이로 살아가겠지. 독한 마음. 고놈이라도 있어야 살짝은 누리면서 살아갈 터인데. 제기랄, 아무튼 아버지는 그랬다. 생명을 사랑하고 아끼는 아버지의 마음은 너무 여렸다. 생명을 위하는 그의 여린 마음은 폭이 잡혀 전혀 변하지 않았다.

광인의 말이 긴 여운을 남겼다. 실은 말귀조차 잡을 수가 없었다. 아니 도저히 소화할 수 없어서 마음이 된통 체했기에 우리는 서로의 흐리멍덩한 얼굴만 멀뚱히 바라보았다. 얼이 빠진 서로의 모습이 조금은 우스웠다. 비정상이었던 혼이 정상으로 되돌아온 여립이 안타까운 표정을 지으면서 혼잣말을 되뇌었다.

"내가 담을 수 없는 그릇이구나. 폭을 잡을 수 없으니 담을 수가 없어. 아까워…… 비범한 능력을 세상을 위해 쓸 수 없어서 감추고 살려니 미칠 수밖에. 덕현의 서찰이 허언은 아니었구나."

"품을 수가 없다면 포기하셔야죠. 품은 뜻만 의연하면 필히 인연 있는 이들과 만나게 될 것입니다. 미련을 두는 것이 미련한 짓이니 마음을 비우시죠."

옥정의 말에 여립은 아쉬움을 달래며 나를 바라보았다.

"자네…… 글을 아는가?"

뜬금없는 그의 질문에 순간 난감해졌다. 무심결에 말문을 열어서 부끄러운 말을 뱉어냈다.

"눈동냥과 귀동냥으로 빌어 배운 글이라……."

곁눈질로 옥정의 얼굴을 살피면서 말꼬리를 내렸다. 그녀가 귀를 쫑긋 세우고 나의 입만 반히 바라보았기에 무안했다. 여태껏 살아오면서 유걸인 내게 글에 관해 물어본 사람은 당연히 여립이 처음이었다. 거지에게 글은 거적때기만도 못했다. 그래도 염치가 치솟아 얼굴이 벌게지고 몸은 쪼그라들어 어찌할 바를 몰랐다. 부끄러움에 물든 몸짓이 민망하여 쥐구멍에 숨고 싶었다. 사내의 몸맨두리에서 수치심에 물든 수줍은 소녀의 몸짓이 드러나자 옥정이 미소를 지었다. 그녀는 미소마저 매혹적이었다. 내가 내세울 건 칼밖에 없는데. 그래도 자랑은 해야겠지. 나는 부끄러움을 모면하려고 군색한 답을 내놓았다. 답은 본능적으로 옥정을 향했다. 원초적인 표현까지 동원해서 나의 칼솜씨를 자랑했다.

"글은 서투나 칼은 여인네들이 오줌을 지릴 만큼 부럽니다."

나는 붓보다 칼을 더 신뢰했다. 한지 위를 한가하게 노닐며 마음을 옮겨 적는 붓보다는 허공 안을 힘차게 누비면서 몸을 옮겨 내는 칼이 조금 더 좋았다. 칼을 찬 철인들이 진짜 좋았다. 귀동냥으로 전해들은 묵자도, 신검을 통해서 나의 주신이 된 문노도, 풍설로 전해들은 칼을 찬 선비 조식도 좋았다. 칼에 담긴 나의 의지는 그들이 걸어간 길을 따르고자 터울댔다. 그중 무예를 수련한 걸개들을 이끌고 화평한 세상을 열고자 터울댔던 묵자墨子의 길이 내가 꿈꾸는 길과 계합했다. 그렇게 칼집에서 잠만 자는 명월검을 달래려고 닿을 수 없는 막연한 꿈을 꾸곤 했다. 차별적 사랑인 별애의 감옥에 갇혀 신분과 재화의 차별을 당연시하고 더불어 정의와 불의조차 막역한 반상의 나라 조선을 칼로 욱하게 한번 베어내고 싶었다. 그런 거친 꿈으로나마 명월검을 무위하곤 했다. 물론 나를 따르는 홍양의 화자라고 해봐야 무예와는 거리가 너무도 먼 어린 유걸들뿐이니 사실 꿈만 거창할 뿐 쥐뿔도 없었다. 그러니 나도 제대로 미친놈이었다.

"묵경을 보셨는지요?"

설마 그녀가 독심술마저. 순간 내 마음을 들킨 듯싶어 살짝 당혹스러웠다. 그래도 그녀가 고마웠다. 멍하니 망념에 물들어서 혼쭐이 빠진 걸개를 건져주었으니까. 망상에서 깨자마자 먹물 티를 내려고 묵자를 들먹였다. 목에다 힘까지 주어가면서 우렁차게 답했다.

"묵경에 담긴 마음의 무게는 모르오나 묵자의 몸짓은 귀동냥으로 마음에 담았지요. 저는 그의 몸짓을 닮고자 합니다."

멋지군. 나름 내가 생각해도 멋진 말이야. 고개를 숙인 채 속으로만 자찬하며 흡족해하는데 여립이 말꼬리를 잡아 말을 덧댔다.

"묵자를 안다니 과히 부족한 글은 아닐세. 외려 묵자가 간 길을 따라서 걷고 싶어 하다니 그대의 기상이 뇌락牢落한 듯싶어서 보기에 좋네. 덕현이 자네를 소개한 이유가 있었군."

"그저 동냥으로 얻은 글이라 조잡하기 그지없습니다."

말로는 겸손을 떨어댔다. 하지만 속마음은 씁쓸했다. 여립이 나의 마음이 드넓고 비범하다며 칭찬해주니 한편으로는 기분이 좋았지만 한편으로는 서글펐다. 생전 처음 받아보는 칭찬이니 어련할까.

지금껏 간직한 화자의 자존은 오직 나만의 것이었다.
아무도 인정하지 않았고 나 역시 인정받길 바라지도 않았다.

한데, 막상 칭찬을 듣고 보니 울컥 서러움의 눈물이 눈시울을 적셨다. 사내의 눈물이 누추한 듯싶어 시선을 돌렸다. 화사한 눈밭에 화려하게 피어있는 피꽃이 보였다. 그 순간 뜨거운 것이 목구멍을 타고 올라왔다. 막을 수도 삼킬 수도 없었다. 박제됐던 감정의 둑이 연달아 들이치는 서글픔의 물살에 허물어지자 힘껏 깨문 이와 입술 사이로 신음이 비집고 튀어나왔다. 숨을 쉴 수 없어서 얼굴이 붉어졌다. 더는 참을 수 없었다. 심호흡한 뒤 여립의 얼굴을 보지도 않은 채 힘겹게 말했다.

"소인은…… 이만……."

"청풍!"

돌아서는 나를 여립이 급히 불러 세웠다. 나는 걸음은 멈추었지만 돌아서지 않았다.

"혹시…… 겸애를 아는가?"

"……."

솟는 신음과 흐르는 눈물조차 감당하기 힘들어 대답하지 않았다. 그러자 여립이 스스로 답했다.

"겸애兼愛가 차별 없는 사랑이라는 것은 자네도 익히 알 터이니 길게 말하지는 않겠네. 묵자가 겸애의 마음으로 이루려던 세상이 세인이 상애하고 상생하는 세상인 것도 알 터. 나도 신분의 귀천과 재화의 차별이 없는 대동大同의 세상을 열고 싶어서 지금껏 팔도를 떠돌며 뜻을 함께할 인재들을 규합하고 있네. 그대도 함께하겠나?"

여립의 이야기를 듣는 동안 몸이 안온해지며 샘솟던 슬픔이 사그라졌다. 잠시 뜸을 들이며 침을 삼켰다.

"저 같은…… 비렁뱅이도…… 함께할 수 있습니까?"

"물론이네. 대동계에는 신분과 빈부의 차별이 전혀 없으니 누구든 참여할 수 있다네. 나와 함께하세!"

귀가 솔깃했다. 나는 여태껏 흥양을 벗어나 본 적이 없는 시골의 촌뜨기였다. 그런 내게 낯선 세상에서 넘어온 여립이 낯선 이야기를, 진짜로 유별난 이야기를 했지만 은근히 마음이 쏠렸다.

"마음이 끌리니…… 그리하겠습니다."

"정말 고맙네. 하하하."

미처 웃음소리가 이르기도 전에 여립이 득달같이 달려왔다. 그는 거지의 구저분한 손을 덥석 잡았다.

"이제 그대와 나 사이에 반상의 벽은 없으니 예의를 차리지 말고 편히 대하게나."

"소인이 어찌……."

"그냥 편히 대하게나. 이제 자네와 난 죽음도 함께 할 사우死友나 마찬가지네. 너무 격식을 차리지 말게나. 이럴 게 아니라 함께 곡차라도 한잔하겠는가?"

푸접이 푸짐한 여립의 몸짓에 몸 둘 바를 몰랐다. 고개를 돌려서 흘깃 옥정을 보았다. 그녀 역시 얼굴 가득 웃음을 띠며 나를 바라보았다. 빌어먹을! 너무 예쁘잖아! 남장을 위해서 쓴 초립도 그녀의 미색을 가리지 못했다. 홍양 촌구석에서 그것도 구걸하는 유개들의 왕초 노릇이나 하던, 게다가 얼뜬 인간들에게 둘러싸여 허송세월만 하던 나에게 그녀의 자태는 솔직히 묘사할 말도 글도 없는, 눈부신 신세계였다. 눈길을 어디에다 두어야 할지 몰라서 마음만 허둥댔다. 퍼뜩 아버지가 떠올랐다. 몹시 부끄러웠다. 아픈 아버지는 까마득히 잊은 채 여인의 미모에 흔들리는 마음이 무참했다.

"아버지가 염려되어……."

"아차! 미안하네. 그럼 우리도 함께 가면 어떻겠나?"

순간 수치가 신물처럼 목구멍을 타고 넘어왔다. 시큼하고 떠름한 뒷맛이 입안 한가득 퍼지듯 염치가 온몸을 휘감았다. 누추한 집을, 아니 집이라고 할 수도 없는 움막을 옥정에게 보이고 싶지 않았다.

"그것은 절대 안 됩니다."

대답과 동시에 나는 부리나케 주막을 도망치듯 나왔다. 전력으로 질주했다. 솔 고개 아래를 향해서 계속 뛰었다. 여립의 마지막 말이 메아리가 되어서 울렸다.

"모악산 아래 금구로 찾아오게."

거친 꿈

꿈은 거칠었다. 꿈을 정교하게 조각하려면 집념이 필요했다. 뼈다귀를 콱 주둥이에 비틀어서 물면 절대 단념하지 않는 똥개의 집념. 그것이라야 꿈은 부화했다. 마음 깊은 곳에서 꿈틀대는, 미친 꿈인 화자의 바람도 부화를 위한 시간이 필요했다. 물론 나조차 내 안에 있는 미친 얼간이를 정의할 수 없지만 하나만은 확실했다. 포기를 모르는 똥개의 근성. 미친 머저리에게도 타협을 거부하는 똥고집이 한가득했다. 그러니 기필코 꿈을 펼칠 것이다. 다만 알을 깨기 위해 얼마나 많은 시간이 필요할지는 누구도 알 수 없었다.

나는 마음이 아렸지만 참고 계속 달렸다. 구슬픈 마음을 달래려고 숨이 턱 밑까지 차올랐지만 참고 뛰었다. 진짜 운명이라는 놈을 한 대 콱 쥐어박고 싶었다. 하필 저렇게 멋진 여인을 내 앞에 들이밀다니. 제기랄, 지금껏 힘들게 지켜온 화자의 자존이 옥정의 현존 앞에서 허무하게 허물어졌다. 여태껏 외면했던 염치가 살며시 되살아나자 새삼 걸개의 기풍이 한심해 보였다.

죽순 바위가 눈에 들어왔다. 헉헉 너무 뛰었나. 이제야 조금 안심이 되었기에 혓바닥을 휘날리면서 뛰는 똥개의 뜀박질을 멈춰 세웠다. 나면서부터 노상 보아온 죽순 바위 아래에 아버지와 나의 삶의 터전이 숨어 있었다. 말이 터전이지 텃밭이 딸린 작은 마당에 볏짚으로 대충 하늘을 가리고 흙벽으로 바람이나 막아주는 초막이 전부였다. 초막 뒤 바위에서 샘솟는 석간수 맛은 기가 막혔다. 또 눈뜨면 보이는 홍양의 바다도 기가 막혔다. 비록 홍양의 바다는 호수마냥 아담했지만 세상에서 버림받은 이들에겐 마음의 벗이었다.

이곳이 마음에 쓰이는 진짜 이유는 따로 있었다. 텃밭 한쪽 구석에는 나의 존귀한 삶이 비롯된 여인 바로 어머니의 무덤이 있었다. 물론 일말의 기억조차 없지만 어머니는 어머니였다. 어머니의 육신은 대지와 한 몸으로 변했지만 영신은 늘 나의 마음 한편에 머물렀다. 나는 삶이 서러울 때마다 무덤 주위를 방황했다. 무덤에다 몸을 비비면서 뒹굴었다. 그럴 때마다 서글픔은 사그라졌다.

오늘 한 여인을 만났다. 종종 얼뜬 나를 완전히 얼빠지게 만든 한 여인. 운암산 초막까지 뛰어오는 내내 그녀만 생각했다. 여태껏 여인에게 마음을 송두리째 빼앗기는 헛꿈은 상상조차 하지 않았다. 비럭질도 버거운 판에 꿈에서라도 연정을 품는 헛짓거리는 몸으로 수평선에 닿으려는 터무니없는 짓일 터. 터벅머리를 주먹으로 세차게 때렸다. 진짜 아팠다. 꿈이 아닌 현실이었다. 어머니의 무덤에다 등을 기댄 채 않았다. 마음이 평온해졌다. 마음에 매달고 왔던 그녀를 놓아 보냈다. 그러자 이번에는 묵자의 겸애가 마음에 턱 걸렸다. 홀연 유 훈장의 서재가 머릿속을 뱅뱅 맴돌았다. 그윽한 가을 향기도 코끝에서 맴돌았다.

열다섯 살 무렵 그곳을 처음 찾아갔다. 국화의 향이 제법 은은한 곳이었다. 보현사 불목하니 생활에 신물이 날 때마다 나는 그곳으로 갔다. 사실은 책 읽는 것보다 그놈의 국화 향이 그리워서 뻔질나게 그곳을 들락거렸다. 보현사에서 팔영산 자락을 끼고 서쪽으로 십여 리만 가면 그곳이 나왔다.

유 훈장의 서재에는 서책이 넘쳐났다. 서치라고 사람들이 존경하는 이유를 알 듯싶었다. 물론 그들의 마음이 본심인지 가식인지는 모르겠지만. 하여간 솔직히 훈장 유덕현도 이해가 안 되는 인물이었다. 아버지에게 찍힌 광인이라는 낙인을 번히 알면서도 아버지와 벗으로 지냈으니까. 겉으로는 지기처럼 보이지만 속내를 들여다보면 전혀 아니었다. 아버지는 유 훈장에게 좀 함부로 했고 유 훈장은 아버지에게 깍듯했다. 흥양 바닥에서 광인인 아버지에게 극진한 인간은 유 훈장뿐이었다. 덕분에 나도 그의 서실을 마음껏 사용했다. 물론 늘 책을 읽는 척 폼만 잡았지만.

팔영산이 단풍으로 물들 무렵 호젓한 서실을 혼자서 노닐다 보니 배가 무지 고팠다. 다 좋은데 이곳이 마음에 들지 않는 이유 하나. 책 인심은 참 좋은데 먹을 것이 없었다. 주인이 서책은 사도 먹을 것은 사지 않는 듯했다. 아무튼 내가 보기에도 유 훈장은 정상처럼 보이는 비정상이었다. 허울만 훈장이요 양반이지 속내는 광인이었다. 그러니 아버지랑 어울리겠지.

탁자 위에 벌러덩 누워서 주린 배를 쓰다듬으며 평소에는 눈에도 들어오지 않던 선반 맨 꼭대기를 살폈다. 사방의 벽을 둘러싼 선반 맨 꼭대기 위에는 딱 한 권의 책만 빼고 아무것도 없었다. 호기심이 발동해서 풀쩍 뛰어올라 서책을 집었다. 뽀얗게 앉은 먼지들을 털어내자 묵경이란 글자가 눈에 들어왔다. 궁금해서 책을 펼치려는데 때마침 서실 문이 열리며 유 훈장이 들어왔다. 그는 내가 묵경을 들고 엉거주춤하게 서 있는 모습을 보더니 웃으면서 다가왔다.

"순풍이도 묵경이 궁금했구나."

유 훈장은 멀쩡한 내 이름을 놔두고 만날 나를 순풍이라고 불렀다. 어쨌거나 나는 진실을 감추고 싶지 않아서 책에 묻은 먼지를 깔끔하게 털어내며 말했다.

"아니요. 그냥 이놈이 저 꼭대기에서 홀로 먼지만 마시고 있어서 소제하려고요. 남들처럼 적당히 눈에 띠는 곳에 있어야 뭐 관심도 받고 관리도 받을 텐데."

"그놈은 그 자리가 제자리인 게지."

"정해진 제자리는 없던데. 늘 변하는 놈이 자리잖아요. 매양 주인도 바뀌고. 그러니 마땅히 있어야 할 본래 자리라는 것은 없죠."

"그래. 네 말이 맞다. 세상에 영원히 정해진 자리라는 것은 없지. 단지 내 말뜻은 묵경의 이상이 너무 높아…… 티끌만 닿을 수 있는 고고한 곳이 묵경의 자리라는 게지."

"아닌데. 먼지는 만날 밑바닥만 맴도는데……."

"아니……순풍이 이 녀석이 정말로."

내가 짐짓 얼뜬 낯꽃을 드러내며 말꼬리를 잡고 늘어지자 훈장은 긴 한숨과 함께 정말 지루하고, 사실 그때는 어려서 이해하기 어려운 이야기를 풀어놓았다.

"겸애는 차별 없는 사랑이니 글로는 닿기가 쉬운 화려한 수사지만 몸으로 구현하기에는 너무 먼 이상일 뿐이지. 안타깝지만 그게 현실이다. 그러니 겸애를 정신의 줏대로 삼아 서로 사랑하며 더불어 사는 세상을 세우려 했던 묵자의 외침은 허무한 메아리가 되어 역사의 뒤안길로 사라질 수밖에 없었지."

묵경을 든 채 나는 그저 듣고만 있었다. 서당 훈장님이니 어련하시겠지 그리 생각하며. 내가 그렇게 생각하든 말든 그의 훈계 아닌 훈계는 멈추지 않았다.

"묵경의 정수는 겸애와 교리란다. 만민이 서로 평등하게 사랑하고 서로에게 이익을 주는 세상을 묵자는 만들고 싶었겠지. 그렇지만 차별적 사랑인 별애別愛에 비해 보편적 사랑인 겸애兼愛는 실천의 난해함으로 인해 외면을 받았지."

"바람 같은 이야기니 그럴 수밖에요."

"……"

"그러니까 제 얘기는 뜬구름, 아니 꿈같은 얘기라는 거죠."

"밤이 없으면 낮도 없는 법이다. 그러니 꿈조차 꾸지 못한다면 어디 그게 삶이더냐."

"……"

"본시 겸애가 모순이라는 사실은 나도 안다. 세상에서 가장 좋은 것

이기에 역설적으로 가장 어려운 것이지. 사람들이 서로 존중하며 더불어 잘살고자 한다면 강자가 약자를 억압하지도 다수가 소수를 핍박하지도 부자가 빈자를 업신여기지도 않는, 서로가 서로를 위하는 상위相爲의 세상이 열리겠지. 우리말 중 손꼽히게 아름다운 놈이 '위하다'라는 말이다. 서로를 소중하게 여기고 서로를 이롭게 하는 몸짓이 위하다의 참뜻이지. 묵자의 겸애와 교리를 하나로 합친다면 상위가 되겠지. 그러나 몸을 갖고 태어나서 몸으로 한뉘를 살다가 몸을 버리고 떠나는 인간에게 '남을 내 몸처럼 사랑하고 존중하며 더불어 똑같이 잘살자'라는 말은 실은 죽기보다도 어려운 것이다."

"죽기보다 어렵긴요. 그냥 죽고 또 죽고 또 죽다 보면 언젠가는 그런 날도 오겠죠. 그 상위인가 뭔가 하는 세상."

"하하하. 제 아비보다 더한 놈일세. 이놈 순풍아, 이젠 칼을 놓고 책과 친해져 봐라."

그렇게 유 훈장은 걸개의 어린 치기를 웃어넘겼다. 그 후로 국화 향이 날 때마다 그의 서실이 떠올랐다. 그러나 정말로 중요한 것은 바로 그날 민황을 향한 꿈이 처음으로 비렁뱅이의 뇌리에 착상했다는 사실이었다. 포태한 꿈이 마음속에서 꼴을 갖추기까지 보현사와 서실을 번질나게 왕래해야만 했다. 하지만 화자의 바람을 마음속에 머금은 첫날은 바로 그날이었다.

씨름의 기술에 뒤집기가 있었다. 고난도의 기술이지만 정말 화려했다. 농사에도 뒤집기가 있었다. 땅도 해를 넘겨서 띄엄띄엄 뒤집어 줘야 생명의 텃밭 구실을 했다. 땅의 표피에서 썩어서 똥거름이 된 놈들을 땅속으로 처넣어야 대지도 숨을 쉬었다.

관념의 뒤집기가 필요했다. 도전적인 관념의 등장이 간혹 정체된 세상의 판을 뒤흔들었다. 고정된 판을 흔들어 새롭게 판을 고르게 하고픈 화자의 바람. 그것은 조금 발칙한 바람이지만 족히 발랄한 발상이었다.

뒤집어서 고르게 만들 수 없을까. 그게 시발이었다. 황천皇天 상제니, 황극皇極이니, 황제皇帝니 그런 고상한 것에 붙여주는 황皇을 민民의 졸개로 삼을 수 없을까. 서치 유 훈장이 얘기하는 상위相爲도 그것이 아닐까. 그렇게 민황民皇의 꿈은 비렁뱅이의 내리內里에 뿌리를 내리기 시작했다.

멍하니 상념에 잠겨있는 사이 눈과 하나 된 듯 몸이 꽁꽁 얼어버렸다. 부들부들 떨며 뻣뻣해진 몸을 일으켜 세웠다. 냉기가 뼛속까지 침투한 듯 온몸의 터럭이 곤두섰다. 나는 천천히 몸을 풀면서 찬찬히 여립의 마음을 뜯어보았다. 어쩌면 여립은 모두가 불가능을 말할 때 홀로 가능하다 여기며 겸애를 현실에서 실현하려고 애쓰는 듯싶었다. 죽음의 문턱에서 목숨을 던져 신검을 득한 나도 불가능을 불신하였기에 여립의 꿈을 함께 꾸고 싶었다. 그렇게 마음먹으니 배가 든든했다. 아니었다. 배가 무지 아팠다. 이것은 배가 주려서 아픈 것이었다. 그러고 보니 국밥이나 얻어먹으러 주막에 갔다가 국밥은커녕 냉수도 못 마시고 왔네. 그래도 함께 가야 할 겸애의 길이 열린 듯싶어 마음이 부듯했다. 쓰린 속을 달래면서 위풍당당하게 초막으로 들어갔다. 아버지가 집에 없었다. 늘 그랬듯이 또 어디론가 사라졌다.

핏줄

핏줄은 질겼다. 그 질긴 힘으로 세대를 이었다. 핏속을 타고 흐르는 인자因子는 전능했다. 나의 육신도 정신도 인자의 그늘을 벗어나지는 못했다. 몸속에 녹아있는 저 맹랑한 머저리의 기질도 핏줄의 위대한 유산이었다. 핏줄 앞에서 인간은 나약했다. 제 핏줄에겐 한없이 관대했고 제 핏줄을 위해 끝없이 변명했다. 제 핏줄의 생존과 번영을 위해서 세상은 수라장이 되었다.

아버지가 돌아왔다. 옥정과 만나던 날 만신창이가 되어서 사라졌던 아버지는 보름 만에 다시 나타났다. 도대체 종잡을 수가 없었다. 몸인지 마음인지 둘 중에서 어떤 놈이 잡아끄는지 알 수는 없지만 아버지의 행실은 진실로 자유롭고 분방했다.

"정녕 가고 싶으면 가야지. 어차피 운명은 주인인 자신이 이기어 받아야겠지. 바위도 뚫을 네놈의 고집을 누가 막겠냐. 그러나 명심해라. 세상의 보이지 않는 벽은 고집부린다고 부서지는 것이 아니다. 마음을 눅여서 진득하게 품어 안을 때 허물어진다는 사실을."

잘난 아버지였다. 나 역시 가끔은 아버지처럼 미치광이로 멋지게 사는 삶이 좋아 보일 때도 있었다. 남들에게 짓밟히든 말든 대지에 大자로 드러누워, 구름마냥 허공을 한가로이 누비는 덧없는 세상을 미소 하나로 무시하는 삶도 상당히 기품이 있어 보였다. 실상은 모두가 무엇에 미쳐서 살아가기에 몽땅 미치광이인 듯싶었다. 물론 정도의 차이는 있겠지만 나도 칼에 미친 얼간이였으니까.

아버지가 운명을 예찬하며 내가 금구로 가는 것을 선뜻 허락하자 몸과 맘이 서로 갈등했다. 몸은 어머니의 몸이 잠든 홍양을 버리기 싫어했다. 마음은 옥정이 어머니의 빈자리를 채워줄 거라는 기대와 여립이 나의 꿈을 이루어줄 거라는 희망에 들떠서 이미 낯선 세상을 향해 떠나가고 있었다.

"곡차나 마시자."

처음으로 아버지와 술상을 마주했다. 여태껏 아버지는 홀로 술을 마셨다. 아버지가 건네는 첫 잔을 받았다.

"내 스스로 선택한 너의 어미도 하늘이 내려준 네놈도 나의 운명이다. 천륜天倫으로 정해진 운명이 모질기도 하구나!"

피할 수 없는 숙명의 잔을 음미하는 동안 아버지의 과거가 아스라이 귓가에 들려왔다. 내가 이 세상에 태어나기 이전의 이야기들. 누군가에겐 진짜로 지루하고 재미없는 푸념으로 들리겠지만 내게는 아픔이었다. 아픔은 울음도 어설픈 동정도 부담스러웠다.

마음을 함께 나누는 공감만이 필요할 뿐. 가슴이 북받치면 받치는 대로 가슴이 풀리면 풀리는 대로 내버려두면 될 뿐이었다. 꼴조차 없는 감정을 가두려고 애쓸 필요는 전혀 없었다. 어차피 감성에 이성의 굴레를 씌울 수는 없는 일이었다. 문득 감정의 출처가 궁금했다. 나도 몰랐다.

어쨌거나 다음의 이야기는 아버지의 술주정에 의존했다. 그러니까 사실인지 아닌지는 나도 모른다. 사실 여부가 중요한 것도 아니었다. 눈앞에서 주사를 부리는 아버지의 현존 속에 지난날의 굴곡들이 온전히 하나로 녹아있다는 진실 하나만이 중요했다.

빈농의 아들이던 아버지에게 세상은 빛 좋은 개살구였다. 세상과 맞설 신분도 비천했고 재화財貨도 전무했기에 빛을 발할 재화才華는 애초부터 마음의 짐이었다. 아버지는 혈기가 왕성하던 시절 홍양이 허름하다며 낯선 세상으로, 서책을 읽으며 와유하던 넓은 세상으로 나갔다. 금강산, 묘향산, 태백산, 지리산 등을 순례하며 산사에 숨은 도승들과 산천에 숨은 술객들을 만나 인간과 자연의 본질을 깨우치려고 부단히 터울댔다.

갑자년1564 아버지는 한겨울의 혹한을 뚫고 태백산 장군봉 아래에 토굴을 팠다. 토굴 속에서 스무하루 동안 식음을 전폐하고 폐관수행을 시작했다. 마지막 날 아버지는 신神의 세계를 깨닫고 선仙의 조화를 손에 쥐었다. 더불어 인간의 존귀함 즉 인존人尊을 자각했다. 아버지에게 각을 열기 전과 후의 세상은 같으면서도 달랐다. 모든 것이 그대로 이었으나 모든 것이 다르게 보였다. 살고자 바둥대는 생명의 여린 마음이 보여서 그대로인 모든 것이 새롭게 보였다.

오십천을 따라 동해로 내려오던 아버지는 죽서루와 만났다. 눈이 내리는 죽서루는 설국이었다. 하얀 눈에 덮인 누각은 푸른 강물에 비쳤고 구걸하던 앳된 여인은 아버지의 눈에 비쳤다. 그녀는 물론 지저분했다. 그녀의 구저분함은 비럭질의 고단함을 고스란히 담아냈다. 그녀의 눈빛은 초연했다. 땟국이 흐르는 얼굴이 남빛을 담은 눈빛으로 인해 초탈했다. 짙고 푸르러 깊이를 가늠할 수 없는 눈빛. 오욕으로 뒤엉킨 욕망의 눈빛이 아니라 삶에 대한 아련함이 묻어나는 눈빛. 그것이 그녀의 눈빛이었다.

그녀가 내 어머니였다. 어머니는 오롯이 몸으로 아버지의 마음을 받아냈다. 그렇게 죽서루의 눈밭에서 눈꽃마냥 누비하나 비굴하지 않은 나의 삶이 포태되었다. 오십천이 몸을 비틀어 바다로 들어가는 곳에 봉황산이 있었고 그 산자락에 비렁뱅이들의 비루한 마을이 자리했다. 세상에서 소외된 마을에 비바람만 피할 수 있는 아담한 움막이 있었다. 그곳에서 아버지와 어머니는 필우했다.

화자들의 마을에서 겨울을 함께 지낸 부모님은 봄이 오자 홍양을 향해서 출발했다. 뱃속에 나를 품은 어머니는 바닷바람이 피워내는 봄의 향기에 취해 마냥 모든 것이 마음에 겨웠다. 부모님은 바닷가를 따라서 홍양에 닿았다. 아버지는 바다가 보이는 운암산 기슭에 초막을 지었다. 해풍과 산풍이 만나 복사꽃을 피웠고 바람에 복사꽃잎이 봄비처럼 흩날렸다. 텃밭에 남새를 키우면서 어머니는 몸속에서 나를 키웠다. 어머니에겐 모든 것이 허름했지만 그 모든 것이 행복했다. 봄이 부풀어 오르자 담백한 마음으로 생명을 품어 키우던 어머니의 삶에도 봄이 활짝 폈다.

그러나 흥양의 봄은 소멸과 소생의 수레바퀴를 타고 영원했지만 어머니의 봄은 짧았다. 정수리부터 빨갛게 물이 든 운암산이 붉은 빛깔 구시월 단풍으로 옷을 갈아입을 무렵 어머니는 선홍빛깔 피를 쏟아내며 육신을 벗고 피안으로 떠났다. 아! 당신의 핏줄과 탯줄로 하나 된 몸에서 몸으로는 영원히 닿을 수가 없는 저승으로 떠났다. 그렇게 어머니는 일체의 욕망에서 해탈했다.

아버지는 어머니를 마음에 묻었다. 이별은 아픔이었다. 마치 살에 박힌 가시마냥 수시로 쑤셨다. 어머니의 손때가 묻은 물건과 마주칠 때마다. 그러나 심장에 박힌 가시마냥 뽑을 수도 없으니 고통을 감내하며 해탈을 향한 해원의 미친 춤사위를 출 수밖에. 도를 득했으나 덧없는 벽에 막혀 옴짝달싹도 할 수 없었던 아버지는 세상을 버려서 어머니를 얻었다. 아버지의 마음은 온전히 어머니만을 위했다. 아버지에게 존재의 이유였던 어머니가 이별하면서 남긴 유일한 천륜이 나였다. 그렇게 세상은 나에게 왔고 나도 세상에 왔다.

광인인 사내와 걸인인 여인의 만남이 만든 걸작. 미친 얼간이의 핏줄에 얽힌 탄생의 비화. 그 이야기의 끝이 바로 내 삶의 시발점이었다. 소리 없이 나는 울었다. 소리 없이 아버지도 울었다. 소리 없이 숨죽여 우는 두 남자의 울음이 하늘에 닿아 어머니도 울었다.

별빛

비럭질은 단순하나 버거웠다. 보람이 없으니 삶도 무료했다. 그나마 살아있음에 감사하며 삶의 두서를 찾으려고 애썼다. 실상 살아있는 생명은 서로에게 비럭질했다. 오죽하면 죽은 귀신조차 인간에게 물밥을 비럭질할까. 솔직하게 세상은 비럭질로 서로 얽힌 빚의 세계였다. 물론 많고 적음의 정도의 차이는 있겠지만. 여하튼 누군가에게 빚지지 않고 세상을 살아가는 것은 불가능했다. 조물주조차 물질을 빚어내려면 빛의 조화에 빚을 져야만 했으니까.

진정한 비럭질의 여정이 목전에 닥쳤다. 남녘에서 불어오는 바닷바람에 봄 내음이 실려 왔다. 조금은 비릿하고 추진 바람이 생명에게 새로운 삶의 시작을 재촉했다. 걸개도 덩달아 들떠서 동분서주했다. 그렇다고 발바닥에서 땀이 나도록 뛰어다닌 것은 아니었다.

홍양의 밑바닥을 함께 뒹굴며 인연을 맺었던 코흘리개 걸개들을 만나 이별을 통보했다. 놈들은 낯선 세상으로 떠나는 두목의 무한도전을 격려 대신 염려만 했다. 녀석들은 개뿔 아는 것도 없으면서 걱정만 했다. 물론 나도 홍양을 벗어난 적이 없어서 쥐뿔도 모르긴 마찬가지였다. 아마도 녀석들은 자신들을 지켜줄 두목이 사라지니 그것이 퍽도 두려웠나 보다. 이해 못 할 바는 아니었지만 솔직하게 나는 낯선 세상에서의 낯선 삶이 조금 더 끌렸다. 천생 안주安住는 내게 과분한 축복인 듯싶었다.

마지막으로 불알동무인 대원을 찾아갔다. 물론 내가 생각하기에 괴팍한 성정性情의 괴물들, 그러니까 법명만 그럴싸한 노승 지심이나 거시기 똥은 똥개도 안 드신다는 선생 아니랄까 봐 성깔이 대놓고 꼬장꼬장한 서치 유 훈장이나 하여튼 이런 부류의 괴상망측한 인간들에게도 인정상 이별의 인사를 했다. 한데, 그들의 훈계는 생각만 해도 머리가 찌근찌근 아파서 이야기하고 싶지 않다.

유일한 벗이자 나의 목숨을 구해준 이대원. 내게 검술을 배워 무과에 급제한 대원은 녹도만호鹿島萬戶가 되어 남쪽 바다를 지키고 있었다. 장기산 중턱에서 저무는 해를 바라보면서 대원을 기다렸다. 바닷바람에는 겨울의 냉기가 남아있어 시원했다. 그러나 겨울 해는 여전히 짧아 그 밝음이 아쉬웠다. 지는 해가 싸지른 서운함에 미련이 달라붙어 지분댔다. 지근대는 미련을 떨쳐내려고 터울대는 사이 거친 숨소리와 함께 대원이 뛰어 올라왔다.

참말로 이 녀석도 꼴통이다. 친구를 만나는데 마치 전장에 출전하는 무장마냥 철갑에 칼까지 차고서 나타나다니. 하기야, 네모나게 각진 상판과 옹기종기 몰려있는 이목구비는 뭐 대충 봐도 융통성과는 거리가 멀어보였다. 그나저나 대원은 불곰마냥 당당했던 몸피가 많이 수척해 보였다. 무슨 걱정이 있나 싶어서 물어보았다.

"만호萬戶가 되더니 마음이 무거운가 봐?"

대원은 뛰어온다고 흐트러진 옷매무시를 가다듬으며 대답했다.

"그렇지 않다면 거짓일 터……."

이 녀석을 만날 때면 반드시 말을 조심해야 했다. 반듯하지 않으면 무엇이든 깐깐하게 따지기 때문이다. 나도 지레 겁을 먹고 드레 있는 척 말했다.

"국록이 버겁긴 하겠지. 하지만 민초는 삶이 버겁다네."

"녹을 받는 몸으로 그들의 버거움을 덜어주고 싶지만……."

"여의치 않지. 만사가 여의하고 만방이 화평하면……."

"나 같은 무장도 칼도 필요 없는 세상이 오겠지."

"기다려도 오는 게 아니니 만들어야지."

"글쎄…… 그런 세상을 만들기가……."

"흥양을 뜰 거야."

"마음 가는 곳은?"

"금구金溝. 너처럼 나를 인간으로 여기는 인간을 만났기에 칼춤을 한번 춰보려고……."

갑자기 대원과 얽히던 기억 위로 여립과 만나던 순간이 포개지자 속이 울컥했다. 젠장, 나도 정말 바보였다. 마음만 여렸으니까. 그러니 아버지만 욕할 일이 아니었다. 나도 박명마저 삼켜버린 어둑발을 고마워해야 할 판이었다. 잠시 뜸을 들이던 대원이 입을 열었다.

"세상으로 나가면 서리犀利한 칼춤으로 시샘하는 인간들의 개염도 싹둑 베어주라."

"개염은 왜?"

"염치를 모르는 인간들이 많잖아······ 언제 떠나?"

"한 가지 일만 처리하고."

"반상의 벽에 갇혀서 녹이나 슬던 명월검이 마침내 세상 밖으로 나가는 건가. 하하하······."

호탕하게 웃는 대원을 꽉 안았다. 대원도 나를 꽉 안았다. 그렇게 대원과 아쉽게 헤어졌다. 빛을 잃은 어둠의 한복판에서.

밤하늘에 별들이 총총했다. 별빛을 벗 삼아 산을 올랐다. 마당으로 들어섰다. 겨울의 끝자락에 매달린 밤공기가 차가웠다. 아버지는 거적때기만 걸친 채 평상에 누워 있었다. 곁으로 가서 같이 누웠다. 술내가 코끝을 자극했다. 이미 익숙해서 괘념치 않았다. 눈을 감고 걸리는 게 있나 싶어 마음으로 낚시질했다. 잡다한 잔챙이만 걸려들어서 마음만 번잡했다. 다시 눈을 떠서 빛을 찾았다. 사방 천지에 빛이라고는 별빛밖에 없었다. 별들이 무지 많았다. 도톰한 눈동자로는 다 담을 수 없을 만큼 무수했다. 어쩌면 보이는 것이 다가 아닐지도 몰랐다. 거지 주제에 조금 잘난 체 하네.

비럭질을 통해 깨달은 자명한 진실 하나. 몸으로 부딪혀 확인하기 전까지 확실한 것은 없었다. 솔직히 몸도 진실을 왜곡하는 경우가 허다했지만 그래도 믿을 것은 몸밖에 없었다. 몸으로 증험해야 체인體認도 심복心服도 가능했다. 그러니 마음으로 인정하고 마음으로 따르는 것은 함께 웃고 함께 울 때만 몸짓으로 드러났다. 어쩌면 저 별들도 몸으로 맞대어서 증험하기 전에 속단하는 것은 우매한 짓이리라. 내심으로 그렇게 걸개의 거만을 떨었다. 한데 귓구멍을 후비는 한마디.

"만날 눈 뜬 봉사마냥 글자 나부랭이만 보면 뭐해. 마음의 눈으로 별을 봐야지…… 저 밤하늘의 별들이 뿜어내는 빛 속에 신령스런 기운이 숨어있단 말이여."

잠 든 것처럼 보였던 아버지가 술주정인지 혼잣말인지 헛소리를 했다. 도무지 무슨 말인지 알기 어려워 나는 눈만 껌뻑거렸다. 솔직히 내 눈엔 똑같은 별빛일 뿐이었다.

"아버지, 또 광증이 폭발한 겨?"

내가 답답한 속내를 드러내자 자칭 질박하나 드레진 말로 천문을 풀어주겠다며 아버지가 내 손을 잡아끌었다. 방으로 들어가자마자 아버지는 번개처럼 등잔을 켜고 앙가발이에 술상을 차렸다. 역시나 번개처럼 한쪽 입으로는 술을 마시며 한쪽 입으로는 요상한 말들을 요설했다.

"벽창호인 너도 귓구멍은 열렸으니 소리는 듣겠지만 의미는 잡으려나. 에이! 모르면 그만이지. 안다고 바뀌는 것도 바꿀 수도 없는데, 이야기를 해주랴 마랴. 주둥이가 너무 간지럽네. 미치겠네."

아버지의 주사가 또 시작된 듯싶어서 미칠 것만 같았다. 그렇다고 대놓고 아버지에게 대거리할 수 없었다. 뭐 미쳤거나 말았거나 내게는 멋진 아버지였으니까. 그렇게 아버지의 술주정은 쭉 계속되었다. 중간 중간 요놈의 주둥이! 주둥이! 하면서 솥뚜껑만한 손으로 자신의 주둥이도 때렸다.

"참 현묘한 존재가 있어야. 빛과 소리를 빚어내고 시간이 사라진 경계에서 만물을 소통시키고 목전의 먼지도 우주 끝의 티끌도 동시에 얽어매는 율려律呂. 저 별빛 속에 깃든 영기靈氣도 율려의 조화로부터 오는 겨. 모름지기 문文은 천문天文에서 비롯하지. 천문은 별빛에 숨은 영靈과 기氣를 보는 겨. 그것을 볼 줄 모르면 죄다 눈뜬 봉사인 겨. 한데 말이야 문자 나부랭이에 빠진 샌님들은 문자로 눈씨가 어두워져서 만물의 밑바탕을 몰라야. 나는 맛이라도 봤는데. 히히."

아버지는 아이마냥 해맑게 웃었다. 무언가에 미치면 전부 저렇게 정신이 주책없나. 주정뱅이에서 금시 아이로 변해 버리는 아버지는 도대체 폭을 잡을 수가 없었다. 술에 취한 아버지는 사라지고 뽐에 취한 아이만이 남아 우쭐대며 이야기를 이어갔다.

"문자라는 놈이 인간들 사이를, 아니 인간과 만물 사이도 가로막아야. 인간이 만든 관념의 벽이 진짜로 무서운 놈이여. 세상을 사박하게 소유하고서 소중한 생명들을 살갑게 조져대는 차별도 문자의 감옥에 갇힌 분별하는 마음으로부터 오는 겨. 진짜로 조져야 하는 건 저 문자라는 놈이여. 조져라! 부셔라!"

아이에서 다시 광인이 된 아버지는 앙가발이를 사발로 두드리며 노래를 불렀다. 웃어야 할지 울어야 할지 참 난감했다. 그저 어안이 벙벙했다. 이건 당해보지 않으면 모른다. 이 참담한 심정을. 달리 미치광이가 아니었다. 그것도 정도가 정말 심각했다. 조선 팔도에서 둘째가라면 서러워할 듯싶었다. 아버지의 자장가를 들으면서 억지로 잠을 청했다. 하지만 끝날 기미가 보이지 않는 요람가로 인해서 새벽녘까지 몸만 뒤척였다.

광인의 괴벽을 전혀 이해할 수가 없었다. 정작 자신에게 주어진 운명과 타고난 신분의 벽은 부수려고도 하지 않는 대인의 음흉한 속내를 도대체 이해할 수가 없었다. 아니, 이해하지 않기로 마음을 먹었다. 세상의 보이는 벽 너머에 있는, 보이지 않아서 더 무서운 벽들을 부수리라. 내 몸과 내 칼로. 그렇게 부질없는 바람만 부여잡고 씨름하다 잠이 들었다.

앙갚음

받은 만큼만 보답하자. 은혜든 피해든 똑같이 되돌려주자. 지극히 당연한 말이지만 몸으로는 실행하기가 어려웠다. 특히 받은 피해를 손해를 피하면서 갚기는 어려웠다. 솔직히 비렁뱅이는 복수도 부담스러웠다. 은혜의 손길만 노상 받는 판에 복수는 복에 겨운 짓거리였다. 그렇지만 시도조차 못 한다면 그것 역시 부끄러운 짓이었다. 내심으로 그렇게 사내의 자존심과 담판을 지었다.

깊은 고심 끝에 결심했다. 홍양을 뜨기 전에 소심한 복수를 하리라 마음먹고 기회를 엿보았다. 때마침 한바탕 때늦은 눈이라도 퍼부을 듯이 날씨가 끄물끄물했다. 아궁이에 장작을 잔뜩 쑤셔 넣고 군불을 때자 방구들이 뜨끈뜨끈했다. 망상인지 명상인지 평상에 앉아서 바다만 바라보며 어벙하게 넋이 나간 아버지를 꼬드겼다.

"군불 넣었으니까 좀 들어가 주무셔."

"그려 그럴까. 히히."

아버지는 바보처럼 웃으며 방으로 들어갔다. 이내 코 고는 소리가
진동했다. 옳지, 쾌재를 부르며 뒷마당으로 달려갔다. 장작더미 속에
숨겨뒀던 목검을 꺼냈다. 미끈하게 생긴 놈이다. 요 며칠 요놈을 매끈
하게 깎는다고 생고생을 했는데 드디어 네놈이 구실을 하겠구나. 벌
써 엉덩이가 들썩였다. 덩달아 과거의 기억도 들썩댔다.

홍양의 화자들은 주로 산을 끼고 무리를 이뤄 살았다. 외진 곳에, 그
것도 정상 근처인 죽순 바위 아래에 사는 비렁뱅이는 나와 아버지밖
에 없었다. 동냥도 힘든 판에 등산이라니 사리가 밝은 걸개들은 양지
바른 산자락에 옹기종기 모여 살았다. 그러다 보니 자연스레 산을 중
심으로 패거리가 만들어졌다. 나는 어디에도 끼지 않고 중도中道를 지
키려고 애썼다. 그러니 운암산 걸개 패거리 중 코흘리개들만 나를 따
랐다. 물론 아버지는 완전히 딴 세상 사람이라 혼자 넘노니셨다. 아버
지가 소요逍遙하는 세상은 나도 잘 몰랐다.

내가 열다섯. 그러니까 보현사에 불목한으로 들어가기 전에 벌어
진 일이었다. 여름으로 접어들자 걸개들도 몸에 짜증이 달라붙어서
종종 시비 끝에 큰 패싸움을 벌이곤 했다. 밤늦게 초막으로 칠복이가
찾아왔다. 놈은 운암산 패거리의 막내였다. 나에게 도움을 요청했다.
내일 오시에 봉룡 마을 근처에서 천등산 패거리와 한판 붙기로 했단
다. 우쭐해졌다. 이참에 검술을 한번 자랑해 볼까.

다음 날 아침 나는 눈을 뜨자마자 벽에 걸린 명월검을 잡았다. 지금
껏 눈으로 탐하며 침만 흘렸던 명월검을 난생처음 손에 잡았다. 아버

지는 명월검이 욕망을 경계하기 위한 장식품에 불과하니 절대 손대지 말라고 했다. 나에게 검술을 가르쳐주는 조건도 명월검을 잡지 않는 것이었다. 그러나 근자에 아버지가 잠적했으니 잠시 과시하고 돌려놓을 생각에 검을 잡았다.

청동 빛깔 칼집에 아로새겨진 멍청한 얼굴의 용 문양이 내 마음에 딱 들었다. 닳고 닳아 봉황 문양마저 희미해진 손잡이를 움켜쥐었다. 순간 묘한 설렘이 몸을 긴장시켰다. 칼을 뽑았다. 서늘한 냉기가 칼날에서 뿜어져 나왔다. 날카로움 속에 느껴지는 묵직함. 그것은 세월의 무게인 듯했다. 젊은 시절 아버지의 울분과 좌절이 켜켜이 쌓여 만든 마음의 묵은 때들. 그놈들이 몸으로 전해지자 마음이 씁쓸했다. 칼을 칼집에 넣었다. 봉룡 마을을 향해 바람처럼 달렸다.

황산과 마장산 사이의 산비탈이 시야에 들어왔다. 두 무리의 거지 패거리들이 대치하고 있었다. 한데 제기랄, 헛심만 켜게 될 줄이야. 천둥산 패거리 녀석들은 내가 멋지게 뽑은 명월검에서 은빛 광채가 번쩍이는 것을 보더니 죄다 줄행랑을 쳤다. 싸움이 너무 쉽게 끝이 나자 괜히 나도 머쓱해졌다. 운암산 패거리 역시 명월검을 보더니 웅성거렸다.

그들의 요지는 거지에게 어울리지 않는 명월검을 왜 들고 왔냐는 것이었다. 걸개들 사이의 결투에도 격식은 지킨다고, 비럭질에 차질이 생기지 않는 선에서 승부를 가리는 것이라고.

정말 낯짝이 화끈거렸다. 쥐구멍에라도 숨고 싶었다. 그런데 그게 끝이 아니었다. 며칠 뒤에 아버지가 돌아왔다. 평상에 마주 앉았다. 아마 칠복이가 고자질한 듯싶었다. 따가운 땡볕이 작렬하는데 좌정하고 있으려니까 땀이 비가 오듯 줄줄 흐르고 아주 죽을 맛이었다. 하지만 아버지는 말짱했다. 땀도 안 흘리고 말도 없었다. 원래 아버지는 아무 말이 없을 때 진짜로 무서웠다. 주위를 압도하는 웅혼한 기상에 절로 주눅이 잡혔다. 아버지도 참! 저런 비범한 재기로 비럭질이나 면하지 왜 미치광이로 산대. 추궁이나 면할까 싶어서 속으로나마 아버지를 칭찬했다. 하지만 해가 서천으로 꾸역꾸역 넘어갈 때까지 아버지는 미동도 하지 않았다.

"명월검을 가져오너라."

마침내 아버지의 입이 열렸다. 이제야 살았다 싶었다. 쥐가 나서 저린 다리를 질질 끌고 방으로 가서 명월검을 꺼내왔다.

"따라오너라."

아버지는 검을 들고 뒷마당으로 갔다. 정확하게 말하면 똥간으로 갔다. 바위 밑에 비바람만 겨우 피할 수 있도록 만들어 놓은 똥통으로 갔다. 그리고 아버지는 주저 없이 검을 던졌다. 하얀 구더기들이 꼬물대는 똥 더미 속으로.

"더는 명월검을 찾지 마라."

그 순간 나는 굳어버렸다. 지금껏 개떡 같은 삶을 비럭질로 버텨온 이유는 명월검이었다. 언젠가 신검을 득하면 찰떡같은 세상을 위해서 명월검으로 멋지게 칼춤 한번 추어보리라 다짐하며 살아왔건만. 불쑥 분노가 치솟자 나도 몰래 몸이 먼저 움직였다. 똥통으로 풍덩! 뛰어들었다. 똥 무더기는 제법 따스했다. 그나마 다행이었다. 똥물이 가슴까지 차올랐다. 제기랄, 똥물이 내겐 국밥인데. 사실 봄여름에는 장작보다 똥지게가 더 요긴했다. 똥물을 퍼서 똥지게에 가득 지고 농가로 내려가 거름으로 뿌려주면 끼니는 때울 수가 있었다. 하지만 똥통을 한가득 채운 똥물을 다 퍼낼 때까지 기다릴 수 없었다. 구더기들이 꼬물대며 몸을 간질였지만 아버지가 똥독이 오른다고 어서 나오라고 했지만 나는 명월검을 찾기 위해 사지를 끊임없이 허우적댔다. 눈으로는 결코 찾을 수 없었으니까. 정성이 하늘에 닿았는지 오른발에 톡 하며 뭐가 걸렸다. 눈을 질끈 감고 쑥 잠수해서 명월검을 건져냈다. 그제야 똥내가 코끝을 찔렀다.

똥통을 뛰쳐나와 계곡을 향해 뛰었다. 기왕 이렇게 된 거 명월검이랑 계곡에서 시원하게 목욕했다. 내 몸보다 명월검에 배인 똥내가 더 안타까웠다. 계곡 물에 명월검을 씻기며 울었다. 울음의 이유를 나도 잘 몰랐다. 그냥 눈물이 났다. 그날 이후 틈틈이 계곡으로 갔다. 명월검을 씻겼다. 울었다. 그렇게 명월검은 나의 곁으로 왔다. 아무도 모르는 모처에 명월검을 숨겼다. 짬이 날 때마다 그곳으로 가서 검을 달래주었다. 내가 세상에 나갈 때까지 기다리라며. 그렇게 명월검은 새로운 주인의 손에서 다시 숨을 쉬기 시작했다.

똥 더미의 기억을 밀어냈다. 목검을 챙겨 들고 운암산을 내려갔다. 마복산을 향해 달렸다. 한 시진은 족히 달린 듯싶었다. 드디어 눈앞에 너른 논밭이 펼쳐지며 으리으리한 기와집이 눈에 들어왔다. 좀팽이 안 주정의 집이었다. 좀생이의 집은 두툼하게 솟은 언덕에서 구릉 아래에 겹겹이 늘어선 초가들을 내려다보고 있었다. 젠장, 집도 차별하네. 고래 등 같은 기와집도 있고 새우등 같은 초가집도 있고 송이처럼 봉긋한 움막도 있으니 당연하겠지. 기와집에 가까이 갈수록 피가 거꾸로 솟았다.

가만두지 않겠다. 이놈의 인간들, 아니 인간도 아니지. 사실 내가 노이에게 두들겨 맞은 것은 참을 수 있었다. 그러나 이놈들이 아버지를 동태 두들기듯 조져댄 것은 도저히 용서할 수 없었다. 어쩌면 그 바람에 옥정을 만난 것인지도, 그것이 다행인지 아니면 불행인지도 알 턱이 없지만 하여간 그냥은 홍양을 뜰 수가 없었다.

홀연 언제 피었는지 눈꽃 한 송이가 코끝에 내려앉았다. 순간 온몸이 벼락을 맞은 듯 부르르 떨렸다. 오늘 광기가 폭발하겠구먼. 생각만해도 신이 절로 났다. 나는 돌담 주위를 빙 돌면서 집안의 동태를 살폈다. 뭔 놈의 채들이 이렇게도 많은지…… 안채, 사랑채, 행랑채……. 찾았다. 노이 형제는 행랑채 뒤편에서 장작을 패고 있었다. 이 놈들은 눈꽃이 피기 시작했는데도 웃통을 벗어 던진 채 용을 쓰고 자빠졌다. 이놈들은 벗는 것을 왜 저렇게 좋아하는지. 하여간 녀석들을 보자 속에서 천불이 났다.

"멧돼지 같은 놈들이 지랄하고 자빠졌네."

"뭐야. 어떤 놈의 새끼가 감히 시비여."

노이 놈이 도끼를 어깨에 턱 걸친 채 주변을 살피면서 소리쳤다. 저자식은 정말로 성깔도 말끝도 거친 녀석이었다. 나는 담장 위로 고개를 빠끔히 내밀며 약을 올렸다.

"나 청풍 형님이시다. 이 병신들아!"

나를 발견한 노일이 입으로는 '저 새끼가 죽으려고 환장했나!'라고 떠벌이며 손에 든 도끼를 나를 향해 날렸다. 나는 가볍게 피하면서 마복산 산비탈 방향으로 줄행랑쳤다. 담장을 뛰어넘은 노일과 노이는 미친 듯이 나를 쫓아왔다. 생각한 대로 아귀가 맞아서 돌아가는 것을 보니 필연코 소심한 복수에 성공하리라 여겼다. 앙상한 가지만 무성한 참나무 숲으로 녀석들을 유인했다. 동글동글한 작은 바위에 걸터앉아서 녀석들이 나타나기만을 기다렸다. 숨을 헐떡대면서 노일과 노이가 거의 동시에 도착했다.

"고생했다 얘들아, 저승길에 동무가 있어 외롭진 않겠구나."

엉덩이를 털고 일어나며 반갑게 맞아주자 녀석들의 얼굴이 벌게졌다. 노이가 퉤 하고 손바닥에다 침을 뱉은 뒤에 양손을 비비면서 주둥이를 나불댔다.

"이런 미친 새끼를 봤나. 참 핏줄은 못 속인다고 하더니 저 풍이 놈은 생긴 것도 미친 것도 어째 제 아비랑 똑같네그려."

"제 아비보다 더한 놈이여. 오늘 저 자식 장례를 치러줘야겠네."

한심한 것들. 이놈들은 자신들 앞에 놓인 죽음을 전혀 눈치채지 못하고 있었다. 놈들은 내가 과거의 내가 아니라는 사실을 모르니 그럴 수밖에. 그사이 성글던 눈발이 촘촘해지며 먼 곳의 사물들이 흐릿해졌다. 덩달아 나의 몸도 달아올랐다. 목검에 달라붙는 눈꽃을 털어내며 한마디만 했다.

"죽음에도 차별이 있는 게지. 들판에 개돼지처럼 버려지는 죽음도 있고 칠성판에 모셔지는 죽음도 있고 결국에는 썩어 문드러져야 차별도 사라지는 거지. 물론 흙더미인 무덤들이 남아서 차별하더구먼. 아무튼, 미안해. 네놈들이 죽을 땅이 얼어있어서. 하지만 눈꽃이 덮어주니까 그건 또 괜찮네. 근데 가만히 보니 육신이 썩어도 이름은 남아 여전히 차별을 받네. 요놈의 차별 정말 대찬 놈일세. 아니 참말로 몹쓸 놈이지. 노일아, 너도 그렇게 생각하지?"

한마디만 하면 될 것을 주변에 널린 미친 인간들한테 물들었는지 혼자서 주접을 떨어댔다. 심지어 말투까지 바꿔가며 상대에 따라서 나는 말본새에다 변화를 주었는데, 이것은 상대를 배려하는 나만의 비법이었다. 하지만 부작용만 막심할 뿐 효력은 별로 없었다. 상대의 비위를 거스르기 일쑤였다. 역시 이번에도 마찬가지였다. 노일과 노이는 양손을 허리춤에 걸친 채 한심하다는 눈빛으로 나를 노려보았다. 나도 살짝 멋쩍어서 더벅머리를 쓸어 올렸다.

"주둥아리를 뭉개 버리겠어."

제대로 화가 치솟은 노일이 힘찬 괴성을 지르며 양팔을 쫙 벌린 채 달려들었다. 이제 앙큼한 앙갚음의 시발이다! 나는 속으로 그렇게 외치며 분노의 마음을 목검에 옮겨 실었다. 그사이 노일이 코앞까지 다가왔다. 놈은 수박手搏으로 무예를 단련한 놈이어서 보통이 아니었다. 그래봤자 내 앞에선 고양이 앞에 죽은 생선에 불과했다. 나는 목검을 천천히 휘둘러 녀석의 왼손과 양쪽 무릎 안쪽을 차례로 타격했다. 물론 내 생각에는 느린 것이지 녀석의 눈에는 제대로 보이지도 않았을 것이다. 아마 놈의 눈에는 뭔가 번쩍 하더니 극심한 통증이 온몸으로 밀려들어 왔을 것이다. 쿵! 소리와 함께 노일이 내 앞에 무릎을 꿇었다. 동시에 공수拱手의 예를 취하듯 오른손으로 왼손을 감쌌다. 솔직히 뼈가 부서질 정도로 때린 것도 아닌데 녀석은 신음을 내며 낑낑댔다. 엉엉대는 놈에게 한마디만 했다.

"내가 부처님이냐. 뭔 죄를 지었다고 내 앞에서 빌고 난리여."

"개자식이 감히 우리 형님을…… 죽여 버리겠어."

이번에는 노이가 눈에 불을 켜고서 달려들었다. 이놈들은 그래도 형제간에 의리는 돈독했다. 하지만 혼은 나야 했다. 죄도 없는 아버지를 죽도록 두들겨 팼으니까. 나는 녀석이 코앞까지 다가오길 기다렸다. 놈이 나를 움켜잡으려는 순간 나는 옆으로 살짝 비켜서면서 녀석의 양쪽 정강이를 목검으로 때렸다. 그러자 놈은 쾅! 소리와 함께 눈밭에 얼굴을 처박고 대자로 쓰러졌다. 나는 목검으로 노이의 엉덩이를 때리며 말했다.

"이놈은 아주 오체투지를 하네. 지은 죄가 더 커서 그러냐."

이제는 놈들을 철저하게 응징할 일만 남았다고 생각하며 긴장을 살짝 늦춘 순간 눈앞에서 별이 번쩍했다. 겁나게 아팠다. 나는 잽싸게 주변을 살폈다. 아무도 없었다. 빨갛게 부풀어 오른 이마를 문지르며 아래를 살폈다. 눈밭에 흙빛으로 반질반질 윤기가 도는 도토리가 떨어져 있었다. 나는 쥐방울만 한 도토리를 주워들며 생각했다. '이게 뭐야……' 황당해서 할 말을 잊었다. 그러나 곧바로 상황이 파악되었다. 아무리 내가 긴장을 늦추어도 도토리를 던져 나의 이마에 살구만 한 혹을 만들 수 있는 인간은 그렇지 미친 아버지밖에 없었다. 젠장, 앙갚음은 시발만 하고 끝내야 할 판이었다. 속으로 구시렁대는데 숲에서 묵직한 목소리가 들려왔다.

"풍아, 이제 그만해라. 그놈들의 운명에 개입하지 마라. 그놈들은 사람을 죽이지는 않았다. 앞으로도 그럴 게야. 하지만 네놈은 어떨지…… 그러니 네놈의 운명이나 걱정해라. 지금 당장 집으로 돌아가지 않으면 도토리로 네놈의 얼굴을 벌집으로 만들어 버리겠다."

평소와 다르게 엄청 낮게 깔린 목소리였다. 저 목소리는 아버지가 지금 정상이고 또 무지 화가 많이 났고 또 말을 듣는 게 좋을 것이라는 신호였다. 진짜로 죽이지는 않더라도 조금 더 혼을 내주고 싶었는데 그것마저 어려워졌다. 하지만 아버지의 실력을 알기에 어쩔 수가 없었다. 그냥 물러나는 수밖에.

비렁뱅이에겐 복수도 분수 밖의 일인가. 그럼 소유所有에도 분수가 있을까. 아니, 소유의 정도는 부질없는 바람일 뿐이었다. 분수에 넘치게 가져도 나누질 않는 양반 잡놈들의 세상에서 아버지는 만끽은커녕 만날 당하고만 살았다. 지렁이도 밟으면 꿈틀대는데 아버지는 꿈틀대지도 않았다. 하긴 남들 눈에 아버지는 지렁이만도 못한 무지렁이였으니까.

설욕을 꿈꾸며 멋지게 출항했던 쪽배가 노질조차 못 해보고 좌초한 판에 이런 쓸모없는 생각에 골몰하는 나도 무지렁이였다. 이런 짓을 병신이 육갑 떤다고 하던데 정도가 더 심하니까 나는 칠갑이 적당하겠네. 체념 앞에서 헛웃음만 나왔다. 허탈한 웃음으로 좌절을 달래며 아직도 엉엉대고 있는 놈들에게 다가갔다. 이놈들은 엄살이 너무 심했다, 된매를 피하는 법을 엄살로 터득했는지. 나는 놈들에게 한마디만 했다.

"우리 천것들끼리 서로 천시하거나 차별하지 말자. 잉."

"아무렴요. 그래야지요 형님. 아이고! 아파라."

놈들은 단박에 내 무예 실력이 무시무시하다는 사실을 눈치채고 아부했다. 비열한 자식들을 버려둔 채 나는 참나무 숲을 빠져나와 바닷가로 갔다. 올망졸망한 섬들이 눈발에 가려서 희미했다. 눈이나 신나게 퍼부어라! 정말로 눈보라가 휘몰아쳤다, 텅 빈 실체의 한가운데서. 아니 모든 경계, 하늘과 바다와 섬과 뭍의 경계를 비웃듯이 세계의 중심은 눈보라였다. 홀로 그러나 함께 내려 세상의 중심을 가득 채우는 눈으로 인해 모든 경계가 모호해졌다. 부질없는 경계여 환상이여 이제는 그 껍질을 벗어다오. 나는 미친놈마냥 눈보라를 향해서 소리쳤다.

이어진 길

세상에 길이 있으니 그 길의 본질은 텅 빔과 열림. 낯선 세상과 정든 세상은 길을 통해서 이어졌다. 소통을 위해 쓸모가 있는 길은 열려있고 비어있었다. 막힌 길과 꽉 찬 길은 버려졌으니 매양 새로운 길이 열렸고 묵은 길은 방치됐다. 나는 누구나 가는 길은 피하고 누구도 가지 않는 길을 가고 싶었다. 이제 그 길을 홀로 그러나 함께 걸어가야 할 시간이 다가왔다.

봄바람이 잠든 영혼을 깨웠다. 봄과 겨울의 경계를 바람이 가르자 만물이 꿈틀거렸다. 허름한 홍양을 한시라도 빨리 벗어나고 싶어서 엉덩이도 들썩거렸다. 마음속에 깃든 봄바람이 좀체 빠지질 않으니 좀이 쑤셔서 견딜 수가 없었다. 어서 새 세상을 보고 싶었다. 아니 이미 그곳에 있는 해묵은 세상이었지만 나의 몸으로 직접 경험하지 못했으니 내게는 낯설고 새로운 세상이었다. 솔직히 별다른 세계가 있으랴 싶겠지만 나는 그 별別이 궁금했다. 다름의 기준도 그 기준을 조작하는 잘난 인간들도 보고 싶었다. 그러나 내가 진정 궁금한 것은 그것이 아니었다.

남들은 다 꺼리는 길을 기꺼이 걸으려는 미친 얼간이들, 대놓고 당당하게 다름의 세계를 대동의 세계로 바꾸려는 정말로 별난 인간들, 그들을 만나고 그들과 함께하고픈 마음만이 간절했다.

나는 우수雨水를 목전에 두고 아버지에게 하직했다. 아버지는 말없이 평상에 앉아서 절을 받았다. 당분간은 볼 수 없을 듯싶어서 봉두난발에 가려진 아버지의 얼굴을 마음에 담았다. 짧은 눈썹 아래 가늘게 째진 눈과 도깨비마냥 길쭉한 귀. 딱 적당한 두께의 입술까지는 그래도 볼만했다. 그런데 단박에 시선을 사로잡는 코는 커도 너무 컸다. 아버지는 코만 미끈하다면 흠잡을 데 없이 멋진 사내였다. 물론 얼굴의 땟국은 좀 벗겨야만 했다. 아버지의 판박이라는 소리를 듣는 나 역시 조금은 안타까운 얼굴이었다. 그러나 상관없었다. 솔직히 생긴 상판이 다는 아니니까. 나는 타고난 꼴로 차별하고 차별받는 것을 원하지 않았다. 그렇게 혼자서 마음속으로 꼴 타령을 하는데 아버지의 목소리가 들려왔다.

"풍아, 부디 명월검에 한恨을 쌓지는 말아라."

아버지의 염려를 마음에 품고 홍양을 벗어났다. 어머니의 고향인 척주陟州가 궁금했다. 바닷길을 따라서 북상하던 길에 작고 아담한 바닷가 마을에 들렀다. 궁촌宮村. 마을의 이름이 특이했다. 백사장에서 그물을 손질하는 늙은 어부 고만선을 만났다. 만선은 등도 굽고 체구도 왜소했다. 바다와 바람이 그의 몸을 길들인 듯 피부도 두꺼웠고 검게 그을려 있었다. 그의 얼굴과 손등에 생긴 자잘한 흉터들은 살기 위한 몸짓이 빚어내는 고달픈 삶을 고스란히 담아냈다.

만선에게 죽서루로 가는 길을 물었다. 그러나 그는 내게 길 대신 밥을 챙겨 주었다. 추루한 행색이 딱하다는 듯 조촐한 밥상을 내게 내밀었다. 며칠 굶은 나는 눈물 나게 고만선이 고마웠다. 모든 것이 질박한 초막 안에서 임금의 수라상이 부럽지 않은 밥상과 마주했다. 꽁보리밥과 시래깃국에 담긴 만선의 마음이 고마웠다. 게걸스레 처먹는 내게 만선이 걱정스레 한마디 했다.

"먹고 살라고 아등바등하나 본데…… 저 고려왕한테 빌어봐라. 뭔 길이 열릴지 아나. 우리는 거한테 만선을 빈다."

한 끼 밥과 한마디 말에 깃든 걱정이 마음에 걸려 만선이 가르쳐준 길을 따라 걸음을 옮겼다. 고만선이 일러준 곳에 이르자 바다를 마주한 산비탈에 고려의 마지막 왕 공양왕恭讓王의 무덤이 있었다. 궁宮의 비밀이 풀렸다. 송악에서 화려하게 시작했던 고려왕들의 몸짓은 척주의 한적한 산비탈에서 허망하게 사라져 버렸다. 소멸한 꿈에는 기대기 싫어서 빌지 않았다. 누구에게도 빌고 싶지 않았다. 오로지 나의 칼과 나의 몸만 믿고 싶었다.

어부들은 삶과 죽음이 포개진 바다만이 실재하는 삶의 터전이었기에 어쩌면 기대어 비빌 언덕이 필요했으리라. 그리고 그런 필요 때문에 공양왕의 육신은 땅에 묻혀서 소멸했으나 영신靈神은 어부들의 마음에 맞갖게 소생하여 동해의 용왕으로 부활했다. 어부들에게 용왕이 된 고려의 왕은 유의미했으나 볼 수도 닿을 수도 없는 조선의 왕은 허깨비였다. 사라진 듯 보였던 고려의 몸짓은 어룡제에 만선으로 보답하며 어부들의 마음속에서 숨죽여 살아가고 있었다. 조선의 권위도 고려의 마지막 몸짓을 어찌하지 못했다. 마음에 깃든 몸짓이 모질고도 서글펐다. 삶이 순탄만 하다면 살만하겠지만 세상살이가 사뭇 서글펐다.

바람을 가르는 칼날을 타고 선혈이 솟았다. 허공을 채운 피바람에 섬뜩함이 몸속 깊숙이 밀려서 들어왔다. 칼이 피를 맛보는 순간 몸이 전율했다. 그러나 그것도 잠시 뿐. 떨림을 떨쳐내며 삼기검을 펼쳤다. 끊임없이 밀려오는 적들을 향해 명월검을 휘둘렀다. 실체가 모호한 적들의 하얀 죽음만이 대지에 낭자했다.

처음에는 두려웠으나 칼은 점점 무뎌져 갔다. 자신이 만든 죽음의 무게에 대해 무감각해졌다. 땀벌창이 되었으나 밀물처럼 밀려드는 적과 썰물처럼 밀려나는 죽음으로 인해서 칼춤을 멈출 수가 없었다. 홀연 개개로 달려들던 적들이 모여 하나가 되었다. 하나가 된 적은 새하얀 너울이 되어서 밀려왔다. 밤바다 위에서 피어나는 메밀꽃마냥 여리고 하얀 파도를 칼이 갈랐다. 베어도 베이지 않는 거친 물결에 칼은 지쳐갔다. 그리고 무뎌져 갔다. 마침내 칼을 버렸다. 일렁이는 밤바다의 메밀꽃 속으로 몸을 던졌다. 무심한 몸은 파도가 되어서 메밀꽃으로 피었다.

개꿈이었다. 온몸이 땀으로 흥건했다. 바다를 헤매던 혼魂이 백魄에 부합하여 몸에 착근하자 정신이 들었다. 몸은 척주의 덕산 바닷가에 봉긋 솟은 덕산도의 꼭대기에 있었다. 죽서루로 가려면 한재를 넘어야 했기에 잠시 회선대의 바위에 기대어 바다를 바라보다 설핏 풋잠을 잔 듯했다. 회선대에 앉아 호수와 같은 홍양의 바다와 하늘과 같은 척주의 바다를 견주었다. 똑같은 바다지만 모든 것이 달랐다. 파도의 고저도 너울의 장단도 바다의 빛깔도 전부 달랐다. 그러나 호수처럼 잔잔하고 하늘처럼 막막할 뿐 내내 똑같은 바다였다. 그것은 변치 않는 사실이었다.

문득 무애의 바다가 먼 과거를 살다간 화랑의 몸짓을 불러왔다. 천 년 제국 신라를 떠받쳤던 낭가 정신은 동해를 따라난 바닷길에서 잉태되고 길러졌다. 화랑들은 트인 바다를 따라 걸으며 심신을 수양했고 길러진 몸과 마음으로 삼한일통三韓一統을 이뤄냈다. 하지만 화랑들의 세계에도 차별은 있었기에 그들이 남기고 간 몸짓들이 마뜩찮았다. 트인 바다조차 그들에게 트인 마음을 열어주지 못했다. 화랑들은 차별 없는 무애의 바다에서 차별하는 정신의 줏대를 버리지 못했다. 차별의 묵은 몸짓이 망국을 불러온다는 자명한 진실도 그들은 깨닫지 못했다. 도대체 왜! 누구도 답하지 않았다. 무제無際하기에 차별이 없는 바다는 빛과 어둠의 경계에서 어둑발이 내리자 잇닿아서 들이치는 하얀 물결들로 공空인 몸과 색色인 몸짓 사이에 삶이 있다고 소리 내어 울었다.

어머니의 고향, 척주와 이별했다. 죽서루와 봉황산 자락을 샅샅이 훑었다. 어디에도 어머니의 자취는 없었다. 당연했다. 설렜던 마음에 허망함만 그득했다. 하지만 그것이 현실. 구걸하던 여인의 흔적을 남겨놓을 만큼 세상은 그렇게 한가하지 않았다. 어머니의 자취는 오직 두 남자의 마음 한편에만 남아 영원히 맴돌 것이다. 어머니의 흔적과 조우하길 바랐던 헛된 꿈이 소멸하자 홀가분했다.

미련을 떨쳐내며 백두대간을 따라서 남으로 향했다. 대기가 온화해졌다. 마이산에 닿았다. 상향의 의지가 음양의 조화로 표출된 듯 산의 생김새가 신기했다. 정말로 말의 귀처럼 뾰족하게 솟은 바위산이었다. 참말로 자연 앞에서 인간이 무안해지는 순간이었다. 수마이산은 사면이 가팔라서 오르기가 어려웠다. 암마이산만이 북쪽을 열어서 인간의 발길을 허락했다.

암마이산의 봉정에 올랐다. 눈을 감고 마음이 모악산으로 향하는 이유를 헤아렸다. 헝클어진 마음을 이해할 길이 없었다. 눈을 떠서 마음에 씌우려던 굴레를 풀었다. 기반羈絆이 풀린 마음은 대자연의 품으로 되돌아갔다. 모악산에 걸친 해가 마지막 광휘를 뿜어 서쪽 하늘을 붉게 물들였다. 노을을 바라보며 묘하게 꼬인 마음의 실타래를 다시 풀어보았다.

내 마음은 그랬다. 세상을 향한 분노와 여인을 향한 연정과 낯선 세상을 향한 설렘. 이놈들이 뒤엉켜 있었다. 조금은 머리털이 빠져도, 솔직히 많이 빠져도 터벅머리가 맨머리로 바뀔 일은 없으니까 조심스레 마음의 실타래를 더 풀어보기로 했다.

세상을 향한 분노. 거지와 같은 처지라면 분노하지 않을 인간이 있을까. 간혹 종놈 중에는 양반 나부랭이들 꽁무니에 붙어 저 쥐꼬리보다도 짧은 권력도 권력이랍시고 나대는 인간들이 있었다. 물론 드물긴 했지만. 하여간 내 입장에서 보면 분노하는 것이 당연했다.

여인을 향한 연정. 옥정과 같은 여인을 보면 연정이 싹트는 것은 지당했다. 만약에 목석마냥 연정을 품지 않는다면 사내가 아니었다. 물론 제짝이 아니면 어여쁜 가인도 눈에 안 차겠지. 하지만 제짝이라면 호박꽃도 인간꽃이었다. 어쨌거나 옥정은 나에게 의미가 있는 호박꽃이니 연정을 품는 것이 합당했다.

낯선 세상을 향한 설렘. 이것은 마땅하다고 말하기가 좀 어려웠다. 익숙한 세상을 더 선호하는 사람들도 많으니까. 하지만 익숙한 세상에 안주하며 비럭질로 연명하는 것보다 낯선 세상으로의 모험이 당연히 더 설렜다. 나는 바람처럼 떠도는 화자니까.

화자의 바람을 장황하게 풀어놓으니 마음이 한결 편했다. 누군가는 비소할 듯싶은 걸개의 꿈이 내겐 그럴듯해 보여서 마음이 부듯했다. 물론 터놓고 얘기해서 이것은 스스로 변명하는 짓이다. 하지만 걸개에게도 먹물들의 고상한 문자로 정당화나 합리화로 불리는 명분이 필요했다. 바로 거지의 명분. 그것이 중요했다.

핑계는 삶의 방패였다. 허울에 드문드문 붙어 있는 허물을 그나마 핑계로 덮어줘야 숨구멍이 트였다. 꼬투리가 없는 완두콩이 없듯이 헐뜯을 거리도 만들지 않는 인생은 없었다. 좋게 보면 콩깍지요 밉게 보면 죄다 꼬투리였다. 더불어 삶의 중심은 조작이 필요했다. 중심으로 인한 원심과 구심의 충돌은 왜곡을 야기했다. 그러니 모두가 자신만의 조작된 중심에 기대어서 살아갔다.

화자의 바람도 왜곡된 중심이었다. 그래도 괜찮았다. 다들 뒤틀린 착각에 입각해서 살아가는 판에 걸개의 오판도 문제 될 것은 없었다.

나의 마음이 흡족하면 그걸로 족했다. 비록 착오가 있을지언정 내면의 중심에 숨어있는 미친 얼간이를 조금 납득하자 희뿌연 안개가 걷히면서 걸개가 걸어가야 할 길이 선명하게 드러났다. 지금부터 그 화자의 길을 반듯하게 걸으리라. 어떠한 시련이 닥쳐도 닥치고 끝까지 가리라.

마이산 아래 금당사로 갔다. 불목한의 불평과 푸념과 신세타령을 들으며 밤을 지새웠다. 먼동이 트자 모악산으로 향했다. 저녁 무렵 대원사 계곡에 들어섰다. 지천으로 널린 진달래가 사그라지는 햇살에 선홍색 자태를 뽐냈다. 그저 꽃을 피우려는 저 생명의 단순하고 여린 마음에 마음이 아릿했다. 어쩌면 그 단순함이, 아니 그 가녀린 마음이 진정한 생명의 힘이 아닐까. 진달래를 따라 바위들이 널린 산길을 오르며 길의 의미를 되새김질했다. 평탄한 길을 제쳐 두고 납자衲子는 왜 힘든 산길을 올랐을까. 아마도 조순을 거부하는 마음을 길들이고 싶었을 것이다. 그러나 텅 빈 마음. 그놈을 잡은 납자들은 몇이런가. 차라리 만물과 통정하는 정情에 기탁함이 나으련만. 젠장, 나도 마음만 있지 몸으로 그 맛을 느껴보지 못했기에 쓸쓸함을 뒤로 밀어내면서 대원사로 들어섰다.

이튿날 새벽녘에 대원사 노승의 충고를 귓등으로 흘리며 금구로 향했다. 수왕암을 거쳐 정상에 오르자 아이를 안은 어머니 형상의 바위가 눈에 들어왔다. 그 순간 묘한 감정이 온몸을 휘감았다. 몸으로는 느껴볼 수 없었던 모자母子의 정情을 유정한 바위가 보여주는 듯했다. 생과 사로 연결된 생명사도 모母와 자子로 시작하는 인간사도 무심한 바위 앞에서는 무상했다.

무상無常. 그것은 시간이 만든 무의미한 굴레. 수數를 품고 태어나는 생명에게는 시간이 조물주일지 몰라도 바위에게 시간은 실체도 없는 허상이요 흐른다는 말조차 무의미한 헛것이다. 바위에겐 비바람이 빚어낸 풍화風化만이 유의미할 뿐. 인간에게도 시간은 관념의 굴레요 변화를 재단하는 도구요 인식의 틀에 불과할 뿐이다. 그러니 시간의 장단長短으로 존재의 우열을 가늠하는 것은 진정 부질없는 짓이었다.

다만 같은 세계 속에 다른 삶이 있을 뿐. 대지와 유리된 인간은 마음으로 만물을 주재하면서 몸으로 무리를 이뤄서 찰나의 시간을, 대지와 하나가 된 바위는 몸으로 만물과 소통하면서 외로이 영겁의 시간을, 그렇게 그들은 각자의 삶을 살아갔다. 그래도 대지에 더부살이하는 바위의 꾀가 단단해 보였다. 바위가 몸으로 견뎌낸 장구한 시간 앞에서 인간사가 덧없어 보였다. 그러나 나는 몸으로 바위의 몸과 겨루기보다 덧이나마 뜻을 따르기로 마음을 먹었다. 그렇게 뜻을 다지며 땅과 유리되어서 떠도는 비렁뱅이의 삶에서 비굴과 비참이라는 두 글자를 베어냈다.

짧지만 불꽃처럼 살리라.
의연한 의지는 바람처럼 불어오는 운명의 중심부로
나를 잡아서 끌어내렸다.

대기의 모순

생명의 숨결은 고결했다. 탯줄 대신 숨길로 생명은 삶을 시작했다. 들숨과 날숨의 반복에 깃든 숨결은 살아있음의 증거요 대기는 숨의 원천이었다. 대지를 뒤덮은 대기는 생명들을 차별하지 않았다. 한없이, 아낌없이 베풀기만 했다. 생존의 땅에서 쫓고 쫓기는 사냥의 순간에도 대기에 맞닿은 숨은 멈추지 않았다. 그저 헐떡댔을 뿐.

그런데 마음껏 숨을 쉴 수가 없었다. 풀리지 않는 답답함이 바윗돌마냥 마음을 짓눌렀으니까. 차별이라는 그 원초적인 갈등의 시발점이 세상의 얼개를 직조했으니까. 차별의 권위에 짓눌린 조선의 백성은 숨조차 맘 놓고 들이켜지 못했다. 이제 조선의 숨통을 틔워줄 대동의 바람이 필요했다. 여립과 함께라면 가능할 것이다. 나는 그리 믿고 화자의 바람을 향한 첫걸음을 내디뎠다.

나는 가슴 속에 부푼 바람을 품고 모악산을 내려왔다. 마침내 제비산 자락에 소담스레 펼쳐진 금구가 눈에 잡혔다. 순간 먹먹함과 설렘이 가슴 한편에서 서로 교차했다. 두서없이 머리를 내미는 감정들로 인해서 마음의 초점이 흐릿해졌다. 흐트러지는 마음을 주섬주섬 챙겨 담았다. 밭을 갈던 농부에게 여립의 집을 물었다.

"복사꽃이 퍼드러진 저 집이여. 한데 거지도 거시기 계에서 받아주나. 하기는 반상이 없어지는 세상이 온다고 노비 놈들도 설쳐대데. 시상 그게 말이 안 되지만 그런 세상이 오면 좋지."

'오면 좋지.' 그것이 농부의 본심이리라. 나의 마음도 그와 다르지 않았다. 단 하나의 차이가 있었다. 농부는 그런 세상을 헛된 꿈으로 치부했지만 내게는 무모한 모험을 감행할 만용이 가득했다. 그것은 일종의 객기였다. 까짓것 한번 죽지 두 번 죽나. 뭐 이런 심산으로 여기까지 왔으니까 비록 허무만이 남을지라도 갈 데까지 가봐야지. 그러나 내가 품은 패기를 앞세워서 소박한 농부의 소심함을 차별하고 싶은 마음은 추호도 없었다. 그의 삶과 나의 삶을 서로 저울질해서 우열을 가리는 것은 비열할 듯했다. 농부의 손길을 따라 복사꽃이 만개한 집에 이르자 귀에 익은 목소리가 돌담을 타고 넘어왔다. 오직 나만의 여인이길 바라는 옥정의 음성이었다. 『예기禮記』에 담긴 대동大同의 구절을 옥정이 읽고 있었다.

"대도大道가 활개를 펼치니 천하는 만민의 공물이 되고 신의를 중히 여겨서 모두가 가족처럼 상위相爲하니 화목한 세상이 열렸다. 재화를 공유하고 노동을 자랑스럽게 여기고 모두가 서로의 이곳을 위해 애써 일했다. 이것을 일러 대동大同이라 말했다."

그녀가 상위相爲의 조화가 빛나는 대동의 세계를 노래하자 나의 마음은 민초가 주인이 되는 민황民皇의 세상. 상것들이 살맛이 나는 상놈의 세상을 노래했다. 마음으로 민황을 노래하며 몸으로 대동을 향한 대문을 열어 재꼈다.

칼이 텅 빈 허공을 가르자 바람이 일었다. 복사꽃잎이 떨어졌다. 봄비처럼 흩날리던 꽃잎들은 칼이 일으키는 바람에 밀려 다시 솟구쳤다. 꽃비는 칼의 움직임에 상향과 하향의 춤을 추었다. 차츰 멈추지 않고 움직임을 극한까지 밀고 나갔다. 순간 칼과 하나 된 몸이 바람과 하나 된 꽃비와 미친 춤을 추었다. 먼발치에서 옥정이 검무를 지켜보고 있었다. 그녀의 시선을 의식한 몸은 꽃비 속에서 주체할 수 없는 기운을 더욱 격하게 발했다.

"아!…… 칼의 움직임이 이렇게 아름다울 수가!"

그녀의 탄성이 울리는 순간 마음이 몸의 중심을 벗어났다. 나는 점차 무아無我의 몸짓과 멀어졌다. 상향의 춤을 추던 꽃잎들도 하나둘 하향했다. 칼을 거두었다. 옥정의 존재를 모른 척하며 숨을 골랐다. 들뜬 마음에 들숨과 날숨이 삐걱대자 얼굴이 붉어졌다. 옥정이 다가오며 말했다. "풍, 같이 갈 곳이 있어." 그녀의 몸보다 그녀의 몸내가 먼저 코끝에 닿았다. 그녀의 향기. 묘사하기 어렵지만 굳이 비유하자면 꽃부터 먼저 피워서 봄을 알리는 매화의 향기에 가까웠다. 그녀의 체취가 전해지자 마음이 조여서 심장이 콩닥댔다. 몸이 얼어붙자 목도 잠겼다. 그녀 몰래 침만 꿀꺽 삼키면서 드레가 있는 척 굵은 목소리로 알았다고 답했다. 그러자 그녀가 말했다.

"평생 처음 보는 검무였어. 음…… 나도 배워보고 싶네."

삼기검이 아낙네들 다듬질하는 홍두깨도 아니고 이런 걸 배우겠대. 그래도 옥정이 칭찬을 해주니까 솔직히 숨이 막힐 정도로 기분이 좋아서 우쭐해졌다.

"마음만 있다고 배울 수 있는 게 아니야. 적어도 목숨을 걸어야 맛이라도 볼 수가 있지…… 나처럼……."

거만하게 말꼬리를 흐렸다. 거짓이 아니라 진실을 말하는 것이니 자랑할 만했다. 물론 진실이 언제나 좋은 것은 아니었다. 막상 말하고 나니 내가 너무 바보 같았다. 수컷의 자존심만 세우려고 자신이 빌어먹는 비렁뱅이라는 자명한 진실조차 외면한 채 시쳇말로 주제 파악도 못한 채 꼴값을 떨어댔으니까. 내가 겸손함을 가볍게 여긴 대가는 그녀의 토라진 말투였다.

"풋! 풍도 단순하네. 하긴 그러니까 그 정도의 경지까지 올랐겠지. 여태껏 나는 붓의 율동에서 아름다움을 찾아왔고 또 앞으로도 그럴 거야. 그러니 걱정 마. 네게 검을 배울 일은 없어. 내려가자."

젠장, 나보고 단순하단다. 맞는 말이다. 내가 사실 순수한 사내였다. 쥐뿔 아무것도 없는 유걸 주제에 허황된 꿈을 좇아서 이곳까지 왔으니까. 그러나 돌이켜보면 이런 발칙한 꿈을 꾸는 것은 나만이 아니었다. 금구에 도착하던 날 옥정에게 그녀가 읽던 구절에 관해서 물었다. 돌아온 그녀의 답이 걸작이었다. 그녀는 매일 염불하듯 대동의 구절을 소리 내어 읽는다고 꿈이 실현되는 그날까지 독경을 멈추지 않겠다고 답했다. 나랑 똑같은 꿈을 꾸는 누군가가 있다는 사실에, 그 여인이 옥정이라는 진실에 신이 났다.

옥정이 연무장을 내려갔다. 연무장에는 떨어진 꽃잎들과 거지만 남았다. 꽃잎은 떨어지기 위해 피었고 떨어져 땅과 하나가 되었고 마침내 숨이 멎어 소멸했다. 주기의 틀에 갇힌 순환의 운명. 생명이 순환의 족쇄를 풀고 새로운 주기의 세계로 진입한다면 삶의 본질이 새로워지련만. 나는 봄의 대기를 온몸으로 들이켰다. 산만했던 숨길이 서리해졌다. 연무장을 내려갔다. 마당으로 들어서자 옥남이 해맑게 웃으며 다가왔다.

"풍 형님, 누님이 춘심이 동했는지 상춘을 가자고 난리네요."

금구에 몸을 의탁한 지 벌써 보름이 지났다. 그사이 이들 남매를 조금씩 이해하기 시작했다. 물론 사람의 마음속을 세세하게 헤아릴 수는 없는 일이었다. 만약 마음이 투명하게 드러나서 손쉽게 읽힌다면, 세상에 싸울 일도 이해할 일도 많을 것이다. 그러나 세상에서 지극히 난해한 일이 인간의 마음을 완벽하게 심득하는 것이니 그것이 어쩌면 다행일 수도 아니면 불행일 수도 있었다.

마음이 생겨나고 사라지는 생멸生滅의 문門도 또 마음이 존재조차 부정되는 진여眞如의 문門도 내내 똑같은 문이었지만 결개인 내게는 문고리조차 잡기 힘든 존재存在의 문이었다. 흥! 너무 어려워.

젠장, 겁나게 잘난 체한 듯싶다. 하여간 마음을 바탕으로 남매의 성품을 논하고 싶지 않았다. 지금껏 느껴진 그대로 그들을 묘사하면 옥정이 칼 대신 붓을 든, 내면에는 넉넉함을 소유한 여장부라면 옥남은 곱상한 외모에다 마음마저 여린 소년이었다. 이렇듯 이들의 품성이 어림에 잡혔지만 고독에 익숙한 나에게 이들 남매는 여전히 낯설었다. 섬서한 심리적 거리 역시 좀처럼 좁혀지지 않았다.

서먹한 마음의 사이를 좁히고자 옥정이 넣은 바람을 옥남이 잡았다. 나는 남매의 바람에 이끌려 생명이 샘솟는 봄을 만끽하러 금산사로 향했다. 늘 어디에나 있는 들꽃이 금산사로 가는 길을 열었고 봄바람은 염치를 품은 들꽃에게 생기를 북돋웠다. 앞서가는 남매의 그림자만 바라보며 묵묵히 따라 걸었다. 돌무지개 문을 지날 무렵 옥정이 뒤를 돌아보며 말했다.

"풍, 같이 걸으면 안 될까?"

"그래요. 말도 못하는 수목들도 서로 몸을 비비면서 사는데 풍이 형님은 왜 만날 혼자만 있으려 해요?"

옥남이 거들고 나섰으나 돌아온 건 딱! 옥정의 꿀밤이었다.

"아야! 왜 때려요!"

"한마디만 더해……."

화가 난 옥남이 혼자 앞서 걸어갔다. 나는 옥정의 배려가 마음에 걸렸다. 마음을 열고 푸접 있게 다가가는 것이 여전히 내게는 어색했다. 그것을 간파한 그녀도 내게 붙접을 강요하지 않았다. 세심한 그녀의 마음이 보이자 나는 서둘러서 그녀 곁으로 다가갔다. 순간 그녀의 향기가 코끝에서 살랑댔다. 이번에는 심장도 함께 벌렁댔다. 동시에 그녀의 말도 귀퉁이에서 찰랑댔다.

"옥남이 어려서 그런 거니까 마음에 담지 마."

"이렇게 어울려 지내다 보면 외톨이 습성도 사라지겠지."

나는 무덤덤한 몸짓으로 예사롭게 답했다. 말없이 거닐던 그녀가 숲이 살뜰하게 머금었다 뿜어낸 봄의 대기大氣가 상쾌한 듯 심호흡을 하면서 난데없는 질문을 던졌다.

"풍은 생명에게 진정 소중한 것이 뭐라고 생각해?"

뜬금없는 질문에 말문이 막혔다. 내심으로 그녀가 원하는 대답을 알 것 같았다. 주막에서 그녀와 처음 만난 날 그녀가 건넨 첫 마디 묵경이 머리를 스치고 지나갔다.

"생명이 서로 사랑하며 살뜰하게 살펴주는 겸애가 아닐까!"

"내가 생각한 것보다 너의 답이 더 멋지네. 물론 사람마다 소견이 다르니 하나의 답만 있는 것은 아니지."

"그럼 옥정의 답은……."

그녀의 답이 궁금했다. 궁금증이 솟자 들에 핀 꽃들조차 안중에 들어오지 않았다. 그녀는 뜸만 들이며 말없이 걷기만 했다. 갑자기 그녀가 걸음을 멈췄다.

"생명들의 삶에 진실로 소중한 사물은 대기大氣라고 생각해. 물론 하늘땅이 없으면 생명도 없으니 천지에 비할 바는 아니겠지. 하지만 대기 역시 소중한 존재야."

그녀는 불어오는 봄바람을 온몸으로 느끼려는 듯 두 활개를 활짝 펼쳤다. 바람을 타는 나비마냥 팔도 살랑살랑 흔들어 댔다. 백치처럼 티 없이 순수한 소녀로 보여서 우스웠지만 왠지 귀여웠다. 그리고 멋졌다. 그녀가 무엇을 하든, 무엇을 말하든 정말 멋졌다. 목소리는 또 말해 뭐하리. 당연히 날카로웠지.

"대기는 늘 모든 곳에 있지만 눈으로 볼 수도 손으로 만질 수도 없어. 하지만 대기와 촌음寸陰이라도 떨어지면 생명이 살 수가 없잖아. 그러니 생명에게 진짜 중요한 존재는 숨의 근원인 대기야. 나만의 소견인데 좀 조잡하지?"

그녀의 소견이 이거였구나. 이걸 왜 몰랐지. 모르는 게 당연하지. 여태껏 대기는 당연한 존재로 여겼으니까.

"네 말이 맞네. 늘 곁에 있다 보니까 대기의 존재 자체를 잊어버리고 사는 것 같아. 소중함도 잊고……."

내가 곁장구를 치자 옥정은 흥이 돋는지 오달진 낯빛을 내비치며 웅숭깊은 속내를 시원하게 풀어놓았다.

"하늘과 땅 사이에 충만하다 보니까 역逆으로 대기는 존재 자체도 무시되지. 사람들은 희소한 것을 중重히 여겨서 중中으로 삼는데 드문 것이 중한 것이 아니라 흔한 것이 귀중한 것이야. 소중하니까 지천으로 널린 것이고 지천至賤이니 존귀尊貴한 것이지."

만세! 이것은 필연코 하늘이 정한 연분. 옥정도 나처럼 역발상의 달인이었다. 부부의 연을 맺으려면 사유의 관점이 유사해야 하는데 옥정이 바로 그런 여인이었다. 호박이 넝쿨째 굴러온 판에 눈치를 보느라 나는 마음껏 웃지도 못했다. 미친 머저리가 마음으로 김칫국을 마시건 말건 옥정은 개의치 않고 자기 생각을 가감 없이 드러냈다. 그것은 관념의 굴레를 깨부수는 언어의 도끼질이었다.

"나는 대기와 같은 존재가 민초라고 믿어. 바로 백성이 일국一國의 대기지. 대기마냥 소중한 백성을 무시하고 또 차별하는 나라는 숨이 막혀서 죽을 수밖에 없어. 지금 조선은 스스로 숨을 끊으려는 듯 백성을 버러지처럼 박대하고 대기마냥 무시하고 잡초인 양 차별하지. 숨의 소중함을 잊어버린 조선은 반드시 변해야만 해."

마지막 말끝이 마음에 긴 울림을 남겼다. 날카로운 그녀의 낯빛에 심장마저 식어버렸다. 마치 가을의 서릿발처럼 서늘해서 지금이 봄이라는 사실조차 망각했다. 진짜 춥네. 아니 정말로 무섭네. 이런 여인 이랑 더불어 살려면 여분의 심장이 필히 있어야 할 듯싶었다. 마비를 대비해서. 어쩌면 여인의 화火는 사내의 심장을 쪼그리니까. 사무친 여인의 한恨은 천지의 심장도 쭈그리니까.

그녀의 추상같은 기개에 놀라서 숨이 멎는 듯했다. 내가 당혹스러워하자 옥정은 본래의 온화한 낯꽃을 띠면서 금산사를 향해 발걸음을 옮겼다. 묵묵히 그녀와 함께 걸으며 숨에 대해서 곰곰이 생각했다. 나는 무엇에 마음이 끌리면 무지 심각하게 골몰했다. 마음에서 시원한 답이 나올 때까지 끝까지 물고 늘어졌다.

숨은 숭고했다. 그놈은 세상을 여닫는 문門이었다. 일체의 생명이 탯줄을 끊는 순간 숨을 얻어 한뉘를 한갓지게 살다가 숨을 잃으면 일생과 덧없이 이별했다. 부생이 한 줌 숨에 부접했고 숨은 대기에 기대었다. 그러나 뭇 생명은 늘 숨도 대기도 잊은 채 부산한 삶을 살았다. 치자癡者 같은 치자治者들은 대기처럼 소중한 백성을 대기인 양 무시했다. 지천으로 널렸기에 백성의 존재 자체를 잊고 살았다.

대기의 역설은 존재의 모순을 꼬집었다. 귀중하나 지천해서 존중은커녕 무시되는 모순. 어처구니없는 현실에 현존은 끝내 절망했다. 허망한 희귀함에 지당한 존귀함을 빼앗긴 생명의 상실감은 상당했다. 실상 존재의 배반은 조물주의 패착. 인존의 자각을 위해 너무나 많은 희생을 치러야만 했으니까.

문득 민초의 모순과 겸애의 모순이 서로 포개졌다. 겸애의 가치는 고결하지만 겸애의 실천은 고단했다. 고결함과 고단함이 모순되는 겸애. 씨줄과 날줄처럼 겹쳐진 겸애와 민초의 모순은 서로에게 실마리였다. 대기의 역설을 대오大悟하는 순간이 대동의 첫걸음일지도 몰랐다. 그 자명한 진실을 깨우쳐준 옥정은 얼굴도 속내도 모두 수려했다. 이런 여인을 아내로 맞이하면 세상에 부러울 것이 없을 텐데. 수컷의 원초적 욕망이 고개를 내밀자 다시 숨에 집중했다.

숨에 대한 삼매에 빠진 사이 금산사 미륵전에 도착했다. 웅장한 미륵불과 마주했다. 기억 저편에서 노승 지심의 잔소리가 들려왔다. 동시에 미륵의 마음이 어림에 잡혔다. 미륵전의 웅장함은 미륵불의 진심을 담기에는 부질없었다. 미륵은 민황民皇들의 마음이 원융하여 하나 된 부처였다. 여태껏 혁명을 꿈꾼 군상들은 미륵에게 빌붙었다. 기실 그들이 기댄 것은 민심. 그것을 얻기 위해 미륵을 혁명의 방패로 내세웠다. 미륵의 참맘이 무참했다. 미륵은 마냥 한결같았지만 미륵의 가면을 쓴 망량들이 수시로 출몰하여서 미륵을 욕辱되게 하고 민심을 무망誣罔했다. 망량들의 꼴값에 미륵은 똥값이 되었다. 미륵전 도통을 가득 채운 똥 더미와 욕망의 똥 무더기에 빠진 미륵이 참담했다. 무뚝 똥을 뚫고 분출하는 여의주가 빛났다.

여의주如意珠는 뭇 생명이 삶을 기탁하는 숨. 들숨과 날숨 사이의 삶도 첫 숨과 끝 숨 사이의 인생도 숨이라는 여의주의 숨결을 벗어나지 못했다. 미륵의 여의주에서 숨의 존귀함과 모든 생명이 숨으로 하나 되어 있음을 깨쳤다. 대기에 맥이 닿은 숨은 일체의 생명을 관통하는 하나의 몸짓이었다. 생명의 천변만화하는 무수한 몸짓들도 숨에서 시작하고 숨에서 끝났다. 나는 숨을 깊게 들이쉬었다. 마음의 한편이 부듯했다. 마음을 곰곰이 뜯어보면 마음은 늘 그럴싸한 답을 내놓았다. 물론 그 과정에서 미쳤거나 말았거나 광인의 경계를 넘노니는 지천한 인간들의 지질한 잔소리들, 아니 무의식에 각인된 미친 언어들이 제법 도움이 되었다. 그들은 참 요상한 인간들이었다. 비록 남들은 그들을 미쳤다고 무시하고 괴짜라고 깔보지만 나는 그들을 입담만 빛나는 별종으로 여겼다.

미륵전 문턱을 넘어 밖으로 나왔다. 대장전 앞에서 남매가 나를 기다리고 있었다. 우리는 웃음꽃을 피우며 집으로 돌아왔다. 보조를 맞춰 걷는 길 위에서 옥정이 뜬금없이 사이에 관해 이야기했다.

"세상에는 수많은 사이가 존재하지. 천과 지로 나뉜 공간도 고와 금으로 나뉜 시간도 아와 비아로 나뉜 인간도 모두 사이로 이뤄져 있지. 삶이란 그 사이를 살아가는 거야. 마땅히 생명이라면 상생의 마음으로 사이를 살아야지. 필연코 대동의 가치가 뭇 사이의 중심에 자리를 잡는 날 조선이 변하겠지. 사유의 상징인 언어에 간間이 넘쳐나는 것을 보면 선현들도 사이의 소중함을 깨우쳤던 것 같아. 그런데 지금은 사이를 물욕으로만 채우려고 하니 점점 세상이 삶의 온기를 잃어버리는 듯해."

확실히 발칙한 발상이 남달랐다. 그녀의 소견은 지금껏 내가 겪었던 별난 인간들의 견해와 좀 달랐다. 비록 외골수마냥 한곳에 미친 인간들처럼 심도深到하진 못했지만 색다른 시각이어서 신선했다. 그래서 좋았다. 고집불통에 애교도 없고 게다가 요리도 못 한다고 남들이 비웃든지 말든지 이 풍이는 옥정이 무조건 좋았다. 굳이 조건을 따지면 뭔가 말로는 설명하기 어려운 영혼의 끌림이나 아니면 몸의 느낌이라고 할까. 아무튼 내 눈에는 내 콩깍지요 내 발에는 내 짚신이 제격이니 나는 사람들의 비소를 무시했다.

그러나 그녀를 둘러싼 비웃음은 상당했다. 여인임에도 서책밖에 모른다는 내용이 핵심이었다. 옥남이 많이 놀랐다. 사내들이 손사래를 치는 서치여서 어디 시집이나 가겠냐. 그것이 녀석의 주장이었다. 더불어 옥정의 어머니도 동조했다. 심지어 유별난 주인을 만나서 노비 같지 않은 노복들인 천복과 지복과 인복 그리고 여종들인 일향과 월향도 대놓고 옥정을 조롱했다. 솔직히 그녀를 향한 비소는 차별의 시선이 아니었다. 걱정이 담긴 마음이었다. 신분만큼이나 남녀의 차별이 당연한 조선에서 책이나 읽는 여인으로 살아간다는 것은 비극이었다. 소박맞기에 좋은 여인이니까. 나라면 절대 그녀를 소박하지 않으련만.

참말로 육갑도 여섯 가지인가. 그녀 곁에만 서면 심장이 콩닥대는 놈이 소박 타령이나 하다니. 주먹으로 터벅머리를 때렸다. 정신이 돌아왔다. 돌아왔던 정신이 다시 집을 나갔다. 며칠 동안 얌전히 버텨내던 녀석이 봄바람에 바람이 들었는지 아니 농익은 봄의 흥취에 흠뻑 젖었는지 갈피를 잡지 못해 허둥댔다. 젠장, 온갖 봄꽃들의 그윽한 꽃향기가 청춘의 심지에 불을 지피자 몸으로는 옥정의 근처에도 못 가면서 마음으로만 그녀에게 푹 빠져버렸다. 온통 주변에는 옥정의 탈을 쓴 허깨비들 천지였다. 연무장에도 서재에도 옥남과 인복이랑 밥을 먹을 때도 뒷간에서 된똥을 눌 때도 허깨비들이 눈앞에서 어른댔다. 그 바람에 민황을 향한 걸개의 거창한 바람은 온데간데없이 사라졌다. 여인 앞에서 이렇게 쉽게 허물어지는 것이 사내던가. 화자의 자존심이 뭉개지자 불쑥 화가 솟아났다. 뒷간에서 똥을 누다 말고 더벅머리를 때렸다. 정신이 돌아왔다.

때를 맞춰 여립도 돌아왔다. 뜻을 함께할 벗들을 구하려고 팔도로 유력을 떠났던 여립은 이번에도 나처럼 유별난 괴짜들만 데리고 되돌아왔다. 탁발승 의연과 도사 지함두였다. 의연은 납의만 걸쳤을 뿐 탈속에는 전혀 관심이 없었다. 팔자 눈썹 아래에 튀어나온 눈과 혼탁한 눈빛엔 속세를 향한 미련들이 총총했다. 의연도 노승 지심의 반들반들한 주장자로 대갈통에서 번개가 치고 또한 반반한 머리에는 혹이 솟아야 마음을 닦는 시늉이라도 할 듯싶었다.

한편 함두는 사람이 좀 집요했다. 자칭 주역周易에 도통한 도사라고 자랑했다. 진짜 제대로 역리易理를 터득했는지 확인할 수는 없었다. 솔직히 통달의 여부가 대수는 아니었다. 대자연의 섭리를 달통한들 세상사를 제멋대로 주물럭댈 수는 없었으니까.

터놓고 말해보자. 몸으로 부대끼며 늘 함께하는 현존들의 마음도 모르는 판에 도대체 뭘 안다고 까불 수가 있을까. 물론 꼬이고 뒤틀린 마음의 실체는 조물주조차 감당하기 난해한 물건이었다. 차라리 모르는 것이 속이 편할 때도 있었다. 사실 세상만사에 눈감고 사는 짓이 제일 마음이 편했다. 눈앞에 닥치기 전까진 눈길도 주지 않는 것이 인지상정이니까.

나는 유 훈장의 잔소리를 통해서 주역을 접했다. 화자가 해득하기에는 난해했다. 무지無知를 화려한 표현들로 포장하는 현학 대신 단 하나의 줏대만 잡았다. 사철 푸르른 솔처럼 때를 모르는 철부지는 되지 말자. 그렇게 다짐했건만 여태 철부지의 허물을 벗지 못했다. 그래도 괜찮았다. 한철 울음을 위해 탈피까지 수년을 땅속에서 참고 견디는 참매미도 있으니까. 인내 역시 필연코 노력에 보답할 것이다. 게다가 되풀이되는 계절에 발맞추는 삶이면 족했다. 주역은 끼니보다 못했다. 그러니 밥보다도 못한 주역을 앞세워서 자찬함은 미욱한 짓이었다. 그런데 함두는 게거품에 가까운 침까지 튀기면서 주역을 예찬했다. 그것까지는 이해할 수도 있었다. 너절한 겉모습도 뭔가에 미친 성품도 나랑 비슷했으니까.

문제는 함두의 승부욕이었다. 갸름한 상판에 쭉 찢어진 두 눈도 날카로운데 성깔은 더 까칠했다. 그는 첫 대면부터 대뜸 내가 닿은 칼의 경지에 관해 물었다. 칼에 실리는 마음의 무게는 무의미했고 칼을 놀리는 몸짓만이 함두에게는 유의미했다. 함두는 칼의 우열을 가리고 싶은 승부욕이 솟자 격검擊劍을 제안했다.

제기랄, 격검이 귀찮았지만 거부하지도 물러서지도 않았다. 나도 칼이라면 조선 제일이라고 스스로 자부하곤 했으니까. 당연히 귀신보다도 칼을 잘 쓰는 아버지는 예외였다. 그의 경지는 거의 도깨비의 뺨도 치는 수준이었다. 내가 결코 넘을 수 없는 거대한 벽이었다. 미치지만 않았다면 야사野史가 아니라 정사正史에 빛나는 이름을 남겼을 텐데. 아버지의 정신병이 야속했다.

젠장, 엉뚱한 얘기로 물을 흐리고 말았다. 하여간 강함의 고저를 명쾌하게 판명하길 바라는 함두로 인해 격검의 분위기가 고조되었다. 그때 여립이 중재했다. 그의 표정이 엄중했다. 찔끔 놀란 함두는 격검을 뒤로 미뤘다. 나는 여립의 뒤를 따라서 제비산을 올랐다. 말없이 앞장서 걷던 여립이 입을 열었다.

"낯선 세상으로 들어선 것이 이번이 처음일 터…… 자네의 순박한 심성이 속세의 서늘한 칼날에 다칠까 염려되네."

"유걸로 연명하며 연마한 마음인지라 칼날에 베여도 전혀 상처가 나지 않습니다."

"자네가 마음이 넓고 비범하다는 것은 이미 알고 있네. 하지만 세속의 쟁심爭心은 자연에 내재한 상극相克의 섭리에서 기인한 것이니 쉬이 소멸하지 않네. 오색잡놈들이 모여 잡화전을 이룬 세상에서 존재를 드러내어 인정받길 바라는 치심은 항상 쟁심으로 드러나지."

여립은 잠시 걸음을 멈추고 나의 어깨를 토닥여서 나의 마음마저 다독였다.

"함두도 자신의 검을 인정받고 싶겠지. 조선에서 격검으로 자신을 누를 수 있는 고수가 극히 드물다는 것을 알기에."

"헛된 승부에 헛심을 써봐야 허탈할 뿐이지요."

"그렇지. 과한 쟁심은 서로에게 상처만 줄 뿐이네. 자네가 그렇게 생각하고 있었다니 괜한 걱정을 했군."

솔직히 여립은 한편 편하고 한편 어려웠다. 사실 첫 만남부터 그랬다. 양반 상놈 따지지 말고 다 함께 똑같이 잘살자는 그의 사상은 마음에 들어서 편하고 좋았지만 그의 목소리는 너무 묵직하고 진지해서 쉽게 다가갈 수 없었다. 조금만 무게를 빼면 좋으련만 타고난 성품이니 바꾸기는 어려울 것이다. 혼자 잘난 걸개조차 괴팍한 성미를 고치지 못하는 것을 보면 그것이 세상의 이치인 듯싶었다.

침묵의 숲길을 여립과 동행했다. 제비산 중턱에 있는 치마바위에 도착했다. 치마바위에 엉덩이를 걸치고 앉았다. 봄의 들녘이 연둣빛으로 부풀어 올라서 싱싱했다. 한참 동안 상념에 잠겼던 여립이 입을 열었다. 중후한 목소리를 통해 전해지는 그의 이야기 역시 진중했다.

터놓고 얘기하면 내가 싫어하는 조선을 여립도 싫어했다. 물론 여기서 조선은 쥐뿔도 없는 상놈들의 나라가 아니다. 쥐뿔만 빼고 죄다 움켜쥔 양반들의 나라였다. 바로 그 소수를 위해 다수가 희생하는 나라 조선이었다.

차별로 마음에 멍이 든 조선은 깊이 병들어 있었다. 조선의 심장도 조선의 사지四肢도 썩어갔다. 남쪽에서는 왜구의 침입이 잦아 전쟁에 대한 불안이 고조됐고 북방에서는 건주여진이 세력을 팽창해 국경 근처가 뒤숭숭했다. 한데, 관리의 탈을 뒤집어쓴 무뢰한들은 백성의 고혈을 쥐어짜기에 급급했다. 그들은 관직의 매직에 탕진한 재물을 벌충하려고 지랄했다. 민생은 민민했고 시국은 소연했다.

꿈틀거리는 외세에도 조선은 꼼짝도 하지 않았다. 준동하는 외세가 무안할 만큼 무심했다. 조선은 늙고 병든 서치마냥 내우와 외환에 기민하게 대처하기는커녕 이념의 허상을 좇느라 마음만 분주했다. 이념의 덫에 걸린 조선은 죽어가고 있었다. 그 자명한 진실을 조선의 임금과 관리들만 몰랐다. 아니 알면서도 모르는 척 내숭을 떨며 자신들의 무능을 무마했다. 무지렁이인 백성들은 치자治者들의 관심 밖에 있었다. 민초 역시 덧없는 인생이 덧나지만 않아도 부듯했기에 치자들의 치졸함에 마음도 두지 않았다.

여립은 임거정이 소유의 해방을 꿈꿨던 구월산에서 대동을 향한 흥금을 확고히 했다. 혁명의 성패를 떠나 대동계를 통해서 죽어가는 조선에 새바람을 불어넣기로 마음먹었다. 그 바람이 시원한 산들바람에 그쳐도 좋고 세상을 변화시키는 혁명의 바람이어도 좋을 것이었다. 여립은 바람에 자신의 바람을 담아내기로 다짐했다.

이야기를 끝낸 여립은 서쪽 하늘에 걸친 해만 하염없이 바라보았다. 나는 밀려드는 땅거미에 먹혀드는 대지만 유심히 살폈다. 만약에 마음에도 빛깔이 있다면 여립의 마음은 자줏빛이요 나의 마음은 연둣빛일 듯했다. 태양의 붉은 열정에 먹힌 여립의 마음과 생명의 여리고 끈질긴 한마음에 물든 나의 마음은 일자의 지평선에서 만났다. 나는 봄의 들녘만을 바라보며 생명의 대지에 기댄 민초의 삶과 그들에게 빌붙어서 연명하는 무능한 치자들을 떠올렸다.

땅은 믿음의 텃밭. 농부가 믿고 의지하는 대지는 신분이나 재화로도 또 생긴 꼴로도 인간을 차별하지 않았다. 땅은 농부의 땀에 정직한 인과로 화답했다. 치자들이 뻗는 수탈의 손길은 땅을 믿는 농부들의 믿음을 무너뜨렸다. 비빌 곳 없는 농부들에게 다 함께 똑같이 잘사는 세상은 닿고 싶지만 닿을 수 없는 이상이었다. 그러나 새로운 세상을 향한 그들의 바람은 숨길 수가 없었다.

봄바람에 민초의 마음이 묻어났다. 바람을 따라서 만적의 민망한 몸짓이 실려 왔다. 주인의 성공한 반역을 목도한 만적은 실패한 혁명을 꿈꾸다 사라졌다. 개경 송악산 기슭에는 세상의 차별로부터 존재의 가치를 인정받길 바랐던 노비들의 분노와 울분과 한과 서러움과 언어로는 설명할 수 없는 절망이 남아 있으리라. 만적의 사라지지 않는 욕망도 함께. 기억의 저편에서 서책으로 만났던 만적의 목소리가 들려왔다.

"경계庚癸의 난亂 이래 나라의 많은 공경대부가 천민에서 나왔다. 어찌 왕후장상의 씨가 따로 있겠는가? 이 땅의 천민을 없애면 우리도 왕후장상이 될 수 있다."

안타까웠다. 만적의 마지막 말이. 만적의 욕망이 왕후장상이 아니라 군왕과 장상의 나뉨이 무의미한 민황의 세상을 향했다면 때를 나누어 피지만 개염을 거부하는 봄의 백화처럼 아름다웠으리라. 그러나 순수함은 욕망이 도달하기에는 너무 낮은 곳에 있었다. 나는 민황을 향한 화자의 바람을 다시 마음에 담으며 여립과 함께 제비산을 내려왔다.

정산운

이제 시발始發이다. 여태껏 쓸데없는 잡소리들만 나열하는 바람에 두 눈만 번잡했다. 막상 비렁뱅이가 버거웠던 과거를 해체하려니 말만 쭉쭉 늘어지고 재미는 엄두조차 못 냈다. 그렇지만 절대 포기할 수는 없다. 그녀의 한恨을 달래주려면 끝까지 가야만 했다. 그놈의 본모습도 폭로하려면 아직 갈 길이 멀었다.

여름으로 접어들자 점점 무더워졌다. 물기를 머금은 바람도 끈적거렸다. 더위와 더불어 짜증마저 몸피에 달라붙었다. 거대한 돌풍이 김제를 휩쓸고 지나갔다. 돌풍을 뒤따라온 소나기에 폭염도 기세가 한풀 꺾였다. 무더위가 물러나자 대동계는 호남을 넘어서 황해도까지 세를 확장했다. 변숭복 일행은 여름이 절정에 이를 무렵 금구로 내려왔다.

대문이 열렸다. 삐걱대는 소리와 함께 검은색 도포를 걸친 사내 하나가 멋쩍은 몸짓으로 마당에 들어섰다. 끈적대는 더위를 옥남과의 격검으로 씻어내던 차에 사내의 등장은 신선했다. 넙죽한 얼굴에 솟아오른 광대뼈. 특히 사내의 큰 눈망울이 시선을 사로잡았다. 당당한 몸피에 떡 벌어진 어깨는 사내의 강인함을 단박에 보여주었다. 사내의 눈빛은 혼탁했다. 오롯이 우러나는 욕망의 눈빛과 눈이 마주쳤다.

"죽도 선생…… 그러니까 대동계 맞소?"

물음에 답하려는 찰나 누더기 같은 적삼을 걸친 장정들이 연달아 들이쳤다. 모두 건장하고 다부졌고 무예를 몸에 지닌 듯했다. 한눈에 보아도 거친 사내들이었다. 그놈은 예외였다. 옥색 도포로 멋을 부린 놈은 왼손으로 백우선을 흔들며 한갓진 걸음으로 일행의 꽁무니에 붙어 마당으로 들어섰다. 다른 사내들은 햇볕에 그을린 구릿빛 얼굴이었으나 그놈은 솜털 같은 피부에 뚜렷한 이목구비를 갖춘 일면 여인네 같은 곱상한 외모의 소유자였다. 놈의 수려함은 세상 뭇 여인들의 종작없는 마음을 빼앗기에 충분해 보였다. 아니, 여인네들도 부러워할 야들야들한 상판이었다.

첫인상이 거만했다. 세상 인간들이 죄다 제 발아래 있는 양 은근히 으스댔다. 훤칠한 키에 뒷짐을 지고 어슬렁대는 팔자걸음이라. 교만한 마음이 방자한 몸짓으로 자연스레 드러나는 놈이었다. 투박하고 볼품없는 사내들 틈에 세련되고 기품은 넘치고 낯짝까지 반짝이는 놈이 끼어들자 무리는 모순되어 어울리지 않았다. 수컷의 본능인지 야수의 직감인지 왠지 놈의 낯짝이 꼴도 보기 싫었다.

마음 한편에서 미욱한 개염이 머리를 들었다. 놈의 낯짝을 시샘하

는 마음이 들자 내심 씁쓸했다. 여하튼 나는 달갑지 않은 마음에 흘러
가는 구름만 바라보았다. 나의 낯꽃이 심드렁하게 변하는 것을 눈치
챈 옥남이 나섰다.

"가친께서는 회합을 위해서 죽도 서실에 가셨으니 수일은 지나야
돌아오실 듯합니다."

광대뼈의 사내가 똥 씹은 낯빛을 드러내며 말끝을 흐렸다.

"낭패로세……."

"어허! 낭패라니. 변숭복 계주, 거 급한 성질머리 좀 잘라버리게. 서
두를 것 없이 이곳이 초행이니 여기저기 유람이나 다니면서 기다리
면 될 것을. 참 사람이 참을 줄을 몰라서야. 한심하게."

잘생긴 녀석이 백우선을 한가하게 흔들며 변숭복의 조급한 행동거
지를 맘껏 질책했다.

"정 도령, 그리해도……."

서생의 백우선이 숭복의 입을 막았다. 그놈은 백우선을 거둬들인
뒤 옥남에게 자신을 소개했다.

"해주선인 정산운이오. 호남의 산천이 수려하다고 팔도에 소문이
자자하더니 명불허전! 눈이 호강하니 마음도 흡족하여 세상에 부러
울 것이 없소이다. 하하하."

젠장, 이놈은 웃음소리조차 감미로웠다. 저놈의 포근한 목소리에
넘어오지 않을 여인이 있을까 싶었다. 홀딱 반해서 대놓고 미치지는
안 터라도 속으로는 속앓이를 하는 여인네들이 부지기수일 듯했다.
감미로운 목소리에 보검보다 빛나는 낯짝이라.

빌어먹을! 비록 걸개의 자존심이 하늘땅을 뚫어서 꿰는 나였지만

초반부터 녀석에게 내가 너무 꿀렸다. 물론 칼을 쓰는 솜씨나 멍하니 망상하는 재주는 내가 더 탁월할 것이다. 문제는 그런 비범한 능력들이 여인의 마음을 얻는 일에는 전혀 쓸모가 없다는 사실이었다. 게다가 이런 거칠고 괴팍한 성정의 거지를 살포시 품어줄 여인이 세상에 있을까 싶었다. 혹시 아니 필시 옥정이라면……! 그녀라면 결코 나의 기대를 저버리지 않을 것이다. 나는 비빌 언덕에 대한 믿음이 생기자 자존감이 충만했다. 나는 가슴을 쫙 펴면서 거만하게 턱을 치키면서 놈을 노려봤다.

그랬다. 그놈의 이름은 정산운. 내가 무덤에 들어가는 그날까지도, 아니 죽어 귀신이 되어서도 결코 잊을 수 없는 이름이었다. 이놈과의 만남은 아름답지도 유쾌하지도 않았다. 애당초 놈은 나의 운명 속으로 끼어들지 말았어야 했다. 은연중 언행으로 차별을 즐기고 개똥같은 차별로 존귀함을 드러내고 싶어서 안달하는 인간. 나는 놈의 무례한 몸짓이 마뜩하지 않았다. 놈이 갑자기 신나게 흔들던 백우선으로 나를 가리켰다.

"상판에서 코만 보이는 저자는 허름한 행색을 보아하니 비렁뱅이, 아니 노복인 듯싶은데 어째 어깨에 건방만 가득한 게 눈에 거슬리는…… 이제 보니 그놈의 코가 안쓰러워 네놈 꼴이 맘에 들지 않았던 거구나."

나는 놈의 주둥아리를 신나게 쥐어박고 싶었다. 하지만 상대조차 하기 싫었다. 나는 그저 뒷짐만 진 채 하늘만 보았다. 나의 심사가 심하게 뒤틀렸다는 사실을 알아챈 옥남이 나섰다.

"형님은……."

"대동계에서 검술을 가르치는 조선 최고의 검객."

속으로 뜨끔하면서 쾌재를 불렀다. 절묘한 순간에 그녀의 목소리가 들려왔다. 동시에 대문이 열리면서 나의 맘을 훔친 옥정이 모습을 드러냈다. 사내들의 시선이 일제히 대문으로 향했다. 옷은 비록 남루하다 못해 흙투성이지만 그녀의 미모는 수컷들의 마음을 사로잡기에 충분했다. 그놈도 흠칫 놀라는 눈치였다. 녀석의 그런 모습에 마음이 불편해졌다. 하지만 옥정이 내 곁으로 오자 금시 자신감이 솟구치며 꼬였던 심사도 풀렸다. 이번에는 어깨를 펴면서 산운을 지긋이 내려다봤다. 흠! 자식, 생긴 게 다가 아니야! 그때 옥정이 일행을 향해 말문을 열었다.

"정옥정이라고 합니다. 어떻게 오셨는지요?"

옥정의 물음에 승복이 먼저 나섰다.

"해주 대동계에서 온······."

이번에도 산운의 백우선이 승복의 말을 막았다. 덩치는 황소처럼 거대한 승복이 여인네 같은 산운에게 꼼짝도 못했다. 산운은 백우선을 한번 털어내더니 공손한 몸짓으로 옥정에게 인사했다. 그에게서 교만한 몸짓은 이미 사라지고 없었다.

"죽도 선생의 고명을 듣고 뜻을 함께하고자 왔소이다. 내 일찍이 『예기』에서 대동에 대한 구절을 읽고서 마음이 흡족하여 언젠가는 이 조선에서 대동의 뜻을 구현해 보리라 마음먹었는데, 마침 죽도 선생이 이곳 호남에서 대동의 기치旗幟를 드높이 드셨다기에 발걸음을 하였소이다. 오늘 이렇듯 우아한 낭자도 뵙게 되니 이 발걸음이 전혀 헛되지 않은 것 같소이다. 하하하······."

빌어먹을! 저런 말솜씨면 비럭질도 잘할 듯싶었다. 물론 비럭질이 만만하진 않았다. 동냥도 전략이 그러니까 생각이 필요했다. 구걸의 성패는 마음을 훔치는 데 있었다. 유려한 언변의 걸개보다, 어눌한 어투의 동냥치보다, 묵언의 달인이 때로는 비럭질을 더 잘했다.

바로 그 침묵의 고수가 칠복이다. 운암산 걸개 패거리의 막둥이. 녀석은 장터에서 비럭질을 시작할 때면 늘 고개를 숙인 뒤 감정부터 추슬렀다. 잠시 뒤에 사슴처럼 슬픈 눈망울을 들어서 닭똥 같은 눈물만 줄줄 흘리면 삽시간에 할당된 동냥의 몫이 채워졌다. 칠복이는 사람들의 감정을 움직이는 묘한 재주를 지녔다. 말없이 마음을 훔치는 귀신같은 놈이었다. 그놈을 생각하니 입가에 절로 미소가 감돌았다.

이런, 또 멍하니 딴생각만 했네. 내면의 미친 얼간이가 작동하면 나는 명상의 바다에 빠져 허우적댔다. 지금도 운명의 연적이 등장한 이 중차대한 순간에 잡념만 물고 늘어졌다. 정신을 차리자마자 옥정의 목소리가 들려왔다.

"손님들을 사랑舍廊으로 모셔야지."

사랑! 벌써 사랑으로…… 주위를 둘러보니 변승복 일행이 옥남을 따라서 객당으로 가고 있었다. 고린샌님 산운도 마지못해서 그들의 뒤를 따라갔다. 녀석은 그 순간에도 옥정을 향해 눈웃음을 흘렸다. 놈의 꼴값이 눈꼴사나웠다. 부아가 나서 연무장으로 가려는데 옥정이 살갑게 부탁했다.

"풍, 마을에 일손이 부족한데 노는 손 좀 붙일래?"

"일손이 달리면 당연히 가야지."

누구의 부탁인데 거절하랴. 그녀를 따라서 마을로 내려갔다. 금평의 들녘을 뒤덮은 갈맷빛 사이로 농부들이 율동했다. 하늘과 땅만 믿고 율동하는 농부들의 몸짓. 몸에 익어 너무도 자연스러운 그들의 몸짓에 감탄했다. 갑자기 떵하고 머릿속이 멍해졌다. 젠장, 지심 스님의 주장자였다.

"습꿰이 배인 몸짓에는 마음이 없다. 항상 깨어 있어야지."

훈습

연기처럼 몸에 스며든 습관인 훈습薰習. 훈습은 양날의 검이었다. 무한 반복을 통해 몸에 밴 습관은 바보와 장인匠人을 동시에 양산했다. 바로 내가 그 모양이었다. 끊임없는 반복을 통해 검의 달인이 되었지만 조금 얼뜬 머저리였다. 양극단에 치우친 양면성은 치명적 약점이자 극명한 강점이었다.

내가 얼뜨지만 않았다면…… 내가 차돌마냥 야무졌다면…… 내가 누릴 현재는 확연히 바뀌었을 것이다. 물론 시간의 불가역성 앞에서 만약이라는 가정은 무의미할 뿐이었다. 젠장, 자꾸 저런 고상한 표현을 사용하면 화자의 정체가 탄로되어 안 되니까 말조심해야겠다. 혹시 말이 씨가 될지도 모르잖아. 그런데 가만히 보니까 말이 씨가 되면 말씨가 되는 거잖아. 말로 시작하는 이름이 있던…… 그래 말대로*!* 참

좋은 이름이다. 그러고 보니 기억이 엉켜서 경로를 잠시 이탈한 것 같다. 다시 본론으로 돌아가자.

물론 기억이 항상 정확하진 않지만, 기실 기억은 경험을 차별하여 입맛에 마뜩한 놈이나 뒷맛이 떨떠름한 놈만 기억하니 사실일 리가 없지만, 아마도 오 년 전 가을 어느 날이었다. 나는 보현사 칠성각의 후미진 곳에서 열심히 잔꾀도 안 부리면서 장작을 패고 있었다. 워낙 이골이 난 일이어서 내가 장작을 패는 몸짓은 멋있었다. 그때 똥 같은 자만심이 가득 찬 대갈통이 난데없이 짜릿한 고통에 휩싸였다. 동시에 귀에 익은 목소리가 뒤통수 바로 뒤에서 들려왔다.

"마음이 다른 곳에 가 있다. 이놈 바람아!"

이런, 언제 나타났대. 노스님은 노상 소리도 없이 슬그머니 나타났다. 한바탕 잔소리가 질펀할 듯싶어서 각오를 단단히 했다. 역시 예상대로 장광설이 요란하게 쏟아졌다. 이번에는 길고 지루하고 또 난해했다. 솔직히 절간에서 절밥만 먹은 해가 수십 해는 되셨을 텐데 좀 쉽게 설법해 주시지 그게 그리도 어려운가.

"훈습. 그놈이 문제여. 습성習性은 몸이나 마음에 스며들면 좀처럼 빠지질 않는 지독한 놈이지. 그러니까 그놈은 닦음의 적이요 또 묵은 몸의 습관적 몸짓이요 몸이 소멸해도 마음을 좀먹는 인간의 영원한 그림자다. 원효 스님도 무애의 몸짓으로 중생의 훈습을 베어내려고 했지만 습성에 물든 세상의 벽에 부딪혀서 꿈을 접고 그저 글로나마 일심一心을 상세하게 설하고 떠나셨지. 그래도 그분의 마음만은 글에 남아서 언제나 새로운 무애의 몸짓으로 드러나니까 바람이 네놈도 그것을 온몸으로 배워라."

만날 때마다 주장자로 벼락이나 치고 말할 때마다 장광설로 변죽이나 울렸다. 솔직히 내 눈에는 변죽만도 못한 난해한 문자들이어서 슬슬 짜증이 났다. 뭔 놈의 훈계가 저렇게 난잡한 거야. 속으로 구시렁거리고 있는데 또다시 지심 스님의 망령이 시발했다. 참으로 질긴 잔소리였다.

"몸이 참말로 소중하지. 몸이 있어야 인존人尊이 독존하겠지. 한데 홀로 존재하는 인간들 사이에는 다양한 관계의 그물망이 펼쳐진다. 때문에 그 관계의 사이가 생멸하는 망의 꼴도, 망에 갇힌 무리의 꼴도 정하지. 기필코 개인은 무리의 모습에 길들밖에. 차별에 물든 내리內裏가 차별하는 무리와 개인을 길러내지. 익숙함에 쉬이 순치되는 습성으로 인해서 인간은 몸에 익은 차별을 몸을 통해 전하니 흐르는 시간과 함께 차별은 몸에 스민 훈습이 되어버렸어."

조금은 아리송했지만 여하튼 귀를 열고 계속 들었다.

"훈습이 되어버린 차별은 깨트리기가 어려웠다. 깨침을 갈구하는 불승조차 차별의 아집에 빠져서 허우적댔지. 헛춤만 추는 납승들의 헛짓이 허망해서 원효 스님은 만사와 만물을 관통하는 일심一心으로 무차별의 정토 세계를 지향하고 화쟁和諍의 묘법으로 교들의 간극을 메우려고 했지만 허사였다. 시공을 관통해 몸에서 몸으로 전해지는 차별의 훈습은 서리했다. 몸속 깊숙이 뿌리내려서 베어낼 수 없는 차별의 훈습, 그놈은 정말로 고얀 놈이다. 콜록, 콜록……."

지심은 질긴 기침을 토하듯이 뱉어냈다. 얼굴은 뻘게지고 어깨도 들썩였다. 아이참! 쉬엄쉬엄 얘기하시지 훈습이 뭐가 그리 중하다고 말을 끊지도 않았다.

"마치 묵은 기침마냥 몸과 하나가 되어버려서 마음으로는 다스릴 수가 없지. 콜록……. 만약 완전한 전의轉依. 허물을 벗는 탈바꿈이 일어난다면 차별의 굴레에서 벗어날지도 모르겠다. 에이그, 그러려면 세상의 밑바닥도 생명의 본바탕도 변해야만 하니 요원한 일이겠지. 참 참담한 차별이구나. 이놈아, 지루했냐. 해도 내 말이 네놈에게 언젠가는 도움이 될 게다. 비록 내 푸념이 뻑뻑해도 네놈 골통에 쑤셔 넣으면 후일 밥값은 할 게야. 그만 간다. 바람아!"

만날 나를 보고 빌어먹을 바람이란다. 하긴 내가 손으로 바람을 일으키는 손바람 하나는 대단하지. 하지만 나를 바람이라고 부르는 속내를 따져 묻고 싶었는데 이미 모습을 감춰버렸다. 할배 스님은 체구는 조그만데 진짜로 빨랐다. 내가 보기에 진정한 바람은 지심 스님이었다. 노승 지심의 말을 지금 다시 곱씹었다.

전의轉依가 중하다. 허물을 벗는 탈바꿈, 그러니까 번데기가 성충으로 변하는 환골탈태가 핵심이라는 얘긴데. 별짜인 지심의 요지는 변태變態가 중요하단 이야긴데. 기왕이면 변태가 되는 방법도 슬쩍 가르쳐주시지 그냥 그놈이 긴요하다고만 하면 어쩌라는 거야. 아니면 내가 스스로 자각을 하란 뜻인가.

변태는 경이로운 변화였다. 화려한 나비도 자신의 과거를, 쭈글쭈글한 유충 시절을 부정하고 싶을 것이다. 울음으로 구애하는 매미도 굼벵이를 보면 놀라서 자빠질 것이다. 매미도 나비도 유충에서 탈피하는 순간 완전히 새로운 생명체로 변모했다. 굼벵이를 보고서 누가 매미를 상상하며, 땅바닥에서 꼬물거리는 유충을 보고서 누가 하늘을 나는 나비를 상상할까.

하지만 하나의 불변하는 진실. 매미는 굼벵이의 미래요 굼벵이는 매미의 과거였다. 비록 흉측해도 유충은 나비의 꼬물대던 과거였고 나비는 징그러운 유충의 화려한 미래였다. 그것은 부정할 수 없는 사실이었다. 지금도 자연의 품에서 경이로운 변태가 진행되고 있었다. 그저 놀랍고 신기할 따름이었다. 한데, 인간이 변태를…… 별사람 지심은 상당히 현실적인 상상을 했다. 못난 인간도 완벽한 변태가 가능하다는 허황한 믿음. 에이, 노승의 노망이겠지. 물론 착각도 상상도 제 마음이니까 욕할 일은 아니었다.

그런데 차별의 습성에 대한 잔소리는 마음에 새길만했다. 사실이 그랬다. 성리학의 이념으로 세워진 조선도 차별을 완화하는 대신에 심화했다. 반과 상의 차별을 위해, 다스림의 편의를 위해서 차별은 팔도에서 골고루 행해졌다. 조선은 대동이라는 말에 민감했다. 대동은 조선을 조선답게 만드는 차별을 부수려 했기에 불온했다. 동아리를 대동계라고 명한 순간 이름 자체가 역모이니 조선은 대동계가 지향하는 바에는 전혀 관심이 없었다. 단지 대동계는 역심을 품은 역도의 무리일 뿐이었다.

진실은 달랐다. 묵은 조선에 대동의 신神바람을 일으키려는 여립은 전혀 개의치 않았다. 습관이 된 차별을 부수려는 의지가 의연했기에 여립은 거침없이 행동했다. 활달한 그의 행보에 나도 금구로 끌려오지 않았던가. 차별 대신에 대동이 몸에 익고 대동의 몸짓이 몸에 배면, 아니 대동의 훈습에 물드는 민황들이 많아지면 언젠가는 여립이, 아니 우리가 꿈꾸는 이상이 현실이 되지 않을까. 생각이 꼬리에 꼬리를 물었다.

"또 멍하니 무슨 생각해. 풍! 이제 그만 일해야지."

"어……그렇지. 일하러 왔지. 하하."

나는 옥정의 잔소리에 퍼뜩 정신을 차렸다. 다시 농부들의 율동에 맞춰 몸을 함께 놀렸다. 나는 숭고한 땀의 정직한 인과를 바라며, 대동의 습성이 조선의 산하를 깊게 물들이기를 바라며 흐르는 시간과 함께 영글어가는 대동의 꿈을 그려보았다.

의지화

정녕, 옳고 그름을 판가름할 수 있을까. 가치의 기준만 합당하면 가능할 것이다. 물론 누구의 기준이냐가 문제였다. 사람마다 시대마다 가치의 잣대는 변했으니까. 정의. 때깔만 고운 그럴듯한 말이다. 거지의 처지에서 보면 세상이 죄다 불의한 것들 천지였다. 지질한 양반 좀생이들 입장에서 보면 세상은 족히 정의로웠다. 뭐가 문제일까. 각자가 처한 위치의 차이일까. 높거나 낮거나 아니면 좌거나 우거나. 만날이걸 따져서 싸우랴.

올바름에 대한 표준은 태초부터 변한 적이 없었다. 그것은 생명의 존엄이다. 조물주조차 함부로 할 수 없는 주체의 존엄만이 정의로움의 기준이었다. 이제 하늘의 신神들도 땅위의 제왕帝王들도 더는 정의의 주체가 될 수 없었다. 땅의 맨바닥에서 비럭질만 하느라 헐벗고 굶

주린 비렁뱅이들은 생명의 존엄을 강탈당한 지 오래였다. 시정잡배마냥 펀둥대는 소수의 놈팡이들만 주체의 존엄을 희롱했다. 거개擧皆가 가슴을 쳤다. 빈농도 백정도 비렁뱅이도 망나니도 무녀도 기생도 노비도 광대도 죄다 가슴을 두드렸다. 너무 많아서 하나로 뭉뚱그리면 마음에 피멍이 든 무지렁이 민황들, 아니 가슴이 답답한 오사리잡놈들이 모여서 대동계를 결성했다.

갈맷빛 들녘이 누렇게 여물었다. 추수를 끝내자 풍만했던 들판이 앙상해졌다. 서리가 내려서 희멀건 벌판은 향사례를 위한 연무장으로 바뀌었다. 김제와 전주 인근에서 모여든 계원들이 활쏘기와 마상검과 검무 등을 선보이며 흥을 돋우자 헐거웠던 들판에 활기가 넘쳤다. 대동계는 오색잡놈들이 모인 동아리였기에 차별을 초월한 필우의 하나 됨은 아름다웠다. 대동의 기치 아래 모여든 오사리잡놈들의 어울림 속에서 인정人情으로 인간꽃을 피워 인정認定받길 바라는 민황들의 바람과 서로를 소중히 여기고 서로를 도와주는 상위相爲의 심법을 온몸으로 느끼고 온몸으로 보았다. 그 순간 설명하기 어려운 벅찬 감정에 가슴이 먹먹했다.

"풍, 연무장으로 계원들을 모아줄래."

곡차를 즐기며 격구를 감상하는데 옥정이 천막 안으로 들어서면서 여립의 부탁을 전했다. 이번에도 그녀의 뒤를 산운이 졸졸 따랐다. 진짜 지질한 자식이다. 주변에서 옥정의 데림추라고 놀려도 녀석은 집요하게 옥정을 따라다녔다. 해박한 지식에 말주벅까지 좋으니 여립도 산운을 신뢰했다. 옥정도 자신의 꽁무니만을 쫓는 산운이 싫지 않은 듯했다.

나는 산운과 섬서했다. 시간이 제법 흘렀지만 첫 만남에서 생긴 심리적 거리를 좁히지 못했다. 계절마저 바뀌었지만 여전히 나는 푸접 없이 산운을 대했고 녀석도 나에게 차갑긴 마찬가지였다. 문文만을 숭상하며 안다니 짓에 이골이 난 놈은 무武를 천시하고 차별했다. 나는 문약한 녀석을 속으로 겁나게 욕하면서 계원들을 연무장으로 모았다. 물론 마음으로 욕하는 나도 정말 조잔한 놈이다. 하지만 연적 앞에서는 어쩔 수가 없었다. 이런 처지라면 천하의 성인군자도 수컷인 이상 똥개랑 별반 다르지 않을 것이다. 만약 다른 인간이 있다면 정말로 별종이요 존경받아 마땅할 듯싶었다. 당연히 뒤에서 바보라고 비웃는 인간들 역시 넘쳐나겠지만.

잠시 뒤 여립이 작은 단에 올라 섰다. 말쑥하게 차려입은 흰색 도포가 햇살을 받아서 눈부셨다. 여립은 잠시 눈을 감고 침묵했다. 여립의 묵언과 함께 시끌벅적했던 들녘도 고요해졌다. 그러나 정적은 오래 가지 않았다. 여립은 오래 묵어 생명력을 상실한 조선을 향해 칼날 같은 말들을 벼락처럼 쏟아냈다. 여립의 말은 차별 없는 대지에서 차별받는 민초에게 가뭄의 단비처럼 스며들었다.

"맹자孟子는 천하에 중重한 것을 이렇게 설명하였소. '백성이 가장 중하고 사직社稷이 그 다음이며 임금은 중하지 않다.' 또 '백성의 마음이 곧 천명天命이니 백성을 괴롭히는 군주는 갈아야 한다.' 맹자의 지언은 무능한 조선의 치자들을 무참하게 만드는 말이외다. 작금의 조선은 칼날 위에 선 아이처럼 위태롭소이다. 허수아비들로 채워진 군적과 또 텅 빈 국고에도 불구하고 선비들은 동서로 나뉘어 상대 당을 공략하느라 허송세월하고 탐관오리들은 이곳만을 탐하는 수탈의 손길만 분주하게 놀리니 어찌 사직이 위태롭지 아니하다고 말할 수가 있으리오. 하지만 사직을 갈아엎기 이전에 한 나라의 기강이요 중추인 백성들부터 지켜내야 하기에 대동계를 조직한 것이외다. 지금 조선은 백성을 박대하는 바보가 아니라 오로지 백성을 위하는 인주人主가 필요한 것이외다.”

여립이 무형의 언어로 유형의 왕조를, 아니 저 조선의 민낯을 발가벗겨 버리자 우레와 같은 함성이 허전했던 가을 들녘을 가득 메웠다. 마치 출정식을 거행하는 농민군마냥 모두가 득의양양했다. 여립의 얼굴에도 민의를 득한 군왕처럼 한포국한 미소가 피어올랐다. 순간 그 미소에 담긴 의미가 어림에 잡혔다. 여전히 여립은 해묵은 군왕의 길을 가려고 했고 여립의 심중에는 걸개가 꿈꾸는 민황의 길은 없었다. 그러나 나는 왕패王覇의 도道로 군왕을 가늠하는 묵은 세상을 원하지 않았다.

자유로운 영혼 화자花子는 꿈꾸었다. 민民이 모두 황皇의 정신으로 살기에 군왕이 무의미한 민황의 세상을. 뭇 민民의 마음이 하나 되어 서로를 위하는 상위相爲의 세상을. 거지에게 그것은 지극히 당연한 것이었다. 천지에 빌붙은 비렁뱅이에게 주인은 없었다. 유걸의 주인은 자기 자신뿐. 하늘도 땅도 화자의 바람을 속박하지 않았다.

한데, 인주人主라니 그것은 군왕의 다른 이름일 뿐이었다. 걸개에게 군왕은 거적때기만도 못했다. 인주를 꿈꾸는 여립의 언설에서 그의 숨겨둔 속내가 드러났다. 민심에 기대어서 대동세상의 군왕이 되길 바라는 그의 바람도 살짝 묻어났다. 여립의 군왕과 나의 민황이 대동의 문턱에서 첨예하게 맞섰다. 순간 붉게 물든 산천이 아득했다. 홍양에서 그가 얘기한 겸애는 군왕을 향한 겸애였던가. 나는 민황을 향한 겸애로 이해했건만 아니었단 말인가.

"마음에 걸리면 풀어내세요. 골똘히 품지 마시고."

옥남이 어느새 곁으로 다가와 갈등하는 속내를 터놓으라고 조언했다. 아마도 곁에서 내 표정을 살뜰하게 살핀 듯했다.

"아무것도 아냐…… 계주님이 오늘따라 유난히 빛나 보이네."

"저는 아버지가 흘러가는 구름을 잡으려고 터울대는 듯싶어 답답합니다. 오히려 저는 형님이 열어주는 칼의 세계가 시원해서 좋습니다. 단순하지만 정직하잖아요."

"그렇게 말해주니 고맙다. 나도 칼로 베어낸 균등한 단면이 마음에 들어서 칼을 좋아하지. 어쩌면 의로운 칼이라야 상충하는 세상의 이 곳을 화해시키지 않을까."

"맞아요. 저도 그리 믿어요. 『주역』에도 '이利는 의지화義之和'라는 구절이 있잖아요."

내가 마음으로 탐하던 글귀를, 의식의 심연에서 꿈틀대는 욕망이 온축된 구절을 옥남이 거론할 거라 예상치 못했다. 국화 향이 코끝을 간질이자 꼬장꼬장한 유 훈장과 그의 서실이 생각났다. 나는 그에게서 『주역』에 대해 주워들었다. 얻어들은 『역경』의 구절 중 내리에 틀어박혀 꿈쩍하지 않는 놈이 의지화였다.

"나의 마음의 거울이다, 그 구절은."

"풍, 난데없이 웬 구절 타령이야?"

꽁무니에 산운을 매단 채 옥정이 다가오며 물었다. 살짝 기분이 상했다. 물론 그녀의 등장은 달가웠다. 하지만 오늘따라 똥을 섭은 낯꽃을 대놓고 드러내는 녀석이 나타나자 본능적으로 속이 확 뒤집혔다. 여립이 활달한 언변으로 모꼬지에 활기를 불어넣었으면 적어도 나처럼 억지웃음이라도 지을 것이지, 뭐가 그리 잘났다고 녀석은 혼자 뿌루퉁했다. 계원들은 삼삼오오 모여 웃고 떠들었지만 녀석은 홀로 그늘을 만들었다. 산운의 상판에 드리운 어둠을 찰나에 포착했으나 금시 무시하는 사이 옥남이 옥정의 물음에 답했다.

"의지화요. 형님이 마음의 금과옥조로 삼은 구절이래요."

"멋진데. 풍이 품은 뜻에 딱 들어맞는 구절이네."

역시 옥정이었다. 그녀의 맞장구는 정확했다. 비록 그녀가 가끔은 얼굴에 맹한 낯빛을 드러낼 때도 있지만 육감은 예리했다. 의지화는 내 마음에 마뜩하게 부합하는 구절이었다. 그녀의 칭찬에 얼굴은 붉어졌지만 마음만은 부듯했다. 그런데 떠름한 표정으로 잠자코 있던 산운이 끼어들어 안다니 짓으로 자신을 뽐냈다.

"뭐가 그리 대단하다고 야단법석이야. 설법을 베푸는 바도 아닌데. 아마 『주역』이지. 건乾은 원형이정元亨利貞 그러니까 하늘의 정신을 설명한 것인데, 그중 이利는 가을의 정신이야. 의로움으로 조화를 이룬다. 그런 뜻을 내포한 말씀이지. 한데, 사지간事之幹인 정貞도 있고 가지회嘉之會인 형亨도 있고 선지장善之長인 원元도 있고…… 여하튼 의지화보다 멋진 주옥같은 구절들이 『주역』에는 널려 있는데 고작 의지화로 야단들이냐. 무지몽매하고 어린 것들."

정말로 속 좁은 좀팽이. 무식한 거지가 아는 체하며 꼴값을 떨어대면 그냥 '허풍도 먹물 먹은 티를 내는 게 멋지구나!' 이런 덕담이나 던져주면 족한데 그것도 못하고 면박만 했다. 더불어 놈은 자신의 장황한 지식만 자랑했다. 칭찬에 품이 드는 것도 아닌데 저 좀팽이 자식은 지식이 장식인 양 유식으로 유세를 떨고 싶어서 아주 안달하는 놈이었다. 마음 얕은 인간이 지식만 쌓으면 그것만한 꼴불견도 없었다. 그러니 마음의 바탕이 좀스러운 산운의 난삽한 수사가 나는 정말 싫었다. 본질에 닿기에는 너무 번잡해 보여서.

그때 먼발치에 있던 백수민이 다가왔다. 녀석은 짙고 긴 눈썹 밑에 숨어있는 작고 동그란 눈을 껌뻑이며 천천히 걸어왔다. 수민은 이조참판 백유양의 막내였다. 키는 작지만 생긴 게 뭐든지 길쭉했다. 얼굴도 몸매도. 물론 입은 옆으로 길쭉했다. 성품은 차돌처럼 동글동글하고 단단했다. 어린놈이 여립의 밑에서 학문을 배우겠다고 금구까지 내려왔으니 여간 당찬 녀석이 아니었다. 또 대동계원은 아니어도 양반티를 내지 않으니 녀석이 맘에 들 수밖에. 하지만 수민은 학문의 폭이나 생김새로는 산운과 비견하기 어려웠다. 솔직히 산운은 상판도 학식도 대단한 녀석이었다.

다만 산운은 심법이 천박했다. 뭔가 티를 내거나 척하는 걸 넘어서 항상 차별하기 좋아했으니까. 가만 그러고 보니 나 역시 심법으로 사람을 차별하고 있었다. 아차차! 걸개의 진심이 이것이었던가. 세상의 모든 차별을 부숴도 심법의 차별만은 버리지 못하는 화자의 자존심. 그것은 뼈다귀를 입에 물면 절대로 포기하지 못하는 똥개의 집념과도 똑같은 것이었다. 꼴에 그것도 자존감이라고 뻐기면서 살아왔다. 뼈다귀를 자랑하는 똥개의 자존심이 정말로 우스웠다. 혼자 속으로 웃는데 수민이 벌써 코앞까지 다가왔다.

"담화의 향기가 코끝을 찌르네요."

산운의 구릿한 입내로 뒤덮인 열변도 향기롭다니, 이렇듯 수민은 말에 덕을 붙였다. 그러나 돌아온 산운의 대답은 더 걸작이었다.

"수민도 개코로군. 고담준론의 분내를 맡다니. 우린 지금 건쾌 그러니까 천근天根이 한가하게 월굴月窟을 왕래하는 심오한 섭리를 논하고 있었지. 그러니 방분할 밖에. 하하하."

젠장, 할 말을 잊게 하는 산운이었다. 음담패설조차 저렇듯 품격 있게 할 줄이야. 정말 저놈의 주둥아리는 된매가 제격인데, 참으로 아쉬웠다. 녀석은 오로지 옥정만을 마음에 담은 듯 옥정만을 바라보면서 수민에게 걸쭉한 입담을 자랑했다. 옥정을 탐하는 욕정마저 천근에 빗대어서 아무런 거리낌도 없이 드러냈다. 이번에는 놈의 독장을 막고 싶었다.

"맑은 담소를 잔챙이, 아니 올챙이가 흐리는구나. 빌어먹을 천근이라니. 수민아, 우리는 그저 의지화에 대해 대화하고 있었어."

"그건 제가 검에 새긴 글귀인데, 저의 자만심을 경계하려고."

수민의 말에 자극을 받은 옥남이 끼어들었다.

"너무 멋진데. 그 구절이 풍이 형님의 마음의 거울이라잖아. 풍이 형님이 항상 하는 이야기, 검은 의로움을 지향해야 한다고."

"맞아! 풍이 즐겨 하던 말이지. 나도 그 말이 마음에 들었어."

"저도 역시 신기한 검술보다 검에 담긴 형님의 마음이 더 마음에 들었습니다."

쑥스럽게도 칭찬이 꼬리를 물었다. 옥남의 말에 옥정이 곁장구를 치고 수민까지 맞장구를 두드리자 나도 낯짝이 뜨거워졌다. 멋쩍게 터벅머리를 끌쩍이면서 바보처럼 씩 웃었다. 모두 따라서 웃었으나 산운은 웃지 않았다. 녀석은 내게로 향하는 관심에 비위가 뒤집혔는지 얼굴을 찡그리고 실눈을 뜬 채 입가에 비소를 머금었다.

"결코 칼로는 세상을 바꿀 수 없어. 칼로 흥한 자는 반드시 칼로 망할 뿐이야. 문필이 없으면 세상은 금수의 세상과 다를 바가 없지. 한데 다들 왜 칼을 칭송한대. 의로움을 칼에 담는다. 그건 다 허울뿐인 명분이지. 칼을 정당화하려는 비열한 짓."

산운이 세 치 혀로 칼을 비난하자 수민이 칼을 옹호했다.

"당나라 태종은 수나라 양제의 폭정에 신음하던 백성을 칼로 구했고 명나라 태조는 원의 폭압에 고통 받던 민초를 칼로 해방했습니다. 작은 칼은 소수의 생명을 해치지만 큰 칼은 다수의 생명을 살려냅니다. 그러니 칼에 담긴 의지를 헐뜯는 것은 졸렬한 짓입니다."

"뭐라! 졸렬한 짓……"

"타인의 의지를 비꼬는 짓은 치졸한 졸장부의 행태입니다."

"너 지금 나를 좀놈이라고 놀리는 거야!"

수민의 당돌한 대답에 산운은 상판이 벌게지며 핏대까지 세웠다. 미끈하게 생긴 산운의 상판도 치솟는 화火로 인해서 일그러지자 추남이 따로 없었다. 그러나 녀석은 막상 부아가 돋아 몸은 부르르 떨었지만 마땅한 대꾸를 찾지 못해서 입맛만 다셨다. 그러자 옥정이 둘 사이를 중재했다.

"서로의 소견이 다르다고 핏대를 세울 필요는 없잖아. 서로가 조금 양보하고 또 많이 배려하면 다른 견해도 같아 보일 수 있어. 물론 인생을 파탄시키는 사도邪道와는 절대 타협할 수 없겠지만."

"그래 수민아, 그만하고 우리도 계원들과 함께 먹고 즐기자."

내가 옥정을 거들어서 중재하자 수민은 순순히 응했지만 산운은 미간을 찡그린 채 연신 애꿎은 부채질만 했다. 그러나 놈은 부채질로는 분이 식지 않았는지 제비산 자락을 바라보며 궁색한 변명만 늘어놓았다. 나는 풀려나오는 녀석의 핑계를 무시한 채 젊은 당배와 동석하기 위해서 자리를 떴다. 등 뒤에서는 산운의 옹색한 말들과 옥정의 담백한 말들이 서로 엎치락뒤치락했다.

"씨! 벌써 단풍도 끝물이네. 그런데 날씨가 이렇게 더운 거야. 가을이 가을다워야지. 하늘이 제 길을 벗어나니 인간들의 세상살이도 난잡하군. 계절이 거꾸로 가니 세상도 말세로세. 칼만 믿고 설치는 철부지를 보니 피바람이 몰아치려나."

"그만해 산운. 사람은 누구도 무시당하고 싶어서 세상에 태어나지는 않았어. 인정받고 싶어서 태어난 거지. 들에 핀 풀꽃도 누군가 자신을 바라봐주길 바라서 꽃들을 피워내잖아. 하물며 인간은 오죽하겠니. 어리다고 어리석다고 업신여기거나 또 가난하다고 신분이 지천하다고 차별하면 안돼."

"옥정 나는 절대로 동생들을 낮추어 보지도 하찮게 여기지도 않아. 다만 동생들이 앎이 얄팍해서 저 허풍의 시답잖은 무예만 숭앙하기에 경계한 것뿐이지…… 내 뜻을 몰라주니 서운하네."

우아한 언어만을 앞세운 핑계의 달인에게 아량은 없었다. 좀팽이 졸보 녀석의 마음의 그릇은 해박한 지식이 부끄러울 만큼 좁디좁았다. 편협한 도량과 폭넓은 지식의 부조화는 인색한 녀석의 변명을 더욱 궁색하게 만들었다. 녀석의 지질한 해명을 귓등으로 흘려보내며 곰곰이 생각했다.

대동의 문턱에서 첨예하게 대립하는 군왕과 민황이 화해할 길은 '이利는 의지화義之和'라는 구절에 있었다. 의로움이 조화를 이룬다면 군왕과 민황의 나눔이 부질없으나 의로움이 조화를 잃으면 군왕도 민황도 부질없었다. 의로움의 조화는 겸애의 조력이 필요했다. 겸애가 없는 의로움의 조화는 가혹할 뿐이었다.

패기가 넘치는 젊은 당배와 동석했다. 그들과 함께 곡차를 마시며 함께 웃었다. 소탈한 웃음소리가 늦가을의 쓸쓸함을 씻어주었다. 헐벗은 붉은 대지가 서천으로 지는 해의 마지막 햇살을 받아 더욱 붉게 빛났다. 밝은 해가 붉은 해로 바뀌어 보름달을 불러오자 구시월 단풍은 소멸에는 초연한 듯 홀로 추풍과 싸웠다.

길삼봉

갈등도 가끔 가치가 있었다. 첨예한 대립도 때로는 새로운 대안을 도출하니까. 물론 그 과정에서 몸에도 마음에도 듬성듬성 굳은살이 배이곤 했다. 그렇지만 갈등을 해소하고 난관을 극복할 수만 있다면, 그렇게 대동의 길을 열 수만 있다면 감정의 옹이가 대수일까. 파멸의 길만 아니라면 굳은살쯤은 견딜 수가 있었다.

손에 맺힌 굳은살도 가슴에 뭉친 옹이도 소중했다. 모두 삶의 무게를 담아내는 증표였다. 굳은살이 틀어박힌 농부의 손은 노동의 산물이었다. 한데 그 굳은살이 밴 손길이 때로는 삶과 죽음을 판가름했다. 피사리라는 손길을 통해서 들풀의 생사판단이 결판났다.

겨울은 늘 잡초의 숨을 거두었지만. 잡초는 순응했다. 다시 새봄이 올 것을 알기에. 여름에 번창할 꿈이 있기에. 가을에 씨알이 여물어서 새봄을 기약할 희망이 있기에 품은 겨울의 가혹함을 감내했다. 그렇게 잡초는 절망의 시련 속에서도 새롭게 피어날 새봄에 대한 희망을 포기하지 않았다. 자연의 피사리에 대한 잡초의 믿음은 굳건했다.

인간의 피사리는 달랐다. 잡초는 예측 불가능한 농부들의 손길을 믿을 수 없었다. 인간의 피사리에는 생과 사가 함께했다. 피는 밭을 가리지 않고 피었지만 농부는 피를 없애고 벼를 살렸다. 피사리에 포개진 농부의 매정한 손길은 생명을 죽였고 다정한 손길은 생명을 살렸다. 하나의 몸짓 속에 담긴 두 마음에 피의 죽음과 벼의 삶이 언제나 공존했다.

밭을 피해 사는 잡초는 피사리를 피하여 무탈했다. 농부의 관심 밖에 있었기에 밭을 떠난 잡초는 온 누리에 골고루 피었다. 언제나 모든 곳에 온갖 잡초가 있었다. 팔도의 구석구석이 잡초의 세상이었다. 벼와 생존을 다투지 않는다면 잡초의 삶은 평온했기에 구석의 주인은 잡초였다.

백성 민民이 풀 초草와 만나는 순간 비극이 시발始發했다. 좀놈들의 나라에서 민民은 치자들의 관심이 닿지 않는 잡초보다도 지천한 존재였다. 임금의 마음은 멀었으나 탐관들의 몸뚱이는 가까웠기에 늘 탐관들의 관심만 듬뿍 받았다. 그것을 기꺼이 감내하는 민초들은 개개가 성인이었다. 스스로 낮은 곳에서 세상의 밑바닥을 받치는 잡초처럼 잘난 성인이었다.

"풍……." 그녀의 목소리였다. 나를 기쁘게도 때론 괴롭게도 하는 그녀의 목소리였다. 계절은 변했지만 그녀와의 심리적 사이는 변하지 않았다. 은연중 벗 이상의 사이를 원했으나 언제나 벽에 부딪혔다. 그럴 때마다 씁쓸함이 마음에 쌓이자 가끔 그녀가 야속할 때도 있었다. 나는 그럴 때마다 답답했다. 그러나 그 과정에서 몸의 원근이 마음의 친소親疎와 반드시 일치하지 않는다는 사실을 깨달았다. 연무장으로 나를 찾아온 그녀가 말했다.

"계주님이 우리를 급히 찾으시네."

옥정과 함께 서재로 갔다. 여립이 눈을 감은 채 홀로 앉아있었다. 여립의 몸태에서 평소와 다른 비장함이 묻어났다. 눈을 뜬 여립이 붓을 들어 백지에 글을 썼다. 붓의 율동이 지나간 자리에는 난해한 글자들만 남았다. 옥정도 글귀를 이해할 수 없다는 낯빛이었다.

"길拮. 삼犙. 봉蚌. 너무 하찮아서 천시되는 또 서로 어울리지도 않는 글자들이옵니다."

옥정의 물음에 여립은 뜸만 들였다. 묵직한 침묵이 서실을 짓눌렀다. 여립은 숨겨 놓은 속뜻을 풀어놓기 전에 언어를 다듬는 듯했다. 마침내 마음의 문이 열렸다.

"풍이 던진 질문에 대한 나의 답이다."

며칠 전 민황에 대한 나의 내심을 털어 놓으며 여립에게 질문했다. 대동을 향한 진짜 속마음이 군왕을 향하는지, 아니면 민황을 향하는지. 지금 여립은 자신의 속내를 터놓으려고 했다.

"왕패의 도가 천하를 괴롭혀 돌피 같은 백성들은 하늘땅에 부접하는 잡초로 살아온 지 오래이다. 천하는 공물인데 어찌 치자癡者보다도 무능한 치자治者들이 피와 벼를 구별하여 차별한단 말이더냐. 좋게 보면 꽃 아닌 것이 없으나 미워하면 모두가 잡초이다. 지금껏 조선의 백성들은 차별하는 치자들로 인해서 꽃이 아니라 풀이 되었다. 조선의 민을 풀이 아니라 꽃으로 대하고 싶어서 대동계를 조직했건만 따르는 무리가 많아지니 새로운 세상의 주인이 되고자 하는 야망이 조금씩 꿈틀대는구나!…… 너희 둘을 부른 것은 나의 욕망을 경계하기 위함이니라."

잠시 말을 멈춘 여립은 품에서 작은 동전 두 개를 꺼내 나누어 주었다. 동전의 앞면엔 대동大同이, 뒷면엔 길삼봉桔橵虻이란 글자가 조금 투박하게 새겨져 있었다. 손으로 동전을 만지며 글자의 감촉을 느껴 보았다. 대동과 길삼봉. 글은 몸으로 다가왔으나 뜻은 멀어 희미했다. 옥정도 난감한 낯빛으로 동전만 만지작댔다. 여립은 우리의 얼른 표정을 어림한 듯 길삼봉의 뜻을 풀어주었다.

"길桔은 힘써 일함을, 삼橵은 쭉정이나 돌피마냥 천대받는 조선의 민을, 봉虻은 잡초가 무성하듯 민초의 풍성한 삶을 뜻한다. 길삼봉은 민초의 풍요로운 삶을 위해서 애써 일한다는 의미다. 길삼봉을 대동 계의 정신적 줏대로 삼겠다. 나부터 길삼봉으로 살아갈 터이니 너희 들도 길삼봉이 되어라. 만약에 내가 길삼봉의 정신을 망각하면 언제 든지 동전을 내보이며 나를 경책해도 무방하다. 동전은 너희에 대한 나의 믿음이다."

마음이 울컥했다. 젠장, 울면 안 되는데. 사내가 이런 일로 울면 너무 감성적이라는, 아니 매력적이라는 소리만 들을 텐데. 안 그래도 오똑한 코가 너무 고혹적이어서 부담스러운 판에. 나는 애써 눈물을 외면했다. 여립의 다짐이 가슴에 잔잔한 울림으로 다가왔다. 여립은 나와 옥정이 핍박받는 민초를 위해 길거桔据하기를 바랐다. 자신도 그런 삶을 살리라고 선언했다. 그러나 여립도 욕망하는 인간이기에 제위와 길삼봉 사이에서 갈등하는 속내를 구태여 숨기지는 않았다. 오히려 마음을 터놓고 자신이 바라는 길은 야욕과 야합하는 소장부가 아니라 대의에 부합하는 대장부의 길임을 당당히 밝혔다. 그에게 대의大義는 곧 민의民意였다. 확실히 여립은 시원시원했다. 문득 우리를 길삼봉으로 선택한 그의 속내가 궁금했다.

"저희를 택하신 연유가 무엇인지요?"

"표리일체表裏一體니라. 지난 세월 숱한 인간들을 경험했다. 치자라 칭송을 받는 임금과 정승과 육판서로부터 세상의 바닥에서 천시되는 기생과 광대와 백정에 이르기까지. 그런데 거의 모든 인간이 신분의 귀천과 빈부의 차별 이전에 표리부동表裏不同했다. 나 역시 겉과 속이 달랐다."

여립은 과거를 반추하듯 멍하니 서실의 천장만 응시했다. 회한에 잠긴 그의 눈빛이 애잔했다. 마음으로 삭였던 과거가 망각의 봉인을 풀고 줄줄이 불려 나와 망막 앞에서 아른거리는지 여립의 눈가가 촉촉했다. 되돌릴 수도 없는 지난날을 되돌아본들 변하는 것은 없었다. 그저 아쉬움만 남을 뿐이었다. 여립은 과거로 향하던 눈빛을 거두며 말을 이었다.

"생명은 본시 겉과 속이 다르다. 표리表裏가 동일한 사물은 천지간에 하나도 없다. 하늘과 땅이라는 상반相反된 실재로부터 정신과 육신을 부여받는 인간도 표리가 부동하다. 태어나는 순간부터 표리부동한 본질 덕분에, 마음을 담을 수 없는 몸 때문에 인간은 삶의 조화調和를 잃어버렸다. 본바탕의 부조화는 갈등의 넝쿨이요 생존의 비극도 몸과 마음의 불화에서 비롯된 게지. 실상 표리일체는 관념일 뿐이다. 비교적 속내를 감추지 않아서 내심이 쉽게 드러난다면 표리일체에 가깝겠지. 드물게도 너희 둘은 속이 통통 비어서 표리가 일치했다. 해서 너희를 나의 거울로 고른 것이다.”

핵심은 옥정도 나도 맹하다는 뜻인데, 즉 속이 여물지 못해서 겉도 물컹물컹 속도 흐물흐물. 다시 말해 겉과 속이 분리되지 않는 물건이란 뜻이었다. 물론 좋은 의미로 해석하면 그렇다는 것이다. 요ᄬ는 몸이 맘을 따르는 얼뜨기란 게지. 순수나 순진 아니면 단순하단 말이 적당하려나. 가식이나 장식이 필요 없는 민낯이 빛나는 존재, 아니 간이 덜 배서 맹물보다 싱거운 얼간이. 그게 바로 표리가 일치한 그녀와 나였다. 한쪽은 글에, 다른 한쪽은 칼에 미쳤으니 필시 연분이렷다.

잠간 무턱대고 혼자 헛물만 들이켜진 말고 조금 꼼꼼히 따져보자. 표리부동인지 표리일체인지. 솔직히 껍데기와 알맹이의 다름은 당연했다. 다만 서로가 서로에게 필요했을 뿐이었다. 인간도 허울과 실속이 달랐다. 허울은 아름에 잡혀도 허울 속에 숨은 실속은 폭을 잡기 어려웠다. 둘은 달라도 너무 달랐다. 다르니까 만났고 서로의 짝으로 맞춰 살았다. 실상 표리가 부동한지 일체인지 따지는 짓이 민망한 몸짓이었다. *자꾸 따지면 끝내 차별하게 마련이니까.*

여립은 부동한 표리 때문에 얽히고설킨 세상사의 실타래가 못내 아쉬운 모양이었다. 진심에서 우러나오는 여립의 고뇌가 안쓰러웠다. 남들이 우롱하는 나의 우직함과, 불변하는 옥정의 불굴의 의지를 여립은 신뢰했다. 여립의 믿음에 진실한 말로 화답했다.

“대동계의 길삼봉이 되지요.”

그렇게 길삼봉이 탄생했다. 참 촌스러웠지만 자칭 나는 길삼봉이 되었다. 남들이 나를 순풍이나 바람이나 허풍 등 다양한 호칭으로 부르든 말든 나는 길삼봉이 되었다. 여립도 옥정도 내내 나랑 같은 길삼봉이 되었다. 여립에게 인사하고 서실을 나왔다.

옥정과 함께 말없이 마당을 거닐었다. 가슴이 터질 듯이 자존감이 충만했다. 여립은 나를 자신의 거울로 인정하고 곁에선 옥정이 나란히 거닐었다. 세상의 모든 것을 손에 넣은 듯이 마음이 뿌듯했다. 설명이 불가능한 벅찬 느낌이 이대로 영원하길 바랐다. 그녀와 함께 걷는 사이 금평의 들녘으로 지는 햇살이 설핏했다. 밀려오는 땅거미에 텅비어서 허전했던 잿빛 들녘이 어둠 속으로 소멸했다. 우리는 마주 보며 말했다.

"길삼봉!"

때마침 마당으로 들어서던 산운이 내게 다가오며 물었다.

"어이 허풍, 무슨 삼봉 타령이야."

녀석과는 말을 섞기 싫어서 자리를 피하며 소리쳤다.

"길삼봉!"

진짜 빌어먹을 주둥이. 나의 대답이 후일 무고한 생명의 목숨을 앗아가는 엄청난 비극의 씨앗이 될 줄을 그때는 전혀 몰랐다. 단언컨대 길삼봉은 오직 세 사람만의 비밀로 남았어야 했다.

원초적 함성

　마음의 귀를 쫑긋 세웠다. 시원한 눈밭에 누워 발가벗은 태초太初의 몸뚱이로 내면의 소리에 귀를 기울였다. 묵상, 그것은 침묵 속으로의 침잠이었다. 마음의 바다에서 물안개처럼 피어나는 본성의 울림이 아련했다. 잠잠히 또 담담히 원초적인 울음이 울려왔다. 그 울음은 깊은 한恨의 정감을 담아왔다. 다시 기억에 뚜렷이 각인된 경험의 조각들을 조합했다.

　그해 겨울. 쌀쌀했다. 새하얀 눈이 퍼부었다. 살구꽃만한 눈송이들이 텅 빈 공간을 점점이 채우자 모악산 인근은 이내 설국이 되었다. 엉덩이가 근질근질한 것이 좀이 쑤셔서 참을 수가 없었다. 눈만 내리면 나는 몸이 절로 들떠서 발정이 서는 똥개마냥 기어코 개방정을 떨었다. 그렇다고 누렁이처럼 암컷을 찾아 온 동네를 들쑤시고 다닌다는 얘기는 아니다. 여하튼 이놈의 광증을 배겨낼 재간은 없었다. 집안을 둘러보니 다들 따뜻한 방구석에 처박혀서 밖으로는 나올 생각을 안 하는 듯했다. 옳지! 쾌재를 불렀다. 방으로 들어가 잽싸게 명월검을 챙겨 들고 제비산을 올랐다. 눈이 신나게 퍼붓자 한 치 앞도 보이질 않았다. 그러나 눈보라도 광기에 사로잡힌 나의 몸짓을 막을 수 없었다. 연무장이 눈에 들어오자 발작이 시발했다. 일체의 속박에서 해방되는 듯한, 이 홀가분한 느낌이 좋았다.

웃통을 훌러덩 벗어서 던졌다. 사실은 아랫도리도 벗었다. 세차게 퍼붓는 눈발에 인적조차 끊겼으니 걸개를 찾는 이도 또 보는 이도 없을 터. 그러니 전혀 거리낄 것이 없었다. 허울을 벗어던진 맨몸으로 명월검을 뽑아 남북을 가르고 동서를 자른 뒤에 중앙을 찔렀다. 숨길을 고르며 검무를 시작했다. 기혈의 흐름이 활발해졌다. 온몸에 열이 돌자 혼신이 후끈했다. 땀이 줄줄 흐르기 시작했다.

이럴 때 보면 몸이란 놈은 정말로 신기했다. 몸의 중심에서 엄청난 열기를 분출하자 세찬 눈보라도 시원할 뿐이었다. 점차 몸이 마음의 통제를 벗어나서 지랄 발광했다. 몸 주위에서 눈 회오리가 휘몰아쳤다. 이것은 아무나 닿을 수 있는 경지가 아니었다. 오직 미쳐야만 가능했다. 눈발이 잦아들자 미친 검무도 흥을 잃어버렸다.

땀으로 목욕한 맨몸을 눈밭에 벌러덩 누였다. 상쾌했다. 팽팽하게 들어찬 몸의 열기가 눈의 한기를 넉넉히 막아주었다. 낮게 드리웠던 눈구름이 엷어지며 파란 빛깔 하늘이 자태를 드러냈다. 동시에 스무 해 하고 한 해. 그 시간 속에 갇혀있던 지난날의 삶들이 뭉치고 흩어지며 생멸을 거듭했다.

내 운명 속으로 들어오고 나갔던 숱한 사람들. 그들과 주고받은 정과 그들이 품고 떠난 원한과 그들이 남기고 간 말들이 구름처럼 모였다 흩어지길 반복했다. 기억의 조각들이 망각의 맷돌질에 명멸했다. 그러나 초탈한 인간들의 저 미친 언어들은 마모되지 않고 끈덕지게 남아서 마음속을 맴돌았다. 얼뜬 언어들의 떨떠름한 뒷맛. 그 맛들을 꼼꼼하게 곱씹었다. 이번엔 기필코 깔끔하게 뒷맛을 없애리라 다짐하며, 온몸의 온기가 눈밭의 냉기에 먹혀들어가는 것도 모른 채 얼빠진 얼간이마냥 생각하고 또 생각했다. 뒷맛이 사라질 때까지.

홀연 맛의 느낌이 바뀌며 마음의 소리가 들려왔다. 혼탁한 심연의 한가운데서 울려 나오는 생명의 원초적 함성인 듯 꽤나 시끄러웠다. 모두 다 이해할 수는 없었다. 해득되는 놈들만 인간의 언어로 옮겼다. 젠장, 이럴 때는 언어조차 몸의 중심에 매달린 거시기마냥 거추장스러운 놈이었다. 마음을 옮겨 담기에는 말도 글도 턱없이 부족했으니까. 그래도 어찌하랴. 그나마 글이나 말이 존재하니까 이만한 것이겠지. 나는 마음에서 울려 나오는 몸과 차별에 대한 시답잖은 소리들을 글 속에 옮겨 담았다.

인간의 몸, 그 본허울은 반반했다. 하지만 허울만 반질대는 허깨비들은 허울로 허세를 부리며 세상의 뭇 생명을 발아래에 두고 차별했다. 몸뚱이만 빛나는 인간에게 차별은 차별받기 싫어하면서 부지런히 차별했기에 모순이었다. 차별은 욕망의 굴레에 얽매인 모순된 몸짓이어서 누구도 차별의 늪에서 헤어나질 못했다. 차별의 욕망은 전능한 놈이었다. 몸속에 깃든 욕망의 몸짓을 자기편으로 만들었으니까. 인간의 몸은 욕망의 굴레에 매여 자유를 잃어버렸으나 욕망의 몸짓은 탐하는 대상과 누리고 싶은 몸짓을 새롭게 하며 자유를 만끽했다. 욕망은 몸에 스미어 몸짓으로 드러나는 인간의 본모습이었다. 욕망은 차별의 몸짓으로 존재를 과시하려고 부단히 터울댔다. 차별을 주고받는 차별의 모순 속에서 욕망은 늘씬하게 해원했다.

인간은 본디 인간꽃이었다. 기생하는 욕망에 자유를 억압당해도 어질고 강직하며 화락한 인간들은 간절하게 바랐다. 마음의 바다에서 고요히 잠든 본성의 울림에 감응하여, 차별받고 차별하는 세상에서 차별 없는 세상을 바랐다. 대동계의 동아리도 인간의 길을 걸으며 대동의 세상을 열기 위해 부지런히 터울댔다. 비렁뱅이 역시 웃음꽃이 꽃피는 따스한 세상을 열고자 애썼다.

세상은 다양한 인간과 무수한 욕망이 공존하는 뒤웅박. 서로 다른 욕망의 몸짓들로 인해서 원한이 살갑게 뒤엉킨 뒤웅박이 닫힌 세계의 실상이었다. 뒤웅 안에서 모여 하나 된 원한은 지나가는 시간 속에 설핏하게 저항으로 드러나 성공한 저항은 혁명으로, 실패한 저항은 반역으로 차별을 받았다. 혁명과 반역은 역사의 빛과 그늘이 되어서 원망願望은 풀리고 원한만 쌓이는 모순된 세상을 열었다. 모순된 세상은 모순된 인간들을 길러 원한이 뒤엉킨 세상을 토실하게 살찌웠다. 원한에 얽힌 인간들이 뒤웅을 벗어나려고 터울댈수록 원한의 고와 차별의 매듭은 더욱 단단해졌다.

눈밭에 파묻혀 사색에만 골몰하는 사이 내 몸도 얼어서 단단해졌다. 이럴 때 보면 나도 진짜 미친놈이다. 어쩌면 미쳤다는 말로도 부족할 듯싶다. 어쨌거나 이제는 의식으로 눈밭과 몸을 구별하기도 어려웠다. 마치 내 몸이 내 몸이 아닌 듯 묘한 느낌이 들었다. 한편 짜릿하고 한편 찌릿했다. 이대로 있다간 정말로 얼어서 죽을 것만 같았다. 필사적으로 옥정의 얼굴을 떠올리면서 동태처럼 굳어버린 몸을 꼼지락대면서 사유의 늪에서 천천히 빠져나왔다.

뒤웅박에서 벗어나고파 겨우내 칼만 갈았다. 어여쁜 원한의 고와 깔끔한 차별의 매듭을 산뜻하게 베어낼 칼만 딥다 갈았다. 한겨울의 차가움도, 제비산의 적막함도, 연무장의 을씨년스러움도, 삼기검의 칼바람에 밀려났다. 전주와 김제 인근의 대동계 당배도 겨울이 열어준 노동의 해방을 무예의 수련과 맞바꿨다. 대동을 향한 그들의 거친 숨소리에 겨울이 숨죽이며 물러났다.

최광

태초에 어둠만이 존재했다. 암흑의 틈새를 비집고서 빛이 세계를 열었다. 반복되는 아침의 열림은 신비였고 이제는 일상이었다. 인간의 일상으로 들어온 빛은 더는 기적이 아니었다. 자연의 품속에서 빛은 여전히 기적의 창조자였다. 인간의 품에서 빛은 해묵은 신비의 신기루였다. 인간의 오만함. 더는 빛의 은총에 마음을 두지 않았다. 인간의 오만이 어둠에 덮이는 날이 온다면…… 섬뜩했다. 그래도 인간에겐 촛불이 있었다.

금평 들녘이 겨울잠에서 깨어났다. 새잎들이 수줍게 피어날 무렵 여립이 나를 불렀다. 친절하게 자신의 부탁을 조목조목 설명하면서 여립은 나를 더 넓은 세상으로 내몰았다. 모처럼 금구에서의 안온한 생활에 젖어들어 있던 터라 나는 여립의 부탁이 그렇게 내키지 않았다. 그러나 구월산이라는 말에 귀가 솔깃했다. 무엇보다 옥정과 함께 갔다 오라는 말에 신이 났다. 바보처럼 실실 웃는 나를 보며 여립은 만나야 할 사람과 전해야 할 서찰들을 꼼꼼히 챙겨 주었다.

아차차! 함께할 일행에 산운도 있을 줄이야. 녀석은 한양도 해서도 모두 제 손바닥 위에 있다며 여립을 설득한 모양이었다. 아쉬웠지만 그래도 옥정이 있으니 참았다. 분을 삭이며 짐을 쌌다. 바랑에다 개뿔 아무것도 없는 짐을 때려 넣는데 입에서는 욕만 나왔다.

괴나리봇짐을 짊어지고 길을 나섰다. 통량갓을 쓰고 청색 도포로 멋을 부린 산운과 초립에 남장으로 변장한 옥정. 그 사이에 터벅머리에 거적때기를 걸친 거지가 끼자 당연히 무리의 꼴이 영 이상했다. 산운이 나의 행색을 대놓고 구박했다. 제기랄, 그러면 그 멋진 도포를 벗어서 나를 주던가. 놈은 그러지도 않을 거면서 그저 타박만 했다. 당연히 그 자식이 주는 도포를 걸치지도 내가 입은 막누더기를 벗지도 않을 것이었지만.

사실 이 막누더기는 어머니가 아버지에게 처음으로 기워준 옷이었고 아버지가 다시 덧기워 입던 옷이었다. 홍양을 떠나던 날 아버지가 내게 하사한 유일한 선물이었다. 그러니 어떻게 걸개가 걸친 거적때기를 벗을 수가 있단 말인가. 어머니의 꼼꼼한 손길과 아버지의 어설픈 손길이 손때로 남아 있는, 그들의 정情이 덕지덕지 붙어 있는 거적때기를 나는 결단코 벗을 수가 없었다. 물론 냄새는 조금 고약했다. 여하튼 여정을 시작했다. 물론 초반부터 산운으로 인해서 꼬였지만. 그러나 그때는 전혀 예상치 못했다. 구월산으로 가는 길에서 생각지도 못한 숱한 일들이 펼쳐질 줄이야.

우리는 계룡산 갑사에 들렀다. 계곡을 따라서 연초록 빛깔로 빚은 숲길을 올랐다. 오랜만에 맛보는 숲의 향기와 짙은 나무 냄새 그리고 개울물 소리. 몸은 자연의 품속에서 복에 겨운 비명을 거르면서 녹아내렸다. 나는 혼자서 계곡으로 숨어들었다. 시원한 물줄기가 도톰한 바위를 가르며 떨어져 웅덩이를 만든 뒤 다시 속세를 향한 걸음을 재촉했다. 계곡 물에 발을 담그자 몸이 절로 상쾌해졌다. 마음도 덩달아서 맑아졌다. 물론 느낌이 그렇다는 거지 본래 맑은 마음이 다시 맑아질 수는 없겠지. 실상 마음은 늘 그대로였다.

찬란하게 피어난 생명의 총상을 눈으로 담아냈다. 빛을 뿜어내는 초록 빛깔 새잎들이 청정한 마음과 감응하자 갑자기 대갈통이 띵했다. 이런 증상은 노승 지심의 주장자에 너무 많이 두들겨 맞아서 생긴 소산이었다. 다행히 이번에는 지심도 주장자도 떠오르지 않았다. 그저 그의 장광설만 뇌리를 덮었다.

세상은 화엄華嚴의 세계이다. 무변광대한 불법만이 중생과 만물을 진리의 꽃으로 장식하느니라. 바람아, 네가 머무는 세상의 실상, 본래의 모습이 궁금하냐. 전혀 무관한 듯 보이는 저 미물도 바람도 저 달빛도 모두 다 인과의 끈으로 연결되어 있느니라. 알고 싶냐. 그러면 빛을 품어 가두는 물건 회광懷光이 뭔지 찾아보아라.

노승 지심은 혼자만 깨달았다고 자랑했다. 알기 쉽게 얘기해야지 도통 뭔 소리인지 몰랐다. 그러니 젊은 중들 사이에서 괴짜로 통하겠지. 그때는 그리 생각했는데 지금은 달리 보였다. 빛을 받아 옥빛으로 반짝이는 나뭇잎을 보니 회광의 의미가 어림에 잡혔다.

유형과 무형의 경계에 빛이 있구나. 그러나 거기까지만. 더는 나갈

수도, 사실 더는 알고 싶지도 않았다. 회광이란 놈을 몰라도 살아가는 데 문제는 없으니까. 조금 찜찜한 마음을 달래면서 다시 갑사를 향해 걸음을 옮겼다. 온몸으로 봄의 정취를 마음에 담으며 천천히 계곡을 올라갔다. 문득 몸이 물속을 거니는 듯한 묘한 느낌이 들었다. 몸의 미세한 떨림도 물결이 되어서 숲 속으로 퍼져나갔다. 나뭇잎들의 섬세하고 부드러운 떨림도 몸으로 전해졌다. 주고받는 떨림의 물결이 빈 공간을 가득 채웠다. 순간 몸과 세계의 경계가 허물어졌다. 동시에 둘의 구분조차 모호해졌다. 마치 내 몸이 내 몸이 아닌 듯했다.

퍼뜩 나를 찾았다. 떨림의 물결에 나를 던지면 미쳐버릴 듯싶어서 나를 찾았다. 오묘한 떨림과 동시에 의식이 몸피를 감쌌다. 섬뜩한 느낌에 온몸의 터럭들이 곤두섰다. 여운을 쉽게 떨쳐 버릴 수가 없었다. 저것이 지심 스님이 설법한 법계연기法界緣起! 홀로 존재하는 생명은 없다. 정녕 그것인가. 어쩌면 그것일지도. 지금 눈앞에서 펼쳐진 숲은 한限없는 시간과 가없는 공간을 넘어서 대립과 인과를 넘어서 하나로 융합했다.

마음의 꽃이 피었다. 진리의 꽃인 화엄인지는 모르겠으나 마음의 눈이 맑아졌다. 찰나에 포착된 숲의 실상은 시간과 공간을 공유하는 존재의 절대 평등, 그 자체였다. 그것이 일체로 드러나는 숲은 현재를 살아가는 개개의 새잎들로 다시 분화했다. 일즉일체一卽一切요 일체즉일一切卽一을 체현하는 갑사의 숲은 법신불의 광명이 충만한 불국토요 청정만이 가득한 연화장세계였다. 모두가 있는 그대로의 모습으로 융합하며 끝없이 펼쳐지고 쉼 없이 약동하는 전일한 생명의 바다였다. 진정 대동의 조화를 구현하는 숲은 아름다웠다.

찰나의 순간 마음에 중도실상中道實相이 통했다. 색色과 공空의 경계가 소멸하는 중도실상. 치우침이 없는 중정中正의 도道가 만유 생명의 불변하는 참된 모습이라는 지심의 장광설이 마음에 꽂혔다. 그렇구나! 생생불식生生不息하는 색色의 세계도 불생불멸不生不滅하는 공空의 세계도 본질은 하나였다.

생명의 숲길을 지나 갑사의 비로자나불 앞에 섰다. 홀연 의문이 일었다. 여립이 비록 길삼봉을 말했지만 여전히 우리는 다른 꿈을 꾸며 같은 길을 가는 듯했다. *민의로 대위를 얻는 제왕의 꿈. 만민이 황이 되는 민황의 꿈.* 서로 다른 꿈이 하나의 길에서 만날 수가 있단 말인가. 다시 마음이 막막했다. 정녕, 팔방八方으로 활짝 펼쳐진 길은 없단 말인가.

"풍, 또 멍하니 뭘 고민해. 법신불 앞에서 번뇌는 버려야지."

비로자나불에게 합장하던 옥정이 뒤를 돌아보면서 말했다. 그녀의 질타에 안개 낀 듯 흐릿했던 머리가 맑아졌다. 엉켜있던 생각의 실타래가 홀연히 풀리자 깨달았다.

대동의 세계를 앞에서 끌어주는 창생과 뒤에서 밀어주는 제왕을 구별하여 불러도 대동의 총상 앞에서 호칭들의 후박은 무의미했다. 그들은 모두 대동의 세계를 살아가는 각자覺者요 인존人尊의 위대함을 자각한 개인들일 뿐. 그러나 개별적인 인간들이 없다면 대동의 총상도 허무하기에 개개의 인존들이 곧 대동이었다. 다르게 보였던 꿈들이 다르지 않다는 사실을 법신불 앞에서 깨달았다. 씨익 웃었다.

내가 웃자 그녀는 영문도 모른 채 따라 웃었다. 산운도 웃음의 의미를 모른 채 바보처럼 따라 웃었다. 잘난 녀석도 가끔은 순진한 바보처럼 해맑게 웃었다. 그럴 때면 내 마음에 딱 들었는데 문제는 녀석이 자주 웃지는 않고 자주 비웃는다는 사실. 그것이 녀석을 밉상으로 만드는 요인이었다. 밉살스런 녀석이 주지 스님을 뵙겠다며 방장으로 향했다. 나는 옥정과 화엄의 도량을 둘러보기로 했다. 부도가 모셔진 대적전을 향해 돌계단을 오르며 옥정이 물었다.

"웃음의 의미는 뭐지?"

"꽃을 보니, 아니 너를 보니…… 웃음이 나네."

"마음에 바람이 들었나. 농담을 다 하네."

"해박한 옥정 앞에서 아는 체하려니 부끄러워서."

"괜찮으니 말해봐. 나도 모자라는 게 많아. 무엇보다 배움에는 끝도 없고 또 책이 전부는 아니잖아. 난 대자연도 깨달음을 주는 서책이라고 생각해. 그런 면에선 내가 너보다 부족한 게 많아."

이럴 때는 옥정이 진짜 예뻤다. 어찌 이리 겸손하단 말인가. 얼굴도 아름답지만 마음씨도 고왔다. 하여튼 흠잡을 데가 없었다. 물론 옥남이 그녀가 음식은 제대로 할 줄 모른다고 했었지. 그러면 어때 굶으면 되는 거지. 그런데 막상 굶주릴 것을 생각하니 속이 쓰렸다. 홍양에서 노상 양반들 밥 먹듯이 굶었으니까. 비럭질을 변명하는 광인의 핑계도 귀에 딱지가 앉도록 들었으니까. 아버지는 철모르던 내게 비렁뱅이의 비루한 삶을 변명했다.

"문자는 머리통 굵어지면 그때 배워도 되는 겨…… 인간은 말여 어릴 때는 그냥 산천을 둥글어 댕기면서 생명의 몸에 깃든 신神의 세계에 눈을 떠야지 문자부터 머릿속에 박히면 눈이 흐려져서 사물 속에 숨은 신성을 못 봐……. 천지라는 큰 책을 버리고 만날 먹물들은 문자에만 빠졌어야. 고놈들은 저 까치 새끼들이 하는 농담도 저 쥐새끼들이 속닥대는 밀담도 못 알아들어야. 죄다 눈먼 봉사에 귀머거리랑게. 그런 놈들이 나를 미치광이라고 무시해. 참말로 세상이 요지경이여 요지경瑤池景. 하긴 골이 빈 잡것들조차 죄다 주상이랍시고 지랄들을 하드만."

문자는 관념의 굴레일 뿐이라고 타박하던 아버지. 그때는 아버지의 요연한 언설을 광인의 구차한 핑계로 간주했다. 솔직히 아버지의 헛소리가 더 요지경 같았으니까. 한데, 옥정도 아버지와 비슷한 이야기를 하다니 그녀도 점점 미쳐가는 걸까.

"왜 웃었는지 얘기 안 할 거야?"

옥정이 집요하게 웃음의 의미를 물었다. 그녀도 참 끈질긴 구석이 있었다. 나는 대답을 미루고 처소로 돌아왔다. 산운이 나를 보자마자 다그쳤다.

"어디 갔다가 이제 오는 거야. 어서 들어가자."

산운은 주변을 조심스레 살핀 후 우리를 방안으로 몰아넣었다. 자리에 앉자마자 산운은 품속에서 책 한 권을 꺼냈다.

"지금 삼남뿐만 아니라 황해도, 강원도까지 이 참언서가 암암리에 퍼지고 있다는데……."

정감록. 내게는 낯선 책이었다. 옥정도 마찬가지인 듯 낯빛에 호기심을 드러냈다. 그녀가 눈을 굴리며 책을 펼쳐 내용을 살펴보는 동안 산운이 말을 덧붙였다.

"주지 스님께서 주셨는데 읽어보니 내용이 좀……."

산운이 말끝을 흐리며 머뭇거리자 책을 보던 옥정이 고개를 들어 녀석의 낯꽃을 살폈다.

"뭘 그렇게 주저해. 산운이, 책의 감결鑑訣은 그냥 참언讖言일 뿐이야. 민심이 흉흉하면 항상 이런 참언들이 횡횡하게 마련이잖아. 올바른 길을 가려면 이런 참언에 흔들리지 말아야지."

옥정의 일침에 산운의 눈빛이 흔들렸다. 내가 그것을 놓칠 리 없었다. 그러나 관심을 두지 않았다. 그것이 문제였다. 매사에 관심을 가졌어야 했는데, 나는 그때 바보처럼 입으로 감결만 곱씹었다.

"산천의 기운들이 계룡산으로 몰려드니 정씨가 팔백 년의 왕조를 세울 땅이다."

젠장, 정말 짜증이 나는 비결이었다. 개떡 같은 이씨 왕조가 사라지고 찰떡같은 정씨 왕조가 들어선들 이름만 뒤바뀐 똑같은 왕조일 뿐이었다. 물론 개떡이 찰떡으로 바뀌니까 먹는 것은 좀 좋아지려나. 그래도 처먹는 것이 전부는 아니니까, 가끔은 자존심이 개떡이나 찰떡보다 더 중할 때도 있으니까, 민초의 삶이 근본적으로 변하는 것은 아니었다. 민초는 자존심이 땅바닥을 쳐도 뱃가죽이 등가죽에 붙어도 눈물이 흐르긴 매한가지였다. 빌어먹을, 걸개인 나는 저따위 감결들은 꼴도 보기 싫어졌다. 어디 민황의 세상을 노래한 감결은 없는지 그것이 궁금해졌다. 그렇게 혼자서 자문하고 자답하는 사이 산운의 변명이 들려왔다.

"옥정의 말도 일리는 있어. 하지만 지난번 개태사의 벽서 사건도 있고 또 지금 갑사에서 정감록을 만났다는 사실은 민심이 계룡산의 정씨왕국을 바라고 있다는 방증이 아닐까. 이런 정감록 같은 참언서가 그냥 나온 것은 아닐 텐데……."

산운은 자꾸 정감록을 마음에 담으려고 했다. 녀석은 잠시 뜸을 들인 뒤 혀로 입술에 침을 촉촉하게 바르며 속내를 드러냈다.

"들리는 풍문에…… 이곳 연산의 개태사가 바로 정씨왕국이 열릴 길지吉地라고 하더군."

미친놈. 내가 보기에 산운은 그럴듯한 참언을 동원해서 정씨왕국을 둘러맞추려고 애쓰는 미친 얼간이였다. 놈이 그렇게 하는 의도가 궁금했다. 그러나 심지가 곧은 옥정은 엄정했다.

"실망이다. 학문이 깊은 네가 참언에 마음이 흔들리다니……."

옥정의 탄식에 머쓱해진 산운은 쓴웃음만 지으며 괜히 나를 대화에 끌어들였다.

"어이 허풍, 네가 보기엔 비결의 내용이 어떤 것 같아?"

안다니 짓으로 늘 뻐기기만 하던 녀석이 옥정에게 망신만 당하자 나는 내심으로 고소했다. 나는 면피를 위한 그의 질문에 답도 하지 않았다. 그러자 옥정이 나섰다.

"아버지의 뜻은 정씨왕국이 아니라 오로지 대동의 세상을 향하고 있어. 인간과 만물이 하늘과 땅 사이에서 혼연일체 하는 대동의 세계. 그런 대동세상은 민초가 힘을 합쳐 하나 된 혼으로 차별하는 마음의 벽과 차별하는 세상의 모든 벽을 무너뜨릴 때 이상이 아닌 현실이 되겠지. 나는 글로나마 그런 대동의 세계를 열 정신적인 줏대를 세우고 싶어. 그런데 산운은 정감록을 끌어다 정씨왕국을 운운하다니 산운답지 않게."

옥정의 말은 장황했으나 정곡을 찔렀다. 물론 마지막 말은 마음에 걸렸다. 산운답지 않다니 내가 보기엔 산운다운, 신비하게 보이려고 참언으로 치장하는, 그다운 짓거리였다. 그래도 그녀의 말에는 정도正道의 기개가 넘쳐났기에 그녀의 말에 힘을 실어 주고 싶었다.

"진실로 옥정의 말은 보탤 것도 뺄 것도 없구나. 옥정이 글로 열고 싶은 세상을 나는 칼로 열고 싶은데……."

나는 말꼬리를 흐리며 내심 쑥스러워서 칼집에서 잠만 자는 명월 검을 쓰다듬었다. 언제나 칼은 나의 감정과 몸짓에 하나로 감응했기에 칼집에 갇혀 소리 없이 우는 듯했다. 그런 내 모습에 심사가 뒤틀린 산운이 내 말을 걸고 넘어졌다.

"실없는 소리만 하고 자빠졌네. 야야! 허풍, 너는 너무 고지식해서 탈이야. 그놈의 쇳덩어리 하나로 뭘 그렇게 거창한 꿈을 꾸시나. 헛꿈을 이루겠다고 무고한 생명이나 베지 마."

"그건 글도 마찬가지야. 오히려 칼이 생명을 살리고 글이 생명을 죽일 수 있어. 거짓과 개염과 모함과 모략으로 가득 찬 글은 수백 수천의 무고한 생명을 죽음으로 몰아넣을 수가 있지. 그러니 글도 칼만큼이나 무서운 거야."

산운이 조롱하는 칼을 옥정이 옹호하자 마음이 부듯했다. 동시에 칼을 하시하던 녀석의 눈꼬리는 꼬리를 감췄다.

마음은 늘 글에 반응했다. 저마다 다르게. 같은 글을 읽고 전혀 다르게 반응하는 마음의 모습들을 보았다. 정감록을 둘러싼 침묵이 처소를 무겁게 짓누르자 밖으로 나왔다. 달이 중천을 향해서 정해진 길을 묵묵히 걸어갔다. 달빛에 깨어난 숲은 잠을 이루지 못하고 어수선했다. 나의 마음도 부산했다. 나는 옥정의 말을 곱씹으며 떠들썩한 마음을 잡아보려고 터울댔다.

인간과 만물이 혼연일체 된 대동의 세상. 진짜 맛깔난 말이다. 그러나 몸이 따르지 않는 말은 공허했다. 대동세계. 글로는 가까웠고 몸으로는 멀었다. 빈말로 꾸미기는 쉬웠으나 몸짓으로 구현하기는 어려웠다. 정감록의 감결도 공허한 실체의 빈 그림자만을 쫓았다. 산운은 빈약한 빈말을 끌어와 허영을 실체로 둔갑시키려고 애썼다. 그러나 옥정은 오직 본질에만 닿으려고 노력했다. 나 역시 칼을 통해 본질에 닿으려고 애썼다. 본질에 닿으려는 몸짓에서 옥정과 나는 서로 만났다. 그러나 허울만 빛을 내는 산운은 전혀 다른 몸짓을 멋들어지게 나부댔다.

개심이

봄바람이 불었다. 시원한 산들바람에 풀빛이 반짝이자 연두 빛깔
물결이 대지를 덮었다. 해와 달이 빚은 바람은 하늘과 땅 사이에서 불
었다. 천지의 텅 빈 사이는 바람이 채웠기에 간間의 주인은 풍風이었
다. 사이에 충만한 바람과 대지에 뿌리를 내린 풀은 모든 땅에서 만났
다. 바람은 땅 위의 모든 곳을 방랑했고 풀은 모든 터에서 살아갔다.

조물주가 빚은 빛의 세계는 광막했다. 하늘과 땅이 빚은 누리에서
민초는 해와 달의 빛에 기대어 사는 풀이었다. 풀은 터를 가리지 않고
누리에 골고루 피었다. 천지는 가꾸지 않아도 스스로 생겨나서 누리
를 누비는 풀을 구박하지 않았다. 일월 역시 지천한 빛을 존귀한 풀에
게 베풀기만 했다. 절대 빛에 대한 빚을 부과하지 않았다. 넓어 가늠할
수 없는 홍은鴻恩만이 천지와 일월의 마음이었다.

한양으로 오는 길은 멀었다. 쉬엄쉬엄 두 발로 민황民皇들의 터전을 누빈 끝에 한양에 도착했다. 한양을 훤히 뚫어 꿰는 산운 덕분에 영의정 노수신의 집을 쉬이 찾았다. 비렁뱅이인 내가 일인지하 만인지상의 자리에 있는 영상을 만난다. 꿈같은 얘기다. 한데, 꿈이 현실이 되었다. 물론 영상을 만난다고 해서 들뜰 이유도 내가 꿀릴 하등의 이유도 없었다. 나도 화자의 자존심이 하늘을 꿰뚫는 거지였으니까. 그렇다고 건방을 떨지는 않았다. 나는 바보처럼 속으로만 잘난 척했지 겉으로 대놓고 내색도 못 했다. 하여간 누군가의 눈에는 정말로 허무맹랑한 이야기. 유걸과 영상의 만남. 그 황당한 꿈이 내 눈앞에서 현실로 탈바꿈했다. 모든 것은 여립의 명망에 기인했다. 팔도에 펼쳐진 여립의 덕망이 상당하다는 것을 깨달았다.

대문이 열렸다. 우리를 처음 맞이한 녀석이 개심開心이다. 솔직히 이름부터 특이했다. 마당을 쓸던 녀석은 귀찮다는 낯빛을 대놓고 드러내면서 서실로 우리를 안내했다. 동그란 얼굴에 빠끔하게 붙은 작은 눈. 대충 생기다 만 코. 그중 그나마 반듯한 입. 그러니 입만 살아있을 듯싶었다. 그런데 정말 입만 살아있었다.

"이름은 누가 지어주었지?"

나름대로 정중하게 비록 첫 대면이지만 차별하지 않으려고, 사실 드레 있는 척 점잔을 빼며 물었다. 그런데 물어보지 말았어야 했다. 놈은 동자승마냥 빡빡 깎은 머리를 쓸어 넘기며 거창한 답을 늘어놓았다. 미친놈이 머리카락도 없으면서 개폼만 그럴듯하게 잡았다.

"당연히 우리 대감마님이죠. 마님이 누굽니까. 조선을 쥐락펴락하시는 영상 대감 아닙니까. 우리 마님께서 사람은 마음을 닦고 마음을 열어야 세상 만물과 소통하는 참된 인간이 된다고, 입으로 허연 거품과 열변을 함께 토하면서 열 개. 마음 심. 개심이란 제 이름을 지어주셨지요. 이름이라는 게 생긴 꼴에 딱 들어맞아야지 제맛인데 제 이름이 딱 그렇다고 할 수가 있죠."

녀석의 당돌한 말에 웃음이 나왔다. 생기다만 얼굴에 열린 구멍들을 보면 개심이라는 이름이 제격인 듯싶었다. 나의 웃음에 개심도 옥정도 소리 내어 함께 웃었지만 산운만은 버럭 화를 냈다.

"이런 얼빠진 놈을 보았나! 아니 영상 대감이 일개 노복의 이름을 지어주다니. 어린놈이 농弄이 심하구나."

개심은 산운이 화를 내는 것이 황당하다는 듯 두 눈을 껌벅이며 대꾸했다.

"제가 없는 말을 꾸며낸 것도 아니고 사실을 말했을 뿐인데."

"그 아이의 이름은 내가 지어준 것이 맞네."

중후한 목소리가 개심의 말을 잘랐다. 서실 문이 열리며 다 해진 저고리 차림의 노인이 방안으로 들어섰다. 붉은 빛깔 얼굴에, 백발과 흰 수염을 가지런하게 단장한 노옹은 서실로 들어서자마자 개심의 머리를 살짝 쥐어박았다.

"개심아, 손님의 마음까지 배려해야지. 그것도 다 마음을 닦는 것이야. 먼 길을 오느라 배가 고프니까 언성까지 높아질밖에. 배가 주리면 인간도 야수와 다를 바가 없다. 체면이고 염치고 죄다 팽개치고 주린 배만 채우려 드니 성정이 포악해지는 게야. 다과를 준비해라."

"고만 좀 때리세요. 저도 이제 지학志學, 그러니까 다시 말해 자그마치 열다섯입니다. 만날 마음만 닦으라고 닦달하시며 만날 머리만 쥐어박으시네. 마음은 이 대갈통 속에 있는 물건이 아니라 요 심통 속에 있다니까요."

"고얀 놈. 여전히 입으로만 마음을 닦네. 허허."

마음 하나를 놓고 말다툼이 펼쳐졌다. 참 포실한 대화였다. 마음만 입방아에 오르내릴 뿐 먹을 것을 놓고 벌이는 몸싸움은 없었다. 무엇보다 두 사람의 사이에는 무형의 차별을 경계 짓는 벽이 없었다. 다만 살갑게 다투는 인정만이 두터웠다. 대화로 드러나는 개심의 모람이 마음에 들었다. 허식을 버린 녀석의 대거리가 곰상스러웠다. 산운은 개심의 수작에 수틀렸는지 눈초리가 사나웠다. 옥정을 보니 그녀는 말없이 웃고만 있었다. 머쓱해진 산운이 먼저 일어나서 인사했다.

"영상 대감이 아니신지요?"

"그냥 여봉 노인이라 부르게나."

비록 노옹이었지만 기상은 활달하고 목소리는 순후했다. 무엇보다 언행이 소탈했다. 첫 대면임에도 그가 친근하게 느껴졌다.

"청풍이라 하옵니다."

"자네였군. 검술이 뛰어난 젊은이라 하던데. 일세를 풍미할 재주가 아깝다고 여립이 안타까워했지."

풍미風靡라. 과분한 칭찬이었다. 물론 나도 한바탕 세상을 휘젓고 싶은 마음이 굴뚝같지만 반상의 벽에는 아직껏 굴뚝이 없어서 연기演技를 뿜어낼 수는 없었다. 그나마 대동계가 내겐 숨구멍이 될 듯싶어서 금구에 안착했다. 게다가 여립 덕분에 여기까지 온 것이었다. 수신이 초면부터 치켜세우자 부끄러웠다. 칭양에는 겸양이 제격인 듯싶어서 마음속으로 멋진 대답을 준비하는데 때마침 누군가 대문을 부서지라 두드렸다.

"개심아, 이번엔 기필코 네놈을 묘향산으로 끌고 가야겠다."

목소리의 주인을 아는지 개심은 화들짝 놀라더니 부리나케 대문으로 달려 나갔다. 잠시 뒤 노스님이 개심의 귀를 잡아끌면서 서실로 들어섰다. 수신이 만면에 웃음을 띠며 말했다.

"어서 오게. 이참에 개심을 출가시키려고 고심하던 참인데 이렇게 때를 맞춰 나타나다니. 청허도 대단하이."

"대감께서 허락했으니 이번에는 이놈을 기필코 묘향산으로 끌고 가지요. 불가에 인연이 있는 녀석이 왜 속세에 연연하는지. 제대로만 닦으면 고승의 입심을 자랑할 놈인데……."

사색이 된 개심이 청허의 손을 세차게 뿌리치며 소리쳤다.

"싫습니다요. 묘향산에 가면 확 죽으렵니다. 쳐다보면 덧없이 흐르는 구름뿐이요 앞을 보면 시답잖은 수목들이요 내려보면 말도 못하는 바위들만 잔뜩 널려 있는 그런 첩첩산중은 죽어도 안 갑니다. 저는 한양이 좋습니다. 먹을 것도 많고 볼 것도 많고 책도 많고 무엇보다 사람의 냄새가 풀풀 나는……."

신나게 입방아 찧던 녀석이 옥정을 힐긋 쳐다보며 싱긋 웃었다.

"예쁜 처자들도 많고…… 악!"

청허가 주장자로 개심의 머리통을 후려치자 비명이 서실을 가득 채웠다. 내심 고소했다. 옥정을 보며 음흉한 웃음을 흘리는 녀석이 괘씸했다. 한바탕 소란을 지켜만 보던 옥정이 중재에 나섰다.

"대사님, 개심의 마음은 개심이 닦아야 하니 그만 놓아주시지요."

개심은 옥정이 도와주자 이때다 싶었는지 잽싸게 서실을 빠져나갔다. 내빼는 꽁무니에서 바람이 일었다. 녀석은 하는 짓이 웃겼다.

"자애로운 보살님은 뉘신지?"

어깃장을 놓는 옥정이 궁금했는지 청허가 수신에게 물었다. 수신은 귀여운 손녀를 자랑하고 싶어서 안달 난 할아버지처럼 말했다.

"호남의 선비인 정여립의 여식인데, 글공부가 청수하다고 소문이 자자하다네."

"아! 호남에서 대동계를 조직해 세를 넓히고 있다는 죽도 선생의 따님이셨군. 풍문으로 아버님에 대해 들었소. 휴정休靜이오."

산운은 아무도 자신을 주목하지 않자 심술이 나는지 애꿎은 입술만 잘근잘근 씹어대다, 휴정이라는 말에 갑자기 대화에 끼어들었다.

"'선禪은 부처님의 마음이요 교敎는 부처님의 말씀이니 교를 통해서 일심一心을 깨닫고 선을 통해서 견성見性을 해야 한다.'는 휴정 대사님의 가르침을 감명 깊게 읽은 바 있습니다. 저는 해주선인 정산운이라 하옵니다."

산운이 또 잘난 체했다. 척하는 짓에 도가 트인 녀석이 이번에는 안다니 짓으로 휴정의 환심을 사려고 했다.

"늙은이의 보잘것없는 글들을 읽었다니 고맙소."

때마침 꼬리를 감추고 사라졌던 개심이 차를 준비해서 나타났다.

"닦으나 마나인 마음 한번 닦으라고 명차를 준비했습죠. 마음은 은은한 차향에 물들어서 자취를 감추니 홀로 남은 허울이 허전하겠죠. 마음을 열어주는 개심차의 효능입죠. 개심차를 마시고도 마음이 열리지 않는다면, 그땐 무조건 입은 닫고 눈은 깔고 참선에 들어가야 합니다. 그렇지 않으면 요마들이 발동해서 미치니까요."

차를 내어놓느라 손이 바쁜 개심은 입도 바빴다. 이놈은 애초부터 마음을 닦는 것에는 관심도 없고 주둥이만 열심히 닦았는지 언변은 청산유수였다. 사실 허풍이 너무 심했다. 한데, 나는 녀석이 싫지 않았다. 녀석의 곰상스런 몸짓이 오히려 귀여웠다. 마치 닦을 마음이 없다는 듯 무애의 몸짓만 내비쳤다. 그런 개심이 점점 마음에 들었다.

순간 내게로 쏟아지는 날카로운 눈빛을 느꼈다. 휴정이었다. 그가 나의 몸을 가늠하는 듯했다. 나도 자연스레 휴정의 몸을 가늠했다. 당대 최고의 선승이라고 소문이 자자하더니 기풍이 강하면서 부드러웠다. 활달한 무인의 기개도 서리하게 뿜어져 나왔다. 휴정은 확실히 불퇴전不退轉의 심법을 터득한 고승다웠다.

괴짜 스님 지심과는 사뭇 달랐다. 뭐랄까, 휴정이 대지에 굳건히 뿌리박은 노송이라면 지심은 흔적조차 남기지 않는 바람과 같았다. 둘의 우열을 가리기는 어려워 보였다. 물론 깨달음의 후박 자체가 중요한 것은 아니었다. 또한 깊고 얕음으로 차별하는 것도 부당한 짓이었다. 그렇게 생각하며 찻잔 속에서 흔들리는 차만 바라보았다. 홀연 휴정이 화두話頭를 던지듯 뜬금없는 말로 선문답을 시작했다.

"천지도 한낱 미물도 모두 표리부동이거늘…… 어찌 그대는 표리 일체를 꿈꾸는가?"

"청풍이라 하옵니다."

"그대의 이름을 구하지 않았네."

"눈을 좋아합니다."

"눈은 겨울 한 철을 살 뿐이네…… 그대에게는 봄도 여름도 가을도 무의미하단 말인가?"

"무의미하다는 것이 아니라…… 그저 눈이 좋을 뿐……."

말문이 막히니 말꼬리를 내릴 수밖에. 솔직히 나도 답을 몰라 답답한 판에 휴정은 중도실상이라는 화두로 나를 휘몰아쳤다. 그때 내면의 목소리가 메아리쳤다.

'찾아라! 너의 몸으로 너의 칼로 마음이 찾는 것을 구하라!'

휴정의 물음에 무던히 내면의 소리를 전했다.

"주어지는 것이 아니라 구하는 것이 답이니……."

"구하였는가?"

"아직은…… 그러나 가고 또 가다 보면 구하겠지요."

"그리 틀린 말은 아니지…… 나도 혈기가 왕성하던 시절에 금강산과 태백산과 묘향산을 두루 행각하며 깨달음을 더욱 깊게 하려고 보임保任을 한 사실이 있다네. 그때는 깨달음의 해답을 얻고자 하는 마음뿐이었지. 지금은 무명에 대한 분심이 사그라지고 골방 노인네로 전락했지만……. 아무튼 그대가 불가와의 인연은 없어 보이지만 도움이 필요하면 언제든 묘향산으로 오게."

"인연이 닿으면 그리하지요."

답은 그렇게 했으나 선문답에서 벗어난 것으로 족했다. 또 절간에 가서 주장자로 골통을 맞을 생각을 하니 진저리가 났다. 속으로 그렇게 다짐하며 차를 마시려는데 개심이 다가와 귓속말을 했다.

"절대 묘향산에 가지 마세요. 저처럼 머리를 빡빡 밀고 또 계를 받아야만, 아차! 계는 안 받았지. 아무튼 그래야만 그곳에서 도망칠 수 있어요."

나는 예전부터 개심 같은 동생이 그리웠다. 그런 동생이 있었다면 함께 외로움을 견뎌냈으리라. 그런 생각을 하니 녀석을 보기만 해도 웃음이 났다.

"그렇게 할게. 고맙다."

진심을 담아 개심의 등을 다독여 주었다. 나의 손길에서 따스한 온정이 느껴졌는지 별안간 녀석의 낯짝이 심각하게 굳어졌다. 내가 실수를 했나 싶어서 손길을 거두자 멍하니 뭔가를 생각하던 녀석이 그제야 헤벌쭉 웃었다. 나도 덩달아 웃었다. 산운은 말로써 진심을 감추어 보이지 않는 벽들을 만들지만 개심은 말로써 진심을 드러내어 가식의 벽을 부수었기에 나는 자연스레 개심이 좋아졌다.

"청풍…… 척준경을 아는가?"

젠장, 휴정은 뭐가 또 마음에 걸렸는지 재차 나를 걸고넘어졌다. 신물이 나는 선문답을 또 시작하려나 싶어서 속에서 천불이 났다. 게다가 척준경은 어째서 거론하는지 진짜 짜증이 첩첩했다. 그렇다고 짜증을 노골적으로 드러낼 수도 없었다. 그저 불쑥 치솟는 화를 애써 삭이며 답했다. 물론 죄다 주워들은 거였지만 그것조차 기억이 흐릿해서 허둥댔다.

"홍양에 대원이라는 지기가 있는데 그로부터 척준경에 관해 들은 듯합니다. 반란을 일으켰던 무장으로…… 고려 역사상 최고의 무인이라고 들었습니다."

나의 대답이 부족하다고 느꼈는지 산운이 거들고 나섰다. 산운은 먼 옛날 중원을 호령했던 영웅들을 끌어와서 척준경을 저울질했다. 역시 달변이었다. 흐르는 물처럼 유려하게.

"척준경이라, 정녕 그런 무인이 있었나 싶을 정도로 믿기 어려운 인물이지만 정사正史에 기록되어 있으니 사실일 겁니다. 비록 비천한 출신이었지만 상상을 초월하는 무예로 혁혁한 전공을 세운 덕에 장군까지 되었던 고려 최고의 무장이었지요. 홀로 여진족의 산성을 함락시켰고, 수천 명의 포위를 뚫고 윤관 대감을 구출하기도 했으니 고려오백 년 역사상 무예로 그와 견줄 장수는 없습니다. 굳이 비견하자면삼국 시절의 장비나 조자룡보다는 무예가 훨씬 더 뛰어났고 항우와는 비등할 듯싶습니다."

참으로 거침없는 말솜씨였다. 산운은 주변의 이목이 자신에게로쏠리자 입꼬리를 말아 올린 채 고개를 뒤로 젖혀 천천히 목을 풀었다. 가관이었다. 목을 푼 녀석이 나를 날카롭게 노려보며 말했다.

"역발산기개세의 척준경 역시 비천한 출신답게 충절과는 거리가멀었던 한낱 무부에 불과할 뿐이지요. 자신의 출중한 무예만 믿고서역적 이자겸과 반란을 일으켜 고려를 혼란에 빠트렸죠. 인종의 회유로 이자겸을 처단하고 사직을 지키는 데 일조는 했지만 역적의 오명은 벗지 못하고 고향에서 쓸쓸하게 죽었지요."

역적이라. 검의 고수 척준경이 역적이라. 산운의 매서운 눈초리에담긴 의미가 설핏 머릿속을 스쳐 지나갔다. 그 눈빛의 의미를 마음에담지 않았다. 오히려 녀석의 두터운 지식과 유려한 언변을 시샘하고부러워하는 마음이 고개를 들자 나의 개염이 한심했다. 산운의 교만도 안타까웠다. 녀석의 미끈한 말주벅이 겸손함을 향한다면 좋으련만. 녀석의 빼어난 입담이 참되어서 더욱 빛나기를 진심으로 바랐다.놈의 교만과 나의 암상을 저울질하며 척준경의 삶을 곱씹었다. 그때 휴정의 목소리가 들려왔다.

"청풍, 자네의 웅혼한 기상을 보니 척준경의 무예가 부럽지 않은 듯하네. 부디 그대의 칼을 의롭게 쓰도록 하게나!"

착잡했다. 고독한 결개가 마음을 기댈 수 있는 유일한 벗이 칼이었다. 내게는 그런 칼이 지금 천덕꾸러기 취급을 받았다. 칼을 천대하는 산운의 태도가 마음에 들지 않았다. 또 칼을 경계하는 휴정의 충고에는 마음이 불편했다. 물론 휴정의 염려는 이해되었다. 여태껏 민초는 인간꽃이 아니라 풀꽃이었다. 지금껏 민초는 들꽃마냥 무수한 칼바람에 누우면서 피눈물을 흘렸고 무수한 칼바람에 일어서며 피울음을 토해왔다. 휴정의 자비심이 이해 못 할 바는 아니었다.

"투박한 칼을 그리 보셨다니 부끄럽습니다. 소인은 그저 세상의 차별을 반듯하게 베어내고 싶을 따름입니다."

"허어! 중생심에 깊이 뿌리내린 차별은 칼로는 베어낼 수가 없네. 설혹 베어낸들…… 세상의 차별이 사라질 거라 생각하는가?"

"사라질 때까지…… 베어야겠지요."

무심결에 똥고집이 말에 묻어나왔다. 내가 보기에도 참 단순하고 단호한 말이었다. 그 순간 휴정의 눈에서 불꽃이 튀었다. 무엇에도 동요하지 않을 맑고 깊은 눈빛이 심하게 흔들렸다. 그러나 휴정은 고승답게 재빨리 평정심을 되찾았다.

"중생을 고통의 바다에서 건지려는 보살의 마음이나 생명을 차별의 감옥에서 해방하려는 그대의 마음이 다르지 않군. 그러나 보살이 자비의 몸짓으로 이루려는 세상을 그대는 칼로써 이루려고 하니 뜻은 같으나 길이 다르구나. 업보로다. 업보야."

"대사님의 충언을 마음에 새겨 잊지는 않겠습니다. 그러니 칼에 대한 심려는 그만 거두어 주시지요."

"그만하게. 청허, 살아갈 날이 창창한 젊은이를 너무 심하게 길들이려는 것 같네. 우리 같은 노옹들은 그저 후세들의 앞길만 열어주면 족한 게지. 구태여 청춘의 패기를 질식시킬 필요는 없네."

잠자코 있던 수신이 나를 두둔하고 나섰다. 수신의 넉넉한 마음씨 덕분에 휴정의 서슬에 움츠렸던 마음이 다시 펴졌다.

"청풍, 이 늙은이가 첫 대면부터 쓸데없는 말을 덧붙이고 싶지는 않네만 자네가 가는 길에 도움이 되길 바라서 조금만 사족을 달고 싶네. 그리해도 괜찮겠나?"

수신이 온화한 미소를 띠며 물었다. 거절할 이유가 없었다.

"어떠한 가르침도 기꺼이 배우고자 하오니 괘념치 마시지요."

"고맙네. 내가 지난 시절 진도에 유배 된 적이 있다네. 그곳에서 홀로 양명학陽明學을 공부하며 깨달은 바를 자네들과 나누고 싶네."

맞은편에 앉아 차만 마시던 옥정이 순간 눈빛을 반짝였다.

"어르신께서 양명학에 조예가 깊다는 얘기를 들어본 것 같아요."

"그냥 변죽만 울렸지……."

수신이 미처 말을 마무리도 하기 전에 산운이 까불고 나섰다.

"양명학은 왕양명이 육구연의 심학心學을 발전시킨 학문이 아닙니까? 아직 조선에선 성리학이 성성하게 살아있어서 양명학은 여전히 경시되는 경향이……."

"물론 그렇지. 조선에서는 양명학을 공부하기가 쉽지 않지. 그러나 배움에는 차별이 없네. 공부해서 제대로 알기 전에 옳고 그름을 가리는 것은 배우는 자의 자세가 아니지."

수신은 산운의 편협한 자세를 경계했다. 덕스러운 말이었다. 평소에 나도 저런 생각을 갖고는 있었다. 다만 말을 안 했을 뿐이었다. 저런 말을 할 기회도 없었고, 설혹 그런 얘기를 해도 걸개가 꼴값을 떤다고 미친놈 소리나 실컷 들었겠지. 지금도 별종이라고 실컷 놀림을 받는 판에 구태여 공을 들여서까지 덤으로 핀잔을 살 필요는 없었다. 경험상 비렁뱅이를 보고 비아냥대는 눈살은 그냥 비껴가는 것이 상책이었다.

제기랄, 이게 영상과 유걸의 차이인가. 만인지'상上'에 있는 자와 만인지'하下'에 있는 자. 둘 사이에는 만인이 더불어 무수한 차별이 존재했다. 나는 그 둘 사이를 가득 채운 차별이 마음에 들지 않았다. 발가벗으면 똑같은 몸뚱이로 똑같이 대지에 발을 붙이고 살아가는 인간들 사이에 찰떡같은 차별이 뭐람! 혼자 속으로 구시렁대는데 때마침 휴정이 수신을 거들었다.

"지당하신 말씀. 아량이 지식보다 우선해야 몰록 깨침이 열리는 겁니다. 무엇을 배우려면 개심마냥 마음의 문을 마냥 활짝 열어놓고 배워야지요."

휴정의 말이 모두의 웃음을 불러왔지만 정작 웃음을 제공한 주인공은 꼬리를 감춘 지 오래였다. 다들 개심의 이름에, 녀석의 넉살에 기대어 웃는 사이 나는 마냥이 마음에 걸렸다. 마냥! 휴정은 깨달음을 위한 닦음의 몸짓을 마냥에 담아서 전했다. 하지만 다들 엉뚱한 것에만 마음이 쏠려서 바보처럼 웃었다. 물론 나도 멍청하게 같이 웃었다. 그런데 가만히 보니 그것이 아니었다.

마냥의 마음이면 만사가 여의如意했다. 언제까지나 줄곧, 부족함이 없이 실컷, 보통의 정도를 넘어 몹시. 이런 다양한 의미를 함축한 마냥은 그냥 마냥이 아니었다. 배움의 몸짓에 부합하는 멋스러운 문자였다. 휴정의 말에서 스쳐 지나가는 말로도 진실을 깨우쳐 주는 선사의 슬기가 뚝뚝 묻어나왔다. 휴정은 확실히 문턱을 넘어선 선승이었다. 문득 휴정이 비범하다는 사실을 깨닫자 나는 속으로 깨갱 했다. 동시에 걸개의 거만함도 찌그러들었다. 멍하니 혼자 잡념과 씨름하는 사이에 웃음소리가 잦아들었다. 수신이 다시 말을 이었다.

"양지良知라. 그걸 시비나 선악을 판단하는 능력이라 하든, 마음의 본래 모습이라 하든, 하늘의 이치라 하든, 아니 하늘땅을 가득 채운 생명력이라 하든 바뀌는 것은 없네. 그냥 양지일 뿐. 중요한 진실은 항시 사욕에 가려져 있는 양지를 회복하고 사욕을 근본부터 뿌리를 뽑고 근원에서 막아낸다면 반상의 차별을 벗어나 누구든지 성인이 될 수 있다네."

순간 내 귀를 의심했다. 신분의 차별을 넘어 모두가 성인이 된다니 일국의 영상이, 그것도 차별이 찬란한 조선에서 만인지상의 자리에 있는 영상이 입 밖으로 내뱉기에는 너무 낭만적인 말투였다. 말씨에도 맵시는 있었다. 때깔만 좋다고 무조건 품격 있는 허풍은 아니었다. 허풍에도 기풍이 필요한 법. 적절한 과장과 중용의 도를 지켜야 기품이 있는 허풍이었다. 수신의 허세는 정도가 너무 심했다.

조목조목 따져주고 싶어졌다. 사욕이 사라지는 놈이던가. 또 양지만 회복하면 좋은 세상이 절로 오나. 또 사실 이것이 제일 중요한데 화자들은 본시 성인이 되는 것에도 양지의 회복에도 관심 없었다. 화자들은 그저 배가 부르고 등이 따시면 좋았고 조금 더 배가 부르고 등이 따시면 더 좋았고 거기다 신분의 굴레와 차별의 눈길만 사라지면 족했다. 수명과 복록의 조화. 생존과 자존의 영존永存. 그것이면 충분했다. 그것이 지독하게 어려워서 문제였지만.

한데 뭔 놈의 양지고 뭔 놈의 성인이더냐. 다 거적때기만도 못한 것이었다. 나는 오직 차별이라는 놈의 모가지만 꽉 비틀어서 숨통을 끊어놓고 싶었다. 그러면 어쨌든 민황의 세상이 펼쳐질 듯싶었다. 그때 서실 문이 빠끔히 열렸다. 웃음의 주인공인 개심이 대가리를 쑥 들이밀고 작은 눈알을 굴리며 안을 살폈다.

"사욕에 사로잡힌 양지가 애석하나 뱃속의 허기나 채우시고 죽은 양지를 위해 염殮하시지요."

수신의 이야기에 집중되었던 이목이 순식간에 개심에게로 향했다. 녀석은 은근히 자신에게로 향하는 시선을 즐겼다. 개심의 마음을 훤히 꿰뚫는 듯 수신은 녀석을 보지도 않고 말했다.

"어깃장이 그리 재미있느냐. 마음을 열라 했더니 입만 열었구나."

"마님도 아직 치양지致良知가 멀었네요. 이런 장난에 심지인 양지가 흔들리면 안 되죠."

개심은 문을 열어놓고 부지런히 음식을 나르며 입만 나불댔다.

"만날 마님이⋯⋯" 산운 뒤를 지나던 녀석이 뒷짐을 진 채 허리를 펴고 걸걸한 목소리로 수신의 흉내를 냈다.

"산중의 적보다 심중의 적을 파하기가 어렵구나. 그러니 너희들은 항상 영명한 양지가 사욕에 가려지지 않도록 마음을 제대로 닦아야 한다. 알았느냐 개심아!"

생긴 상판도 웃긴 녀석이 수신의 시늉을 그럴싸하게 내자 웃음이 서실에 휘몰아쳤다. 죄다 혼백이 날아갈 듯 웃었다. 수신도 눈가에 눈물이 맺히도록 마음껏 웃었다. 그런데 그게 끝이 아니었다.

"배움은 보고 배우는 것이요 흉내에서 시작을 하니 마님을 따라 한 것입니다. 이런 것으로 웃으시면 안 됩니다."

군소리로 변명을 덧댄 녀석은 사람들이 웃는 틈샘을 타서 내게로 다가와 귓속말을 했다.

"샌님처럼 곱상한 서생은 어째 시원찮은데 걸개처럼 근사한 검객 나리는 제 마음에 딱 드네요. 손을 봐주고 싶은 무뢰배들이 있는데, 그 놈들의 실력이 만만찮아서. 제게 무예 좀 가르쳐주시죠."

참으로 엉뚱한 녀석이었다. 뜬금없이 무예 타령이다. 녀석이 대뜸 무예를 가르쳐 달라고 조르자 조금 당혹스러웠다. 그렇다고 면전에서 거절하자니 그것도 께름칙했다.

"기회가 닿으면 그렇게 하지."

"기회는 만들어야죠. 잠시 뒤에 밖에서 뵙죠."

재미난 녀석이었다. 제멋대로 밖에서 보니 마니 결정했다. 녀석은 나에게 왼쪽 눈을 찡긋한 뒤 오른손을 백우선처럼 휘두르며 팔자걸음으로 서실을 슬금슬금 빠져나갔다. 산운의 도도한 몸짓을 대놓고 흉내로 비꼬았다. 산운의 상판이 시뻘게졌다. 똥물을 뒤집어쓴 똥개마냥 몸도 부르르 떨었다. 개심의 빈정대는 몸짓이 제게로 향하니 그럴밖에. 금구에선 깝죽대던 산운이 개심에게는 그저 속수무책으로 당했다. 쌤통이었다.

세상의 이치를 산운도 배워야만 했다. 뛰는 놈 위에는 나는 놈이. 나는 놈 위에 노는 놈이 있다는 세상의 진실을. 솔직히 노는 놈은 당해내지 못했다. 그러니까 공부를 시킬 것이 아니라 실컷 놀려야 했다. 진짜 마음껏 노는 놈은 뭘 해도 했으니까. 저 상위에서 실컷 놀고먹는 양반 잡놈들을 봐라. 놈들은 땅에다 기와집에다 죄다 갖고 흥청대도 대대손손 양반으로 살아갈 테니. 저 노는 놈들도 착취와 수탈의 대가이니 뭔들 못하리.

아등바등 걷고 뛰고 또 날려고 노력할 필요가 없었다. 그래 봤자 노는 놈팡이들을 당해낼 재간은 없었다. '혹시나'는 '역시나'가 되기 십상이지만 그래도 혹 상전벽해桑田碧海라도 된다면, 그러니까 세상이 통째로 뒤집혀서 뽕나무밭이 벽옥 빛깔 바다로 바뀌면 가능할지도 몰랐다. 그건 대자연의 과업이니 관여할 필요는 없었다. 인간은 인간의 문제에만 집중하자.

개심이 바로 노는 놈이었다. 세상의 우듬지에서 펀둥대는 양반네와 달리 세상의 밑동에서 팔딱대는 놈이었지만 노는 게 뭔지 꿰뚫은 녀석이었다. 건들대는 몸짓 뒤에 웅숭깊은 속내를 숨긴 놈. 언행을 해학으로 화장하고 진솔을 익살로 가장하는 음흉한 녀석이었다. 한마디로 강적이었다. 강적으로부터 무형의 무쇠 주먹으로 두들겨 맞은 산운은 치미는 화火로 인해 얼굴이 벌게졌다. 주체할 수 없는 웃음을 잡으려고 다들 차를 마셨지만 산운은 애꿎은 입술만 잘근잘근 씹어댔다. 그때 수신이 미소와 함께 말을 덧댔다.

"웃음과 음식이 함께하니 이것이 대동이 아니겠소."

화기가 애애한 서실의 분위기가 흡족한 듯 수신은 붓으로 기록할 수 없어서 심중 깊은 곳에 감추어 두었던 내리를 토해냈다.

"모든 생명이 양지良知를 공유하니 인仁으로 일체요 인仁을 바탕으로 천하를 교화하니 만인이 사욕을 극복하고 본심인 양지를 회복하니 대동세계가 멀지 않으리……."

수신이 말꼬리를 내렸다. 수신은 차를 마시며 창문을 넘어 밀려오는 봄기운을 음미하면서 혼잣말을 했다. '여립의 생각도 이와 같으리.' 그의 혼잣말에 시비를 걸고 싶었다. 그런데 갑자기 뱃속이 심상찮았다. 소란스러워진 아랫배를 달래는 것이 급선무였다. 수신의 말꼬리를 물고 늘어지고 싶었지만 생리가 심리에 앞섰다. 나는 서실을 빠져나와 마당을 가로질러 뒷간으로 향했다.

측간을 목전에 둔 순간이었다. 파공음과 함께 감또개가 측면에서 얼굴을 향해 날아왔다. 손가락으로 감또개를 튕겨서 되돌려 보냈다. 그러자 수십 보 떨어져 있던 감나무에서 개심이 비명을 지르면서 지천으로 널린 감또개 위로 떨어졌다. 하얀 감꽃도 함께 떨어졌다. 놈은 이마에 발갛게 부어오른 혹을 어루만지며 말했다.

"아이고 아파라!…… 진짜 고수네. 제게 무예만 가르쳐 주면 죽을 때까지 형님으로 모실게요."

나의 실력을 시험한 녀석의 심보가 괘씸했다. 뒷간을 향해 돌아서며 일부러 녀석을 약 올렸다.

"가르쳐서 배울 수 있는 게 아니야. 타고나야지."

내가 거드름을 피우자 녀석도 골이 나는지 잽싸게 일어나서 엉덩이를 털며 쪼르르 달려왔다.

"사람 무시하지 마시죠. 저도 타고난 근골은 강건합니다."

갑자기 가던 걸음을 멈추고 돌아섰다. 내가 돌아설 것을 예상하지 못한 개심은 그대로 달려와서 반들반들한 대갈통으로 내 가슴을 들이박았다. 녀석은 황당한 낯꽃을 드러내며 혼잣소리를 했다.

"이게 뭐야! 바위가 아니라 솜털이잖아…… 어째서 춘심이 가슴보다 더 부드러운 거야!"

넋이 나간 녀석이 애꿎은 빡빡머리만 긁어댔다. 슬그머니 조악한 장난기가 발동했다. 개심의 어깨를 툭 치면서 도발했다.

"그럼 그 강한 근골로 나를 한번 때려봐."

비꼬는 말투에 자존심이 상해 부아가 치민 녀석은 신나게 소매를 걷어붙였다.

"좋습니다. 어떻게 보여드릴까요?"

"주먹으로 죽을힘을 다해 내 배를 쳐봐."

말은 그렇게 했지만 내가 생각해도 너무 잘난 체하는 것 같았다. 하지만 시발한 도발을 멈추기 어려웠다. 놈도 뿔이 난 듯했다.

"잘난 척도 도를 넘으면 척짓는 짓입니다. 무예가 높아도 하제를 넣은 차 앞에서는 무용지물이죠."

아차! 이 자식이 정말. 왠지 차 맛이 좀 찜찜했다. 독을 넣었으면 금방 눈치를 챘을 텐데 녀석이 내가 마시던 차에 설사가 나게 하는 약제를 넣었으니 속수무책으로 당할밖에. 꼬맹이 놈한테 농락당한 내가 한심했다. 젠장, 허탈해서 헛웃음만 나왔다. 좋게 보면 잔머리가 정말 대단한 놈이었다. 아마도 나의 무예를 시험하려고 단단히 벼른 듯했다. 속으로 어떻게 혼낼까 고민했다. 그사이 개심이 심호흡으로 숨을 고르기 시작했다. 녀석은 왼손을 곧게 뻗어서 내 배를 겨냥한 채 왼발을 앞으로 내밀고 무릎을 굽혔다. 놈은 오른쪽 다리는 조금 굽힌 뒤에 오른손은 허리춤에 붙였다. 어깨 너머로 무예를 익힌 듯 주먹에 젖 먹던 힘까지 담으려는 듯 개심이 개폼을 잡으며 이를 악물었다. 개심이 그러든지 말든지 나는 똥이 너무 마려워서 녀석을 재촉했다.

"똥간이 급하니 똥폼은 그만 잡고 어서 쳐봐! 어라……."

내가 말하는 틈새를 노려서 녀석이 주먹을 날렸다. 이런! 방심하는 순간 허점을 파고드는 몸짓을 보니 틀림없이 무예를 배운 놈이었다. 만면에 미소를 머금은 녀석이 나의 배에 회심의 일격을 꽂아 넣었다. 개심은 내심으로 내가 으윽! 하는 신음과 함께 꼬꾸라지는 것을 상상하고 바랐으리라.

그러나 그것은 개심의 바람일 뿐. 나는 녀석의 주먹을 내기內氣로 부드럽게 감싸서 튕겨냈다. 놈은 시위를 떠난 화살처럼 뒤로 날아갔다. 나는 녀석이 땅에 막 떨어지려는 찰나 번개처럼 다가가 일으켜 세웠다. 다리에 힘이 풀린 놈은 땅바닥에 털썩 주저앉았다. 더는 지체할 수가 없어서 녀석을 내버려 둔 채 뒷간으로 달려갔다.

시원하게 도통 문을 열고 밖으로 나왔다. 꼬였던 뱃속이 개운했다. 사실 개심의 말대로 설사 앞에서는 무예도 소용이 없었다. 중차대한 대사가 해결되니 그제야 개심이 눈에 들어왔다. 녀석은 여전히 땅바닥에 주저앉아서 혼이 나간 낯빛으로 흙바닥만 바라보았다. 내가 다가가자 녀석이 벌떡 일어서며 단호한 어조로 말했다.

"마땅히 사부로 모시죠!"

종작없는 녀석. 형님 운운하며 나의 능력을 시험할 때는 언제고 지금은 사부란다. 어쨌거나 개심의 갑작스러운 결심에 나는 난감했다. 비록 내가 대동계에서 검술을 가르쳐도 사부라는 존칭은 어울리지 않았다. 세상에 사부는 없었다. 상위의 몸짓으로 만나는 민황들 사이에서 사부는 쓸모가 없었다. 서로를 위하는 마음만 만개하면 서로가 서로의 사부일 뿐이었다. 한데 개심의 본심이 궁금했다.

"무예는 배워서 뭐하려고?"

녀석은 내 질문이 한심하다는 듯 하늘만 쳐다보며 한숨을 내쉬었다. 다시 내게로 시선을 옮긴 녀석은 두 손으로 자신의 배를 세차게 두드리며 말했다.

"자고로 사내는 뱃심으로 살아야죠. 무예를 배우려면 이 한양의 무뢰배 녀석들을 쥐락펴락할 정도의 실력은 길러야죠. 제가 보니까 형님의 무예가 음…… 뭐라고 해야 하나. 그래 불가사의. 보태거나 뺄 것도 없이 그냥 불가사의네. 그러니 형님의 무예를 배울래요."

나는 잠시 뜸을 들이며 고민했다. 내가 터득한 무술의 경지는 상당히 위험한 것이었다. 빈천에 대한 차별과 천시가 분노와 한탄의 세계로 나를 이끌었고 슬픔을 내재한 분심은 신검이라는 극한의 검술을 터득하도록 도와주었다. 나는 지질해서 연연할 필요가 없었던 목숨을 걸었기에 지금의 검술을 득했다. 개심에게 내가 걸었던 그 길을 걷게 할 수는 없었다. 그저 계원들에게 가르쳐 주는 걸음마 수준의 검술만 전해 주면 될 듯했다.

"그래. 때가 되면 가르쳐주지."

"그럼 지금부터 사부라 부를게요."

"그냥 형님이라 불러."

"그래도 되려나. 사부 형님."

"난 뱉은 말을 다시 담지는 않는다."

"진짜 화통하시네. 형님."

검술을 가르쳐 주겠다는 언약에 개심은 아주 신이 났다. 이참에 여립이 부탁한 일을 후딱 처리해 버리고 싶었다.

"동생, 부탁이 있는데."

"말씀만 하세요. 한양 바닥에서 제가 못할 일이 없으니까."

개심은 대단한 명령이라도 받은 양 설레발을 쳤다. 녀석은 좁다란 어깨를 쫙 펴고 왼손바닥을 쭉 내민 뒤에 오른손으로 탁 내려치며 소리쳤다.

"요 사대문이 요 개심 부처님 손바닥 위에 있단 말입니다."

"그럼 자비로운 부처님께서 길 안내 좀 해라."

너스레를 떨던 녀석의 얼굴이 일순간 일그러졌다. 놈은 시원하게 실망한 듯 귀까지 털어내며 어깃장을 놓았다.

"형님, 그런 일은 저 서실 안에 있는 윤똑똑이 샌님에게나 부탁하시죠. 저 같은 두루치기는 그런 허접스런 일은 절대로 안 합니다. 제가 이래 봬도 영상 대감댁 노복. 다시 말해서 사대문 안에 있는 노복들을 죄다 발아래 둔 그런 놈이라는 얘기죠."

진짜 지랄도 유분수지. 뭔 놈의 노복들이 상전들 품계를 따져가며 차별한대. 하여튼 허풍이 대단한 놈이었다. 나도 살짝궁 심통이 나서 똑같이 어깃장을 놓았다.

"그러셔. 그럼 잘난 두루치기님은 잘나셨으니 혼자 무예를 수련하셔. 난 윤똑똑이한테 갈 테니까."

그제야 녀석이 내 팔을 붙잡고 늘어지며 엉너리를 떨었다.

"아이고 형님, 왜 그러셔. 제가 길라잡이 하겠음 당뿔."

"아이고 동생, 그러셔. 그럼 앞장서라 공公."

녀석과 공당公堂 대화를 하자 유쾌해졌다. 목적지도 모른 채 앞서 걷는 개심을 불렀다. 공당 놀이가 재미있어서 계속하고 싶었다.

"지금 어디로 가는지 아는 공?"

"당연히 모른 당."

"이발 대감 댁이 당."

넉살이 넘쳐나던 놈이 가던 걸음을 멈추고 얼굴을 붉혔다. 게다가 기어들어가는 목소리로 말꼬리를 흐렸다.

"설마, 벌써 춘심 아는 공……."

녀석의 풀이 죽은 말투를 이해할 수 없었다. 녀석에게 되물었다.

"뭔 춘심인 공?"

그걸로 충분했다. 녀석은 내 물음에 다시 생기가 솟은 듯 활개를 치며 앞장서서 걸었다. 더불어 사라지던 말꼬리도 되살렸다.

"아니 당. 형님 춘심春心 동했나 궁금했 당."

생뚱맞게 웬 춘심 타령이래. 싱거운 녀석이네. 나는 그저 무던히 몸으로 개심의 뒤를 따르며 마음으로 양지의 의미를 어림했다.

양지

양지良知는 마음의 빛이었다. 내면을 밝히고 넓히는 양심의 빛살이었다. 더불어 인간에 대한 한없는 긍정의 믿음이었다. 진정 인간을 믿을 수가 있을까. 인간이란 이름 앞에 믿음이란 수식이 가능할까. 나도 몰랐다. 만약 멍하니 명상이라도 하면 혹여 멍청한 답안이 툭 튀어나오려나.

수신이 얘기할 때는 괜히 심술이 나서 양지를 무지 욕했다. 한데 사실 양지가 마음에 쓰였다. 그놈을 잘근잘근 곱씹었다. 미친 얼간이는 마음에 뭐가 걸리면 삽살개마냥 끝까지 물고 늘어졌다. 이번엔 양지에 미쳤다. 수신이 얘기한 양지 위로 지심의 장광설과 아버지의 요지경과 유덕현의 잔소리가 포개지자 대갈통에서 천불이 났다. 이대로 미치면 세상에서 가장 멋진 미치광이 부자父子가 탄생하는 거지. 그러면 옥정을 향한 연정은 물 건너갈 것이고 민황의 세상을 향한 꿈도 물 거품이 될 테지.

퍼뜩 정신을 차렸다. 다시 머릿속을 채운 천불을 끄기 위해 터울댔다. 찰나와 찰나의 경계가 무너지는 순간. 사실 순간이라는 말이 무의미했지만 내가 꺼내어서 쓸 수 있는 말이 이것밖에는 없었다. 하여간 그 순간 마음 깊은 곳에서 시원한 물줄기가 솟아올라 머릿속에서 불타는 번뇌를 일순간 날려버렸다. 머리가 정말로 맑아졌다. 지금껏 경험하지 못했던 상쾌함이었다.

마음이 숙연해졌다. 마음의 소리 앞에서 유걸의 오만함이 홀연히 사라졌다. 까마득한 마음의 바다에서 자아自我라는 돛단배를 타고 으스댔던 지난날들이 우스웠다. 대체 아는 것은 무엇이며 대관절 누릴 것은 무엇이더냐. 알면 얼마나 알며 또 벌면 얼마나 벌며 또 누리면 얼마나 누릴 것이냐. 햇살에 잘게 부서져 황금빛으로 반짝이는 마음의 비늘들이 쓸쓸했다. 진심으로 부끄러웠다. 가엾은 수치심이 어디서 비롯되는지 알 길이 없으니 조용히 마음의 울림만을 옮겨서 적을밖에. 비록 조잡하나 화자의 한계로 치부되길 희망하며, 누군가의 비웃음이 비렁뱅이인 내게는 살아가는 힘이 되었기에 힘이 닿는 데까지 주워서 담았다.

양지良知와 일심一心은 하나였다. 생명이 일심에 기대어 살아가는 정토淨土나 양지를 꽃피워 하나 되는 대동大同은 같은 세상의 다른 이름이었다. 똑같은 이상을 꿈꾸나 몸으로 득한 분별하는 마음으로 인해서 그 같음을 몰랐다. 인간은 어미의 몸과 하나로 살다 세상과 만나는 순간부터 자신의 몸으로 한뉘를 살아야 하기에 본능적으로 같음과 다름을 분별하여 같음으로 무리를 짓고 다름으로 편을 나눴다. 그 같음과 다름이 뭐라고 같으면 통정했고 다르면 차별했다.

꼴과 이름과 껍데기로 차별함은 창피했다. 보이고 들리는 이면은 같다는 말이 무색한 그것의 세계였다. 그것은 온갖 사물과 정情으로 소통했다. 그것에 양지나 일심이란 이름을 붙인들 그것은 그것일 뿐 아무런 이름도 필요치 않았다. 오직 총명聰明만이 필요했다. 허울 속에 숨은 참된 소리를 듣는 귀와 껍데기의 이면을 보는 밝은 눈과 텅 빈 몸이라야 빛과 소리로 빚어진 세상의 참된 모습을 맛보았다. 인간꽃이 몸으로 꽃피는 의미는 통정通情의 순간에 깨어났다.

몸의 현존이 정情의 발현을 담보했다. 몸의 부대낌 속에서 정은 싹을 틔웠다. 살가운 시골길과 정이 든 고향집은 몸에 담긴 아련함. 인간은 몸으로 맞대어서 현존하는 존재와 교분을 쌓았고 정이 깃든 몸짓이 존재의 사이를 가로막는 마음의 벽을 허물었다. 정을 붙이고 떼고 쌓고 허무는 인생은 원한을 수반했다. 정에 빌붙어서 살아가는 원한이 서릿발처럼 성성이 살아있는 한 양지가 꽃피는 대동세계나 일심이 춤추는 정토세계는 허황한 꿈일지도 몰랐다.

해원은 대동의 디딤돌이었다. 신명나는 살풀이는 하품만 해대는 구태로 타락했다. 본디 마음은 만물의 밑바탕이요 신명의 통로였다. 궁극의 소통은 마음이 통通하여 신바람 솟는 것이요 물아도 주객도 일체된 통정신의 순간이었다. 맥이 단절된 한韓문화는 신풍에 신명나는 신神문화였다. 지금의 조선은 불신과 불만으로 반목하고 불화하여 원한만 쌓이는 한恨문화로 전락했다.

마음은 양면의 대극對極이요 다면이 포개진 텅 빈 몸이었다. 시공의 틀을 뛰어넘는 초월의 능력과, 국한局限된 몸의 경험에 매인 내재적인 한계. 그 사이를 방황하는 마음. 몸을 통해서 정情이나 욕망으로 펼쳐지는 일면과 몸의 존재를 몰록 잊어버리는 순간 대우주와 합일하는 일면이 중첩되어 드러나는 텅 빈 몸. 그것이 마음이니, 마음은 암흑의 틈새를 열어준 빛에 빌붙어 세상과 만났다. 땅별 위의 세상과 만물은 일월의 빛에 기대어 깨어나고 잠들었다. 해는 별을 가둬 꽃을 깨웠고 달은 별을 불러서 꽃을 잠들게 했다. 땅꽃과 하늘별은 서로 다른 공간에서 서로 다른 시간을 살아갔다. 화려하게 꽃피울 것인가 은은하게 빛날 것인가. 자연은 빛깔의 향연을 통해서 삶의 화두를 던졌다.

역逆의 꽃이 피었다. 도道의 굴레가 씌워진 길이 자연의 품속에서 출몰했다. 자연은 마냥 한결같지만 부질없는 길들은 한갓지게 우열을 논했다. 다툼의 끝에서 새로 길이 열리거나 모두 사라졌다. 길이 아닌 길을, 아니 길에 의지하지 않고 자연의 품속을 거닐고 싶었다. 그것은 영혼의 방랑. 그 방황의 끝에서 태초부터 존재했던 고난의 길인 역逆의 진리를 만났다. 자연은 순역의 섭리로 만물을 주재했다. 역逆을 통해서 꽃을 피웠고 순順을 통해서 열매를 맺었다. 꽃이 진 자리에 열매가 맺히듯 역逆이 만든 역易이 없으면 순의 열매도 없었다. 나는 역의 도를 믿고 역의 길을 가고 싶었다. 꽃으로 피고 지더라도 새로운 생명의 길을 열 수만 있다면 꽃이 되리라. 역逆의 꽃이 되리라. 마음의 소리를 갈무리했다. 정말 신기하고 흐뭇했다. 내가 화자라는 사실이.

어쩌면 역逆의 꽃은 화자花子였다. 세상의 밑바닥에서 피어 세상의 중심으로 들어가서 민황의 세상을 꽃피우는 역逆의 꽃. 그 꽃이 바로 화자花子였다.

걸개의 기개가 피어나자 세상에 거칠 것이 없었다. 이제 칼바람의 시발! 그 미친 춤사위를 추기로 마음먹자, 사실은 쥐뿔 준비한 것도 없이 마음만 그렇게 먹었지만 기분은 무지 좋았다. 유걸의 소중함을 깨쳤으니 이제부터 드레가 있는 척 무게도 잡고 해야지. 내심으로 그렇게 다짐하고 있는데 개심의 목소리가 들려왔다.

"형님, 촌구석에서 살다오니까 한양이 어마어마하죠. 그 얼뜬 심정을 십분 이해합니다. 진도에서 처음 이곳에 왔을 때 저도 그랬으니까. 바보처럼 눈이 휘둥그레져서 여기저기 둘러보느라 모가지가 빠지는 줄 알았다니까요. 그때 내 꼴이 딱 지금 형님 꼴이네……."

고개를 들던 자만심이 쏙 들어가고 불쑥 골이 났다. 쥐방울만한 녀석이 입만 살아서 지금 나를 바보라고 대놓고 놀려댔다. 이놈은 말로만 형님이지 나를 전혀 형님으로 여기지 않았다. 하지만 녀석과 입씨름을 해봐야 패할 것이 번했다. 그러니 그냥 진중하게 거지의 품격을 유지하는 편이 현명할 듯싶었다. 참는 자가 이기는 거니까. 한데 녀석이 또 주둥이를 놀렸다.

"옹졸하게 바보라는 말에 토라지진 않겠죠. 마음이 두루뭉술하고 웅숭깊어야 이 세상을 품을 수가 있어요. 사내가 조잔하면 용상에 처박혀 여인의 품을 못 벗어나요. 진짜 바보는 궁_宮의 주인이죠."

묵묵히 듣고 있자니 참 가관이었다. 이놈도 완전히 미친놈이었다. 나처럼 세상을 거꾸로 보는 괴짜. 한데 녀석의 얘기가 그렇게 틀린 것도 아니어서 딱히 뭐라고 반박하기도 그랬다. 젠장, 빈틈이 없는 녀석의 말발이 얄미웠다.

"네놈 말대로 바보처럼 한양 구경이나 하면서 걸을 테니 길 안내나 잘해. 거참 정말 잘난 놈일세."

"진짜 잘난 놈들은 죄다 여기 북촌에 살고 있으니까 그렇게 바보처럼 멍하니 어리바리하지 말고 여기 인간들이 어떻게 살고 있는지 두 눈으로 똑똑히 보세요."

개심의 한마디에 뜨끔했다. 녀석의 말대로 찬찬히 한양의 속살을 마음에 담았다. 한양에 터를 잡은 조선 역시 역으로 꽃핀 왕조였다. 그러나 그 변역은 천명의 주인만 바꿨을 뿐 이 땅의 백성은 변하지 않았다. 백성은 왕조의 바뀜에는 무관심했다. 그들에게 삶은 현재에 있었다. 그들에게 과거에 대한 배부른 미련도 미래에 대한 터무니없는 바람도 부질없었다. 오직 현재만이 삶의 이유였기에 먼 미래나 먼 과거를 끌어와서 그들의 현재를 설득시킬 수 없었다. 그들은 지금 풍족하고 지금 안락하고 지금 행복하기를 바랐다.

성으로 벽을 쌓고 신하들로 인人의 장막을 세우고 과거에 기대어서 현재를 살며 미래의 허명을 좇는 임금은 백성의 현재에 무심했다. 한양은 벽들에 둘러싸인 임금의 요새였다. 그 요새 안에서 임금과 신하는 서로를 속이며 세월만 낚았기에 한양이 조선이자 임금의 진정한 나라였다. 나는 북촌 거리를 걸으며 덧없는 왕조의 화려함을 보았다. 홀연 화려함 위로 추루함이 포개졌다. 눈에 선한 민초의 터전은 누추한 난장판이었다. 한양 밖의 팔도는 백성들의 조선이요 민초의 삶의 터전이요 생존을 위한 난장판이었다. 난장마냥 너저분한 누리에서 넘어온 내게 시전처럼 산뜻한 북촌 거리는 너무 낯설었다. 사실은 다른 세상이었다. 흥양에서 드물게 보였던 기와집들이 이곳 북촌에서는 임금의 요새를 옹위한 채 오와 열을 맞춰 도열해 있었다. 내가 보기에는 그 집이 그 집 같아서 헷갈렸다.

개심은 강아지처럼 똥간 냄새로 집을 구별하는지, 아니면 품계가 높을수록 똥내가 더 구려서 구분이 가능한지 여하튼 녀석은 골목길을 요리조리 잽싸게 누볐다. 순간 개심의 뒷모습이, 약간 풀이 죽은 듯 처진 그의 어깨가 눈에 잡혔다. 녀석은 나이에 비해 너무 어른스러웠다. 그 이유가 궁금했다. 그러나 지금은 그 궁금증을 마음에만 담아두기로 했다.

꽃과 별

손끝에 닿는 꽃은 유혹의 몸짓을 담아냈다. 눈에 닿는 별은 동경의 마음을 불러왔다. 몸이 닿는 꽃과 마음에 와 닿는 별. 몸과 마음으로 느끼는 꽃과 별은 하나였다. 아름답다. 감탄하는 순간 둘은 하나였다. 때로는 마음이 통하는 벗을 만나면 삶이 화려하게 빛났다. 함께하는 인간꽃 덕분에 인생이 꽃처럼 화려했고 별처럼 빛났다. 개심, 이상하게 저놈과 동행하는 게 즐거웠다. 첫 만남부터 뭔가 확 끌어당기는 묘한 끌림이 있었다. 당연히 동질감은 기본이고 알 수 없는 이질감이 텅 빈 가슴 한구석을 채워주는 듯했다.

일종의 대리만족. 아마 요 정도의 미사여구는 써도 될 듯싶어서 과 감하게 꺼내 들었다. 사실 저런 잡소리를 사용하는 것이 조금은 께름 칙하지만 지금 마음속에서 느껴지는 감정을 묘사하기엔 저놈이 제격이었다. 그러니까 저 개심과 나 사이에는 엄연히 엄격한 성격의 간극이 존재했다.

매양 멍하니 망념에 빠져있는 머저리와 마냥 말로써 마음껏 속내를 터놓는 떠버리. 실상 머저리는 저 떠버리를 동경했지만 말쟁이가 될 수는 없었다. 마치 서로가 서로를 동경만 하는 꽃과 별처럼 머저리도 떠버리도 별난 별짜였다.

떠버리 개심이 북촌의 후미진 골목 끝에서 걸음을 멈췄다. 잠시 주변을 살피며 주저하던 녀석이 대문을 두드렸다. 앙바틈한 몸피의 젊은 사내가 문을 열었다. 너부죽한 얼굴에 쭉 찢어진 눈과 주먹만 한 코. 조금 민망한 얼굴이 눈에 들어오자 안타까웠다. 생긴 꼴로 차별하는 것은 아니었다. 솔직히 내 상판이라고 별반 다를 게 없으니까. 사내는 키는 작달막했지만 몸집은 다부져서 힘이 세어 보였다. 그는 단박에 개심을 알아보고 도끼눈을 하며 소리쳤다.

"예가 어디라고 백주에 찾아온 겨. 어서 썩 꺼지지 못 혀. 시방은 춘심이 안방마님 고수련 중이니 당분간은 얼씬도 하지 마라. 어서 꺼져 버려."

개심은 사내의 으름장에 눈 하나 깜빡이지 않고 대거리했다.

"우만 형님, 무슨 소리를 하시는지…… 저는 저의 사부님의 길라잡이로 예까지 왔으니 대감마님께 기별이나 하시죠."

우만은 내 행색을 힐끗 보더니 코웃음을 치며 더욱 화를 냈다.

"개자식이 무슨 개수작이여. 사부라니…… 비렁뱅이가 뭔 사부여. 당장 꺼지지 않으면 다리몽둥이를 분질러 버릴 것이여."

우만은 첫 대면부터 나의 누추한 옷차림을 무시했다. 놈은 거지는 안중에도 없다는 듯 소매를 걷어붙인 뒤에 개심의 멱살을 잡았다. 개심은 얼굴이 벌게지며 컥컥거렸다. 우만은 신이 나는지 얼굴 한가득 함박웃음을 띤 채 개심을 그대로 들어 올렸다. 개심은 허공에서 활개를 바동대며 애걸했다.

"형님…… 좀 도와…… 주세요."

개심의 잘못은 전혀 없었다. 그저 진실을 전달한 것밖에. 굳이 트집을 잡자면 비렁뱅이와 동행했다는 사실. 그런데 망신만 톡톡히 당했다. 완력을 앞세워 차별하는 우만의 행패가 꼴불견이었다. 놈은 개심의 멱살을 잡아서 들어 올린 뒤에 개심을 앞뒤로 마구 흔들어댔다. 개심은 숨도 쉬기 힘든지 생기다 만 코만 벌렁대면서 얼굴이 벌게졌다. 물에 빠진 똥개마냥 사지도 버둥댔다. 남들이야 이 장면을 직접 보면 웃겨서 자빠지겠지만 나는 단단히 뿔이 났다.

우만의 차별하는 마음보가 미웠다. 차림새로 사람을 업신여기는 녀석의 백안시도 싫었지만 완력으로 사람을 하시하는 몸짓도 싫었다. 편견과 괴력의 과시로 드러나는 놈의 차별하는 마음보를 부수고 싶었다. 여태껏 우만이 경험하지 못한 새로운 시선을 통해 사람을 청안시하는 고운 심지를 놈에게 심어주고 싶었다. 나는 바람처럼 우만에게 다가갔다. 중지로 우만의 팔꿈치를 튕겼다. 팔에 힘이 빠진 놈이 개심을 놓쳤다. 개심은 땅에 절퍼덕 주저앉으며 헐떡댔다. 우만은 어리둥절한 표정을 짓더니 이내 콧바람을 뿜으며 욕설까지 섞어가면서 씩씩댔다.

"야! 거지새끼야! 비럭질이나 하지 왜 남의 일에 빌붙으려고 지랄이야. 어어…… 어어……."

욕설을 퍼붓는 우만을 무시한 채 왼손으로 녀석의 허리춤을 잡은 뒤 위로 던졌다. 녀석은 활개를 허우적대며 족히 삼 장丈정도 높이까지 솟구쳤다. 녀석은 난생처음 당하는 봉변에 사색이 되어 새된 소리로 괴성만 질러댔다.

"으아 아아아…… 사람 살려……."

우만이 망신살이 뻗치자 개심은 쌤통이라는 듯 웃었다.

"푸하하하……."

하늘 높이 솟구쳐 한가롭게 북촌의 기와지붕들을 구경한 우만은 괴성과 함께 빠르게 땅으로 떨어졌다. 우만이 머리를 땅에 처박기 직전 녀석의 허리춤을 잡았다. 눈을 감고 상상의 나래를 펼치면서 땅으로 떨어지던 놈은 자신의 몸뚱이가 땅바닥에 닿지를 않자 감았던 눈을 떴다. 녀석의 코앞에는 자신이 매일 쓸던 마당이 펼쳐졌다. 내가 잡았던 허리춤을 놓자 우만은 어이쿠! 하며 흙바닥에 얼굴을 갖다 박았다. 녀석은 힘으로 차별할 상대를 잘못 고른 대가를 톡톡히 치렀다. 나는 흡족한 미소로 개심을 바라보며 뼈처럼 날카롭게 깎은 말로 녀석의 허풍을 터트렸다.

"이놈 개심아, 사대문 노복들이 전부 네놈 발아래 있다더니 죄다 허풍이었구나. 말발만 닦지 말고 낯짝도 좀 닦아라."

한데, 개심의 얼굴은 웃음기가 사라지고 서늘하게 굳어져 있었다. 녀석의 시선을 따라서 고개를 돌리자 내 상판을 향해 수많은 시선이 한꺼번에 쏟아져 들어왔다. 민망해서 몸 둘 바를 몰랐다. 마당에서 한바탕 소란이 왁자했으니 집 안에 있던 사람들이 모두 모여들었다. 그들은 눈앞에 펼쳐진 광경에 놀라서 다들 입을 다물지 못했다. 그러나 뒷짐을 지고 대청마루에 서있는 중년의 사내는 입가에 미소를 머금었다. 엉거주춤 일어서면서 얼굴에 묻은 흙먼지를 털고 있는 우만을 향해서 사내가 쓴소리를 했다.

"한양의 무뢰배도 한주먹이면 때려눕힌다고 자랑하더니 오늘에야 임자를 제대로 만났구나. 완력을 앞세워서 교만하지 말라 하였거늘. 매양 매사에 겸양을 앞세우고 매인에게는 아량을 베풀어라. 네놈이 오늘 큰 공부를 했다."

사내는 우만을 향하던 시선을 거두고 나를 바라보며 물었다.

"난잡한 행패로 남루한 행색을 무마하려는 그대는 누구인가?"

나는 속마음을 들킨 듯싶어서 마음이 뜨끔했다. 우만이 분하다는 듯 우는 목소리로 답을 대신 해줬다.

"영상대감 댁 노복인 저 개심이라는 놈에 사부라는 작자이옵니다. 한데, 저 후레자식 놈이 무례하기 그지……."

"금구에서 온 청풍이라 하옵니다. 죽도 선생……."

우만의 말을 자르며 내가 나서자 사내가 내 말을 막으면서 일사천리로 주변을 정리했다.

"별일 아니니 모두 물러가 하던 일을 하도록 해라. 우만은 대문을 단속하고 개심은 행랑에서 기다려라. 최 집사는 춘심에게 다과상을 준비해서 서실로 들이라 하게."

명쾌한 사내였다. 한눈에도 비범해 보였다. 여립이 이야기한 이발이 확실해 보였다. 동인인지 뭔지 하는 선비들 무리의 영수領袖라더니 남다른 풍모가 느껴졌다. 얼굴은 갸름하나 이목구비가 반듯한 것이 성깔은 조금 깐깐할 듯싶었다. 그가 내게 말했다.

"자넨 나를 따르게."

사내를 따라 서실로 갔다. 유 훈장의 서실과는 다른 분위기였다. 냄새가 달랐다. 유 훈장의 서실에선 국화 향이 났지만 사내의 서실에선 난초의 향이 났다. 나는 콧구멍을 벌름대며 선반에 꽂힌 책들을 한눈에 쓱 훑어보았다. 반듯하게 정리된 책들이 주인의 꼼꼼한 성격을 대변했다. 책의 수량은 대충 봐도 유 훈장의 서실이 곱절은 많아 보였다. 하여튼 유 훈장은 서치 중의 서치였다.

잠시 후 여종이 다과상을 들여왔다. 그녀는 개심과 나이가 비슷해 보였으나 몸짓이 방정하고 제법 조숙해 보였다. 짙은 눈썹 아래에 시원시원한 눈매가 사뭇 매력적이었다. 입가에 살짝 띤 미소를 잃지 않는 것을 보니 심성이 고울 듯했다.

"춘심아, 최 집사에게 전해라. 서재에는 아무도 얼씬대지 못하게 하라고."

개심이 말한 춘심…… 이런, 어린 녀석이 벌써 엉큼하네. 하긴 개심은 덩치만 작았지 소견은 나보다 넓었다. 어쩌면 지독한 시련이 빚어낸 애늙은이의 소견이랄까.

"네, 마님." 춘심은 다소곳이 답한 뒤 힐긋 나를 쳐다봤다. 그녀의 눈빛에는 반신반의하는 의혹이 맴돌고 있었다. 아마 마당에서 한바탕 소동이 벌어졌을 때 그녀도 나의 정체를, 내가 개심의 사부라는 사실을 엿들었을 것이다. 그녀의 시선에 담긴 의문은 자명했다. '하필 저런 비렁뱅이를 사부로…….' 다반사였다. 지금껏 살아오면서 차별의 시선을 몸으로 받아내는 일들은 흔했고 그러기에 이미 익숙했다. 나는 춘심의 눈살에 마음조차 두지 않았다.

"이발이라 하네. 자네의 무예가 대단하다 더니 빈말이 아니었군."

이발이 칭찬으로 대화를 시작하자 춘심은 살짝 나를 노려보면서 조용히 서실을 빠져나갔다. 나는 그녀의 뒷모습이 사라진 뒤 이발에게 정중하게 사과했다.

"소란을 피워서 송구스럽습니다. 대감."

"괘념치 말게나. 우만이 그놈이 언젠가는 된통 낭패를 당할 거라고 예상은 했네. 대동계원들에게 무예를 가르친다지. 지난번 황 집사가 가져온 여립의 서신에서 보았네. 진작 자네를 한번 만나보고 싶었는데 결국은 이렇게 만나게 되는군. 진심으로 그대와 좋은 인연을 맺고 싶었다네."

"계주께서 세상 구경 좀 하라고 떠미시는 바람에……"

나는 품에서 여립의 서찰을 꺼내 이발에게 전하며 말했다. 그는 서찰을 펼쳐서 읽으며 여립에 관해 이야기했다.

"정치는 임금 곁이 아닌 백성의 곁에서 해야 한다고 여립은 주장했지. 그러더니 세상 속에서 답을 찾겠다며 낙향했지. 사실 대동계를 조직했다는 소식을 듣고서 조금은 걱정을 했네. 아직은 시기상조라고 생각했거든. 그런데 지금까진 잘하고 있어서 걱정을 덜었지. 자네 같은 인재도 대동계로 끌어 모았으니 여립 그 친구 대단해!"

그때였다. 누가 서실 문을 두드렸다.

"대감. 최 집사입니다. 백유양 대감께서 오셨습니다."

"어서 모셔오게. 귀한 손님이…… 자네도 알겠군."

서실 문이 열렸다. 이발이 일어나 백유양을 맞이했다.

"귀한 걸음을 하셨습니다. 금구에서 귀한 손님이 와서 함께 차를 마시던 중이었는데…… 인연이 닿는 손님들은 함께 온다더니 우연이 기연인 듯합니다."

"두 분의 담소를 방해한 듯한데…… 괜찮겠소."

"마음에 체할 섭섭한 말씀입니다. 함께함의 행복을 깨닫게 해주시는 대감이 오셔서 기쁘기만 하외다. 하하하."

호탕하게 웃으며 이발은 백유양에게 나를 소개했다. 유양은 수민과 판박이었다. 정방형의 얼굴에 작고 동그란 눈이 핏줄의 위대함을 증명했다. 노년에 접어든 유양은 인자한 웃음으로 만남에 서툰 나의 몸짓을 보듬어 주었다.

"자네 이름은 수민을 통해서 듣고 있었네. 검을 놀리는 몸짓보다 칼에 담는 마음이 의연한 무인이라 하더군."

유양은 나의 우직함을 위무했다. 유양의 칭찬이 싫지는 않았기에 나도 솔직한 속내를 내비쳤다.

"부끄럽습니다. 오히려 제가 수민에게 많이 배우고 있습니다. 무엇보다도 성품이 강직해서 수민을 좋아했는데 이제 보니 수민이 대감을 많이 닮은 듯합니다."

가끔 나도 이렇게 진심에서 우러나는 아부를 했다. 당연히 사람을 가려서 아부했다. 심보에 교만만 가득차서 차별의 몸짓만 요란한 인간들에겐 절대 알랑대지 않았다. 나도 거만한 거지였으니까.

"그리 말하니 마음이 무람해지네. 이런 난세에는 자네처럼 출중한 무인은 나라를 위해 애써야 하는데. 대동계에서 묵히기엔 아까워. 신분의 벽이 높아 자네의 무예가 묻혀버리니 안타까울밖에."

"대감, 대동계도 언젠가 쓸모가 있을 것입니다. 여립이 대동계를 조직해 독자적인 방어체제를 구축한 것도 꿈틀대는 외세를 경계하려는 것이니 너무 심려치 마시지요."

이발이 내 마음을 대변해 주었지만 여전히 유양은 심중에 무엇이 걸려서 울한 듯 한숨을 내쉬며 한탄했다.

"지금 조선의 운명이 바람 앞의 등불 같소이다. 명明은 점차 노쇠하여서 명命이 다하는데 왜倭와 여진女眞은 남북에서 국력을 키우고 있소. 그런데 무능하다 못해 도량도 좁아터진 용렬한 임금은 인재를 골라 쓸 줄도 모르고 신하들은 동인과 서인으로 나뉘어 편 가르기에만 힘쓰니……."

"동인의 영수로서 서인을 품지 못한 제 그릇이 문제지요."

"어찌 이발 대감만의 문제이겠소. 서인의 영수라는 정철 대감도 문제지. 이원익 대감한테 들으니 진흙탕에서 발과 철이 발발거리며 철없이 싸우니 점잖은 사람 율곡이 말리다가 셋이 사이좋게 어울려 같이 싸웠다고 합디다. 동서 붕당 간에 골이 어쩌다 이렇게 깊어졌는지 통석하외다."

유양의 얼굴은 온화해 보였다. 한데 옳고 그름을 가려내는 의논은 강직했다. 임금을 향해 무능이라는 표현도 서슴없이 했다. 그의 직설이 마음에 들었다. 문득 무능한 임금의 용안이 궁금했다. 가만 그러고 보니까 똑같은 얼굴들을 부르는 이름으로 차별하네. 제기랄, 상놈의 얼굴은 상판이고 임금 얼굴은 용안이라. 이런 짓이 지랄이지 싶었다. 별것 아닌 것으로 차별하는 짓거리. 내심으로 임금이란 위인의 상판을 보고 싶었지만 그럴 일은 결코 없을 듯했다. 유걸인 주제에 영상을 대면한 것도 사실은 과분했다.

백유양은 호탕한 노옹이었다. 임금도 대놓고 욕하고 동서 붕당의 영수들도 거침없이 비난했다. 백유양이 권위나 붕당에 굴하지 않는 성격의 소유자임이 말을 통해 가감 없이 드러났다. 이발도 백유양의 질책에 지질하게 변명하기보다는 자신의 국량을 탓했다. 이들의 대화에 내가 끼어들 자리가 없었다. 내가 물러나려고 하자 이발이 일어서며 부탁했다.

"강풍, 금구로 가기 전에 다시 들려주게. 자네의 능력을 쓸 방책이 있는지 알아보려 하네."

백유양도 거들고 나섰다.

"대감 반드시 그리 하시오. 준동하는 외세가 우려되니 이럴 때일수록 인재를 씀에 반상의 차별을 두지 마시오."

이발도 한포국한 표정으로 말했다.

"저도 그리 생각합니다. 강풍! 꼭 다시 들려주게나."

"관심만으로도 과분합니다."

답을 하고 밖으로 나왔다. 비록 그들이 나를 강풍이라며 추켜세웠지만 내심 씁쓸했다. 나는 용렬한 임금의 나라 조선을 위해 나의 칼을 쓰고 싶지 않았다. 비록 그들이 신분의 족쇄를 풀어서 내가 무인으로 출세할 길을 열어주어도 나는 그 길을 가고 싶지 않았다. 오직 민초를 위해서만 칼을 놀리고 싶었다. 지금 여립과 함께하는 대동의 길이 내가 가야 할 길인 듯했다.

행랑채를 뒤졌으나 개심이 보이지 않았다. 뒷간으로 갔다. 똥내가 그윽한 곳에서 인기척이 느껴졌다. 가까이 다가갔다. 속삭이는 소리가 바닥을 기어서 나왔다. 개심의 목소리였다. 제법 비장한 어조였다.

우스웠으나 소리를 내서 웃을 수는 없었다.

"무예를 배우러 멀리 떠날 거야. 고수가 되면 다시 돌아올 거니까 그 때까지 기다리고 있어."

"알았어. 빨리 와야 해."

개심과 춘심. 바로 양심이었다. 둘은 남들 몰래 으슥함에 기대어 언약을 나누었다. 그들을 방해하고 싶지 않아 조용히 자리를 떴다. 나는 작은 연못으로 갔다. 연분홍빛 연꽃들이 연못에 운치를 더했다. 녀석들은 아름다운 자태로 짝도 없는 고독한 야수를 반겨 주었다. 문득 연꽃이 마음에 걸렸다. 나는 무엇이든 마음에 걸리며 뒷맛이 개운해질 때까지 끝장을 봐야만 했다. 몸은 체해도 견딜 만했다. 솔직히 여태껏 그런 일은 없었다. 당연하게도 배 터지게 먹을 일이 없었으니까. 한데, 나는 마음이 체하면 버텨낼 재간이 없었다. 해득될 때까지 곱씹어야만 시원했다.

연꽃은 물의 청탁을 탓하지 않았다. 연은 탁한 물에 기대어 피었다. 밤하늘에서 빛나는 별처럼 연꽃은 진흙탕에서 빛났다. 흙탕물에 뿌리내린 연꽃과 밤하늘에 달라붙은 별은 서로 다른 시간과 다른 곳에서 자신의 길을 갔다. 그들 사이에는 차별 대신 다름만이 있을 뿐이었다. 연꽃처럼 민초 속에 뿌리내린 정여립과 별처럼 치자로 살아가는 이발과 백유양. 이들은 서로가 다른 곳에서 자신들의 길을 갔다. 그러나 아름다운 세상을 꿈꾸는 그들의 마음만은 똑같이 하나로 빛났다. 어쩌면 그랬다.

　　　중생衆生은 하늘에서 꽃핀 중성衆星이요.

　　　민황民皇은 땅에서 빛나는 민화民花였다.

별과 꽃이 본래는 한 몸이요. 빛나는 마음도 하나임을 깨달았다. 꽃과 별과 중생과 중성과 민화와 민황. 이들은 하나의 존재인 일자一者가 천변만화하여 빚어낸 모든 물物인 다자多者의 다른 이름이었다. 흐려 깊이를 가늠할 수 없는 흙탕물과 검기에 측량할 수 없는 밤하늘. 진흙 속에서 서로의 뿌리가 하나로 연결된 연들은, 그러나 꽃은 따로 피었다. 갑자기 궁금했다. 따로 빛나는 밤하늘의 별들이 저 어둠 너머 현묘지공의 경계에서 서로의 뿌리가 하나로 연결되어 있지 않을까.

피식 웃었다. 바보야 그게 말이 되냐. 그것은 몽매한 마음과 닫힌 몸으로는 구할 수 없는 답이야! 누군가의 비웃음 소리에 나 자신이 우스워졌다. 그렇지 나는 미친 얼간이지. 역시나 얼간이답게 얼빠진 생각만 했다. 연꽃을 보면서 사事와 사思를 배회하는 사이에 춘심과 헤어진 개심이 나타났다.

녀석의 눈시울이 빨갰다. 혹 이놈도 눈물이 많은 거 아냐 제기랄, 괜히 걱정됐다. 내 곁으로 와서도 개심은 말이 없었다. 놈의 마음을 배려해서 나도 입을 봉했다. 터벅터벅 개심은 길만 걸었다. 타박타박 따라서 걸으며 생각했다. 이발과 백유양과 정여립을. 나와 그들의 몸이 다르지가 않음을. 나와 그들의 몸짓은 다를 수밖에 없음을. 나는 보이는 몸짓心用의 다름과 보이지 않는 몸心體의 같음을 마음으로 헤아렸다.

활빈의 길

밤하늘의 별빛이 바람에 흔들렸다. 하늘은 암흑의 대지였다. 북두
칠성을 밟고 하늘에 오르자 밤하늘의 별들이 검은 대지에 자갈마냥
알알이 늘비했다. 무뜩 뭇 별들이 원怨의 눈물을 흘리면서 한스럽게
하소연했다. 요사스런 정기를 나의 칼로 베어 달라고 중성들이 읍소
하자 두려운 마음에 온몸의 터럭들이 곤두서며 뼛속까지 서늘해졌
다. 찔러야 할 조악한 정기와 베어야 할 사악한 적들의 실체를 파악하
지 못했기에 땀만 배어나는 손으로 칼만 쥔 채 주저했다.

한참을 머뭇거렸다. 내가 꾸물거리는 사이 검은 대지가 꿈틀대며
빛나는 별들을 깊이를 가늠할 수조차 없는 어둠 속으로 빨아들이기
시작했다. 지천하여 존귀한 중성들은 고통의 눈물을 빛처럼 뿜어내
며 울부짖었다. 그제야 허겁지겁 칼을 휘둘러서 끈적거리는 대지를

베려 했다. 그러나 검은 대지는 별도 칼도 나의 몸도 모두 다 삼켜버렸다. 흔적조차 남기지 않고 깨끗하게 삼켜버렸다.

꿈이었다. 다행이었다. 땀으로 저고리가 흥건했다. 나는 머리맡에 놓인 자리끼를 들이켰다. 희미하게 스며드는 달빛에 방안의 모습이 가뭇하게 드러났다. 개심도 산운도 꽃잠에 빠져들어 있었다. 아마도 닿을 수 없는 현실을 꿈으로나마 누리고 있을 것이다. 비록 그들의 꿈에 닿을 수 없어서 확신할 수는 없었으나 그들의 꿈이 꿈으로나마 아름답고 행복하기를 바랐다. 나는 자리를 털고 일어나서 밖으로 나왔다. 새벽어둠 속에서 검은 그림자가 서성댔다. 옥정이었다. 그녀 역시 잠에서 일찍 깬 듯 홀로 마당을 거닐었다.

"풍, 잠을 설쳤구나."

그녀는 나의 사로잠을 단박에 눈치챈 듯했다. 검질기게 달라붙는 지난밤 꿈을 떨쳐버리고 싶어서 옥정에게 빌붙기로 했다.

"눈썰미가 뛰어난 거야? 신기神氣가 탁월한 거야?"

"호호. 내가 좀 남다른 신기를 타고났지. 어디 보자 풍의 미래를 점쳐 볼까? 흠…… 부모님 운은 박하지만 처자식 복은 상당히 좋아. 말년에 행복하겠어. 하지만 젊어서 고생 좀 해야겠는데."

한양에 온 후로 옥정의 해학이 부쩍 늘었다. 내가 바라던 바여서 좋았다. 그녀의 농담은 어설프나 귀여운 구석이 있었다. 그녀를 둘러싼 무형의 벽이 사라지면서 심리적 거리가 조금씩 가까워지는 듯했다. 그녀의 농담을 진담으로 받아쳤다.

"흠, 너 같은 여인을 아내로 얻어야……."

"흠, 나처럼 글밖에 모르는 여자를 만나면 맛난 음식도 못 먹고 매일 독수공방해야 해. 그러니 도화가 꽃 핀 얼굴에 교태가 넘치는 몸태에 입맛을 돋우는 손맛을 가진 여인과 인연을 맺도록 노력하는 게 좋아. 그게 뭇 사내들의 소망이잖아. 물론 희망사항이지만."

옥정이 내 얼굴을 빤히 보며 답했다. 진술한 것도 좋지만 그녀가 이렇게 대놓고 속맘을 터놓으니 슬그머니 꺼냈던 내 마음이 머쓱해졌다. 불끈하고 목구멍까지 치솟았던 만용도 풀이 죽어버렸다. 이따금 옥정도 나처럼 바보 같았다. 진심을 너무 노골적으로 드러냈으니까. 아무리 진심이라 한들 타인의 마음에 생채기만 내면 꾸며진 칭찬보다도 못했다. 이것이 진심의 한계이자 덕이 넘쳐나는 언어의 시발점이었다. 고독한 야수는 빈말이어도 따뜻한 말 한마디가 필요했을 뿐. 예를 들자면 '나랑 결혼하려면 바보 온달 정도는 되어야지.'라든가. 그래야 일말의 희망에 기대어 볼 텐데 옥정은 진실해서 탈이었다. 그녀의 눈길을 피하며 공허한 대답을 날렸다.

"허······ 세상에 그런 여자가 있으려나. 혼자 살아야겠군."

이런 젠장, 막상 대답은 그렇게 했지만 불안했다. 빌어먹을, 저 말이 씨가 되진 않겠지. 민망한 마음에 다급하게 화제를 돌렸다.

"오늘 구월산으로 떠나니 방에 들어가서 조금 더 쉬어······."

"그럴까. 그럼 풍도 그루잠을 좀 자둬."

옥정이 멀어져갔다. 동시에 어둠이 걷히며 동쪽 하늘이 밝아왔다. 심란해진 심사를 달래려고 깊게 한숨을 쉬었다. 갑자기 "그만 그루잠이나 자러 갑시당." 식겁했다. 온통 옥정에게만 정신이 팔려있다 보니 어둠 속에 숨어 우리의 대화를 엿듣는 존재를 눈치채지 못했다. 가살궂은 개심이었다. 녀석은 낄낄거리며 방으로 들어갔다.

새벽 댓바람부터 단단히 망신을 당했지만 나는 의연히 홀로 남아 솟는 해를 맞이했다. 아침 햇살이 뇌리를 파고들어 내리에 닿았다. 내리를 비추는 햇살에 흐릿했던 차별과 대동의 경계가 가늠에 잡혔다. 차별은 섬세하고 세련됐지만 대동은 투박하고 대범했다. 옹졸한 마음은 차별을 지향했고 탁 트인 마음은 대동을 지향했다. 마음의 옹함과 트임의 경계에서 차별과 대동은 만났다. 나는 트여 활달한 마음을, 트여 널찍하고 너그러운 마음을 몸에 담고 싶었다. 어둠에 갇혔던 세상을 빛으로 밝히고 넓히는 붉은 해를 보며 대동의 꿈이 오롯이 살아있는 구월산으로의 여정을 들뜬 마음으로 맞이했다.

수신에게 하직하고 구월산으로 출발했다. 머나먼 여정은 그렇게 시작했다. 임진강을 건너 개성에 닿았다. 다시 바닷가를 따라 해주에 이르렀다. 해주에서 북쪽으로 길을 잡아서 재령에 이르자 구월산이 수려한 자태를 드러냈다. 맨눈으로 구월산이 잡히자 발걸음은 한결 가벼워졌다. 그러나 개심은 먼 여행에 조금씩 지쳐갔다. 밤마다 검술을 가르쳐 주겠다는 호의를 마다하고 주막 봉놋방을 독차지한 채 꽃잠에 빠졌다. 구월산이 눈으로 보이지만 여전히 멀리 있자 개심은 슬슬 부아가 치미는 듯했다.

"대체 구월이야 시월이야 산 이름이 뭐야. 가도 가도 끝이 없네. 정업사인가? 가야 할 곳이나 제대로 알고 갑시다."

"정곡사."

개심의 화딱지를 어루만질 마음의 여유가 없었다. 이제 마음으로 간절히 바랐던 구월산을 몸으로 닿으려 했다. 안악과 신천에 걸쳐서 넓게 펼쳐진 평야는 김제 평야를 옮겨 놓은 듯했고 백두대간의 어디에도 맥을 두지 않고 평지에 우뚝 솟은 형상은 부안의 변산과 비슷했고 기암괴석으로 멋을 부린 봉우리들이 자웅을 겨루는 모습은 영암의 월출산과 쌍벽을 이뤘다. 단군의 신화와 임거정의 실화가 살아 있는 구월산. 글과 그림으로 와유하며 동경하던 구월산이 지금 눈앞에서 수줍게 속살을 드러내려 했다. 구월산의 구석구석을 샅샅이 더듬어 몸과 마음에 담겠노라고 다짐했다. 인간사의 미추로 흐려졌던 눈이 구월산으로 인해 다시 광명을 찾았다. 두 눈이 맑아지자 마음마저 탁 트였다. 호연지기가 솟구치자 나도 모르게 힘찬 괴성을 질렀다.

"이야아아…… 아!"

여독으로 무뎌진 발걸음을 힘겹게 옮기던 개심도 옥정도 산운도 나의 괴성에 놀라 가던 걸음을 멈췄다. 세 사람은 나를 그저 멀뚱멀뚱 바라만 보았다. 그래도 나는 무안하지도 미안하지도 민망하지도 않았다. 이런 무치함이 어디에서 오는지 알 수가 없었다. 그래도 괜찮았다. 나는 마냥 솟구치는 기쁨을 주체할 수 없었다. 내가 흥분한 모습을 처음 본 옥정이 혼잣말했다.

"사람이 저렇게 바뀔 수가 있나……."

나는 못 들은 척하며 더 크게 소리쳤다.

"가자. 어서 가자. 구월산으로……."

나는 네 활개를 펄럭이며 바람처럼 앞서 걸었다. 그러자 개심이 심통이 난 목소리로 맞대응했다.

"아따! 형님만 신나셨네. 혼자 가셔. 우리는 쉬렵니다."

"그래. 저기 소나무 그늘에서 좀 쉬자꾸나."

산운도 모처럼 개심을 거들었다. 옥정도 맞장구를 쳤다.

"햇살도 따가운데 풍은 신 내린 무녀처럼 왜 저리 자발없이 구는지 모르겠네. 혼자서 신바람 타고 구월산으로 가라하고 우린 쉬는 게 좋겠어. 안 그러니 개심아?"

"역시 누님이 최고…… 아니지 춘심이가 있지. 누님, 어서 노송이 청음을 드리운 바위 위로 납시지…… 악! 누구야?"

"누구긴 누구야! 네놈 사부지."

옥정을 춘심보다 아래에 두는 개심이 괘씸했다. 득달같이 달려가 녀석의 대갈통을 쥐어박았다. 녀석은 새된 소리로 대거리를 했다.

"얼씨구! 사부면 사부답게 드레가 있어야지. 어째 제자를 함부로 타박합니까요. 제 짱구가 장구도 아니고 치긴 왜 칩니까. 꼴에 배알은 있어서 춘심을 추켜세우니 천불이 나셨나 보네."

아차차! 괜히 긁어서 부스럼만 만든 꼴이었다. 말재주를 드러내고 싶어서 안달이 난 놈에게 빌미를 제공했으니 후회한들 소용이 없었다. 한데 옥정까지 개심을 거들 줄이야.

"그래 청풍, 네가 항상 '완력으로 사람을 차별하지 말라'고 했잖아. 그런데 지금 너는 힘으로 개심을 구박하는 차별을 행하고 있어. 언행이 일치해야 드레 있는 사부라고 할 수 있지. 그렇지 개심아?"

"흑흑…… 역시 제 맘을 알아주시는 분은 누님뿐입니다요."

강울음을 울어대는 녀석을 보자 어이가 없었다. 꿀밤을 먹이자니 낯짝이 팔리고 꿀 먹은 얼간이마냥 입가에 미소만 머금자니 화딱지가 치솟고 참으로 갱무꼼짝이었다. 그러나 시늉에도 일가견이 있고 넉살도 능수능란하게 부리는 놈을 어떻게 당해내랴. 차라리 얼간이가 속이나 편하지. 한데 옥정은 개심의 어리광이 귀여운 듯 녀석의 어깨를 토닥이며 강울음을 달래주었다. 하기야 동생인 옥남이 저런 붙임성이 없으니 옥정은 개심의 붙접이 좋을 듯했다.

"눈살이 살아있는 누나가 있으니 걱정하지 마. 반드시 너는 내가 지켜줄게. 내가 힘꼴은 약해도 눈총과 배포는 있으니까."

옥정도 차츰 익살이 몸에 배는 듯싶었다. 실상은 그녀도 그것을 즐겼다. 어설픈 그녀의 농담이 귀여웠다. 엄정하고 차갑게만 느껴졌던 그녀가 개심과의 동행을 통해 변해갔다. 개심은 푸접 있는 언행으로 타인의 마음을 여는 재주가 빼어났다. 내심으로 개심이 기특했다. 내가 할 수 없는 것을 대신했으니까. 가만 보자 녀석이 내 앞에서는 드레가 있는 척 갖은 무게를 잡으면서 옥정 앞에서는 온갖 어리광을 부렸다. 저놈은 미친 것도 아닌데 폭이 잡히지 않았다. 녀석이 괘씸하면서도 고마웠다. 개심을 향한 두 마음을 속으로만 사리면서 고개를 돌리자 산운이 시선에 잡혔다. 문약해 빠진 놈은 걷는 것에 질리고 더위에 지친 듯 바위에 대자로 뻗어서 풋잠에 빠졌다. 어느새 개심도 산운의 옆으로 가서 대자로 누웠다. 나와 옥정은 더불어 둥걸에 앉아 구월산을 마음에 담았다.

부산하던 인간들의 몸짓이 멈췄다. 자연의 율동만이 숲의 고요를 흔들어 깨웠다. 이름 모를 새들의 지저귐과 바람에 물결치는 잎들의 상향을 향한 파도 소리와 지난밤 자우에 불어난 계곡 물의 하향을 향한 둔탁한 울림이 함께 어우러지자 숲은 생명의 소리로 숙연했다. 빈 공간을 가득 채우는 소리가 자못 장엄했다. 소리는 생명의 함성이요 살아있음의 증거였다. 오로지 죽음만이 소리를 박탈했다. 만물이 빚어내는 성음은 울음과 웃음 그 사이에 존재했다. 희비의 대극이 조율하는 웃음과 울음의 변주가 세상을 소유했다. 소笑이든 곡哭이든 소리의 질감은 정직하고 균등했기에 소리는 울음과 웃음 사이에서 율동하는 감정의 질량을 가감 없이 만물에게 그대로 전했다. 만물이 정직하게 소통하는 길은 소리였고 소리는 늘 모든 곳에 있었다. 몸으로 자연의 소리를 받아냈다. 몸은 환희로 가득 찼다.

몸으로 소리를 탐한 지 한 식경이 흘렀다. 한 무리의 사람들이 구월산 쪽에서 산길을 따라서 내려왔다. 날쌘 몸놀림을 보니 무예를 익힌 이들이 분명했다. 해서인은 무술을 숭앙하니 무예를 배운 자들 역시 많을 것이라 여겨서 관심을 두지 않았다. 그러나 일행의 얼굴 윤곽이 시야에 들어오자 앞장선 사내의 광대뼈가 잠든 기억을 깨웠다. 지난해 산운과 함께 금구에 왔던 숭복이었다. 나른한 오후의 햇살에 살포시 잠이 든 옥정과 개잠을 자는 개심과 헛잠을 자는 산운을 깨웠다. 그들이 일어나서 몸을 추스르는 것을 확인한 뒤에 숭복 일행을 맞이하러 나갔다.

"변 계주, 저희가 오는지 어떻게 아시고 마중까지."

숭복은 우리를 발견하자 놀라는 기색이 역력했다.

"청풍 자네가? 기별도 없이……."

"해서의 대동계원들과 통정하려고 발걸음을 하였는데 어째 반갑지 않은 낯빛이십니다."

"반갑다마다. 이곳까지 자네가 찾아오니 놀라서 그랬네."

정신을 차린 산운은 숭복을 보자 얼굴에 화색이 돌았다.

"변 계주, 오랜만이외다. 잘 지내셨소?"

"도령도 오셨구려. 남쪽 생활이 맘에 드셨나 신수가 훤해지셨소."

"옥정 낭자와 항상 대화를 꽃피우니 꽃이 될밖에. 하하하."

끈적대니까 엿 같은 산운이라 해야겠지. 지분대기의 대가. 저놈은 늘 주둥아리를 놀릴 때마다 옥정을 입에 담았다. 그럴 때마다 나는 비위가 상했다. 때마침 옷매무시를 가다듬은 옥정이 승복에게 인사했다. 승복은 동태눈을 위아래로 굴리며 남장을 한 옥정의 몸맨두리를 살폈다.

"미모와 몸태가 여인을 무색하게 만드는 공자가 누구인가 했더니 옥정 낭자였군. 수컷 향이 진한 구월산이 낭자娘子로 인해 낭자狼藉할 듯하오."

변승복도 엉큼한 인간이네. 옥정 앞에서 수컷의 향을 들먹이다니. 면박을 줄까 말까 망설였다. 그때 개심이 옥정의 볼에 발그레하게 번지는 염치를 구완하려고 나섰다.

"한양에서 올라온 열 개開. 마음 심心. 개심이라 하옵니다. 변 계주를 뵙게 되어서 가문의…… 아! 가문은 없으니까 일신의 광영이옵니다. 비록 구월산이 수컷의 향으로 넘쳐나도 맑은 푸른 바람이 시원하게 한 번만 불면 고린내는 죄다 사라질 것입니다. 바로 바람의 검객이신 대풍 사부가 그런 바람 같은 분이시죠."

옳지. 말 한번 잘했네. 사실 말이야 청산유수지. 물론 진심인지 아닌지는 모르겠지만. 여하튼 개심이 은근히 나를 띄워주는 듯싶어 기분이 좋았다. 이번에도 모든 이목이 개심에게로 향했다. 뭇 시선을 한 몸에 받자 녀석이 예의 그 엉너리를 떨어댔다.

"통탄하게도 대풍 사부가 구월산 때문에 상사병에 걸리고 말았으니 어찌하리오. 치병을 위해 문무가 빼어나고 옥토가 하늘에 닿아서 인심까지 후덕한 황해도로 산수 유람을 나올 밖에요. 아니 그렇습니까, 형님?"

좀스런 놈. 말투에 앙금이 상당했다. 그래도 개심이 옥정을 도와줬으니 밉지는 않았다. 조금 무안할 뿐이었다. 그저 옴이 붙은 재수만 탓할밖에. 그러자니 절로 혼잣소리가 입 밖으로 튀어나왔다.

"운수가 사납더니 철모르는 망발에 망신만 당하네."

"괴심 이놈, 어디 실없는 말로 물을 흐리느냐. 구월산의 청정함이 네놈의 횡설수설로 더럽혀질까 염려되는구나. 네놈의 그 주둥아리를 봉해야겠다."

산운이 개심에게 버럭 화를 냈다. 그렇게까지 언성을 높일 필요는 없어 보였는데. 그러나 산운이 목청을 높여 봐야 기죽을 개심이 전혀 아니었다.

"제 이름은 괴심이 아니라 개심입니다. 샌님은 조물주가 주둥아리를 두 쪽으로 만든 이유를 모릅니까. 그걸 모르면 경전을 아무리 읽어도 다 헛공부입니다. 갈라진 주둥이가 붙었다 떨어졌다. 분합의 율동을 잘해야 말도 되고 명도 잇는 겁니다."

"뭐라…… 이런 어린놈이……."

얼굴이 시뻘게진 산운이 개심에게 다가가며 백우선으로 때리려고 했다. 그제야 개심은 두 손으로 입을 막으면서 옥정의 뒤로 숨었다. 일행은 개심의 유려한 말솜씨와 유치한 몸짓이 조화를 이루자 재미있다는 듯 웃었다. 그때 승복이 말했다.

"동자승 덕분에 구월산에 화기가 넘치는구나."

"동자승이 아니라 유아독존을 존심하는 인존이라……."

유아독존唯我獨尊을 존심存心하는 인존人尊. 참 잘난 놈일세. 개심이 저놈은 대체 어떻게 저렇게 거창하고 화려한, 하지만 실속도 없는 수사修辭를 구사하는지 정말 궁금했다. 그러니까 지금 자기 자신이 제 혼자 잘났다고 뽐내는 자존심을 마음에 새긴 존귀한 인간이라는 거잖아. 이걸 어리다고 놀려야 하는 건지 아니면 총명하다고 칭찬해야 하는 건지 헷갈렸다. 어디 전생에 겁나게 도道라도 닦으셨나. 하긴 휴정이 '개심이 고승의 말발을 타고났다'고 했지. 그러면 나는 전생에 거지여서 이생에서도 거지인가. 또 전생에 미친 머저리여서 이생에서도 얼뜬 얼간이인가. 그러면 한번 거지는 영원한 거지인가. 그것은 너무 불공평하잖아. 뭔가 바뀌는 맛이 있어야 살맛이 나지 뒤집기도 못하는 삶은 심심했다. 아차차! 또 멍하니 망상에 빠져있었다. 퍼뜩 의식의 방향을 현실로 돌렸다. 개심이 저놈이 또 자화자찬만 늘어놓으면 말놀이만 근사한 언어의 나락으로 떨어질 것이다. 서둘러서 막아야만 했다. 숭복에게 물었다.

"변 계주, 어딜 그리 급히 가는지요?"

"이번 모꼬지에 해주, 신천, 재령, 안악에 있는 유림의 선비들과 부호들을 초청하려 하네. 보름 전에는 돌아와야 해서 서둘러 가고 있었지."

유림의 선비들과 부호들이라. 대동계와는 거기라 먼 부류의 인간들이었다. 그들이라 해서 대동계에 들지 말라는 법은 없었다. 그렇지만 아직은 조금 별난 소수의 양반들만 계에 가입했다. 뭔가 구린내가 났다. 그런데 그 냄새의 의미를 해석할 수는 없었다.

"진대정, 심동세, 두 사람은 이리 좀 와 보게나."

숭복이 함께 온 일행을 향해 말했다. 그러자 약간은 야윈 몸피에 키가 큰 사내와 키는 작지만 몸태가 앙바틈한 사내가 잽싸게 달려왔다.

"이들을 따라가게. 다들 구월산이 초행이니 모꼬지 전까지 편안한 맘으로 비경이나 즐기게."

숭복 일행이 안악으로 출발하자 삼대처럼 비쩍 마른 사내가 자신들을 소개했다.

"이쪽은 심동세고 전 진대정입니다."

대정은 몸피도 야위고 신관도 길어서 조금 사람이 가벼워 보였지만 목소리는 중후했다. 동세는 몸피는 절구통마냥 통통했지만 날카로운 목소리는 귀를, 그의 번듯한 이름은 뇌리를 자극했다.

"선친께서 '세상을 한번 흔들어 보라.'고 동세라는 요란한 이름을 지으셨는데, 오히려 세파에 휘둘려서 부평초처럼 세상을 부랑하면서 살고 있소. 자 다들 따라 오시오."

동세는 묻지도 않은 이름의 의미를 한탄하듯 늘어놓더니 대정과 함께 길라잡이를 했다. 앞서가던 동세가 자꾸 뒤를 돌아보며 고개를 갸우뚱댔다. 동세의 의혹이 서린 눈길은 산운을 향했다. 산운은 애써 동세의 눈길을 외면하며 먼 곳만 바라봤다. 둘의 행동이 마음에 걸렸지만 신경 쓰지 않았다.

홀쭉한 대정과 통통한 동세. 둘이 앞서 길을 열었고 우리는 뒤를 따랐다. 앞장선 둘의 모습이 우스웠다. 두 사람은 어울리지도 않을 듯했으나 제법 어울렸다. 풍채는 모순됐으나 몸짓은 원융했다. 겉모습의 다름이 조화된 몸짓으로 인해 소멸하는 모습을 바라보며 나는 속으로 웃었다. 그들이 열어주는 길을 따라 꿈에 그리던 구월산의 품속으로 들어서자 활빈活貧의 몸짓이 마음에 잡혔다.

마음에 잡혔다. 이건 너무 고상한 표현이다. 마음에 병이 도졌다. 이게 가장 적절한 표현이다. 망상은 마음의 병이었다. 한번 맛 들인 망념의 세계는 환상적이었다. 현실 감각을 마비시켰으니까. 망상하는 순간만은 내가 빌어먹는 비렁뱅이 그러니까 때깔만 빛나는 걸개라는 진실과 묵은 때마냥 찐득대는 빌어먹을 조선에서 살고 있다는 현실을 까맣게 잊어버렸으니까. 그래도 좋았다. 망상마저 마음껏 못하면 그게 어디 삶인가 싶어 계속 망념에 빠져들었다.

지천한 민초를 지존한 민황으로. 활빈의 몸짓은 늘 성패를 떠나서 아름답게 너울거렸다. 활달한 몸짓으로 빈천한 약자들을 존귀한 민황으로 모셨다. 활빈의 몸짓을 통해 민초는 설핏하나마 살아가는 숨통이 트였다. 임거정이 의적 활동을 벌인 본거지인 구월산. 양주에서 짐승들을 도살하기 위해 칼춤을 추었던 백정 임거정. 거정은 왜 칼의 방향을 바꾸었을까? 무엇이 거정을 활빈의 길로 이끌었을까? 나는 거정의 마음과 몸짓을 그릴 수 있을 때까지 마음껏 그려보기로 마음먹었다.

거정의 마음과 만적의 마음. 빈천한 자들의 해원과 해방을 바랐던 그들의 마음은 같았다. 그러나 그들의 몸짓은 서로 달랐다. 아니 어쩌면 너무나도 대극적이었다. 만적은 노비들의 신분 해방을 넘어서 왕후장상을 꿈꾸었으나 거정은 소유의 해방을 지향했다. 만적은 배신자의 밀고로 쉬이 잡혀 허무하게 세상을 떠났지만 거정은 쉬이 잡히지도 허무하게 세상을 떠나지도 않았다. 해서의 모든 민초가 거정을 위했기에 거정은 바람처럼 왔다가 바람처럼 갔지만 활빈의 몸짓은 여전히 구월산을 감돌았다.

언젠가 여립이 실록에 기록된 거정의 몸짓을 전해주었다. 들으면서 깨달았다. 사관의 붓끝으로 기록된 실록에도 거정의 활빈의 몸짓들이 살아있다는 사실을. 어쩌면 붓끝의 기록이 모두가 거정이었던 해서 지역 민초의 울음을 조금이나마 달래주는 듯했다.

"임거정이라는 활빈당의 무리가 생긴 것은 도적질을 좋아해서가 아니다. 헐벗고 굶주리는 현실 앞에서 삶이 너무도 절박하니 부득이 도적이 되어 목숨을 하루라도 더 연명하려는 자가 많기 때문이다. 백성을 도적 떼로 만든 자들은 누구인가. 권세가의 문전이 시장을 이루어 벼슬을 팔고 사고, 저 무뢰한 자제들을 주군에 나열하여 백성을 약탈케 하니 백성이 어디로 간들 도적이 되지 않겠는가."

사관의 붓은 곧았다. 부드러운 붓끝으로 조선의 민낯에 똥칠했으니까. 동방의 예의지국이라는, 겉만 번들대는 장엄한 존칭조차 조선에게는 과분한 것이었다. 실상은 썩어서 문드러진 추악하고 추잡한 차별의 나라가 조선이었으니까.

사관의 붓끝은 날카로웠다. 부패한 조선의 심장을 푹 찔렀으니까. 붓끝은 조선의 진정한 무뢰배가 누구인지 글로나마 따졌고 글로나마 진실을 기록했다. 백성을 도적으로 만든 탐관들의 탐학을 붓으로나마 힐난했다. 그렇다 해도 죽은 원혼들의 울음은 소멸하기는커녕 구월산 구석구석에 깊이 스며들어 활빈의 땅을 살찌웠다.

몸은 구월산의 정곡 계곡을 오르고 있었지만 마음은 활빈의 몸짓과 조응했다. 그때였다. 뭔가 몸에 와서 닿는 느낌이 들었다. 몸은 본능적으로 기를 발동해서 튕겨냈다.

"아이코…… 팔이야."

산운이었다. 녀석은 백우선을 쥔 팔을 자발스럽게 흔들며, 얼굴에 드러나는 아픔을 애써 억누르며 살갑게 시비를 걸어왔다.

"야야! 허풍, 도대체 무슨 무예를 익혔냐! 어째 백우선으로 살짝 건드렸을 뿐인데 팔이 이리 저리냐. 넋을 놓고 멍하니 걷기에 혼이 빠진 허깨비인 줄 알았더니 완전 도깨비네. 네놈은 필시 망량魍魎이겠지. 그래 인간일 리 없지. 그래 네놈 귀가 딱 도깨비 귀네."

지랄도 혼자서 하면 지치겠지. 저런 발칙한 놈에게는 맞대꾸보다 묵살이 마땅했다. 사색을 방해한 녀석이 얄미웠다. 게다가 뭐 망량의 귀라니 내 귀가 어때서. 반듯하게 보면 도깨비 귀지만 삐딱하게 보면 부처님 귀였다. 안타깝게도 비렁뱅이의 삐죽 솟은 귀를 삐딱하게 보아줄 위인들은 없었다.

내 탓인가 세상 탓인가. 나도 최소한의 양심은 있었다. 구중궁궐에 처박혀서 세 치 혀로 세상 탓만을 늘어놓는 바보 임금과는 달랐다. 조금은 뾰족한 내 귀를 탓해야지. 속으로 그렇게 생각하며 나는 묵묵히 걸었다. 그래도 녀석은 똥개처럼 지질하게 쫓아오면서 계속 왕왕 짖어댔다.

"똥을 싼 놈이 성을 낸다더니 팔이 아픈 건 나인데 어째서 네가 그렇게 심술을 부리냐? 괴심愧心도 없는 괘씸한 놈일세."

나부터 됨됨이가 조잡해서 그런가. 내 주변에는 좀스러운 놈들이 넘쳐났다. 산운도 잔망한 놈이었다. 몸은 비실비실 행동은 자질구레 성깔은 얄밉도록 맹랑한 녀석. 나는 말도 섞기 싫어서 그냥 걸었다. 하지만 녀석은 집요하게 따라오면서 계속 따졌다.

"내가 다 네놈을 생각해서, 네놈이 아름다운 선경을 그냥 흘려보내는 듯해서 네놈을 미몽에서 깨워주려던 것인데 어째 화를 내냐?”

솔직히 육두문자를 소나기처럼 퍼붓고 싶었다. 참았다. 마냥 참아봐야 변하는 것은 없었다. 이제는 본때를 보여줄 때다. 인내의 열매가 달콤하단 소리는 독종들의 자만일 뿐 유걸에게 인내는 치명적인 유혹이었다. 배고픔을 참으면 죽음이었다. 차별을 참으면 치욕이었다. 그러니 뭔가 보여줄 때는 꿈틀해야만 했다. 말만 번듯한 녀석에게 꿀밤보다 더 따끔한 일침으로는 녀석이 좋아하는 번잡한 수사가 제격이었다. 저놈도 이제 내 말발에 경악해서 온몸에 소름이 돋겠지. 흉내를 내려면 제대로 내야 하니까 일단 산운처럼 입에 침부터 바르고 현란한 헛소리를 시발했다.

“사도에 물든 산운이 애석하구나. 한 줌의 흙으로 흩어질 허울로 선경을 운운하다니. 사물의 아름답고 추함은 모두 마음의 미추에서 기인하네. 지금 내 마음이 외물의 미추를 차별하기 주저하니 마음 밖 사물이 아름다운들 내 마음이 닿지 않아 그 아름다움을 눈으로 담을 수가 없네. 글로만 공부한 자와 심도를 논하려니 피곤하군.”

말을 내뱉고 보니 낯짝이 화끈댔다. 꼴값도 도를 넘으면 역겨운 법. 육갑을 떠는 나 자신이 느끼해서 소름이 돋았다. 걸개도 여물지 못한 졸장부였다. 설익은 지식으로 설쳐대는 작태가 한심했다. 지식이 뭐라고 느물대며 아는 체를 하냐. 화려한 수사를 동원해서 산운의 입만 막으려다 나 자신만 무참해지고 녀석의 쟁심만 자극했다. 녀석이 자발스럽게 나댔다.

“네놈이 드디어 나랑 도道로써 대작을 하는군. 그동안 옥정에게서 많이도 배웠네. 그렇다면 내 너의 질박하고 또 어눌한 어투로 화답을 하고 싶은데."

산운이 팔을 벌려 나를 막았다. 그러더니 똥내가 진동하는 잡설을 늘어놓았다. 놈의 안다니 짓에 불을 지핀 나의 주둥아리가 정말 원망스러웠다. 입으로 싸질러놓은 말이니 다시 주워 담을 수 없었다. 그저 묵묵히 잡놈의 살뜰한 가르침을 감내할밖에.

"똥밭을 뒹굴어도 이놈의 몸뚱이가 있어야 살맛을 느끼지. 그러면 요놈의 몸뚱이가 밝히는 것이 뭐냐. 바로 잘 처먹고 또 잘 처입고 또 계집년 거시기에 잘 처넣는 거야. 낄낄. 게다가 산수를 유람하면서 요 눈 요기하는 거. 요게 또 기가 막히지. 물론 허풍은 거지여서 기생년들 분 냄새도 모르니까 산수 유람의 진미를 모를 게야. 요 아름다운 계곡을 오르는 것이 꼭 계집년들의 몸을 탐하는 것과 비슷하다네. 하하하!"

몰염치한 인간. 이놈은 낯짝이 여럿인 듯했다. 솔직히 화가 치밀었다. 참았다. 이런 파렴치한 녀석이랑 싸워봐야 무슨 의미가 있을까. 인간들 특히 옥정 앞에서는 드레가 있는 척 온갖 점잔을 피우던 녀석이 자연 앞에서는, 아니 걸개인 내게는 대놓고 지질한 자성을 드러냈다. 그런데 한편으로는 산운이 고마웠다. 평소 내가 품었던 내리가 틀리지 않았음을 산운이 증명했기에.

태초부터 심법心法의 귀천은 신분의 귀천과 하등의 상관이 없었다. 애초부터 마음의 후박은 재화의 풍박과도 하등 관계가 없었다. 자존자대한 산운은 종시 존귀한 신분으로 천박한 심법을 자랑함으로써 신분과 재화는 심법과 무관함을 밝혀주었다. 산운의 차별하는 욕망이 그를 천박하게 만들었다. 외모의 미추조차 인품의 후박과는 무관했다. 내가 비소를 띠며 바라보자 산운도 입꼬리를 말아 올리고 백우선을 흔들며 도끼눈을 했다. 나는 놈과 입씨름을 하기 싫었다. 거정을 향하던 마음이 산운으로 인해 막힌 것이 못내 아쉬웠을 뿐이었다. 머리를 드는 쟁심의 숨통을 베어내고 놈의 마음을 받아주기로 했다. 정곡사 계곡을 바라보며 말했다.

"아름답지만 너의 수려한 신관에는 미치지 못하는구나!"

"내가 비록 잘생겨도 조선에서 제일간다는 정곡사 계곡의 비경에 비견하다니…… 대자연 앞에서 무안하게!"

"빚기는 자연이 빚었으니 한 몸에서 나온 거나 다름없지!"

"그렇지. 역시 자연이 나를 빚었으니 참으로 천지는 위대한지고!"

좋게 말해 산운은 곱게 미친 인간. 잘난 자존심 하나는 대단했으니까. 반면 나는 더럽게 미친 인간. 화자의 자존감 하나로 살아갔으니까. 인간의 허울만 뒤집어쓴 미친 녀석 둘이서 꼴에 인간꽃이라고 꼴값을 떨었다. 어쩌면 들에 핀 꽃들이 살아 움직이는 인간꽃을 부러워할지도 몰랐다. 하지만 한 가지는 확실했다. 산천에 지천으로 널린 두견화는 지나가는 봄철에 맞춰 꽃잎을 계곡 물에 띄워 보내고 다가오는 여름철에 발맞춰 갈맷빛으로 빛나니 분수 밖의 욕망을 분출하지는 않았다. 때를 따르는 두견화가 때를 모르는 인간꽃보다 때로는 아름다웠다. 두견은 순환하는 시간의 흐름과, 어쩌면 시간의 변화가 빚어낸 대기의 온랭과 함께할 뿐이었다. 나는 철부지 산운의 어깨를 토닥인 후 앞서간 옥정과 개심을 좇아갔다.

구월산

광야에서 마주친 고독감이랄까. 아니 경외감이라 해야 하나. 맞바람
이 훑고 지나간 텅 빈 몸의 중심에서 두려움과 외로움이 뒤섞였다. 속
절없는 몸은 홀연 밀려든, 혼재된 경외감과 고독감에 갈팡댔다. 홀연
두려웠고 홀연 외로웠다. 몸으로 전해지는 구월산의 느낌은 그랬다.
서해에서 불어오는 맞바람을 외로이 견뎌내는 구월산은 고독했다.

청풍루가 정곡사 초입에서 걸개를 맞이했다. 누각은 계곡이 정곡
사를 끼고 돌면서 만든 널찍한 바위에 자리를 잡고 있었다. 개심이 누
각의 중앙에서 뒷짐을 진 채 비견됨을 거부하는 비경을 눈으로만 탐
하며 종알댔다.

"춘심이 없으니 절경도 허울처럼 허전하네. 계곡을 그냥 그대로 한
양으로 옮겨가면 좋은데. 내 마음을 전하기에 딱 좋은 선물인데. 아

냐! 그냥 춘심을 이리로 데리고 와서 함께 살아야지. 그러면 세상 둘도 없는 비구와 비구니가 되겠지. 히히히."

개심이 가벼운 진실함을 통해 거짓된 비장함을 부숴버렸다. 그럴 때는 정말 영락없는 바보였다. 마치 백지마냥 마음이 텅 빈 백치인데 뭐 나랑 별반 다르지 않았다. 아주 가끔 천치처럼 순수한 옥정이 곁에서 결장구를 쳤다.

"누님은 어떡하지…… 개심이 춘심에게 가버리면. 호호호."

"누님 마음은 저 샌님한테 있던데. 두루치기인 이 개심의 주비한 가리사니가 그걸 모를 리가 없죠. 아이고! 우리 대풍 형님만 불쌍하지. 그것도 모르고 혼자서 헛꿈만 꾸고 앉았으니……."

젠장, 개심의 빌어먹을 말에는 마음이 막막했다. 옥정의 발그레한 얼굴에는 가슴이 먹먹했다. 개심은 울적한 내 마음을 아는지 모르는지 이제는 목검을 휘두르며, 흉내까지 그럴싸하게 내며 내 가슴에 대못을 박았다. 아니, 그것은 대못보다 더한 언어폭력이었다.

"목검 하나로 천하를 호령하니 대장부 중의 대장부요. 사내 중에 으뜸이라. 대풍 대장부의 이름, 청풍루의 청풍이니 기풍까지 씩씩한데 어이해 세상 여인들은 저 사나운 상판에 소스라치고, 저 도낏자루처럼 큰 코에 주눅이 들고, 저 하늘을 찌르는 삐죽한 귀에 놀라서 줄행랑을 치는가. 오호 통재라! 어이해 세상 여인들은 저 멀대 같은 몸피에 백우선으로 멋을 부린 곱디고운 산운 도령에게로만 달려간다는 말인가."

얄망궂은 녀석. 눈꽃마냥 수줍은 사내의 순정을 허접스런 말장난으로 조롱하다니 진짜 속이 상했다. 나는 내색하지 않고 발걸음을 돌렸다. 돌아서 가는 내게 녀석이 말을 덧댔다.

"대풍 형님, 어째 한여름에 눈이 내리겠네요. 푸하하!"

"개심아 그만해. 심한 농담은 상처를 남겨. 풍도 멋진 사내이니까 멋진 여인을 만나겠지."

젠장, 오히려 옥정의 염려에 마음이 더욱 아렸다. 그녀의 말에 답하고 싶었다. 앵두처럼 붉어진 그대의 얼굴에 마음이 이미 울연해졌다고. 차마 그 말은 할 수 없었다. 키득대는 개심의 웃음소리를 뒤로하고 정곡사 경내로 들어섰다. 모꼬지를 주관하는 의엄과 무업을 찾아 방장으로 갔다. 그들은 보름에 열리는 해서 지역 대동계의 회합 준비로 분주했다. 옥정도 개심도 처소에서 여독을 풀며 쉬기로 했다.

씁쓸한 마음도 풀어버리고 생각도 정리할 겸 홀로 구월산을 둘러보기로 했다. 사실 등산이 내게는 일상이었다. 흥양의 화자들 사이에서는 운암산 날다람쥐로 통하던 나였기에 구월산도 그냥 우스웠다. 짙은 녹음을 바람처럼 가르며 정상을 향해 돌진했다. 남들이야 자연의 품속에서 자유를 한껏 만끽하면서 여유롭게 산을 오르겠지만 성난 황소는 주봉만 바라보면서 돌격했다. 길섶에 무성한 풀도 길옆의 온갖 잡목들도 쌩쌩 내 옆을 스쳐 지나갔다.

사황봉에 올랐다. 주봉의 이름이 멋졌다. 황皇을 사유한다. 어쩌면 내가 꿈꾸는 민황에 딱 어울리는 이름이었다. 정상에서 굽어본 구월산은 지맥이 본맥을 돌아보는 회룡고조의 산세를 뽐냈다. 그것은 자신의 뿌리를 잊지 않으려는 가지의 몸짓이었다. 본말이 조응하는 몸짓이 기특했다. 사황봉에서 서해를 바라보며 바다를 건너서 전해진 삼황三皇의 이야기를 심량했다.

천황 태호 복희. 지황 여와. 인황 염제 신농. 그들은 모두 황皇에 뿌리를 두고 있었다. 세인에게 황은 하늘이요 황제요 세상의 중심이나 삼황에게 황은 인간이요 백성이요 세상의 근본이었다. 삼황은 지천한 민을 존귀한 황으로 받드는 민황의 세상을 열었다. 시간이 흘러 민황이 민초가 되는 과정에서 삼황의 실화는 신화가 되었다.

삼한三韓의 뿌리는 삼황과 포개졌다. 팔괘를 그려 대자연의 신비를 벗겨준 복희와 민초를 위해서 백초를 맛보고 그것들의 이로움과 해로움을 일일이 가려준 의학의 시조 신농. 그들의 몸짓은 철저하게 민황의 풍요로운 삶을 위해서 율동했다. 그러나 홀연히 등장한 왕패의 도가 세습으로 대를 이어가면서 자신들의 가문만을 위하는 왕조를 열자 흐르는 시간과 함께 삼황의 정신은 자취를 감췄다.

개떡 같은 세습에 지워져 버린 삼황의 정신이 안타까웠다. 이제 시간을 되돌려 다시 민황의 시대를 열고 싶었다. 조선의 산하에 대동의 이념이 꿈틀대는 것을 보니 여립과 함께라면 민황의 시대도 멀지 않으리라. 그렇게 마음속에 맴도는 바람을 굳건히 하며 서해로 향하던 시선을 거두고 돌아서자 갈맷빛 대지가 펼쳐졌다. 강물을 거슬러 받아내는 구월산 덕분에 평탄하게 펼쳐진 들판이 안악과 재령을 서로 이어주었다. 서북방에서 전해진 삼황의 실화는 구월산의 동남방에서 단군의 실화와 서로 만났다.

삼황의 정신은 홍익인간과 재세이화의 꿈을 품은 환웅의 한얼과 만나 하나가 되었다. 민황의 세상을 여는 정신적 줏대는 홍익인간과 재세이화였다. 그것이 바로 길삼봉의 정신이요 상위相爲의 사상일지도 몰랐다.

뿌리는 늘 땅속으로 실체를 숨겼다. 단군의 실화도 구월산 자락에 흔적만을 남긴 채 자취를 감췄다. 황금빛 바다에 먹히는 태양을 등으로 받아내며 안악 평야의 갈맷빛 바다만을 부듯하게 바라보았다. 사라졌던 뿌리가 언젠가 꽃으로 마침내 열매로 자신의 황皇을 드러내길 기원했다. 어둑발이 내려 대지가 희미해질 때까지 뿌리가 사라진 대지만을 하염없이 바라보았다.

해가 지고 달이 솟았다. 사황봉 정상에 가부좌를 틀고 숨을 조절하기 시작했다. 몸속을 뜨거운 기운이 돌자 온몸에 원기元氣가 충만했다. 생명의 생존과 맞물린 몸짓은 심장의 자율적인 맥동과 숨쉬기였다. 의식의 개입이 불가능한 심장의 율동과 달리 들숨과 날숨의 반복은 의식적인 조절이 가능한 몸짓으로 승화했다. 조식은 저 하늘 끝에 있는 티끌과 동시에 감응하는 길이었다. 감았던 눈을 뜨니 달은 중천을 거닐었다. 반월에서 살포시 부풀어 오른 명월이 뇌리를 비추자 잠들었던 기억이 꿈틀대며 깨어났다.

똥고집도 때로는 똥값을 해냈다. 물론 항상 그러한 것은 아니었다. 삼 년 전 가을. 포기냐 도전이냐 그 갈림길에서 나는 갈등했다. 접신을 해야만 신검을 완성할 수가 있었다. 그러나 그것은 목숨을 거는 위험한 도전. 아버지는 포기를 권했다. 신검보다 목숨이 중하니 몸을 절제하는 방편으로만 검을 수련하라고 했다. 그러나 구차한 삶에서 비롯된 분심은 노도마냥 거셌다. 그 무엇도 발심한 나의 마음을 막을 수 없었다. 옹고집은 옹심이다. 평범해서 평온한 삶이 바람직함에도 비범해서 비상하길 바라는 옹졸한 마음에 나는 포기를 몰랐다. 그때는 정말 미쳐서 지랄할 때였다.

신통하다 소문난 무당 옥선과 용하다고 이름난 재인 길산을 찾아
갔다. 그는 짱돌로 온몸을 찧으며 죄를 참회하는 망신참법에 빗대
어 신검을 위한 접신의 길이 쉽지 않음을 갈파했다. 망신참법이든
신검을 위한 접신이든 둘 다 실패하면 세상을 버려야 했다. 길산은
내게 도전하지 말 것을 권했다. 그러나 내 뜻을 꺾을 수는 없었다.

매월 보름 자시. 지래산 중턱에 자리한 석굴에 올랐다. 옥선의 초혼
과 길산의 장단에 맞춰 칼춤을 추었다. 가야의 유민으로 신라의 국선
이 되었던 문노를 초혼했다. 사실 유 훈장 서실에서 문노를 처음 만났
다. 서실 귀퉁이에서 먼지만 뽀얗게 쌓인 『화랑세기』라는 책을 통해.
책이 전해 준 문노의 모습은 상상을 초월했다. 그에게는 겉치레를 위
한 수식이 전혀 필요 없었다. 그냥 검선劍仙일 뿐. 문노는 검과 하나 되
어 대공을 자유자재로 농단했다. 격검으로 문노를 꺾을 수 있는 화랑
은 신라에 존재하지 않았다. 의로움만 탐했던 문노의 정신은 욕망에
물든 타락한 권력의 꼭두각시들을 무안하게 만들었다. 화랑들에게
문노는 화랑정신의 종주이자 신이었고 내게는 삶의 범본이었다. 흠
모했던 그의 칼과 나의 칼이 조응하고 그의 정신과 나의 정신이 합일
하길 바랐다.

간절한 일념 하나로 칼춤을 추며 목숨을 내건 모험을 했다. 신인합
일. 나의 몸과 마음이 문노가 이룬 검의 경지와 정신을 담아내지 못하
면 모든 것이 물거품이 된다. 죽음에 대한 일말의 미련이 있어도 죽는
다. 목숨을 던져야 문노의 영신이 접신을 선택하리라. 살아서 굴욕의
삶을 사느니 차라리 죽음을 선택했다. 어떤 거리낌도 집착도 미련도
없었다. 그러한 일체의 생각 자체를 버렸다. 무념의 경지에서 칼춤만

추었다. 몸은 존재의 유무도 흐릿한 적멸의 공호 속으로 빠져들었고 오직 칼과 하나가 된 칼춤의 몸짓만이 남았다. 순간 칼이 부르르 떨렸고 몸도 떨렸다. 언어로는 결코 그려낼 수 없는 엄청난 신력이 솟구쳤다. 나는 의식을 잃었다. 혼몽한 가운데 과거를 살았던 문노의 몸짓들을 몸으로 받아냈다.

과거의 기억을 탁 접었다. 고즈넉한 달빛에 기대어 밤을 바람처럼 놀리며 구월산에서 내려왔다. 부도 근처에 이르자 가람의 전경이 가뭇하게 시야에 들어왔다. 운명의 바람을 타고 여기까지 오게 될 줄이야. 묘파가 불가능한 벅찬 감정들이 북받쳤다. 홍양을 떠나던 날 마음에 품었던 바람이 뇌리를 스쳤다.

펼쳐진 민황의 꿈이 대지를 덮으리라!

무모한 꿈이었다. 그러나 꿈은 시련에 날개를 접을 뿐 절망에 좌절하지도 희망을 포기하지도 않았다. 꿈은 꺾여도 다시 꾸고 또다시 펼칠 수가 있기에 꿈이었다. 꿈은 불멸이요 또한 자유였다. 그러나 현실로 실현되는 순간 꿈은 자유를 잃어버렸다. 소유하고픈 보수의 늦바람 앞에 꿈은 치사한 욕망이 되어버렸다. 나는 수줍은 민황의 바람이 뻔뻔한 욕망의 노예가 되지 않기를 바라며 처소로 발걸음을 옮겼다.

격검

부도를 지나치려는 순간 소나무 숲에서 미세한 떨림이 느껴졌다. 생명의 숨소리였다. 자신의 존재를 숨기려고 호흡을 극도로 억제하고 있었다. 나는 걸음을 멈추고 소나무 숲을 채운 어둠을 응시했다. 어둠 속에 자신을 숨긴 존재가 스스로 모습을 드러내길 기다렸지만 야음 속에 웅크린 살쾡이마냥 미동조차 없었다. 내가 먼저 물었다.

"제게 볼일이 있으신지요?"

"대단하군. 상상 그 이상이란 말인가."

카랑카랑한 목소리가 허공 속으로 사라졌다. 동시에 어둠 속에서 검은 도포를 걸친 지함두가 모습을 드러냈다.

"사황봉까지 이렇게 빨리 다녀오다니. 죽도 선생의 말이 허언은 아니었군. 그대와의 언약을 지키고자 기다리고 있었네."

"무슨 언약을 말씀하시는지?"

"금구에서 한 약속을 잊었는가?"

지웠던 과거를 살려냈다. 복사꽃이 한창이던 지난해 초봄. 함두가 나에게 격검을 제안했지만 당시에는 여립의 중재로 격검이 성사되지 않았다. 한해의 시간이 흘렀지만 여전히 함두는 격검을 원했다. 저 인간이 저렇게 격검을 원하니 지금은 그의 바람대로 검을 받아주는 수밖에 없었다.

"정녕 격검이 그리 좋으시다면 해야지요."

"좋아! 역시 자넨 화끈하군. 그럼…… 한적한 곳으로 가세."

함두는 부도 옆 오솔길을 따라 산허리를 걷기 시작했다. 함두의 뒤를 따랐다. 밝은 달빛 아래 넓은 풀밭이 나타나자 함두는 걸음을 멈추고 돌아섰다.

"자네와의 격검이라!…… 전율이 전신을 진동시키는군."

젠장, 격검이 저리도 좋은가. 싸움이 뭐가 좋아서 소름까지 돋는다고 지랄인지 참말 한심했다. 사실 초면부터 느꼈지만 함두는 승부의 화신이었다. 그때나 지금이나 시종일관 승부를 통해 검술의 우열을 판가름하려고 안달했다. 지금도 투쟁심으로 온몸이 불타고 있을 것이다. 함두는 잘난 전율이 감돌아서 좋기도 하겠네. 무의미한 격검을 하려니까 나는 못난 몸서리만 나는데. 하여튼 빌어먹을 격검을 피할 길은 없었다. 한데, 가만히 생각해보니 죽은 귀신들의 원한도 풀어주는 판에 산 사람의 소원도 못 들어주랴 싶었다. 생각을 정리하니 한결 마음이 편했다. 그러나 나는 격검에 진검을 쓰고 싶지 않았다. 지근거리에 물오른 물푸레나무가 보였다. 삼 척尺가량의 가지를 꺾었다. 풀밭 중심에 귀신처럼 괴괴하게 서 있는 함두에게 다가갔다. 달빛에 비친 함두의 상판이 심하게 일그러졌다. 그에게 양해를 구했다.

"격검에 진검은 과분한 듯하니…… 괘념치 마시지요."

"자만이 지나치면 재앙을 부르는 법이네. 난 죽장을 쓰고 싶은데 괜찮겠나?"

"귀한 죽장을 쓰시다니 천한 물푸레가 무안합니다."

함두는 내 말을 귓등으로 흘린 뒤 죽장을 쓰다듬으며 말했다.

"자네도 괘념치 말게나. 나도 지난날 탁발승이 되어 천하를 유랑하던 시절 사나운 개들을 만나면 이 죽장으로 길들이곤 했지. 한데 오늘 이리 요긴하게 쓰일 줄이야. 하하하……."

함두가 비록 나를 견犬에 비견했지만 나는 웃으며 답했다.

"개만도 못한 놈을 개처럼 대우해 주시다니. 저 역시 어린 시절 동냥을 하면서 사나운 개들을 만난 적이 있지요. 그들도 밥을 주는 주인이 있어서 걸인으로 구걸하는 저보다 더 좋아 보였습니다. 하오나 안타깝게도 개가 되려면 모실 주인이 있어야 하는데 여태껏 개보다 나은 주인을 만나지 못해서 지금껏 들개로 살고 있습니다. 오늘 들짐승을 길들여 주신다면 재생의 은혜를 영세토록 잊지 않겠습니다."

빌어먹을! 나도 모르게 말이 거칠어졌다. 말을 모질게 하는 까닭을 가늠했다. 함두의 마음보 때문이었다. 너그럽게 감싸주려고 했으나 감당하기 어려운 그의 승부욕과 교만이 마음에 거슬렸다. 무예의 고저를 판가름해 무예의 후박으로 차별하고자 애쓰는 승부욕과 말로 드러나는 그의 교만이 나는 본능적으로 싫었다. 야멸치게 답하는 사이 마음 한편에서 회의가 일었다. 함두가 진정 대동의 세계를 꿈꾸는 자란 말인가. 무의미한 무예의 고저에 집착하는 함두가 대동의 세상을 열겠다고 터울대는 자란 말인가. 문무의 후박과 빈부의 귀천과 반상의 나뉨은 덧없는 것이었다. 대동의 세계에서 뭇 민民은 황皇이 되어서 각자가 자신의 삶의 주체로 언제나 현재를 살면서 언제나 세상의 중심으로 살아갈 것이었다. 한데, 함두는 대동을 그리는 것이 아니라 차별에 저항하지만 또 다른 차별을 바라고 있었다. 그는 오직 검으로 나를 꺾으려고만 했다. 그것으로 자신의 무예를 증명하고 그것을 누군가에게 자랑하고 싶었던 모양이었다.

격검을 앞두고 함두와 격한 감정을 주고받는 사이 공터 밖의 소나무 그늘로 몇 명의 사내들이 소리 없이 숨어들었다. 나의 검을 꺾으려는 자와 그것을 구경하려는 자들로 인해서 은근히 부아가 났다. 함두도 내 야박한 말본새에 마음이 상한 듯 성난 감정을 죽장에 담았다.

"좋다! 그럼 오늘 이 죽장으로 들개를 제대로 길들여 볼까."

말이 끝나기가 무섭게 함두는 죽장을 비껴들고 보법을 밟기 시작했다. 죽장으로 작은 원을 빠르게 그리며 비틀대듯 요상한 발걸음으로 내 주위를 둥글게 돌았다. 그의 죽장에서 서리한 기운이 뿜어져 나왔다. 생각보다 부드러웠으나 기의 흐름이 자연스러워 빈틈을 찾기 어려웠다. 나도 물푸레 가지를 털면서 서서히 운기를 시작했다. 함두의 움직임에 맞춰 몸을 돌리며 물푸레 가지를 죽장의 움직임에 맞추었다. 함두의 죽장이 전후좌우로 번개처럼 움직이며 현란한 원들을 끊임없이 그려냈다. 어지러웠다. 눈동자가 죽장의 흐름을 따라가지 못했다. 함두는 점점 빠르게 주위를 돌았다. 그러자 그의 발은 거의 땅에 닿지 않았고 죽장도 제대로 보이지 않았다.

젠장, 예상보다 훨씬 강했다. 포위망을 좁혀오는 함두의 번뜩이는 몸짓이 섬뜩했다. 방심하면 패배였다. 잔뜩 긴장했다. 단전에 내기를 집중시키며 그의 보법을 유심히 살폈다. 퍼뜩 팔괘가 떠올랐다. *건감간진손이곤태!* 그는 팔괘의 방위를 밟으며 내가 도망치지 못하도록 강력한 기를 중궁에 집중시켰다. 그제야 그가 죽장으로 펼치는 검술이 무엇인지 깨닫고 탄성을 질렀다. '아직도 조선에 팔선검을 펼치는 검객이 있다니!' 기억 저편에서 함두의 팔선검과 아버지의 삼기검이 포개졌다. 그 순간 아버지의 당부가 떠올랐다.

"삼기검에 견줄만한 검술은 오직 하나. 팔괘의 방위를 밟으며 중심부의 적을 향해 검기를 집중시키는 팔선검이다. 꺾는 유일한 방법은 보법의 흐름이 끊기는 순간 회전하는 검의 중심부를 파고들어 번개처럼 손목을 타격해라. 반드시 공력이 더 높아야 한다. 그렇지 않으며 심각한 내상을 입는다."

"눈썰미는 대단하군. 하지만 팔선검을 파악해도 격파할 수 없을 것이다. 오늘 죽장에 자비는 없을 듯싶으니 너무 노여워하지 마라."

허공을 맴돌던 아버지의 말을 함두의 말이 밀어냈다. 다시 함두의 검에 집중하며 빠르게 그의 보법에서 빈틈을 찾았다. 틈이 보이지 않았다. 함두는 물이 흐르듯 유려하게 역에서 순으로 문왕팔괘의 방위를 밟으면서 턱밑까지 밀고 들어왔다. 서로의 기운이 충돌했다. 함두도 나도 몸이 휘청했다. 순간 함두의 기력에 대해 간파했다. 공력은 내가 더 웅혼했으나 검기의 서리함은 그가 더 예리했다. 어떻게 날카로운 검기의 한가운데를 가격한단 말인가.

아버지의 말대로 함두의 손목을 타격하지 못한다면 둘 다 심각한 내상을 입을 것이 자명했다. 한데 함두는 승부욕에 사로잡혀 이미 이성을 잃었다. 그를 멈춰 세울 수도 정면충돌을 피할 수도 없었다. 초조함에 식은땀이 등줄기를 타고 비 오듯 흘러내렸다. 너무 자만했다. 이런 쓸데없는 격검으로 심각한 내상을 입기에는 너무 억울했다. 무의미한 격검을 위해 이렇듯 무지막지하게 돌진하는 함두가 정말 원망스러웠다.

그때였다. 함두의 보법에서 찰나의 허점이 드러났다. 정면 승부를 피할 한줄기 서광이었다. 함두가 이방離方에서 곤방坤方으로 방향을 바꿀 때 그의 신형이 찰나였으나 멈칫했다. 그 순간 물푸레 가지에 혼신의 기를 실어서 죽장으로 원을 그리는 그의 오른손을 번개처럼 찔러 들어갔다.

"아악!" 함두가 괴성을 질렀다. 검기가 충돌하자 죽장은 갈라져서 너덜댔고 물푸레 가지도 부러졌다. 꺾인 오른손목을 왼손으로 부여잡은 채 함두는 불신이 가득한 눈빛으로 토막이 난 물푸레 가지와 나를 번갈아 바라보았다. 함두의 눈길을 피해 숨을 고르며 운기를 하자 속이 뒤집힌 듯 메스꺼웠다. 그 역시 속이 답답한 듯 둔탁한 혼잣소리로 혼탁한 심경을 드러냈다. '팔선검을 이렇게 쉽게 깨트리다니.' 함두의 불신을 이해할 수 있었다. 나도 식겁했으니까. 아버지의 조언이 떠오르지 않았다면, 상상하기도 싫은 장면이지만 지금쯤 함두와 나는 피를 토하며 풀밭 위에 널브러져 있을 것이다. 지나쳤던 자만을 속으로 탓하며 상처받은 자존심을 모진 말로 무마했다.

"죽장에 죽은 개들의 원혼이 담겨 있는 것 같아서. 그럼 이만……."

"신풍, 기다리게."

돌아서 가는 나를 누군가 불렀다. 어둠 속에 숨어서 대결을 몰래 훔쳐보던 자들이 모습을 드러냈다. 달빛만 고즈넉한 공터로 의엄과 무업과 박연령이 걸어왔다. 나는 그들의 등장에 짐짓 놀란 척했다.

"아니 계주와 스님들께서 어쩐 일로……."

맨 뒤에 서 있던 박연령이 답했다.

"함두가 자네와 격검을 한다기에 결례를 무릅쓰고 지켜봤네."

"소인의 무예가 볼거리에 불과하여 민망합니다."

내가 조금 퉁명스럽게 답하자 무업이 나섰다.

"자네 덕분에 안목이 새롭게 열렸네. 함두를 꺾을 자가 조선에는 없을 듯했는데. 하늘 밖에 또 다른 하늘이 있다는 선인들의 말뜻을 이제야 알겠네."

거창한 칭찬이네. 하늘 밖에 또 다른 하늘이라. 저 하늘도 양파 같은 놈이니 까도 계속 하늘이란 게지. 그게 아니라 내가 하늘만큼 칼솜씨가 탁월하다는 뜻이겠지. 파천황破天荒 수준의 절정 고수. 파격적인 칭찬이네. 무업이 저렇게 말하니 성을 내기도 멋쩍었다. 오히려 솟았던 뿔이 쏙 들어가면서 거만한 마음이 머리를 들었다. 내가 칼질 하나는 잘하는구나 싶었다. 한데 뜸을 들이던 무업이 의외의 요청을 했다.

"자네에게 청이 있는데…… 유두일 회합이 끝나면 당분간 패엽사에 머무르며 이곳 계원들에게 무예를 가르쳐주지 않겠는가?"

무업의 부탁에 당혹스러웠다. 함두의 패배로 인해 자존심이 상당히 상했을 것이라고 여겼는데 아니었다. 격검에서 패했지만 무예를 숭상하는 무인답게 깨끗이 승복하고 오히려 지도를 부탁했다. 잠시 망설인 끝에 답했다.

"회합 전까지 생각할 말미를 주시지요."

"구월산에 왔으니 구시월 단풍은 보고 가야지. 좋은 답을 기다리고 있겠네."

잠자코 있던 의엄이 한마디 거들었다. 말을 끝마친 의엄이 가람을 향해 걸음을 옮기자 나머지 일행은 그의 뒤를 따랐다. 지함두가 일행의 맨 뒤에서 어둠 속으로 사라지며 소리쳤다.

"오늘은 패했다만 다음번엔 기필코 자네를 꺾어주지."

침묵으로 그의 말을 묵살했다. 어떤 대답도 그에게는 무의미했다. 오직 몸으로 부딪혀 높고 낮음을 가리고 싶었던 함두. 아마도 지금 그의 심통에는 분통만이 넘쳐날 것이다. 그들이 어둠 속으로 모습을 감추자 나는 처소로 향했다.

모꼬지

향사례는 대동계의 꽃이었다. 모꼬지로 피어나는 향사례는 대동
의 몸짓을 구현하는 축제의 현장이었다. 모꼬지의 본질은 이질감의
해소였다. 다르다는 느낌은 가끔 착각으로 귀결됐다. 함께 어울려서
놀고 먹다보면 인간적인 질감의 차이는 부질없었다. 즐기는 가운데
동질감이 모꼬지를 물들였다. 그해 여름의 모꼬지는 뜻깊었다.

한여름 밤의 적막을 개심이 코골이로 깨트렸다. 손가락으로 놈의
코를 튕기자 코골이는 사라지고 산사의 고즈넉함이 방안으로 밀려들
었다. 개심 옆에 피곤한 몸을 뉘었다. 갑자기 개심의 팔과 다리가 잠꼬
대와 함께 덮쳐왔다.

'춘심아, 보고 싶어……' 징그러운 녀석. 사라졌던 코골이도 돌아왔
다. 잠꼬대와 코골이를 벗 삼아 잠을 청했으나 쉬이 잠들지 못했다. 구

월산에 남아 무예를 가르칠 것인가. 옥정을 산운과 함께 보내기는 싫었다. 무업의 청을 거절하기도 쉽지 않았다. 두 갈래로 나뉜 마음에 잠을 설쳤다.

유두일이 밝았다. 정곡사 경내는 모꼬지 준비로 아침부터 부산했다. 개심은 불목하니들의 허드렛일을 돕느라 땀벌창이 되었고 옥정은 보살들을 도와서 유두면과 밀전병, 수단, 상화병 등을 만드느라 땀범벅이 되었다. 산운은 흰색 도포에 유건을 쓰고 회합에 초대된 유생들과 부호들을 맞이하느라 분주했다. 회합을 위해 모인 수많은 사람 속에서 산운의 수려한 외모가 오늘따라 더욱 빛났다.

나는 천막을 치며 틈틈이 옥정을 살폈다. 그녀는 밀전병을 부치며 몰래 산운을 살폈다. 젠장, 눈썰미가 뛰어난 개심의 말이 허언이 아니었다. 마음 한편이 씁쓸했지만 모꼬지를 앞두고 마음의 사치를 부릴 수는 없었다. 나는 착잡한 마음을 달래며 옥정을 향하던 눈길을 거두고 개심에게 심술을 부렸다.

"개심아, 줄을 더 팽팽하게 당겨 봐. 사내가 시원찮으면 사내냐."

"완전 생트집이네. 시원찮은 저 샌님도 오늘은 멋지기만 하네요. 형님이나 잘하세요. 저는 잘하고 있으니까."

내심으로 뜨끔했다. 나도 모르게 얼굴이 화끈댔다. 옥정과 산운을 번갈아서 살피는, 바보 같은 내 모습을 녀석이 한눈에 알아챈 듯했다. 저놈은 어째서 가진 거라곤 눈치밖에 없는 듯했다. 가만 그러고 보니 여전히 홍양의 맨바닥을 맨발로 헤매면서 비럭질로 연명하고 있을 거지 동생들도 눈치가 재산이었다. 놈들은 눈알만 한번 쓱 굴리면 구걸의 성패를 알아채곤 했다. 나도 타고난 눈치가 대단했다.

믿거나 말거나 다만 그놈을 동냥처럼 중차대한 대업에는 쓰고 싶지 않았을 뿐이었다. 미쳤거나 말았거나 여태껏 걸개의 기품을 지키려고 내 나름대로 애썼다. 그때 무업이 내게 다가오며 말했다.

"신풍, 허드렛일은 그만하게나. 자네를 위해서 옷을 준비해 놓았으니까 어서 가서 옷을 갈아입게. 회합에서 자네를 소개할까 하네."

"과분합니다. 남들 앞에 서는 것이 어색하니 사양하지요."

"사양하지 말게. 이곳에서는 무예의 달인이라면 누구나 존경하니 괜난 겸손 떨지 말고 준비하게."

옆에서 듣고 있던 개심이 무업을 거들었다.

"지당하신 말씀. 대풍 사부의 무예는 팔도를 덮고도 남으니 이번 유두일 회합의 주인공은 당연히 대풍 사부가 되어야죠."

요놈 봐라. 조금 전에는 면박을 주더니 이제는 거창하게 칭송하네. 저놈의 머리통을 쥐어박으려다 저 반들반들하고 작은 대갈통을 때려 봐야 무슨 소용이 있나 싶어서 참았다. 무업에게 다시 정중하게 거절했다.

"번잡한 건 질색이라 조용히 먼발치에서 지켜만 보겠습니다."

"자네는 고집도 고수구먼. 정히 그렇다면……."

무업은 실망한 낯빛으로 돌아서 갔다. 돌연 개심이 단박에 면상을 들이밀며 따졌다.

"아따! 참 답답한 형님. 왜 그리 점잔을 빼십니까. 자고로 사내는 나설 때와 물러설 때를 알아야죠. 지금이 바로 당당하게 '나 대풍이야!'라고 형님을 드러낼 때입니다. 아휴! 답답해."

개심은 손으로 자신의 가슴을 사정없이 후려치며 혼잣말을 했다.

'잘하는 건 검술뿐인데…… 꼴에 겸손까지 갖추셨네.'

개심의 말이 사실일지도 몰랐다. 설령 사실이어도 마음이 동하지 않는 행동은 꺼림칙했다. 남들보다 높음을 뽐내려고 검술을 수련한 것이 아니었기에 무예를 자랑하는 무참한 짓을 하고 싶지 않았다. 개심이 투덜대면서 사라지자 수많은 사람들 속에서 나만 홀로 허깨비인 듯한 착각에 빠져들었다. 모꼬지를 준비하는 사람들의 틈바구니 속에서 나는 마치 빈 그림자인 양 어슬렁거리며 다양한 몸짓들을 바라보았다.

곰곰 생각했다. 활연 깨달았다. 이들의 다채로운 몸짓들이 모여서 아름다운 모꼬지로 꽃핀다는 진실을 깨달았다. 형통함은 고운 몸짓들이 모여야만 가능하리라. 만사가 형통하길 바라는 만인의 소망도 언제나 아름다운 몸짓들이 모여 하나가 될 때 소담스럽게 성취되리라. 그런 몸짓들의 모임에는 차별하는 마음이 비집고 들어갈 빈틈이 없으리라. 오로지 모꼬지의 형통함을 바랐기에 모임을 준비하는 서로 다른 몸짓들은 비록 찰나를 살았으나 아름답게 빛났다. 밀전병을 뒤집으며 땀을 훔치는 보살의 몸짓. 장작을 나르는 불목한의 몸짓. 대웅전 돌계단을 쓸고 있는 동자승의 몸짓. 상을 나르는 젊은 계원들의 몸짓. 건단을 담고 있는 옥정의 몸짓. 유생들을 접대하는 산운의 몸짓. 동자승을 닦달하는 개심의 몸짓. 손님들께 두 손 모아서 합장하는 의엄의 몸짓. 뭇 몸짓들이 모꼬지의 형통함을 위해서 하나로 모였다. 허깨비마냥 허우적대던 얼빠진 걸개가 칠성각 기둥 옆 구석에서 얼빠진 몸짓을 멈추자 일체의 몸짓이 멈췄다. 동시에 의엄이 모꼬지의 시작을 알렸다.

"대자 대비한 미륵불의 용화세계나 유도의 대동세계가 둘이면서 하나이니 오늘 이곳 정곡사에서 유생들과 불제자들과 대동계원들이 속세의 모든 허례와 허식, 더불어 신분과 빈부의 차별을 던져버리고 크게 하나가 되어서 대동의 몸짓을 떨쳐봅시다."

의엄은 말도 잘했다. 저 번들대는 말의 비늘들 뒤에 진심이 숨어있을까. 문득 그것이 궁금했다. 늘 세상에는 타인의 마음을 후리는 후레자식들이 음흉한 속내를 숨긴 채 득세했으니까. 모꼬지의 형통함을 바라는 순수한 몸짓들을 꼬드겨서 자신의 야욕만 채우는 꼴불견들도 항상 있었으니까. 응당 그런 놈들은 대가를 치러야 했지만 세상에는 공평한 정의가 없었다. 그저 권력의 노예로 전락한 정의만이 만연했다.

두둥둥! 대북이 울렸다. 북소리와 함께 신천과 안악, 재령과 해주 네 곳의 계주들이 연무장으로 나왔다. 신천의 박연령이 수벽치기를 선보였다. 박연령은 현란한 손놀림으로 재주를 뽐냈다. 해주의 변승복은 차력시범을 보여준다며 대갈통으로 나무판을 격파했다. 안악의 지함두는 오른손목에 붕대를 감은 채 우는지 웃는지 알 수 없는 묘한 얼굴로 팔선검을 시연했다. 마지막으로 재령의 두봉선이 나섰다. 봉선은 긴 봉을 이용해 봉술을 선보였다. 계주들의 무예 시연이 이어질 때마다 우레와 같은 함성이 정곡사 경내를 한가득 채웠다. 함성이 잦아들자 다섯 명씩 무리를 지은 지역별 대표들이 연무장의 중심으로 모여들기 시작했다.

잠시 후에 낯선 광경이 눈앞에서 펼쳐졌다. 이전투구. 도합 스무 명의 장정들이 서로 뒤엉켜서 실전과 똑같은 싸움을 했다. 그들은 진흙

구덩이에서 목숨을 내걸고 싸우는 들개와 전혀 다르지 않았다. 그들의 주먹질과 발길질에 자비는 없었다. 오직 최후의 승자가 되기 위한 무서운 집념만이 존재했다. 어지러운 난장판에서 새빨간 승부욕이 부지런히 불탔다. 흙먼지가 일고 피가 튀었으나 어디에서도 신음 소리는 들리지 않았다. 연무장은 이내 아수라장으로 변했다. 소름이 끼치도록 끔찍했다. 그러나 대동계원들은 동료들을 연호했다. 날 선 승부욕과 시뻘건 집착만이 연무장을 가득 채웠다. 명예만 남는 무의미한 승리를 위해 그들은 자신들의 몸을 기꺼이 내던졌다. 하나 둘 셋 넷 다섯…… 연무장 바닥에 쓰러지는 핏덩이들이 점점 더 늘어났다.

마침내 만신창이가 된 두 사람만 남았다. 덩치가 듬직해서, 한눈에도 장사로 보이는 거구의 사내와 키는 작지만 제법 단단해 보이는 사내. 앙바틈한 체구의 사내가 눈에 익었다. 그는 구월산 어귀에서 정곡사까지 길 안내를 해 준 심동세였다. 자연히 마음속으로 동세를 응원했다. 하지만 딱 봐도 싸움은 싱겁게 끝날 것처럼 보였다.

정말 눈 깜짝 할 사이에 승패가 갈렸다. 몸집이 큰 사내의 솥뚜껑처럼 큰 손에 잡히기만 하면 동세가 배겨낼 재간이 없어 보였다. 아니었다. 상대의 주먹질을 요리조리 피하던 동세가 물 찬 제비처럼 튀어 올라서 무릎으로 상대의 턱을 가격했다. 그것으로 끝이었다. 거구의 사내는 곰이 쓰러지듯 꼬꾸라졌고 장내는 천둥과 같은 함성으로 뒤덮였다. 옷이 찢기고 얼굴 여기저기가 벌겋게 부어오른 동세는 공수의 예로 군중의 환호에 답했다. 승복이 연무장 한가운데로 걸어 들어가며 말했다.

"이번 회합의 최고 무사는 바로 심동세입니다."

"우와! 심동세! 심동세! 심동세!"

숭복은 좌중을 진정시킨 뒤 다시 흥분시켰다.

"이제 저 황소의 주인도 심동세입니다!"

"우와! 황소! 황소! 황소!"

황소 소리가 갈맷빛 구월산의 녹음에 부딪혀 반향이 되어 울리자 비로소 동세의 얼굴에는 웃음꽃이 피었다. 일인으로 등극하기 위해 처절하게 싸운 이유. 그것은 무의미한 명예가 아니라 생존에 직결되기에 유의미한 황우 때문이었다. 해서지역 계주들은 황소를 이용해 무예 수련을 장려하고 있었다. 메아리치는 황소 소리가 아득히 밀려나자 연무장 구석에 묶여 있는 황우가 눈에 들어왔다. 때마침 의엄이 근엄한 목소리로 말했다.

"무예를 겨루며 친목을 돋우는 뜻은 반역이 아니라 오직 반국이외다. 반국叛國. 오로지 먹고 입는 것을 넉넉하게 하자는 것이 반국이니 심동세 계원은 오늘 진정한 반국을 하였소이다. 반국을 위해서 함께 먹고 함께 마십시다."

"반국! 반국! 반국!"

의엄이 선창하자 대동계원들이 반국을 삼창했다. 모두 함께 음식을 즐겼다. 그러나 내게는 의미가 음식에 우선했기에 반국의 속뜻을 곱씹으며 구석에 우두커니 앉아 있었다. 그때 개심이 한심하다는 낯꽃을 앞세우며 다가왔다.

"참나, 칠성각 귀퉁이에서 귀퉁이를 맞아야 빠진 얼이 돌아오려나. 얼이 몸 대신 말에 푹 빠졌으니 한마음이 아니라 두 마음이여. 그러니까 몸 구석구석이 텅 빈 허깨비처럼 껍데기만 있지……."

"반국이…… 뭘까?"

"제가 어떻게 알아요. 반국인지 장국인지. 어디 입으로 들어가는 거라 했으니 밥 반飯이 있고 국자에는…… 찔 국焗도 있네."

"알음이 열렸어?"

"딱 보니 알겠네. 반국은 밥하고 찌개네. 그렇지 먹는 게 제일 중요하니 당연히 반국을 해야겠죠. 아무튼 이 뱃가죽이 등가죽에 딱 눌어붙었으니 우리도 저쪽으로 가서 반국 좀 합시다."

반국을 골똘히 마음에 품고 씹었다. 마치 되새김질하는 황우처럼. 반국은 생소했지만 왠지 마음이 끌렸다. 해서지역 대동계 동아리가 대동이 아니라 반국의 뜻을 품은 이유가 궁금했다. 샘솟는 호기심을 겨우 참았다. 나는 천막으로 들어서자 곧바로 계주들에게 반국의 참뜻을 캐물으려고 했다. 그러나 그럴 수 없었다. 분위기가 심상치 않았다. 이미 옥정과 계주들 사이에는 주제를 알 수 없는 논쟁이 불붙어 있었다. 조용히 이들의 대화를 듣기로 했다. 옥정이 평소와는 다르게 새된 목소리로 말했다.

"민심을 현혹하는 참언은 무의미합니다."

"정 낭자, '목자木子는 망하고 전읍奠邑은 흥한다.'는 예언은 이미 조선 팔도에 널리 퍼졌소이다. 민초가 부르는 노래에 참언을 담아서 세를 불리는 데 사용한들 문제가 되겠소."

박연령이 옥정의 말에 반박하자 옆에 있던 승복이 나섰다.

"정감록의 감결도 정씨왕조의 출현을 노래합디다. 우리는 도참의 실현을 확신하고 있소. 다들 이 대동계에 몸담은 이유도 정감록을 믿기 때문이오."

옥정의 얼굴이 빨개지며 눈초리가 파르르 떨렸다. 그녀는 입술을 질끈 깨물고 뜸을 들였다. 재차 옥정이 단호하게 본심을 내비쳤다.

"대동의 정신적 줏대는 상위이니 무참한 참언으로 대동을 욕되게 하지 마시지요. 서로가 소중하게 아끼고 도와주는 상위라야 대동의 민낯이 민망하지 않겠지요. 묵자의 겸애와 교리를 바탕으로 인간과 만물이 혼연일체 된 대동의 세상을 열어 보고자 대동계가 태동했으니 화려한 도참 따위로 대동계를 가식하지 마시지요."

무업이 황당한 표정을 지으며 옥정에게 대거리했다.

"여립 선생도 인정한 비기를 어찌 낭자가 반대하는 게요."

"현실에 반하는 허언들을…… 아버지께서 용납하시다니!"

옥정의 얼굴이 더욱 붉어지면서 분위기가 자못 심각하게 바뀌자 의엄이 나섰다.

"그만하시오. 부처님의 말씀에도 방편설법이 있소. 무지한 중생들을 제도하기 위해 중생들의 눈높이에 맞춰 설법해야 하니 부처님도 어쩔 수 없었던 게지요."

의엄은 말을 멈추고 수단이 담긴 사발을 들어 목을 축였다. 그는 수심이 깃든 옥정의 얼굴을 안쓰럽게 바라보며 말했다.

"대동계의 동아리 다수가 배움이 없어서 무지한 무지렁이들이라오. 그들에게는 오히려 성현의 말씀이 실없는 허언이외다. 무지렁이들은 먹고 입는 것만 풍족하면 그것이 대동이요 반국이니 대동의 첩경은 대중들이 원하는 대로 해주는 것이오. 그러니 무지렁이들이 알아듣도록 비결을 방편으로 활용함이 나쁘지만은 않소이다."

젠장, 또 비결이 말썽이네. 짓밟히고 베어져도 목 놓아 울며 노래하는 참언이란 놈이 매섭게 느껴졌다. 모질게 민초를 무망하고 무고한 목숨을 덧없이 희생시키는 비결은 진정 몹쓸 놈이었다. 참언이 야멸 치다고 느껴질 때 주위를 둘러보았다. 좌중에는 무거운 침묵만이 흘렀다. 누구도 선뜻 썰렁한 침묵에 대화의 온기를 불어넣으려 하지 않았다. 솔직히 이런 꺼림한 판은 미친 얼간이의 놀이판이었다. 흠, 내가 나서야겠구나. 나는 남들이 나대기를 좋아하는 판은 피하고 꼭 남들이 꺼리는 상황이라야 바보처럼 나댔다. 게걸스럽게 유두면과 밀전병과 상화병을 입에 처넣으며 옥정과 계주들을 향해서 뜬금없이 입을 놀렸다. 음식이 입에 너무 가득하니 말도 어눌했다. 사실은 입이 터지는 줄 알았다.

"방국…… 반국이…… 그너니…… 멍는어……."

실패다. 이번에는 마닐마닐한 음식들만 골라 곰비임비 쌓아 올린 뒤 든손으로 먹어치웠다. 그러고 나서 말끔한 입으로 말했다.

"삶에 소중한 게 입이니 요 구멍 안으로 들어가는 놈들을 똑같이 하자는 게 반국인데, 반국도 대동도 다 함께 잘살자는 것이니 그만들 하시죠. 동글동글한 단이 꿀물에 들어가면 수단이요 안 들어가면 건단하면서 수단 건단 따지는데 입안에 들어가면 그저 쫀득쫀득한 떡일뿐입니다. 그러니 다들 개심마냥 닫힌 마음은 열고 쌓인 앙금들은 다터시죠."

내가 생각해도 무지 말을 잘한 듯싶었다. 다들 감동을 해서 화해하리라고 생각했다. 빌어먹을! 전혀 아니었다. 젠장! 그놈의 참언이 뭐라고 분위기가 여전히 냉랭했다. 내가 나선 이유는 비결로 인한 감정의 장벽을 단박에 부수고 귓밥까지 붉어진 옥정을 무안함으로

부터 구해내려는 의도였다. 그래서 억지로 나댔다. 그런데 생각보다 감정의 골이 상당한 듯 서늘한 분위기가 좀체 온기를 찾지 못했다. 그때였다. 눈썰미가 뛰어난 개심이 나의 마음을 읽고 나섰다.

"옥정 누님도 계주님들도 맛난 음식 앞에서 말다툼은 그만하시고 주린 배를 위해 반국하시죠!"

"함께 먹고 마시며 웃는 자리에서 다들 옹졸한 노랑이마냥 너무 가스러집니다. 그냥 넉넉한 마음으로 서로 이해하시지요."

개심의 말에 내가 결장구를 쳤다. 그것은 수치심에 상처 입은 옥정의 자존심을 달래주려는 사내의 순정이었다. 과묵한 걸개가 기품까지 포기하고 까불었던 이유는 오직 연정 때문이었다. 그런데 그녀가 자리를 털고 일어서는 바람에 걸개의 노력은 빛이 바랬다. 수포로 변한 수고에 자포하려는 찰나, 개심이 옆구리를 찌르며 눈짓을 했다.

"어째 눈치가 발바닥이십니다. 빨리 따라가 보세요."

얼김에 일어나 옥정을 따라갔다. 그녀는 청풍루를 향해 걸어갔다. 주저하는 마음에 좀처럼 그녀를 따라잡지 못했다. 누각에서 계곡을 내려다보는 옥정의 등 뒤로 찬바람이 불었다. 마치 모꼬지가 한창인 경내와 무형의 벽을 세운 듯했다. 조심스레 그녀를 불렀다.

"옥정……."

아무런 대답이 없었다. 심사가 제대로 꼬인 듯했다. 아이참, 이럴 땐 개심의 넉살을 빌리면 좋으련만. 느끼한 산운의 말주변도 좋으련만, 그러나 내게는 언죽번죽 구는 덕살도 경위에 밝은 말주벅도 여심을 훔치는 말발도 없으니 오로지 진심 하나로 다가갔다. 마침내 숨겨둔 비장의 패를 펼쳤다.

"언젠가 계주님이 바다의 빛깔은 감색이 제격이요 바닥이 비치는 바다는 다양한 생명을 품어서 기를 수 없다고 하셨지. 북해처럼 반물빛 바다라야 곤鯤이라는 대어大魚를 기를 수 있다고."

"대붕大鵬이 되어서 비상하기 전까지 곤이 의지할 곳은 북해밖에 없겠지."

"장자莊子가 과장은 좀 심하지. 하지만 생각할 거리는 던져주잖아. 혼돈混沌이던가. 혼탁함 속에 생명이 숨 쉴 사이가 있다는 이야기도 있잖아. 내가 너의 올곧은 마음을 모르는 바는 아냐. 하지만 반국과 대동이 다르지 않으니 너무 야멸차게 참언을 차별하지는 마."

"내가 노랑이처럼 옹졸하니? 맞아. 사실 나도 인색한 여인이야."

"아니야! 네가 인색하다고 여긴 적은 없어. 다만 어색한 분위기를 바꿔보려고 했는데 말본새가 거칠어서……."

"곤鯤을 품어서 기르는 바다의 마음. 아득히 넓고 가마득히 깊은 마음이겠지. 내가 화가 났던 건 너나 계주님들 때문이 아니야. 깊은 고민 끝에 참언을 용인하셨을 아버지를 이해하지 못하는 나의 좁은 속내에 실망해서 분이 가라앉지 않네. 시원한 계곡 물이라도 보면 치미는 울화가 풀릴까 싶어서 청풍루에 온 거야."

"그랬구나. 괜한 오해를 했군."

옥정의 진심이 드러나자 그녀를 곡해했던 내가 한심했다. 그녀는 지금 자신의 좀스러운 도량만을 탓했다. 사내들도 감추려고 애쓰는 좁디좁은 마음을 그녀는 거침없이 드러내어 반성했다. 진정 그녀가 대장부였다. 문득 같은 공간 속에 그녀와 함께 있다는 사실을 온몸으로 자각하자 갈라졌던 감정의 갈래들이 다투었다. 나뉜 감정들이 하나가 될 길은 보이지 않았다. 충돌하는 감정들을 떼어 놓자 감정의 결들이 선명해졌다.

마음의 한편에서는 시간이 멈추길 바랐다. 그녀와 더불어 자연의 숨결을 온몸으로 음미하는 지금이 영원하길 바랐다. 옥정과 초야에 묻혀서 속세를 잊은 채 살고 싶었다. 다른 한편에서는 대동의 꿈과 반국의 바람이 영글어 열매 맺기를 바랐다. 칼을 뽑아 단칼에 세상의 차별을 베어내길 바랐다. 칼로 사박한 세상을 산뜻하게 베어내고 새로운 세상을 열고 싶었다.

서화담의 소박한 삶이 부러웠다. 척준경의 화끈한 삶도 부러웠다. 두 갈래로 나뉜 마음이 화해할 길은 없는가. 옥정을 달래려던 마음이 갈피조차 잡지 못해서 방황했다. 내가 원한다고 무조건 옥정의 마음을 얻는 것도, 바란다고 저들이 대동을 향한 마음을 한결같이 견지한다는 보장도 없었다. 내가 먼저 마음을 주고 마음을 한결같이 해야 옥정의 마음도 저들의 마음도 얻을 듯싶었다.

"마음을 열어서 이해하기가 이리도 어려울 줄이야."

옥정이 넋두리처럼 혼잣말했다. 동시에 활개를 쭉 펼치며 돌아섰다. 생기를 찾은 그녀의 낯꽃이 눈부시게 상큼했다. 발그레한 그녀의 볼에 나의 마음도 싱싱해졌다. 계곡에서 불어오는 시원한 바람이 만개한 매화꽃마냥 은은한 그녀의 향기를 코끝까지 싣고 왔다. 순간 온몸이 맑아졌다. 불쑥! 몸이 후끈 달아올랐다. 그녀의 생기발랄한 몸태에 몸이 본능적으로 반응했다. 몸으로 그녀의 몸을 느끼고 싶다는 생각에 얼굴이 화끈거렸다. 몸도 후끈거렸다. 큰일 났네. 어떡하지. 너무 부끄러워서 감히 옥정과 눈을 마주칠 수가 없었다. 그녀의 눈길을 피하려고 고개를 돌렸다. 천천히 물결치듯 다가오는 백우선이 보였다. 하필이면 저 녀석이 이때 나타날 게 뭐람. 산운과도 눈길을 마주칠 수가 없어서 황급히 자리를 떴다. 바람처럼. 아니 뼈다귀를 숨기려고 도망치는 똥개처럼.

"허풍이 저놈 왜 저래? 바람난 똥개처럼 어디를 부랴사랴 달려가는 거야? 뭐 숨길 물건이라도 있나."

"그러게. 갑자기 왜 저러지?"

나는 산운과 옥정의 대화를 무시한 채 쉬지 않고 달렸다. 가람을 빠져나온 뒤 부도를 지나 계속 달렸다. 어느새 함두와 격검을 했던 풀밭에 이르렀다. 나는 칼을 뽑았다. 솟구치는 수컷의 본능을 해소하기 위해, 분출하는 욕정을 칼에 실어 삼기검을 펼쳤다. 공터 주변의 소나무들이 명월검의 칼바람에 춤을 췄다. 칼과 하나가 되어서 바람처럼 대지를 누비며 비조처럼 대공을 농단했다. 나는 땀벌창이 될 때까지, 진기를 소진하여 녹초가 될 때까지 검과 하나가 되어서 율동했다. 마침내 탈진하여서 더는 움직일 수가 없었다. 검을 풀밭 한가운데에 꽂고 대자로 누웠다. 하늘과 바다가 맞닿은 서쪽 하늘로 해가 저물고 있었다. 지친 몸은 꽃잠에 빠져들었다.

달과 몸

생명의 몸은 항상 달빛에 감응했다. 차고 기우는 달빛은 인간의 원초적인 몸짓을 자극했다. 만월이 뜨는 날에 여인의 몸은 생명의 씨앗을 품으려는 욕망으로 만개했다. 생명의 씨앗을 뿌리려는 욕정으로 사내의 몸도 달아올랐다. 통제가 불가능한 불타오르는 욕정은 매양 몸을 통해서 드러났고 몸짓으로 말했다.

달빛이 몸을 비췄다. 서늘한 밤공기에 잠을 깼다. 보름달이 사황봉을 타고 올랐다. 대지에 박혔던 검을 뽑아 칼집에 넣었다. 마음을 다잡았다. 마음에 품은 뜻과 몸으로 가야하는 길의 의미를 되새겼다. 뜻이 닿아야 할 하늘은 아득했고 몸으로 가야 할 길은 가마득했다. 아직도 갈 길이 멀었다. 아직은 마음으로도 호사를 누릴 수는 없는 법이요. 음양의 즐거움도 내게는 분에 넘치는 사치였다. 남녀 간의 사랑은 이성의 지혜로 풀기 어려운 감정의 실타래였다. 흐르는 물처럼 막히면 돌아가야 했다. 집착을 버리니 홀가분했다.

부도를 지나서 정곡사 경내로 들어서자 회합에 참여했던 대동계원들은 모두 산에서 내려간 듯 가람은 모처럼 찾아온 고요를 만끽하고 있었다. 보름달만 바라보며 타박타박 걷다가 옥정의 웃음소리에 놀라 주변을 살폈다. 의지와는 상관없이 몸은 이미 옥정의 처소에 와 버렸다. 그녀의 글 읽는 소리가 문틈을 비집고서 나왔다.

"조선을 떠들썩하게 했던 진랑의 시詩란 말이지……."

동짓날 기나긴 밤을 한 허리를 버혀 내어
춘풍 이불 아래 서리서리 넣었다가
어룬님 오신날 밤이어드란 구뷔구뷔 펴리라.

"어쩜 이리도 간드러질까. 부럽네. 진랑은 이렇게 아름답게 연정을 나눌 연인이 있었다니……."

옥정이 얼자 기생 황진이의 시를 왜 읽고 있지. 조심스레 그녀의 이름을 불렀다.

"옥정……."

조금은 들뜬 목소리로 옥정이 답했다.

"산운이야. 안 그래도 네가 보낸 시를……."

문을 열던 옥정이 황급히 말꼬리를 바꿨다.

"청풍이구나."

"나여서 실망했나 봐."

"실망이라니 서운하게. 안 그래도 조금 전에 말도 없이 사라져서 걱정했는데."

내가 이곳에 왜 왔는지 나도 몰랐다. 아마도 달빛에 기댄 사내의 몸이 닿고 싶지만 닿을 수 없는 여인의 몸을 향해 허공을 방황하는 듯했다. 마음은 애처롭게 헤매는 몸을 어떻게든 잡아보려고 애썼다. 그러나 몸은 이미 입을 통해 유혹의 말꼬리를 살랑대기 시작했다.

"너와 함께 거닐고 싶은데……."

이성의 굴레에서 벗어난 감정이 머리를 들기 시작했다. 툇마루에 앉아 신을 신던 옥정이 일어서며 흔쾌히 답했다.

"그래. 달빛도 고즈넉하여 거닐기에 더없이 좋은 날이긴 해."

달빛에 옥정의 마음이 열리길 바랐다. 물론 나의 진심이 그녀의 진심에 닿을 거라 장담할 수는 없었다. 목검 하나로 천하에 무서울 것이 없는 나였지만 볼 수도 들을 수도 만질 수도 없는 감정 앞에서 나는 너무 뒤퉁스러웠다.

어린 시절 아버지가 해주신 말이 뇌리를 스쳤다. 단풍이 운암산을 곱게 수놓은 어느 날 평상에 앉아 가을에 물든 대지를 바라보며 홀로 곡차를 들이켜던 아버지가 마당에서 목검과 씨름하던 나에게 뜬금없이 감정의 주사를 퍼부었다.

"네놈은 어미도 없이 자라서 감정이 푸석하게 메말랐어야. 감정이 궁핍하면 인간이 아니지. 하기야 감정이 없기는 나도 너도 매한가지네. 나야 술로 메마른 감정을 축인다만, 아니 죽은 감정을 위해 축배라도 든다만 네놈은 어찌해야 하나. 여인이랑 운우지정을 나눠봐야 인두겁을 쓴 이유라도 알 것인데. 그날이 오긴 오려나."

술로 감정의 결핍을 채우려는 듯 아버지는 곡차를 마셨다. 꺼억! 걸쭉한 트림 소리와 함께 한번 펼쳐진 술주정은 멈추지 않았다.

"정情은 끌림이여. 살아서 꿈틀대는 생물이든 저 바람에 흩날리는 먼지든 죄다 정을 품었어야. 미세하든 거대하든 꼴을 갖춘 놈들은 서로를 정으로 끌어당기지. 하니 통정, 즉 정을 통해야 세상 만물과 소통하는 것이여. 통정하려니 정을 느껴야겠지. 그게 감정이여."

돌연 아버지가 사발에 담긴 곡차를 허공으로 확 뿌렸다. 멍청하게 듣고만 있던 나는 또 광증이 시발하나 싶어서 은근히 걱정했다. 한데, 아버지는 호방하게 웃으며 단풍처럼 붉어진 낯빛으로 자줏빛 정을 한탄했다.

"세상이 별거더냐. 저 생명들 사이를 살갑게 소통하는 정情의 세계, 아니 오색의 단풍들이 울긋불긋 수놓은 대지마냥 각양각색의 정情들이 빚어낸 요지경이지. 정情의 난장판 속에서 물물이 통정하려고 터울대는데, 아주 난리도 아녀…… 별도 달도 풀도 꽃도 아! 인간도 서로 정을 주고받으며 정으로 하나가 되려고, 통정하려고 살아가지. 그놈의 정이 뭐라고."

대인의 정情 타령이 끝났다. 노을에 붉게 물든 가을 하늘이 애잔했다. 아버지는 헤헤헤 하며 웃었다. 붉게 물든 아버지의 얼굴 위로 두 줄기 눈물이 소리도 없이 흘렀다. 대인의 해맑은 웃음과 애틋한 눈물이 포개졌다. 정情은 웃음이자 눈물이다. 이것이 몸짓으로 드러난 정情에 대한 대인의 정겨운 주사主辭였다. 나에게 정情은 갈음이 불가능한 원초적인 상실감이니 몸의 체험이 마음의 이해에 우선하는 정情을 몸으로 정의할 수는 없었다.

풀벌레 소리가 요란하여 잠들지 못하는 한여름 밤의 숲길을 옥정과 함께 걸었다. 달빛에 기대어 걸으며 숨죽여 속마음을 조심스레 되

뇌었다. 옥정에게 할 말을 속으로 곱씹다가 무심결에 혼잣소리가 밖
으로 튀어나왔다.

"너와 원앙처럼…… 가시버시의 연을 맺고……."

"풍, 혼잣소리에 취했어?"

머리를 내밀던 진심이 혼잣말에 놀라 쑥 들어가 버리고 난데없이
생뚱한 말이 튀어나왔다.

"달이 참 밝지……?"

"보름이니 만월이 당연하지. 달 타령에 동행을 바란 거니?"

동행이라는 소리에 정신이 퍼뜩 들었다. 동시에 만월을 무색하게
만드는 본데없는 만용이 모습을 드러냈다. 눈으로는 달만 바라보며
솥뚜껑 같은 손으로 그토록 원했던 옥정의 여린 손을 덥석 잡았다. 보
드라운 촉감이 손을 통해서 전해지자 전신이 짜릿했다. 손아귀를 벗
어나려는 옥정의 손을 꽉 움켜쥐자 온몸이 흥분에 젖었다. 몸의 중심
까지 흥분에 젖자, 솟는 용기를 타고 진심이 입 밖으로 힘들게 튀어나
왔다. 그것은 사내의 수줍은 속마음이었다.

"나와 함께 살자."

나를 보는 옥정의 시선을 느꼈지만 달만 보며 말했다.

"네가 좋다…… 원앙처럼 함께 살고 싶다."

순간. 부산하던 한여름 밤의 숲이 고요해졌다. 나는 차마 옥정을 바
라볼 수 없어서 무던히 달만 바라보았다. 그녀의 숨소리도 들리지 않
았다. 미동조차 없는 그녀의 몸짓 곁으로 무거운 침묵이 흘렀다. 천년
과 같은 침묵 끝에 옥정이 말문을 열었다.

"미안해…… 청풍."

옥정이 슬며시 손을 빼면서 살포시 속내를 열어 재꼈다.

"너의 맘을 받아줄 빈자리가 없네…… 그만 돌아갈게."

고개를 숙인 채 돌아서 가던 옥정이 달을 보며 말했다.

"너와는 좋은 벗으로 남길 바라. 지금처럼 그리고 영원히."

'영원히'란 그 말에 마음이 아렸다. 벗으로 영원히! 그것은 영원히 너의 사내는 될 수가 없단 말인가. 옥정에게 물었다.

"마음에 품은 사내가 진정…… 산운인가?"

옥정은 대답 없이 멀어져 가며 무언으로 물음을 긍정했다. 멀어지는 옥정의 뒷모습만 하염없이 바라보았다. 서천으로 지는 보름달을 보며 달이 차면 기울듯 그녀를 향한 연정 역시 기울기를 바라면서 그녀가 시야에서 사라질 때까지 먹먹한 가슴만 부여잡고 바라보았다. 옥정이 달빛이 소멸하듯 어둠 속으로 사라지자 나는 몸으로 미친놈처럼 구월산 자락을 헤매며 맘으로 과거의 아픈 기억과 아렴풋하게 씨름했다. 한여름 밤의 살쾡이마냥 헤맸다.

비럭질에 대한 차별보다 더욱 아팠던 것은 어머니의 빈자리였다. 몸의 빈속은 비럭질로 채웠지만 마음의 빈자리는 비럭질이 불가능한 모정으로 인해서 늘 비어있었다. 구걸로 몸은 지쳐서 잠이 들었지만 마음은 잠들지 않았다. 오로지 숨죽인 울음과 쉼 없는 눈물만이 보채는 마음을 달래서 재웠다. 그렇게 감정의 절제를 통해 마음을 길들였다. 그것은 감정의 화석화였다. 단단한 차돌처럼 굳어져버린 감정의 심장이 묵직했다. 내 마음의 중심부에 틀어박힌 짱돌을 옥정이 뽑아주길 바랐건만.

그녀가 모정의 빈자리를 거부했다. 그러자 과거의 기억이 현재에 중첩되어 쓰린 마음을 더욱 쓰리게 했다. 그러나 길든 몸과 마음은 갈 팡대는 감정에 과거보다 대범하게 대처했다. 달빛이 절정에 이르자 야수의 몸짓을 멈추었다. 무업을 찾아갔다. 그들의 요청을 받아들였다. 구월산에 남아서 해서 지역 대동계원들에게 무예를 가르쳐 주기로 약속했다. 무업의 처소를 나왔다.

인적이 뜸한 칠성각으로 갔다. 그곳에 외로이 앉아 울음은 삼키고 눈물은 훔쳤다. 서글펐다. 지금의 이 참담한 심정이 똥통에 빠진 명월 검을 건져서 개울물에 씻겨주던 서러움과 다르지 않았다. 솔직히 사내도 지질했다. 물론 혼자일 때는 더 그랬다. 보는 눈이 없으니 졸렬한 짓을 마음껏 펼쳤다. 그렇게 변변치 못한 사내의 눈물을 변명하다 잠이 들었다. 텅 빈 꿈길 위를 홀로 헤맸다.

"멀쩡한 처소가 언제 칠성각이 되었대. 당장 일어나요."

누군가 몸을 흔들어서 깨웠다. 어렴풋이 눈에 비친 개심의 얼굴은 황당함으로 가득했다. 부랴사랴 정신을 차리고 일어나서 법당의 문을 열자 아침 예불을 드리려는 스님들이 내가 나오기를 기다리고 있었다. 너무 무안하여 머리를 숙였다. 그저 고개를 숙인 채 개심이 잡아서 끄는 대로 따라갔다.

"누님이 새벽부터 떠날 채비를 하니 우리도 짐을 꾸려야죠."

나는 아무런 대꾸도 하지 않았다. 그저 맥 빠진 맹추처럼 걷기만 했다. 개심이 내 앞을 막아서며 다그쳤다.

"하룻밤 사이에 사람이 왜 이렇게 변했대. 딱 죽음 앞에서 절망한 사람마냥. 내가 없는 말을 타라고 보채는 것도 아니고 쩍 입만 열면 나오는 말을 왜 못한대."

개심의 닦달에 미몽에서 깨어났다. 희미한 기억을 되살려 말했다.

"구월산에 남는다!"

놀란 개심은 눈만 멀뚱거렸다. 곰곰이 생각하던 녀석이 말했다.

"함께…… 남아야겠죠?"

"한양에서 기다려."

"형님 곁이 제가 있어야 할 곳이죠."

입담만 요란하던 녀석이 의리가 있었다. 댕그랗게 치켜뜬 조그만 눈에서 결연한 눈빛이 비쳤다. 꼬맹이의 당당한 패기에 내가 눌려버렸다. 내가 좀 줏대가 쥐방울만해서 남들이 우기면 그냥 다 받아줬다. 물론 차별하는 *마음보*는 용납하지 않았지만.

마지못해 옥정의 처소로 갔다. 차마 그녀를 볼 수가 없어서 겉돌았다. 그녀 역시 나를 피해서 짐을 꾸렸다. 하룻밤 사이에 그녀와의 사이가 섬서해졌다. 눈썰미가 트인 개심은 둘 사이에 생긴 감정의 벽을 단박에 알아챘다. 그러나 녀석은 나와 옥정 사이에 생긴 감정의 골을 모른 척하며 설레발만 쳤다.

"누님, 굼뜬 굼벵이 담벼락 뚫듯이 채비하면 어떡해요."

"개심아, 자발없이 소란 피우지 말고 조용히 짐이나 꾸려."

묵첩을 손에 쥔 산운이 흐뭇한 미소를 지으며 개심을 향해 소리쳤다. 진심이 아닌 듯 산운의 목소리는 전혀 앙칼지지 않았다. 오히려 녀석은 흠흠한 낯빛으로 묵첩을 들고 옥정에게 다가가 펼쳤다. 그녀의 얼굴이 붉어졌다. 나는 마음이 막막했다. 진정 헛물만 마셨나. 옥정을 향한 연정이 시발의 문턱에서 헛일이 되자 속에서 천불이 났다. 불쑥 치솟는 화에 심장이 터질 듯했다. 말도 없이 해우소로 갔다. 똥간에서 울한 가슴을 똥으로 풀어버리려 애썼다. 시원하게 몸에서 분리되는 된똥 덩어리를 보면서 생각했다.

분명히 분糞과 분忿은 하나였다. 똥은 몸으로 소화하지 못한 유형의 찌꺼기였다. 성냄은 마음으로 삭혀내지 못한 감정의 찌꺼기였다. 똥도 성냄도 오장육부의 작용에 의존하는, 몸의 기반에 매인 몸짓이었다. 몸의 중심에 자리 잡은 장부의 상호관계가 성질이라는 심리적 기제에도, 대소변이라는 생리적인 배설작용에도 영향을 끼쳤다. 몸을 중심으로 보면 생리와 심리가 하나였다.

가끔 똥을 누다 보면 이렇듯 깨닫는 것도 있었다. 도통에서 꼬인 심사도 풀고 똥도 누고 똥 같은 삶을 씁쓸해하며 분糞 같은 인생을 살겠노라고 다짐했다. 똥처럼 세상에 밑거름이 되고 분糞처럼 세상의 더러움을 제거하자. 나는 구수한 똥내가 몸에 스미는 것도 잊은 채 그렇게 마음을 정했다. 똥을 닦은 뒤에 일주문으로 갔다. 그곳에서 금구로 돌아가는 일행을 배웅했다. 옥정의 뒤태가 나의 시야에서 완벽하게 사라질 때까지 망부석마냥 우두커니 일주문을 지켰다. 옥정도 산운도 숭복도 떠났다. 개심과 나는 구월산에 남았다.

반국의 바람

바람은 진정 자유로운 영혼. 꼴도 없는 바람은 늘 제멋대로 불었다. 자유분방한 바람조차 하늘과 땅 사이를 벗어나지 못했다. 강물도 땅의 생긴 꼴을 따라서 흘렀다. 바람과 물은 거주의 기준이었다. 풍수를 따져서 삶의 터전이 정해졌다. 생명은 하늘과 땅이 빚어준 삶의 터전에 순복했고 길들었다.

시공時空의 틀은 경험의 감옥이었다. 몸과 마음을 속박했고 의식도 길들였다. 익숙함에 적응한 의식은 앞선 경험의 굴레를 벗어나지 못했다. 순치된 의식은 편협한 소견과 소신으로 생명을 옥죄었다. 의식의 감옥에 갇힌 인간은 오직 관심의 울타리 안에서만 자족自足했다. 무관심의 벽 너머를 모르기에 닫힌 세상을 닫힌 마음으로 살아갔다, 경험이란 이름의 감옥 속에서.

관심의 감옥은 갑甲이었다. 마음이 끌리는 대로만 믿고, 생각하는 대로만 현재를 살며 또 과거를 그리워하며 미래를 꿈꾸면 되었으니까. 어쩌면 조물주조차 인간의 삶을 타박할 수는 없었다. 삶이란 존엄한 주체들의 자발적 선택이었으니까. 젠장, 이 말은 상당히 심각한 착각이 동반된 듯하다. 잠깐, 뭔가 혼선이 생겼다. 머릿속에서 생각이 뒤엉키는 바람에 횡설수설했다. 내면을 주재하는 미친 얼간이가 설쳐대는 바람에 부실한 헛소리만 나불댄 듯싶다. 이제 다시 정신을 차리자. 수설횡설은 이제 그만하자.

자발적이라. 아버지처럼 스스로 원해서 미치광이의 삶을 선택한 위인들도 있지만 대부분은 선택이 강요되는 삶을 살았다. 태어나는 순간 삶을 직조하는 때와 장소는 이미 정해져 버렸으니까. 물론 주어진 세계를 자의적으로 해석할 권한은 있었다. 문제는 제멋대로 해석하는 것이었다. 닫힌 마음으로 닫힌 세상을 이해한들 의식의 족쇄를 풀 수는 없었다. 그들에게 익숙한 세상을 뒤집으려는 생각은 애초부터 낯설었다. 경험의 굴레에 매인 몸과 무관심에 포위된 마음과 소견의 편협함에 왜곡된 의식을 칼로 해방하고 싶었다.

무업의 도움으로 패엽사 후미진 곳에 연무장을 열었다. 지역별로 선별된 계원들이 검술을 배우기 위해 모였다. 낯익은 동세와 대정도 함께 무예를 배웠다. 계원들의 굴절된 의식의 굴레를 벗겨주고 싶어서 삼기검을 펼쳤다. 그들은 보고도 믿을 수가 없다고 말했다. 마치 도깨비의 요사스런 술수 같다며 의혹의 눈총을 확신의 눈씨로 바꾸지 않았다. 그들은 세상 밖에 또 다른 세상이 존재한다는 사실을 받아들이지 않았다.

입가에 미소를 띠며 긍정의 낯꽃을 피우는 인간은 오직 개심뿐이었다. 개심은 살아온 날이 적고 살아갈 날이 많았기에 불가능에 대한 믿음은 적었고 가능에 대한 믿음은 많았다. 나는 녀석의 열린 마음과 열린 믿음이 좋았다. 필우들의 불신 어린 눈초리를 넉넉한 눈살로 바꾸기 위해 나는 몸의 수고로움을 마다하지 않았다.

계절의 변화는 어김을 불허했다. 구월산이 산정부터 선홍빛으로 물들었다. 누렇게 물들었던 안악의 황금빛 벌판은 작물을 가을하는 농부들의 손길에 희멀건 속살을 드러냈다. 가을이 깊이를 더해가던 어느 날 무예 수련이 끝나고 동세가 나를 찾아왔다. 동세는 섬뜩한 집념으로 필우 중 가장 빠르게 나의 가르침을 흡수해 자신의 것으로 만들었다. 유두일 회합에서 황소를 딴 실력이 결코 운이 아니었다는 것을 동세는 정직하게 몸으로 증명했다. 동세가 내게 말했다.

"풍, 해주에 해풍 쐬러 와. 바닷바람이 기가 막혀."

개심과 함께 짬을 내서 해주 용담포로 갔다. 바다가 내려다보이는 초옥으로 기별도 없이 들이닥치자 황소에게 여물을 주던 동세는 황망히 뛰쳐나와 반색했고 형수도 낯선 동생들의 방문에 싫은 기색을 내지 않았다. 세 살쯤 된 사내아이 둘은 터벅머리 걸개와 빡빡머리 동자승의 등장이 마냥 신기한 듯 우리의 곁을 떠나지 않았다. 동세가 헤벌쭉 웃으며 말했다.

"이래 갑자기 오면 가슴이 놀라야. 기별하지 기래."

"기별하면 기대하며 갖추느라 거추장스러울 듯싶어서……."

한사코 말렸지만 동세는 기어코 형수를 닦달해 백숙을 준비했다. 동세가 귀한 손님이 오셨다고 호들갑을 떠는 바람에 형수에게 미안했고 조카들에게 무안했다. 이번에는 내가 똥고집을 부려서 바닷가로 갔다. 하얀 파도가 밀려옴과 밀려남의 진퇴 운동으로 펼쳐 놓은 백사장에서 설핏한 석양을 벗 삼아 빛바랜 숙포를 소연하게 풀어냈다. 곡차와 함께 동세의 지난했던 과거가 풀려나왔다. 덩달아 개심의 지독했던 유년 시절의 추억이 처음으로 흘러나왔다. 술이 오른 동세는 낙조에 젖는 서녘 하늘을 바라보며 회한에 젖었다.

"이 몸뚱이 속에 양반의 피가 흘러야……."

"형님은 뼛속에서 양반 노린내도…… 아닌데, 제가 제일 저주하는 조선의 종자들이 무위도식하는 양반 놈팡이들인데, 고놈의 놈팡이들 몸내가 썩은 곰팡내여서 참으로 역겨웠는데…… 한데, 형님의 몸내는 쌍놈인 나처럼 구수한 똥내인데요. 그게 바로 쌍놈의 구린내지요. 하하하."

"농담 아니야. 조부가 좌포청 종사관이셨어. 고저 임거정을 잡겠다고 신분을 속이고 혈혈단신 구월산으로 가신 뒤 활빈당에 들어가셨지. 조부께서 임거정만 잡으셨으면 내래 지금 좌포청을 주무르고 있을 텐데…… 조부가 고만 임거정한테 감복해 가지고설랑 임거정과 함께 활빈의 길로 나섰지 뭐야. 졸지에 역적의 집안으로 몰려서 가족들이 뿔뿔이 흩어졌어야."

생각지도 못했던 동세의 가족사에 놀랐다. 소연한 석양에 검붉게 물든 동세의 얼굴만 반히 바라보았다. 지울 수도 없는 과거의 기억에 마음이 아릿한 듯 동세는 한참 동안 말을 잇지 못했다. 초연한 침묵이 보드라운 바닷바람에 말없이 밀려나자 또다시 동세의 과거가 밀려 왔다.

역풍에 집안이 풍산하자 어린 동세는 아버지를 따라 성균관 근처 반촌泮村으로 숨어들었다. 그곳에서 도사屠肆의 재인宰人들을 도와서 소를 도살하며 목숨을 모질게 이어갔다. 자라면서 부친에게 무술을 배운 동세는 반촌에서 힘깨나 쓰는 협객으로 이름을 날렸다. 그러던 어느 날 동세의 팔팔한 혈기가 풍파를 일으켰다. 동세는 반인들을 백정이라며 무시하고 차별하는 성균관의 유생 한 명을 때려눕혔다. 동세에게 두들겨 맞은 유생이 피의 복수를 하겠다면서 반촌을 발칵 뒤집어 놓았다.

결국 동세는 복수의 칼끝을 피해 반촌을 떠나서 해주로 스며들었다. 동세는 그곳에서 정운룡이라는 점술가를 만났다. 운룡은 역학과 천문과 복서 등 다방면에 폭넓은 지식을 소유한 이인이었다. 운룡은 조만간 새 세상이 열린다면서 동세에게 변숭복을 소개시켜 주었다. 동세는 숭복의 주선으로 해주에 정착했다. 그리고 숭복의 권유로 대동계에 투신했다.

이야기를 마친 동세가 잔을 들어 곡차를 들이켜다 말고 뜬금없이 산운에 대해 혼잣말을 하며 고개를 저었다.

"유두일 모꼬지 때 산운인가 뭔가 하는 서생…… 예전에 반촌에서 봤던 소년이랑 정말 닮았단 말이야. 에이, 설마! 아니겠지. 재인의 자식이 그런 귀공자일 리 없겠지."

순간 동세의 말에서 미심쩍은 구린내가 풍겼다. 그러나 쌉싸래한 바닷바람이 산운의 고린내를 삼켜버렸다. 다 함께 곡차를 시원하게 들이켰다. 이번엔 개심이 술기운을 이기지 못하고 심중에 숨겨뒀던 유년의 추억을 꺼내 내놓았다.

개심은 고향이 진도였다. 폭풍우가 고기잡이하던 아버지를 삼키고 난데없는 해일이 물질하던 어머니를 데려가자 어린 개심은 졸지에 천애 고아가 되었다. 개심은 기댈 언덕이 순식간에 무너져 버리자 비슷한 처지의 또래들과 마을을 전전하면서 비럭질로 연명했다. 개심은 만날 다른 거지 무리와 피 터지게 싸우며 구정물 통을 뒤졌다. 아마도 녀석의 빼어난 눈치와 뱃심은 이때 길러진 듯했다.

비럭질에 이골이 날 때쯤 개심은 우연히 진도에 귀양 온 수신을 만나서 허드렛일을 하며 입에 근근이 풀칠할 기회를 잡았다. 수신의 그늘에서 추위와 허기를 면하던 개심은 수신이 귀양살이를 끝내고 다시 한양으로 되돌아갈 때 동행했다. 노복의 신분과 함께 제자의 자격까지 득한 개심은 지금껏 틈틈이 양명학을 배우면서 여태껏 수신의 곁을 지켰다.

개심의 술주정이 끝나자마자 처량한 침묵만이 흐르면서 주책없는 술잔만이 말도 없이 오갔다. 잠시 뒤에 동세와 개심은 정말 궁금하다는 낯빛으로 내 상판만 빤히 쳐다봤다.

나는 목석처럼 굳어버린 과거를 무심하게 풀어냈다. 걸개의 과거에 빌붙어서 화자의 바람도 덤으로 드러났다. 그들은 민황民皇이라는 거지의 꿈에 화들짝 놀라는 낯꽃을 피웠다. 해맑은 눈꽃들 위로 검붉은 피꽃이 피었던 그날을 끝으로 이야기를 갈무리했다.

갑자기 셋은 서로 부둥켜안고 소리도 없이 울었다. 서로의 삶이 아파서 울었고 각자의 삶이 서러워서 울었다. 풀어도 풀리지 않는 서글 픔으로 인해서 목 놓아 울었다. 바다의 곁에서 사내들의 울음은 우매했다. 아니, 얼간이 삼 형제의 울음은 사실 웃겼다.

밤바다가 달빛에 일렁이며 밀려왔다. 바다에서 메밀꽃이 일다가 사라졌고 사라지기 위해서 일었다. 얼간이들의 울음은 메밀꽃 너머로 소리 없이 사라졌다. 바다의 울음 앞에서 인간의 울음은 우만했다. 인간의 울음을 삼킨 가을 바다만이 깊고 고요하게 울었다. 아니 바다는 울지 않았다. 이는 메밀꽃만 하얗게 울었다. 새하얀 울음은 찰나였으나 무심한 먹빛 바다는 영원했다. 칠흑 빛깔 바다 위에서 춤추는 하얀 빛깔 울음은 찰나를 살았으나 바다와 하나여서 영원히 부활했다. 고요하기에 영원한 검은빛 바다 위로 끊임없이 밀려오고 밀려나는 메밀꽃의 하얀 울음만이 소연했다.

초막으로 돌아오니 형수와 조카들은 꿀잠을 자고 있었다. 살금살금 옆방으로 가서 나란히 누웠다. 개심은 눕자마자 코를 골며 잠에 떨어졌다. 개심을 사이에 두고 동세와 못다 한 이야기꽃을 피웠다. 동세가 포문을 열었다.

"무지렁이마냥 입에 풀칠만 하면서 살아도 생각은 있어……."

동세는 풍운아의 삶을 살던 반촌에서 성균관 유생들과 교류하며 먹물깨나 먹었는지 제법 아는 티를 냈다.

"본래 인간은 전부 무지렁이야. 양반이든 상놈이든 죄다 똑같아. 유걸도 임금도 몽땅 무지렁이로 태어나는데, 자라면서 다르게 길드는 것이여. 하지만 지금은 재물만 있으면 양반이고 벼슬이고 뭐든지 살 수가 있으니 조순 될 필요가 없어야. 참말로 이제는 재물이 재주를 부리는 겨."

동세는 입이 마르는지 자리에서 일어나 자리끼를 들이켰다. 잠시 뜸을 들이던 동세가 다시 말을 이었다.

"비록 대동계에 들어왔지만 내가 많이 무식해서 대동의 참뜻은 잘 모르겠어. 그렇지만 대동이 되려면 말이야 먼저 재물부터 대동을 시켜야만 되는 겨."

동세는 허리춤을 뒤지더니 무언가를 꺼냈다. 동세가 문틈을 비집고 들어오는 달빛에 그것을 비췄다. 얇고 동그란 동전이었다. 나는 동세의 속내를 마음으로 심량하며 무던히 듣기만 했다.

"이것이 바로 조선통보야. 지금은 이놈이 씨가 말라서 구경하기가 어려워. 해서 소중하게 간직하고 있지. 한데 동전을 보면 가운데 구멍이 뚫린 것이 이것이 동전의 눈이여. 요렇게 세상을 보면……."

동세는 동전을 오른쪽 눈에 가져다 대면서 말했다.

"동전의 눈이 보여주는 대로만 세상이 보여. 한번 해봐."

조선통보를 건네받아 왼쪽 눈에 가져다 대고 바라보았다. 동전의 중심부에 뚫린 텅 빈 사각의 틀이 동세가 말하는 눈이었다. 동전의 눈을 통해서 본 세상은 네모였다.

"사람은 말이야 소유한 재물만큼만 세상이 보이는 법이야. 진실로 재화財貨만큼 재화才華가 꽃피는 거야. 재물이 없으면 할 게 없는 세상이고 재물이 많으면 할 게 많은 세상이지. 좁아터진 조선 천지에서 양반 상놈 차별하고 또 남녀 존비 차등 두고 임금 백성 후박을 두는데 그거 죄다 쓸데없어야. 재물만 고르게 해서 무지렁이들이 먹고 입고 사는 것만 넉넉하면 대동하지 말래도 대동이 되는 겨. 그게 반국인 겨."

동세는 답답하다는 듯 다시 벌러덩 누우며 말을 덧댔다.

"그런데 그것이 쉽지 않아. 여전히 조선은 신분으로 천시하고 재물로 하시하는 차별에 길든 나라인 기라. 차별에."

마음으로 동세가 지향하는 이상을 어림했다. 동세가 바라는 반국과 내가 염원하는 민황은 지향점이 반대였다. 반국은 물질의 균등으로 정신의 해방을, 민황은 정신의 균등으로 물질의 해방을 지향했다. 완벽한 균등은 관념의 허상일 뿐 실재하지 않았다. 몸으로는 닿을 수가 없고 눈으로만 보이는 일자의 수평선처럼. 물론 물질과 정신, 몸과 마음의 간극을 좁히면 심리적인 균등은 가능할 듯싶었다. 그것조차 난제였다. 그러니까 세상이 난판이겠지. 몸과 마음 사이에서 의식이 갈팡대듯 반국과 민황 사이에서 아득하게 갈등하다 끝없이 펼쳐진 꿈길로 접어들었다.

허구는 사실의 탈을 쓴 거짓이었다. 그러나 허구는 초라한 진실보다 미화된 거짓을 선호하는 인간들의 마음을 손쉽게 파고들었다. 한번 내리에 똬리를 튼 허구는 칼로는 베어낼 수가 없었다. 인간의 믿음이 허구를 살찌워서 진실로 둔갑시켰기에 흐르는 시간과 함께 허구는 역사가 되었다. 역사라는 허상은 사실과 허구가 서로 뒤엉킨 모순된 시간의 신기루였다.

신기루 속에서 사실과 허구는 막연했다. 정의와 불의조차 막역했다. 역사는 그런 막연함과 막역함이 뒤엉킨 모순덩어리요 모순으로 점철된 시간의 파편들이었다. 모순된 역사의 품속에서 다양한 인간들의 몸짓이 생멸했다. 늘 몸짓의 의미를 찾으려는 또 다른 몸짓이 명멸했다. 다른 시간과 다른 공간을 살았던 선현들의 별난 몸짓을 눈으로 보지 못했다. 그나마 글을 통해 그들의 몸짓과 만났다. 깨침을 위한 그들의 다채로운 몸짓을 글로나마 가늠했다. 항상 조심했다. 와전된 글에 얽매이는 순간 본질과 멀어졌으니까.

나는 마냥 간簡을 심량하여 심체心體를 잡고자 애썼다. 문자 밑에 숨은 선현들의 마음에 닿으려고 터울댔다. 문자로 기록된 행行들 사이를 마음으로 헤아렸다. 간簡 속에 숨어있는 심체에 닿으려고 선현들은 시간은 포착하고 공간은 점유해서 몸으로 체화된 길을 열었다. 선현들이 앞서갔던 길은 후세의 이정표였다. 그들의 몸짓은 후세가 부접하는 길을 통해, 그 길을 따라서 걷는 후인들의 몸짓을 통해서 현재에 되살아났다. 만들어진 길에 인접하여서 새로운 길을 개척한 선각들도 이어지는 몸짓으로 현재를 살아갔다. 몸짓은 항상 지금에 의미가 있기에 부접할 새로운 몸을 찾아 땅길을 누볐다. 몸은 부접할 새로운 몸짓을 찾아 꿈길을 걸었다.

꿈에서 깨어났다. 콧구멍이 절로 벌렁댔다. 이것은 까마득히 잊고 있었던 생선 냄새였다. 볼때기를 꼬집었다. 진짜 아팠다. 그렇다면 집 안에 한가득한 고소한 냄새의 정체는 뻔했다. 뱃속이 벌써 허했다. 번개처럼 방문을 열고 마당으로 나오자 개심이 화로에다 생선을 구우며『반야심경』을 흥얼댔다.

"색불이공 공불이색 색즉시공 공즉시색. 다음은 모르니 생략하고, 제법공상 불생불멸 불구부정 부증불감 시고 공중무색 무수상행식."

제법이었다. 지난 몇 달간 구월산에 머무르면서 귀동냥으로 배운 듯 염불 소리가 그럴듯했다. 곰상스런 개심의 몸짓에 농을 걸었다.

"개심아, 형님의 배가 공空한 듯하니⋯⋯ 보시 좀 해라."

"공空은 부증불감이라. 채워도 채워지지 않는 것이 뱃속의 공空이거늘 어찌하여 우매한 중생은 그것을 채우려고 하는가. 진정 어리석은지고."

"어린 스님의 입담이 걸구나. 마음의 공空은 채워도 채울 수 없고 비워도 비울 수 없으나 입 구멍 공空은 채울 수가 있다."

"채워도 만족을 모르는 공空이 세상에서 제일 큰 공空인, 중생의 주둥아리 공空이니 세상 온갖 것들이 입 공空으로 입入하여 빈 똥이 되나니 똥에서 와서 똥을 먹고 똥으로 가는 반야의 이치를 모르겠느냐. 그 똥이 바로 공空이요 색色이거늘."

외양간에서 황소에게 여물을 주고 나오던 동세가 개심의 말본새가 어처구니없다는 듯 몰래 개심의 등 뒤로 다가가 시원하게 꿀밤을 날렸다.

"이런 빌어먹을 비열한 본색이 돌멩이만도 못한지고……."

개심은 내가 돌멩이를 날린 것으로 오해하고 나를 향해 눈을 부라리며 볼멘소리를 했다. 동세가 조금은 언짢은 듯 새된 목소리로 개심의 똥 타령을 나무랐다.

"잔돌만도 못한 조잔한 놈 여기 있다. 비록 비열하더라도 살아남으려고 터울대는 상놈들에게는 입 구멍으로 들어가는 것이 저 하늘만치 중한 것이여. 어데 아침부터 똥 똥 똥 하고 앉았음."

"똥세 형님, 사실인즉 시원찮은 미풍 형님이 아침부터 공空염불을 하기에…… 진짜예요."

개심은 벌떡 일어나 동세의 손을 살갑게 잡으면서 진실만을 말했다. 동시에 녀석은 나를 향해서 가시눈을 하며 소리쳤다.

"입은 있으니 염불은 하셔야죠."

나는 개심의 염불 타령을 묵살한 채 툇마루에서 마당으로 내려서며 동세에게 말했다.

"똥세 형님, 밤새 평안하셨죠."

"그럼. 코 고는 소리만 빼고."

동세가 대답과 동시에 개심의 코를 비틀었다. 부아가 난 개심이 정색을 하며 대거리를 했다.

"형님들 대동에 뜻을 두셨다는 분들이 이렇게 어질지가 못해서야 어찌 큰일을 이루시겠습니까."

개심이 인자함을 들먹이자 동세도 나도 머쓱하고 무안해서 헛기침만 해댔다. 우리의 염치를 눈치챈 개심은 구운 생선을 들고 부엌으로 향하며 입맛을 돋우는 뒷말을 남겼다.

"아침은 생선구이니까 염치 대신 염장이나 챙겨요."

난생처음 느껴보는 단란한 가족의 아침이었다. 조카들의 고사리와 같은 손이 밥상 위를 방황하는 것이 안쓰러워서 생선의 가시를 발라서 도톰한 살을 숟가락에 얹어 주었다. 조카들의 해맑은 웃음 위로 옥정의 얼굴이 포개졌다. 그녀와 가족을 이루려던 꿈이 물거품이 된 듯싶어서 마음 한편이 허전했다. 갑자기 가족이라는 말이 참으로 모질게 느껴졌다. 천륜으로 묶인 가족의 울타리는 세상으로부터의 보호막이자 세상을 향한 디딤돌이었다. 세상으로부터 버려진 이들이 마지막에 기댈 언덕은 오직 가족뿐이었다.

그때 개심이 눈에 잡혔다. 쾌활한 녀석이 밥상에 머리를 처박고 밥만 처먹는 모습이 안타까웠다. 마음이 아릿했다. 부모라는 인생의 원초적 보호막을 졸지에 잃어버리고 수신과 춘심에게 기대어 딱한 삶을 무마하였을 개심이 측은했다. 어쩌면 녀석은 수신과 춘심에게서 떠나간 부와 모의 그림자라도 밟아보려고 애쓰는 듯했다.

나 역시 별반 다르지 않았다. 모정의 그리움을 옥정에게서 벌충하려고 애썼으니까. 그녀를 그리워하는 마음이 고개를 들자 고개를 세차게 흔들어 그녀의 그림자를 떨쳐냈다. 동세가 내 얼굴에 드리우는 고뇌의 그림자를 발견한 듯 에둘러서 밥상의 분위기를 바꾸려고 했다.

"밥맛이 없음?"

"잠시 잊었던 얼굴이 다시 생각나서……."

"이제 생각났네. 얼른 밥 묵고 수양산으로 가세."

묵은 하늘

죽순 바위에 누워 하늘만 바라보던 시절. 문득 내 마음에 떠오른 의문 하나. 저 하늘을 정의할 수 있을까. 빌어먹을! 하늘의 의미를 뜻매김한들 밥이 나오랴 떡이 나오랴. 멍청한 머리를 쓴다고 주린 배만 더욱 쓰리지. 솔직히 하늘은 마음으로 담고 몸으로 느끼기에는 꼴도 끝도 없었다. 그저 아득할 뿐.

별짜인 아버지는 하늘이 묵었단다. 원한, 피맺힌 원한으로 하늘이 아프단다. 하늘이 케케묵어서 생명들만 죽인단다. 제대로 미쳐버린 아버지는 묵은 하늘만 저주했다. 눈만 뜨면 끝도 없이 증오의 욕설을 퍼부었다. 묵은 하늘을 향해서.

헛소리야 죄다 헛소리. 하늘은 그저 맑기만 했다. 진짜 가을 하늘이 끝내줬다. 시원하게 트인 느낌이 벅차오르자 숨 쉬는 것도 감사할 따름이었다. 상쾌한 기분으로 신나게 동세의 꽁무니를 따라갔다. 그렇게 용담포에서 수양산으로 가는 가을 하늘은 청량했다. 맑다는 말로는 묘사가 부족한 하늘이었다.

묵은 하늘 아래 묵은 인간이 불쌍하다. 그만 좀 하지. 또 시발하네. 슬며시 비껴가려 했던 기억의 화살이 다시 심장에 와서 꽂혔다. 광인이 쏜 언어의 화살은 팔딱거리는 연어처럼 시간의 강을 거슬러 내 마음의 원천에 닿았다. 솔직히 추상의 극치를 보여주는 겉멋만 가득한 표현은 물론 미친 아버지의 말이다. 내가 보기에는 아버지가 더 불쌍하건만 아버지는 절대 자신의 탁견을 포기하지 않았다. 문제는 언제부턴가 내가 점점 아버지를 닮아가고 있다는 사실이었다. 부전자전이란 말이 적합했다. 그래도 아직 정신이 말짱할 때가 더 많았다. 지금은 진짜로 정상이었다. 내 곁에서 나란히 걷고 있는 동세와 개심을 온전히 느낄 수가 있었으니까. 흐리멍덩한 동태눈이 걸개의 총명한 눈빛을 회복하자 수양산 능선이 선명했다.

산은 속세를 등진 은자隱者들의 은둔처였다. 해주를 품고 서해를 굽어보는 수양산도 다르지 않았다. 산세가 높지는 않았으나 호방하고 기품이 있어서 처사들이 몸을 숨기기에 제격이었다. 가을 빛깔에 곱게 물든 능선들과 길게 뻗은 골짜기들은 섬세한 자태로 자줏빛 단풍으로 낯선 객들을 환대했다.

과객. 천지에 빌붙어 빌어먹는 나는 천지를 집 삼아 떠도는 방랑자였다. 바람처럼 방랑하는 나그네였기에 옥정을 닻 삼아 정주하려는 꿈은 부질없는 것이리라. 그렇게 마음을 달래며 수양산을 수놓은 빨간 단풍들을 바라보았다. 내가 꿈꾼 옥정과의 연정도 단풍처럼 자줏빛이 아닐까. 아니, 붉은 욕정에 불과한 것일까. 알 수 없었다. 어차피 시작도 못 했으니까.

동세는 수양산의 한 지맥이 서해로 뻗다 소멸하는 한적한 마을로 들어섰다. 마을길에 지천으로 널린 감국들이 소담스레 무리를 지어서 가을바람에 한들거렸다. 추풍에 춤추는 황국들을 바라보니 생의 사이를 동행하는 이들과 함께 걷는 길 위에서 누런 정이 무르녹는 듯싶었다. 마음이 한포국했다. 구태여 지금 내 마음의 빛깔을 담아낸다면 저 들국화마냥 황금 빛깔 똥색이 아닐까! 아무튼 그런 잡념들과 혼자 노닥대며 동세의 꽁무니를 따라갔다. 동세는 마을 구석에 홀로 있는 초가로 우리를 안내했다. 동세가 앞장서서 싸리문을 열고 들어갔다.

"운룡 선생님, 동세입니다."

가을 햇살이 마당 구석에 널어놓은 빨간 고추를 비추고 가을바람이 널어놓은 옷가지를 스치고 지나갈 뿐 아무런 대답도 또한 인기척도 없었다. 동세가 단칸방 문을 열고 안을 살폈다. 역시 아무도 없었다. 한없이 초라하지만 단정한 초옥에서 주인의 담백함을 엿볼 수 있었다. 집 뒤로 돌아가자 작은 텃밭이 나왔다. 텃밭 한가운데에는 사내들 서넛이 함께 앉아도 넉넉할 듯싶은 듬직한 바위가 봉긋 솟아 있었다. 바위 위로 올라가 앉으려는 찰나 바위에 작게 새겨진 글귀를 발견했다. 호기심이 발동해서 비바람에 쓸리고 먼지에 덮여 희미해진 글귀를 불고 닦았다. 흐릿했던 글귀가 선명하게 모습을 드러냈다.

부평초 같은 신세여 바람처럼 종적을 감추리.

낙천樂天

유천지인惟天至仁 천본무사天本無私

순천자안順天者安 역천자위逆天者危

존성락천存誠樂天 부앙무작俯仰無怍

오직 하늘만이 지극히 어질고 본시 사사로움 없으니

천명을 따르면 편안하고 거역하면 위태로우니

정성껏 천명을 즐기며 부앙한들 부끄럼 없으리.

시詩의 주인은 순천명하는 삶을 자긍하고 있었다. 궁금증이 물밀 듯 밀려왔다. 시의 주인은 누구일까. 다시 앞마당으로 갔다. 동세는 보이지 않았다. 개심만 툇마루에 벌러덩 누워서 청명한 가을 하늘을 감상하고 있었다.

"형님은?"

"운룡인지 잠룡인지 하는 선생 찾으러 마을로 갔습니다."

기약 없이 기다리려니 심심했다. 나는 수양산 자락과 맥이 이어진 뒷산으로 향했다. 생의 절정에서 붉게 빛나는 단풍들이 과객의 마음을 유혹했다. 그러나 나의 마음은 온전히 낙천樂天이라는 시에만 쏠렸다. 천명을 즐기겠다. 대단한 기개요 배포였다. 과연 담대한 기국을 소유한 저 낙천의 주인공은 누구일까. 그의 정체가 정말로 궁금했다. 어쩌면 그는 담대하기보다 초연한 듯싶었다. 초막의 주인을 미루어 짐작하려 했지만 그의 그림자도 잡히지 않았다.

갑자기 눈앞이 환해졌다. 오솔길은 뒷산 중턱에서 마을이 한눈에 잡히는 작은 정자와 만났다. 아담한 것이 초막 주인의 정자인 듯했다.
그때였다. 반대쪽 오솔길에서 인기척이 느껴졌다. 잠시 뒤 삿갓을 쓴
사내가 빛바랜 회색 도포를 걸친 채 모습을 드러냈다. 삿갓 속에 숨은
사내의 얼굴이 궁금했지만 볼 수는 없었다. 사내는 자연스런 걸음으
로 정자에 올랐다. 마치 내가 나타날 것을 이미 예견한 듯했다. 그러나
그는 내 존재는 안중에도 없다는 듯 말없이 마을만 내려다보았다. 무
거운 침묵만이 정자를 감돌자 숨이 막힐 듯 답답했다. 내가 먼저 시詩
로 수작을 걸었다.

"낙천으로 세월을 낚는 강태공이 조선에도 있었군요."

"시답잖은 시를 벌써 읽으셨나."

"빌어먹는 천명賤名을 받아서 비천한 청풍이라 합니다."

"풍문으로 그대의 고명은 들었네. 운룡이라 하네."

운룡이라. 동세가 말한 점술가가 확실했다. 그런데 운룡이 어떻게
나를 알고 있단 말인가. 궁금했지만 중요한 문제는 아니었다. 한데, 정
작 놀라운 것은 상대가 절로 주눅이 잡히게 하는 그의 목소리였다. 비
록 삿갓을 쓴 채 마을만 내려다보며 말했지만 중후한 목소리에서 뿜
어져 나오는 서리한 기운이 정자를 가득 채웠다. 그의 얼굴을 보고 싶
었지만 그는 삿갓을 벗지 않았다. 또다시 정자에 찾아든 참람한 침묵
을 이번에는 그가 깨트렸다.

"풍설대로 풍운아의 기상을 품은 걸개로군. 힘들게 이뤄낸 그대의
검술을 한갓되이 쓰지 않기를 바라네."

"한갓됨과 실다움의 사이에 절대의 척도가 있는지요?"

"하하하! 듣던 바대로 당돌하군. 천명을 거스르면 한갓된 것이요

순종하면 실다운 것이지. 철모르는 그대들의 객기가 겁살의 재앙을 부를 수 있으니 자중하란 말을 전해주려고 기다렸네. 부디 천수를 누리길 바라네."

순간 모욕감에 온몸이 화끈댔다. 천수라니, 자신이 감히 조물주인 양 명줄을 운운하다니. 참말 대단했다. 그런데 그는 내가 누구인지 알고 있었다. 나는 그에 대해 전혀 몰랐다. 게다가 얼굴조차 드러내지 않는 그의 행태에 마음이 불편했다. 그럼 나도 노골적으로 물어보는 수밖에 없었다.

"버거운 천명을 즐기려니 삿갓으로 감추고 싶은 게 많나 봅니다."

"뭐라, 하하! 무예보다 바탕이 옹골차다 하더니 허언은 아니었군. 혹 자네라면 감당할 수…… 있을지도 모르겠군."

운룡은 삿갓을 벗으며 나를 향해 돌아섰다. 순간 쏘는 듯 매서운 그의 눈빛에 은밀한 곳의 터럭까지 곤두서는 듯 모골이 송연했다. 그의 눈빛은 지금껏 내가 경험해 보지 못한 눈빛이었다. 설핏 견줄 수 있는 안광의 소유자들이 머릿속을 스치고 지나갔다. 별사람으로 특별대우를 받는, 아니 괴짜라고 진짜 존경받는 미친 인간들. 운룡은 그들과 견주어도 전혀 손색없는 눈빛의 소유자였다. 그의 눈에서 쏟아지는 시퍼런 서슬에 늦가을 한낮의 햇살이 온기를 잃었다. 정녕 마주하기 힘든 눈빛이었다. 힘들게 운룡의 눈살을 버텨내는데 그의 혼잣소리가 들려왔다.

"주상이라 불리는 좀팽이도 벌벌 떨게 만든 내 눈빛을."

정작 운룡 자신이 더 놀라는 듯했다. 내가 무던히 자신의 눈빛을 이겨내자 마음이 동요한 듯 순간 그의 눈빛도 요동쳤다. 그 틈새를 비집고 무섭게 응집된 한恨이 서린 눈빛이 드러났다. 원과 한으로 똘똘 뭉친 매서운 눈빛이었다. 하지만 운룡은 수십 년간 몸을 갈고 닦은 자였다. 그는 이내 본래의 눈빛을 회복했다. 나는 원한이 서린 그의 눈빛에 관해 물었다.

"마음을 닦아도 원한은 닦이지 않나 봅니다."

"여립에게서 교만한 것만 배웠군."

운룡은 내심이 들켜서 자존심이 상한 듯 여립을 들먹여서 화제를 돌리려 했다.

"계주님을 아시는지요?"

"배신자의 이름은 골수에 스미는 법이지. 그는 지금 천명을 바꾸려는 헛된 꿈을 꾸고 있어. 자네는 거기에 부화뇌동하지 말게. 아니 그러면 뒤끝이 아름답지 못할 걸세."

흥분한 듯 운룡의 말끝이 거칠어졌다. 저렇게 격분하는 본질적인 이유를 알 수 없었다. 그는 여립을 향한 힐난을 멈추지 않았다.

"어째 내 입이 너무 걸다고 생각하나? 여립은 내 유일한 벗이었던 율곡을 배신하고 또 우리 서인들까지 배반하고 동인들에게 붙은 자이네. 그러니 내 입이 야박하다고 탓하지 말게."

운룡의 탓 타령이 뇌리를 파고들었다. 참으로 탓들만이 난무하는 세상이었다. 그러니 내 탓 아닌 남 탓의 달인들이 세상을 주무르겠지. 덕분 대신 탓만 앞세우는 세상이 한심했다. 나 역시 탓의 덫을 벗어나지는 못했다. 만날 욕이나 엿을 뽑아서 세상 탓만 했으니까. 운룡도 천명을 즐기겠다는 담대한 포부에도 불구하고 여립만 탓했다. 이번에는 내가 동인과 서인이라는 편 가르기를 앞세워 여립을 비난하는 운룽을 탓했다.

"동과 서로 붕당을 나누어 서로 시비를 가림은 상놈들의 수수한 삶에 서푼의 값어치도 아니 됩니다."

"생각보다 순진하군. 상놈들을 걱정하다니. 조선에서 상놈의 삶을 배려하는 짓은 배부른 자들의 한갓진 허세일 뿐이야. 잘난 성리학의 이념 위에 세워진 조선은 신하의 나라이니 이념의 시비는 항상 있었고 또한 있을 것이네. 이념의 시비는 백성을 위한 것이 아니라 치자들의 이념적인 허욕을 채워주려는 것이지. 나도 조선의 임금이라는 인물이 마음에 들지 않네. 그러나 천명이 아직 그에게 있으니 어찌하겠나. 만사분이정萬事分已定이라 때를 기다릴밖에."

운룡은 장황한 언설로 천시와 천명만을 탓했다. 천지라는 큰집에 더부살이하는 인간이라 하여 인세人世의 운명을 하늘의 시명時命만으로 가늠하는 그의 닫힌 마음이 싫었다.

"천명의 변혁은 불가하다 여기십니까?"

운룡은 피식 실소만 자아냈다. 운룡은 대놓고 내 질문이 터무니없다는 듯 대답조차 피했다. 운룡의 비웃음에 부아가 났다. 그에게 다시 물었다.

"백성이 핍박받아도 천명은 옳으니 바꿀 수 없단 말입니까?"

"불가하네. 하늘로부터 오는 천명을 하찮은 인간이 어찌 유신하겠나. 그런 정신精神없는 정신鼎新은 꿈조차 꾸지 말게."

운룡의 대답은 영혼 없는 유신을 불신하는 확고한 신념을 언어로 전하고 있었다. 낙천이라는 시가 이미 그라는 인간에 관해 이야기해 주었는지도 몰랐다. 안타까움에 마음이 아득했다. 낙천으로 부풀어

올랐던 기대가 사라졌다. 그러자 누구에게도 꺼내지 않고 감춰두었던 본심이 봇물 터지듯 뛰어나왔다.

"일월의 빛이 부재하다면 빈껍데기에 불과한 하늘이 천명을 주재한다고 믿으십니까?"

"하늘은 바로 이치라네. 이치가 만사와 만물을 기로써 통섭하니 천명의 소자출이 하늘인 게지. 그 자명한 이치를 모른단 말이냐?"

운룡이 고상한 섭리에 기대어 천명을 옹호했다. 그의 말은 나의 몸에 닿지 않고 겉돌았다. 몸으로 납득하지 못하는 말은 빈말이었다. 어쩌면 그의 하늘과 나의 하늘은 태생부터 달랐다. 유자儒者는 글로 하늘을 재단했고 유걸流乞은 몸으로 하늘과 교감했다. 운룡이 현란한 수사修辭의 가운데서 하늘을 와유하는 호사를 누릴 때 나는 하늘이 주는 비꽃과 눈꽃과 우박과 된서리를 몸으로 받아내며 하늘과 정情을 통했다.

관념으로 통하는 이치의 하늘과 온몸으로 소통하는 정情의 하늘. 두 하늘은 같은 하늘의 서로 다른 꼴이었다. 그 난해한 꼴과 평범한 꼴이 사실은 동일한 하늘의 다른 얼굴이었다. 끝을 모르는 실재적인 하늘은 늘 하나였다. 존재의 실상과 변화의 현상을 이해하고 설명하길 바라는 인간의 욕망은 각자의 신념체계로 하늘을 옭아맨 뒤 각자의 뒤주 속에 가둬버렸다. 당연히 관념의 하늘은 서로 달랐다. 누구의 하늘이 옳다 그르다 시비를 가리는 것은 무의미할 뿐이었다. 다만 하늘조차도 인간의 실존보다는 우선할 수 없었다. 신념의 기반에 매인 하늘은 인간의 마음속에 착근한 하늘이요 믿음의 세계였기에 줄곧 변해왔고 변해갈 것이다. 나는 샘솟는 마음의 소리를 서둘러 언어의 그릇에 옮겨 담은 뒤 그릇째 부지런히 운룡에게 전했다.

"천지도 일월도 더불어 통정할 인간이 부재하다면 허울뿐인 일물 逸物이오. 천명 역시 천天 위의 천賤것들을 위한 섬김의 사명일 뿐, 상놈들의 삶이 궁핍하면 천명을 넘어 천명의 주체인 하늘조차 개조해야 합니다. 하늘은 항상 하나이나 인간의 믿음 위에 세워진 관념의 하늘은 늘 변해왔기에 바꾸는 것 역시 가능합니다."

운룡의 안색이 변했다. 자신의 낙천樂天에 내가 개천改天으로 맞서자 어이없다는 표정을 지었다.

"뭐라, 하늘을 바꾼다. 그건 맹목과 무지가 만든 미치광이의 믿음일 뿐이야. 내일 일조차 모르는 우매한 중생이 고매한 하늘을 이겨낼 수 있다고 생각하나?"

"하찮은 무지렁이들도 마음을 모아서 하나가 된다면 능히 하늘과 겨룰 수 있습니다."

"그만하게. 그런 말은 천명도 모르는 아둔한 중생을 현혹하는 언어의 유희일 뿐이야. 그대 같은 자가 어찌 그런 말장난에 놀아난단 말인가. 실지實地에 부합하는 말과 실지實智에 뿌리내린 믿음으로 살아가게. 자네의 치기가 도를 넘어섰어."

운룡도 닫힌 세상에 몸과 마음과 의식이 매여 있는 자였다. 하긴, 천명에 순치되었기에 낙천도 가능했으리라. 일면 그를 이해할 듯싶었다. 조선의 하늘과 땅이 빚은 세상의 난장 안에서 바동댔을 운룡의 삶이 눈앞에 선했다. 그러나 삶의 터전은 굴레요 운룡이 천명이라고 믿어 의심치 않는 기반이었다. 운룡이 순종하는 관념의 굴레에 나는 결코 굴종하거나 순복하고 싶지 않았다.

"질質로 형形을 이룬 물物은 하물며 하늘조차 흐르는 시간과 함께

묵기 마련이요 인간의 사유와 신념도 쇄신되지 않으면 묵어 쇠퇴할 뿐이지요. 여태껏 묵은 것과 새것의 시비가 민생을 도탄에 빠뜨렸는데 이제 시비是非의 척도는 오직 민황民皇입니다. 현존하는 존재의 소중함을 무시하고 정의를 거론할 수는 없는 법. 그러니 묵어 병든 하늘은 인간의 삶에 무익하고 유해할 뿐이어서 천명의 주체가 아니라 혁명의 대상입니다. 묵은 기운에 물든 하늘이 인간의 삶을 절핍하게 하여도 묵은 하늘이 내려주는 천명에 기대고 싶은지요?"

내가 묵은 정신의 혁신을 주장하자 운룡은 즉답을 피하고 생각에 잠겼다. 뜸을 들이던 운룡이 혼잣말을 했다.

'묵은 하늘이라…… 천명을 내리는 하늘이 묵었으니 하늘을 바꿔야만 한다. 섬뜩한 바람이로군. 백성의 바람을 등에만 업으면 능히 조선을 뒤집어엎겠군. 그리되면 복수는 멀어지겠지. 내 오만이 거지를 오판하게 했어. 그냥 거지가 아니었는데. 바람이 거세지기 전에 거사를 앞당겨야 하나…….'

"그냥 터놓고 말씀을 하시지요."

"물론 자네의 말이 일견 일리가 있네만 자네가 싫어하는 묵은 하늘이 조선을 선택했고 조선의 운명도 수백 년이 남았으니 무모한 짓은 하지 말게. 자네가 칼을 뽑기도 전에 피바람이 불게야."

운룡은 삿갓을 쓴 뒤 정자를 내려가며 마지막 말을 남겼다. 오솔길로 사라지는 그의 그림자 뒤로 원한이라는 말이 메아리쳤다.

"동세에게 전하게. 당분간 이곳에 없을 것이니 나를 찾지 말라고. 청풍, 그대와는 개인적 원한이 없으니 자넨 천수를 누리겠지. 그래 청풍보다는 광풍이 자네에겐 제격일지도. 잘 가게나 광풍狂風!"

운룡은 마치 바람처럼 왔다가 종적도 없이 사라졌다. 그가 사라진 오솔길을 하염없이 바라보았다. 무엇인가 꺼림칙한 뒷맛이 마음 한편에서 맴돌았다. 그 맛의 의미를 설명할 길이 없었다.

시간과 강물은 정체를 거부했다. 그것은 새로움을 갈망하는 일신의 몸짓. 새로운 시간과 새로운 물결만이 현재를 채웠기에 늘 느리게 설핏 속하게 간혹 거칠게 찰나에 찬찬하게 문득 멈춘 듯이 흘러오는 시간은 흘러가는 강물이었다. 강물 같은 시간은 일체의 생명과 사물이 변함없이 변모할 것을 바랐다. 흐르지 않아 고인 물水이 썩듯이 변하지 않아 묵은 물物은 끝내 소멸했다. 묵은 기운을 떨쳐내고 쉼 없이 탈바꿈하며 오직 새로움을 향해서 창조적으로 전진하는 물物만이 시간과 더불어 영원했다.

체! 그런 게 어디 있어. …… 찾아보면 있지 않을까.

…… 젠장, 그만하자 그만해. …… 왜 그렇게 힘들게 사냐.

생각 말고 살자. …… 생각하면 삶이 서럽다.

…… 젠장, 숨쉬기만 잘해도 …… 삶이 족히 뿌듯하다며.

흠! 삶은 포기여. …… 포기만 잘해도 살만해.

내면에서 미친 머저리와 얼뜬 얼간이가 다퉜다. 부자지간에 불붙은 썰렁한 대화의 파편들이었다. 통념을 타박하고 상식을 조롱하는 광인에게 시간은 술이요. 술은 광인의 마음을 지음知音하는 지기요. 광인은 술주정 속에 자신을 꽁꽁 숨겼다.

"수신은 습성과의 싸움이다. 몸을 닦아 새로운 몸을 득하고 싶다면 몸에 배어서 묵어버린 습성이나 기운을 추호도 남김없이 베어내라. 티끌만치도 남기지 마라. 시간의 족쇄를 부숴라. 시간의 노예가 되지 말고 시간을 너의 것으로 만들어라. 일신日新으로 일신一新하면 시간을 거슬러 살 수 있다. 물론 네놈이 죽었다 깨나도 알려나 모르 겠다만."

오솔길을 내려오는 내내 아버지의 말이 마음 한편에서 맴돌았다. 묵은 관념의 굴레에 매인 운룡의 말도 지분댔다. 마음이 소란스러웠 다. 생각을 정리했다. 아니 정확하게 말하면 되새김질했다.

여태껏 시是와 비非의 대극. 옳고 그름에 대한 다툼들이 인간사의 원 과 한을 잉태했고 원한이 피를 불러서 앙갚음으로 가득 찬 묵은 하늘 과 묵은 땅과 묵은 세상을 만들어왔다. 시비의 상극은 차별하는 마음 에서 비롯했다. 차별의 정신을 베어내면 인간의 신념마저 바뀔 것이 요 더불어 상극에 물든 묵은 하늘 대신 시비가 소멸한 상생의 하늘을 상위의 신념으로 세울 수 있을 것이다.

초옥으로 내려오자 동세와 개심이 나를 기다리고 있었다. 그들에 게 운룡의 이야기를 전하자 동세는 낯빛에 실망감을 드리웠다. 동세 와 헤어졌다. 구월산에서 다시 만날 것을 약속하며 동세는 용암포로 떠났고 나와 개심은 구월산을 향해서 출발했다. 마음을 용암포에 두 고 온 듯 개심은 걷는 내내 생선구이만 이야기했다.

구월산에 겨울이 찾아왔다. 패엽사에 모여서 함께 땀을 흘렸던 대 동계 당배들의 무예는 눈에 띄게 늘었고 타고난 근골이 웅골지고 근 기도 강한 개심도 장정 서넛은 거뜬하게 때려눕힐 만큼 몸 쓰는 법을 깨쳤다. 개심은 춘심을 향한 그리움을 검으로 달래며 앙상한 겨울을 이겨냈다. 구월산에 눈이 내렸다. 사황봉을 필두로 봉우리마다 눈을 뒤집어쓰자 스산했던 구월산이 눈꽃으로 풍성해졌다. 설화가 꽃핀 설국으로 승복이 콧바람을 씩씩대며 올라왔다. 그는 금구와 해주를 부지런히 오가며 양쪽의 소식을 물어서 날랐다. 여립도 옥정도 모두 무탈하다고 했다. 산운은 한양에 대동계 지부를 세우려고 동분서주 한다고 했다. 여립은 해가 바뀌면 이곳의 일을 갈무리하고 금구로 내 려오라는 부탁을 승복을 통해서 전했다.

구월산과의 이별을 준비하며 새해를 맞이했다. 함께 무예를 수련 했던 계원들과 작별했다. 끈질긴 정이 달라붙어 몸이 걸음을 옮기 지 못했다. 해주에 들러 동세를 만났으나 이별은커녕 몸으로 부대 끼며 쌓은 정情이 무겁다는 사실만 깨달았다. 동세가 나를 안았다.

"대풍, 반국의 꿈이 실현되면 밤새도록 마시는 거야."

"아무렴요. 용암포에서 바다를 벗 삼아 수작하는 그날만 손꼽아 기 다릴 듯싶습니다."

동세와 헤어진 후에 한양으로 향했다. 개심의 앙탈에 못 이겨서 겨 울의 끝자락을 놓아 보낼 때까지 한심한 한량마냥 한양에서 건들댔 다. 이발과 백유양을 만났다. 그들은 내게 씌워진 신분의 굴레를 벗겨 주려고 했다. 그러나 그들도 힘에 부쳤다. 조선이 파놓은 차별의 늪은 그들이 범접할 수도 없을 만큼 깊고도 넓었다.

개념의 비극

바람마냥 마음이 만물을 보듬었다. 아니, 차라리 바람이 마음보다
실재했다. 흔들어주는 물리적 느낌이나 스치는 시원한 감촉이라도
있었으니까. 빌어먹을 마음짓은 보이지도 않았다. 그놈은 늘 보이
는 몸짓 뒤에 숨어 온갖 추태를 부리며 살아갔다. 마음껏 망상에 잠
겨도 실컷 상상을 해도 몸짓으로 드러나지 않으면 알기 어려웠다.

마음짓은 마침내 몸짓으로 드러났다. 생명의 마음짓은 늘 허공에
구름마냥 뭉게뭉게 뭉쳐 언젠가는 시원한 소나기처럼 단비가 되어
대지를 촉촉이 적셨다. 물론 마음짓이 몸짓으로 드러나기까지 찰나
일 수도 아니면 영원일 수도 있었다. 또한 그 간극이 비극의 시작일 수
도 아니면 소중한 인내의 시간일 수도 있었다. 짓에서 만나는 몸짓과
마음짓의 모순은 세상 모든 모순의 시발점이었다.

남녘에서 봄기운이 밀려왔다. 서글픈 겨울을 북녘으로 밀어내며 금구로 출발했다. 완주에 들어서자 회색빛 모악산이 수려한 자태를 또렷이 드러냈다. 애틋함이 들꽃마냥 주책없이 피어올랐다. 빌어먹을! 나도 눈물이 너무 많았다. 속으로만 울어서 밖으로 잘 드러나지 않았을 뿐이지 상당히 감수성이 예민한 거지였다.

예를 들면 이런 거지였다. 철쭉만 봐도 헤벌쭉 웃는 거지. 저 노을에 물든 하늘만 보면서 노래하는 거지. 눈꽃에 미친 거지. 꽃비만 내리면 비를 맞는 거지. 달만 보면 도는 거지. 혼자일 때 행복한 거지. 함께할 때면 더 황홀한 거지. 어머니라는 말에는 우는 거지. 아버지라는 말에는 웃는 거지. 기필코 차별에 분노하는 거지. 가진 것이라고는 감수성밖에 없는 거지가 다시 금구로 돌아왔다.

여립의 집에 도착하자 옥남이 달려 나왔다. 옥남은 몸피가 제법 굵어져서 사내 티가 났다. 똥간에서 똥을 누던 인복이도 튀어나와서 나를 반겼다. 녀석은 제법 소년티가 났다. 그런데 옥정이 보이지 않았다. 부담감에 쪼그라들었던 심장이 긴장을 풀었다. 솔직히 나는 내심으로 옥정과의 만남이 두려웠다. 그런데 그녀의 모습이 보이지 않자 보고 싶어졌다. 인간의 마음에는 이중적인 간사함이 존재했다. 젠장, 보고는 싶은데 막상 보려니 부담스러운 모순된 상황이 씁쓸했다. 그냥 그녀가 덥석 내 마음을 받아주면 좋으련만. 그게 그리도 어려운가. 아니면 내 큰 코가 거북했나. 아니면 비죽한 귀가 거슬렸나. 나는 두툼한 손으로 상판을 만지다가 갑자기 투덕투덕 두드리기 시작했다. 혹시 산운처럼 낯짝이 갸름해질까 싶어서 제법 세차게 두드렸다. 아이참, 아프기만 했다.

대신 빠졌던 얼은 돌아왔다. 정신을 차리고 옆을 보니 같은 연배의 개심과 옥남은 금시 친해져서 허물없이 이야기꽃을 피우고 있었다. 나는 조용히 처소로 가서 여장을 풀고 잠을 청했다. 옥정과의 만남을 염려하는 마음에 좀체 잠을 잘 수가 없었다. 무슨 말을 할지…… 예전처럼 편히 지낼 수 있을지…… 고민이 꼬리에 꼬리를 물고 일어났다. 꿈속에서 헤매던 나를 개심이 깨웠다.

"형님, 저녁은 드셔야죠?"

"옥정은…… 돌아왔어?"

"얼씨구! 자다가 봉창을 두드리면 임에 대한 그리움이 봉창 될까 봐서 아주 애쓰십니다. 형님, 여인을 휘어잡는 뱃심도 없으면 밥이나 드시고 밥심이나 기르세요."

입심만 살아있는 개심을 어떻게 당해내랴. 녀석의 성미를 알기에 그냥 일어났다. 게걸스럽게 먼저 밥을 먹으며 녀석이 말했다.

"서실에 가신 그리운 임은 언제나 오시려나. 서러운 밤을 사나흘만 견디면 그리운 임이 오시련만 어이해 밤은 더디게만 가느냐."

한숨만 나왔다. 이놈은 전생이 말발로 중원을 평정했던 소진蘇秦인가. 아무튼 녀석은 소진의 혀로 사람의 속을 제대로 뒤집어 놓았다. 젠장, 내가 말을 말아야지. 나는 그저 들뜬 마음을 묵묵히 밥으로 꾹꾹 눌러 가라앉혔다. 때마침 방문이 열렸다. 심장이 덜컹했다. 아니었다. 옥남이 곡차를 챙겨서 들어오자 개심이 눈알을 반짝이며 반겼다. 이놈들은 실연에 빠진 내가 물에 빠진 생쥐처럼 축 늘어져 있어도 관심도 없었다. 놈들은 그냥 냅다 술만 주둥이에 들이부었다. 우울한 마음을 달래고파 나는 자리를 털고 나왔다.

밤공기는 여전히 냉랭했다. 살갗이 살짝 움츠러들었다. 나는 달빛에 기대어 제비산을 올랐다. 오솔길을 따라서 드문드문 자리 잡은 매화나무들이 물방울 같은 꽃망울을 줄줄이 피워냈다. 달빛에 가뭇하게 모습을 드러낸 망울들은 수줍은 듯 걸개의 시선을 회피했다. 수치를 품은 망울들의 모습에 왠지 나 자신이 무안했다.

마음이 망울과 맞닿자 수치羞恥라는 글자가 꽃망울의 봉긋한 자태와 살포시 포개졌다. 부끄러움을 느끼는 마음인 수치는 만물의 바탕이자 생명의 본성. 매화꽃을 피우려는 꽃망울의 몸짓도 뱃속에서 생명을 품고 기르는 모성의 몸짓도 염치에 부접하려고 애썼지만 꽃망울이 열리고 자궁 문이 열리는 순간 염치를 버려 꽃을 피웠고 수치를 버려 생명을 낳았다. 온 누리에서 모든 생명은 그렇게 염치의 희생 위에서 피고 수치의 희생 아래에서 탄생했다.

개염이 문제였다. 부러워하고 시샘하며 탐하는 마음인 개염은 염치를 죽이고 마음의 주인이 되었다. 만물은 탄생의 순간 몸에 스며든 염치를 고이 간직한 채 한뉘를 살았다. 인간만이 몸에 깃든 염치를 버리고 개염을 얻었다. 만물이 염치에 부접하려고 애쓸 때 인간은 개염에 빌붙고자 터울댔다.

인간은 부지런히 부러워하고 성실히 시샘하고 탐스럽게 탐하여서 개염을 살찌웠다. 개염은 번듯하게 부풀어 올라 시비하고 차별하는 마음으로 염치를 모르는 세상을 열었다. 개염은 자신이 만든 세상 속에서 부지런히 인간사의 비극을 빚어냈다. 타인의 절망과 파멸에 환호하는 개염은 참말로 몹쓸 녀석이었다. 개염의 폭정은 가혹했다. 자존과 염치의 상위로도 개염을 막는 것은 지극히 난해한 일이

어서 세상이 몰염치와 파렴치가 판치는 참으로 치가 떨리는 개판이었다. 혼자서 매화를 보며 치를 떨고 동시에 몸도 부르르 떨었다.

바로 그때였다. 정적에 휩싸인 금구의 밤을 요란한 말발굽 소리가 깨트렸다. 잠시 뒤 여립의 집이 환해졌다. 부산한 움직임이 느껴져서 황급히 제비산을 내려갔다. 전주 부윤 남언경의 전령이 도착해 있었다. 전령은 수십 척의 왜선들이 남해안을 약탈한다는 급보를 전하면서 대동계의 지원을 부탁했다. 약탈의 중심부는 홍양이었다. 주저할 겨를조차 없었다. 옥남을 죽도 서실로 보냈다. 여립에게 남언경의 전갈을 전할 것을 부탁했다. 급한 대로 전주 인근의 대동계원들 수백 명을 끌어 모아 이튿날 출발할 것도 당부했다.

나는 즉각 홍양으로 말을 몰았다. 사태의 급박함을 파악한 개심은 말을 타고 가는 동안 말을 아꼈다. 과묵한 개심이 마음에 들었다. 홍양에 가까워지자 대원이 떠올랐다. 장기산 중허리에서 녀석과 이별하던 순간도 생각났다. 대원의 능력을 알기에 안심이 되었지만 강직해서 부러질지언정 휘려고 하지 않는 대원의 성품을 잘 알기에 불안했다. 밤낮을 쉼 없이 달렸다.

땅거미가 물안개처럼 뭍으로 오르고 있었다. 장기산 끝자락에서 바다와 접하고 있는 녹도진에 도착했다. 관노들만이 남아서 잡일을 할 뿐 진영은 텅 비어 을씨년스러웠다. 수군들은 죄다 전라좌수사 심암의 명령으로 손죽도 앞바다에 집결했다고 하였다. 바다로 나갈 방법을 물었으나 배가 없어서 나갈 길이 없다 하였다. 배가 없으니 눈앞의 바다가 참으로 멀게만 느껴졌다. 뾰족한 수가 없어서 객사에서 뜬 눈으로 밤을 새웠다.

먼동이 트자마자 어선을 수소문했으나 허사였다. 전라좌수영으로 갔다. 그곳에도 군선은 없었다. 발만 동동 구르다 다시 녹도진으로 돌아왔다. 조화를 부려서 바다 위를 걸어갈 수도 없으니 그저 넋을 놓고 목이 빠지라 기다릴밖에. 이럴 때는 바다가 장대한 하늘같았다. 텅 빈 창공을 누비고 싶지만 날개가 없으니 바라만 볼 뿐 결코 다가갈 수조차 없는 하늘. 바다도 탈 배가 없으니 바라만 볼 뿐이었다. 그렇게도 애타게 기다렸건만 아무도 돌아오지 않았다. 홍양의 바다가 낙조에 검붉게 물들 무렵 어린 수군 딱 한 명만이 사도첨사의 배를 얻어 타고 녹도진으로 돌아왔다. 개심이 내 손을 잡아끌고 수군에게 데려갔다. 넋이 나간 수군을 보며 개심이 말했다.

"이 아이가…… 만호의 혈서를……."

"뭐라! 혈서라니?"

어린 수군이 의혹을 풀어주려는 듯 말없이 혈서를 건네주었다.

일모원문도해래 日暮轅門渡海來 병고세핍차생애 兵孤勢乏此生哀
군친은의구무보 君親恩義俱無報 한입수운결불개 恨入愁雲結不開

날이 저문 군영에 왜적이 바다 건너왔으나
군사 없어 형세가 곤핍하니 인생이 애처롭네
임금과 어버이의 은혜 모두 갚지 못하였으니
서글픈 한恨이 슬픈 구름 되어 걷히지 않누나

핏물을 한껏 머금은 혈서가 눈물만 홍건한 비극을 연극했다.

봄바람을 타고 왜선 수십 척이 남해안을 급습했다. 놈들은 어촌을 돌면서 노획을 일삼았다. 조선의 수군은 왜구들의 농락을 넋을 놓고 바라만 보았다. 자애로운 수탈의 손길만 쭉쭉 뻗쳐대던 점잖은 관리들도 막상 바닷가 마을들이 설움의 피바다로 바뀌고 무지렁이들이 비빌 언덕도 없는 벌거숭이마냥 방황하여도 가스러진 구원의 손길은 내밀지 않았다.

녹도만호 이대원은 분노가 하늘을 꿰뚫었지만 전라좌수사 심암의 군령을 거역할 수 없어서 출격 대기만 했다. 수일 전 녹도 앞바다에 왜군 선발대 두 척이 출몰하자 대원은 한가한 대기 명령을 거역하고 출정했다. 대원이 이끄는 녹도 수군은 왜선 두 척을 나포하고 적의 수급은 베어냈다. 수사 심암이 대원에게 뜻밖의 제안을 했다. 욕심쟁이 심암은 대원의 전공을 가로채려고 대원을 회유했다. 협박도 했다. 하지만 대원은 불의와 타협하길 거부했다. 사실 그대로의 장계가 한양으로 향했고 심암은 앙심을 품었다.

선발진이 몰살되자 왜군들이 앙갚음을 위해 손죽도에 집결했다. 대원은 앞선 전투로 지친 수군들은 재충전하고 파손된 배는 수리하는 등 전열을 재정비한 후에 왜적을 치자고 주장했다. 그러나 군령의 지엄함을 앞세운 심암은 백 명의 수군만 내어주면서 수십 척의 왜선을 물리치라고 강요했다. 심암은 겁에 질린 수군들을 군령이란 이름 아래 사지로 몰아넣었다.

전멸이 불 보듯 번하자 대원은 손가락을 잘라 혈서를 썼다. 미소와 함께 혈서를 어린 수군에게 전하며 자신의 몸을 대신해 혈서로 장사 지낼 것을 유언했다. 대원과 조선의 수군들은 손죽도 앞바다에서 왜적에게 포위된 채 사흘 동안 밤낮을 가리지 않고 사투를 펼쳤다. 대원 역시 전력의 압도적 열세를 극복하지 못했다. 속수무책의 상황에서 대원과 조선의 수군들은 포로가 되었다. 자신의 부하들이 절망에 절규하며 죽거나 포로가 되었지만 심암은 대원을 지원하지도 동정하지도 않았다. 오히려 수사 심암은 후방에서 흡족한 미소로 느긋하게 구경만 했다.

참으로 후안무치의 극치였다. 나는 들으면서 분노했다. 몸이 부르르 떨리면서 고였던 눈물 한 방울이 혈서 위로 떨어졌다. 한恨이라는 글자에 눈물이 떨어져 번지자 붉은 한恨이 뭉개지고 흐려지면서 해맑은 선홍빛 혈화가 혈서 위에 수줍게 피어올랐다. 나는 대원의 한恨에 눈물밖에 더할 수 없음을 한恨했다.

대원은 적선의 돛대에 묶인 채 난도질을 당했지만 비열하게 삶을 구걸하지도 살점이 베여 나가는 극한의 고통에 굴복하지도 않았다. 진정 대원의 정신은 강철보다 강인했다. 대원은 오직 우직한 의기로 왜적의 잔인하고 포악한 습성만을 꾸짖었다. 대원을 바라보면서 조선 수군 모두가 울었으나 단 한 사람 심암은 울지 않았다. 심암은 자신에게 도전한 대원을 왜적보다 더 싫어했기에 대원의 최후를 오달진 얼굴로 바라만 보았다.

아무리 육신을 핍박해도 대원의 정신은 결박하지 못하자 왜병들 역시 대원의 의기에 백기를 들었다. 그들은 대원을 손죽도로 끌고 가 조용히 목숨을 거두었다. 대원이 죽자 전의를 상실한 조선 수군은 무기력하게 패퇴하여 뿔뿔이 흩어지며 왜적에게 조선의 바다를 마음대로 유린하도록 길을 열어주었다.

혈서는 염치를 잃어버린 인간이 지존한 인존을 잡아먹는 개염의 비극을 노래했다. 무뜩 세상이 무참無慘했다. 몹시도 끔찍하고 참혹했다. 소름 끼치도록 무참無慘했다. 진실로 부끄러웠다. 개염 앞에서 무릎 꿇는 세상이 안쓰러웠고 개염 앞에서 절망하며 죽어갔을 대원이 참으로 안타까웠다.

개염은 가혹한 파괴자였다. 선악의 대립과 이념의 시비와 신분의 귀천도 개염의 횡포 앞에서는 무의미했다. 개염은 샘내고 부러워하는 마음이 다 풀릴 때까지 상대의 괴멸을 바랐다. 개염은 핏빛으로 피어나는 파멸이라야 환한 미소와 함께 모습을 감췄다. 인간들이 살갑게 빚어내는 개염의 조밀한 그물망에서 벗어날 방법은 있을까. 물론 있었다. 무척 힘들 뿐이었다. 세인의 비웃음만 가득 받는 광인이 되어서 세상의 변두리만 맴돌거나 세인의 동정만 듬뿍 받는 비렁뱅이가 되어서 세상의 밑바닥만 뒹굴면 되었으니까. 설핏 아버지의 심정이 사무치게 이해됐다.

개염의 비극. 그것은 시샘하고 부러워하는 마음에서 비롯된 인간 내면의 비극이었다. 인간의 진정한 적은 내면에서 꿈틀대는 개염이라는 진실을 뼈저리게 깨달았다. 세상을 무릎 꿇리고 인간을 파멸시키는 실체가 개염이라는 사실이 서글펐다. 한탄했다. 언젠가 조선이 치자들의 개염으로 인해 절망하고 멸망할지도 모른다는 사실을 염려했다. 개염의 비극이 펼쳐진 바다에서 칼의 무용함에 통탄했다. 바다를 벗의 피로 물들인 왜선들 앞에서 칼은 부질없었다. 닿을 수 없는 적을 칼로 벨 수는 없는 법. 바다에서 칼은 덧없었다. 흥양의 바다에서 칼의 무의미함과 개염의 유의미함에 통절하게 절망했다.

욕망의 꽃이 피었다. 나는 홍양의 바다에서 개염으로 꽃핀 욕망의 위대함을 보았다. 몸짓만 바꿔가며 무소불위의 권능을 과시하는 욕망의 꽃은 다양했다. 차별의 몸짓과 시비의 몸짓과 개염의 몸짓. 욕망은 다채로운 가면으로 추악한 민낯을 교묘하게 숨긴 채 해원의 장단에 맞춰서 세상을 늘씬하게 농락했다. 인간은 욕망이라는 놈과 싸워서 늘 패했다. 욕망이 인간의 몸에 스미어 몸짓으로 드러나는 세상의 지배자란 진실에 진저리가 났고 물리적 칼로는 천千의 얼굴을 숨기고 세상을 욕辱되게 하는 욕망을 베어낼 수 없다는 명확한 사실에 몸서리쳤다. 시샘하는 욕망의 자화상이여. 봄 바다에 피어난 욕망의 난장판이여.

"풍…… 어찌 되었나?" 홀로 바다와 대면하던 나를 여립이 현실로 불러들였다. 대동계 동아리를 이끌고 전라좌수영에 머물던 여립이 나를 찾아 녹도진으로 왔다. 여립에게 대원의 혈서를 이야기했다. 여립도 울부짖었다. 저 잔잔한, 아니 적막한 바다를 향해서.

"백성에게 빌붙어 빌어먹는 치자治者들이 비열해서 빚어진 참상이구나. 백성을 지키지도 못하는 졸렬한 치자癡者들을 죽여, 그들의 피로 구천을 떠도는 원혼들을 달래리라. 탐관들은 민초들의 고혈을 먹고 살지만 민초의 생명을 빼앗는 폐충 같은 놈들이다."

거친 말과 함께 여립이 몸을 부르르 떨었다. 몸으로 여립의 전율이 전해졌다. 그의 마음도 이해가 되었다. 하지만 지금은 마주한 세상의 벽이 너무도 거대하게 느껴졌다. 아니, 막막한 바다와도 같았다. 병든 조선의 하늘땅이 빚어낸 해묵은 신념과 차별의 정신을 부수고 싶었다. 그러나 인간의 마음에 깃든 개염의 가혹함 앞에 칼은 가련할 뿐이라는 사실을 깨닫자 마음에 굳세게 동여맺던 대동의 희망이 올올이 풀려나갔다. 그득했던 희망의 빛이 그물댔다. 타고난 신분의 벽 뒤에 숨어서 무치한 마음으로 이끗만을 뒤쫓는 폐충들을 잡으려면 그들이 기생하는 몸통인 조선을 죽여야만 했다. 그러나 폐충보다 두려운 존재는 개염에 물든 조선 그 자체였기에 상위의 소망이 부질없게 느껴졌다. 허울뿐인 희망에 칼이 절망했다. 흥양의 바다에 헛된 바람과 덧없는 칼을 던져버리고 싶었지만 차마 그러지 못함을 한탄했다.

이엄동도

떠난 자와 남은 자. 그 둘 사이의 물리적인 거리는 멀었다. 나는 그 물리적 거리를 증오憎惡했고 심리적 거리를 증오證悟했다. 그 미움과 깨달음이 혼재된 마음의 한편에 떠난 벗의 초상肖像을 고이 모셨다. 더불어 벗의 절개와 의기를 마음에 새겼다. 세상이 하늘땅에 새겨진 대원과 조선 수군의 대한大恨을 기억하리라.

남언경의 전언이 왔다. 여립과 함께 좌수영으로 갔다. 이미 그곳에는 남언경과 심암과 방어사 신립과 변립이 임금의 교지를 받들기 위해 모여 있었다. 관찰사 김명원은 전라좌수사를 심암에서 이대원으로 체차遞差한다는 교지를 목에 핏대까지 세워가며 읽었다. 관찰사의 근엄한 목소리가 임금의 지엄한 교지와 잘도 어울렸다. 하지만 전라좌수사 대원은 이미 이곳에 없었다. 임금의 어명은 무의미했고 교지는 그저 종이에 불과했다. 방어사 신립이 여립에게 고마움을 표했다. 그러나 그는 대동계의 규모에 은근이 놀란 듯 시샘과 경계의 눈빛을 감추지 않았다. 방어사 변립과 관찰사 김명원 역시 신립과 다르지 않았다. 그러나 남언경은 진심이었다.

"여러 읍에서 관군을 차출했지만 군적에 기재된 군졸들은 거반이 허수여서 답답했는데 대동계에서 지원을 해주니 고맙네."

"섬길 백성이 없으면 나라도 없는 법이니 한때나마 관록을 먹은 자로서 당연한 일을 했을 뿐입니다."

여립이 겸양을 떨자 신립이 떨떠름한 낯빛으로 나댔다.

"왜적의 주력 부대는 철수했으니 잔당들은 힘들이지 않고 처리할 수 있을 거요. 구태여 대동계까지 부를 필요는……."

"허, 현실을 직시하시오. 고작 왜선 수십 척에 좌수영과 우수영이 모두 무너졌소이다. 수군이 이리 허약해서야 연안의 백성들이 편히 생업에 종사할 수 있겠소이까."

"매번 왜구들이 먼 바다를 건너서 노략질을 하러 오는 것도 아닌데 무얼 그리 걱정하십니까."

"백성들의 소중한 업을 지켜주는 것이 나라의 녹을 먹는 자들이 해야 할 바가 아니겠소. 하니 미리 대비해서 나쁠 것은 없소."

남언경과 신립의 언쟁이 격해지자 잠자코 있던 관찰사가 나섰다.

"그만들 하시오. 날이 밝는 대로 잔당을 소탕하러 출정할 것이니 이만 돌아들 가시오."

방어사로 내려온 신립과 변립은 불쾌한 낯빛을 대놓고 드러내면서 처소로 돌아갔다. 김명원이 심암과 함께 나가자 남언경이 우리를 자신의 처소로 불렸다. 언경은 우리에게 술잔을 건네며 답답한 속내를 털어놓았다.

"조선의 장수라는 자들이 한심해서 울적해진 가슴을 술로 달래려고 자네들을 불렀다네."

술로 목을 축인 언경은 자신의 경험을 털어놓았다.

"혈기가 하늘에 닿던 시절이었지. 나는 화담 선생 문하에서 공부하면서 기氣를 깨쳤고 혼자『전습록』을 통독하면서 양명학에 눈을 떴지. 몽매함에서 깨어나니 이념에 깊이 물들어 현실을 무시하는 조선이 보이더군. 묵은 조선을 새롭게 하는 일에 양명학이 일조할 듯싶어서 암암리에『전습록』을 주변에 소개했네. 물론 그 과정에서 비난도 많이 받았지. 자네가 대동계를 조직하면서 겪는 고충을 조금은 이해할 듯싶네. 인간은 누구나 익숙한 것은 받아들이고 낯선 것은 배척하기 마련이지. 대동계 역시 그런 대접을 받았을 게야. 자네가 대동계를 조직한 속내는 잘 모르나……."

"길삼봉拮穆芃!"

내가 대동계의 정신을 서슴없이 꺼내놓자 언경이 의아한 낯꽃을 드러냈다. 언경의 얼굴에 어린 의혹을 여립이 풀어주었다.

"길삼봉은 민초의 풍요로운 삶을 위해 애쓴다는 의미로 대동계의 정신적 줏대를 뜻합니다."

"예전부터 자네가 비범하다고 여겼는데 틀리지 않았군. 길삼봉에 대한 화답으로 그대들에게 주고 싶은 글귀가 있네."

손수 필묵을 준비한 언경은 붓을 들어 이업동도異業同道라는 생경한 문구를 적었다. 글귀에 담긴 진의는 언경의 첨언으로 풀렸다.

"세상 사람들의 생업은 다른 것이 당연하네. 업業을 같게 하거나 업業이 다르다 하여서 차별하면 안 되겠지. 그러나 추구하는 도道는 같아야만 하네. 같은 곳에서 같은 때를 함께 살아가는 이들이 같은 도道를 추구하면서 다른 업業으로 살아가야 화평한 세상이 열린다네. 그것이 바로 이업동도에 담긴 뜻이라네."

"지금 조선이 이업동도의 길을 가고 있다 여기십니까?"

나의 질문에 언경은 잠시 주저했다. 숨겨 놓았던 진심을 꺼낼지 말지 고민하는 듯 뜸을 들이던 언경이 마침내 말문을 열었다.

"길삼봉이 대동계의 줏대라 하니 나의 내심을 터놓는 것이 무엇이 두려우리. 조선은 차업별도差業別道의 길을 가고 있네. 살기 위한 몸짓인 업이 다르다 하여 차별하고 이념이 다르다 하여 편을 가르는 차업별. 조선이 이업동도의 길을 가려면 신분의 차별을 철폐하고 누구든지 정치를 할 수 있게 만들어야지. 심지어 천민도."

뒤통수를 맞은 느낌이었다. 재야에는 숨은 고수가 많으니 절대로 너의 검술을 자만하지 말라고 충고하던 아버지의 말이 뇌리를 스쳤다. 여태껏 숱한 인간들을 만났지만 천민도 정치에 참여해야! 이런 주장은 난생처음 들어보는 것이었다.

양지만 회복하면 누구든 성인이 된다는 노수신의 생소리. 본성만 깨우치면 중생이 부처라는 지심의 공염불. 겸애를 바탕으로 만민을 평등하게 대하자는 유 훈장의 장광설. 만물이 통정하는 미친 세상을 꿈꾸는 아버지의 헛소리.

그들의 신념과 언경의 이념은 달랐다. 가만히 생각해보니 언경의 이야기가 현실적이었다. 그렇지만 지금 조선에서 저런 주장을 펼친다면 되돌아오는 것은 죽음뿐. 깊은 정적이 처소를 휘감자 어색함을 느낀 언경도 서둘러 자신의 말을 무마했다.

"내가 술이 좀 과했나. 오늘은 그만하세."

언경에게 인사하고 여립과 헤어져 처소로 돌아왔다. 꽃잠에 빠진 개심의 옆에 다리를 괴고 앉았다. 이업동도에 대해 곰곰이 생각했다. 눈 내린 설원을 홀로 앞서 걷는 이들은 트여서 활달한 심법과 정심한 사유만을 벗 삼아 길을 간다는 것을, 그들에게는 단 하나의 두려움만 있다는 것을, 자신이 낸 길을 따라올 후인들을 위해 발자국 하나조차 조심스레 낸다는 것을 심득했다.

먼동이 트자 좌수영 수군들과 함께 왜의 잔당을 소탕하러 바다로 나갔다. 작은 섬들을 샅샅이 뒤졌다. 노략질에 정신이 빠진 잔당들을 섬마다 돌면서 소탕하는 일은 쉬웠다. 빌어먹을 조선의 임금과 신하들을 대신해 부지런히 왜의 수급을 베어냈다. 피를 맛본 명월검은 왜적의 칼에 저항조차 못 하고 죽어갔을 백성들을 위해 길고 깊게 울었다. 왜의 수급을 자르면서 숙명을 떠올렸다. 병든 조선의 운명 앞에서 민초의 숙명은 무의미했다. 그들은 그저 조선에 태어난 자신들의 얄망궂은 운명만을 탓하면서 죽음을 맞이했을 것이다. 원혼들을 달래려고 열심히 왜구의 수급을 잘랐다.

잔당 소탕을 끝마치고 흥양을 떠나던 날 백성들은 돌련가叱憐歌로 우리를 배웅했다. 심암의 암상과 대원의 원한을 노래에 담은 돌련가는 멀고도 길게 울려서 금구까지 따라왔다. 그 질긴 울림에 무안했고 칼의 무능함에 무참했다.

암상스러운 심암이 대원 장군 죽였다네.

개염스러운 심암이 조선 수군 죽였다네.

대원장군 대원大寃이 조선 바다 물들였네.

조선수군 대한大恨이 조선 바다 물들였네.

나는 바다에 묻힌 벗을 마음에 품고 금구로 돌아왔다. 한데, 세상은 늘 생긴 그대로였다. 변한 것은 아무것도 없었다. 하늘도 그 하늘이요 땅도 그 땅이었다. 해는 낮을 밝혔고 달은 밤을 비췄다. 무의미한 덧들의 흐름 속에서 유의미한 벗의 기억마저 희미해졌다. 처소에서 칩거하며 두문불출하자 옥정이 나를 찾아왔다. 그녀의 청에 이끌려 밖으로 나왔다. 어느덧 금구의 주변 산들은 짙은 녹음에 물들어 있었다. 그녀와 함께 제비산 곁에 있는 수양산을 올랐다. 내 눈치만 살피던 옥정이 말문을 열었다.

"백이伯夷와 숙제叔齊가 있었지."

"절개를 지키려 수양산에 숨어들어 아사했다던……."

"주나라 무왕의 거사에 의리를 거론하며 반기를 들었던 이들이지. 그들은 죽음과 지조를 맞바꿔 빛나는 명성을 얻었지만 세상에 이로움도 해로움도 주지 않았어."

"아름다운 이름만 얻었지……."

"붓대의 기록이 항시 진실을 담는 것은 아니지만 의리를 위해서 목숨을 버리는 이들은 늘 있었던 것 같아."

"누구를 향한 의리냐가 중요하겠지……."

"내가 하고 싶은 얘기야. 절개도 지조도 의리도 모두 다 상대적일 뿐 세상에 유일한 절대는 없잖아. 그나마 우선하는 게 백성들의 무탈한 삶이겠지."

"아니지…… 그들의 웃음이겠지……."

"그러네. 무탈한 삶의 중심에는 인간들의 웃음꽃이 있었지. 그러고 보니 네게서 웃음이 사라진 지 오래…… 떠난 벗도 풍이 웃음을 되찾길 바랄 거야. 나 역시도 그렇고……."

"……."

"그런데…… 왜 내가 위로받은 기분이 들지……."

"털고 일어날 테니 염려하지 마……."

내가 흘러가는 구름만 바라보며 털털하게 답하자 옥정이 말없이 나의 손을 꼭 잡았다. 손의 온기를 통해서 그녀의 진심이 전해지자 마음이 저렸다. 다시 마음을 다잡기로 했다.

엇갈린 욕망

욕망의 궁합이 있다면 욕망의 음양을 판별하는 욕심쟁이가 판을 치겠지. 쥐뿔도 모르면서 아는 체하는 사주쟁이마냥 욕망의 감별사가 득세할 지도. 욕망의 섭리가 있다면 욕망의 이치를 설하는 모리배들이 설쳐 대겠지. 개뿔만 알면서 세상 섭리를 죄다 관통했다고 사기만 치는 사교의 교주들처럼 욕망의 모리배들 역시 사는 재미가 쏠쏠할 지도.

이미 득세했고 벌써 삶을 즐겼다. 타인의 욕망을 부추기고 영혼까지 훔치는 욕망의 모사꾼들. 세상엔 욕망을 상대로 사기를 치는 고수들이 철철 넘쳐났다. 철철이 출몰하는 고수들로 세상은 철면피가 되어갔다. 욕망에 마음의 눈이 흐려진 하수들은 교묘한 고수들의 꾐에 속절없이 당했다.

작정하고 속이려 드는 고수를 무방비 상태의 하수가 어찌 대적하리오. 그저 뗑하니, 아니 멍하니 넋 놓고 당하는 거지. 거지가 상대하기엔 너무나 벅찬 고수였으니까. 그놈이 바로…… 그놈을 밝히려니 쌍욕의 폭풍이 시발했다. 알성급제할 놈…… 무병장수할 놈…… 입신양명할 놈……. 나는 이렇듯 욕설조차 덕을 붙여서 퍼붓는 품격 있는 걸개였건만 욕망의 모사꾼은 내 맘도 몰라주고 화자의 바람을 짓밟았다. 바람아 불어 다오. 대지를 뒤덮은 욕망의 무더위를 날려 버려 다오. 보드랍고 보송한 바람으로 대지를 덮어다오.

그해 여름은 더웠다. 여립은 여름의 폭서를 독서로 달래며 대동계의 탈바꿈을 모색했다. 옥정은 내 마음속의 옹이들을 옛이야기들로 어루만져 주었다. 시원한 소나기가 숨 막히는 무더위를 몰아내자 빛바랜 벗의 초상을 지워내고 우울의 그늘에서 벗어났다. 다시 더위가 기승을 부리자 한양에 머물던 산운이 숭복과 금구로 내려왔다. 더위를 피해 탁족濯足을 가자고 산운이 부추기자 여립은 마지못해서 따라나섰다. 여립 일행은 아침 일찍 죽도 서실을 향해서 먼저 출발했다. 한 시진 뒤 개심과 옥남을 데리고 천반산으로 향했다.

저녁 무렵 구량천이 굽이돌아 천천과 합수하는 죽도 초입에 이르렀다. 옥정이 개울물에 발을 담근 채 더위를 식히고 있었다. 옥남과 개심은 부리나케 달려가더니 물속으로 뛰어들어서 개방정을 떨어댔다. 나는 녀석들의 천진한 모습을 뒤로 한 채 서실로 향했다. 산운과 숭복은 서실의 툇마루에 앉아서 뭔가를 심각하게 속삭이고 있었다. 내가 다가가자 그들은 대화를 멈췄다. 산운은 시선을 다른 곳에 둔 채 딴짓했다. 녀석에게 물었다.

"계주님은?"

"어…… 조금 전에 서실을 나가셔서……."

"장군바위로 향하신 듯한데……."

산운이 얼버무리자 승복이 대신 답했다. 나는 죽도 정상에 있는 장군바위로 향했다. 여립은 장군바위 위에 앉아 지는 해를 마주한 채 깊은 사색에 잠겨 있었다. 여립은 내가 다가가도 미동조차 하지 않았다. 나는 장군바위 뒤쪽으로 가서 저무는 해를 등진 채 여립과 거리를 두고 앉았다. 서로의 사이를 긴 침묵만이 채웠다. 서쪽 하늘이 노을빛에 젖어 붉게 변하자 여립이 마침내 말문을 열었다.

"풍, 저들이 거병을 재촉하는데……."

"계주, 거병이라니요?"

"황해도사로 부임하면 가능하다고 부추기는군."

퍼뜩, 품속에 고이 간직해 온 동전이 떠올랐다. 길삼봉이 새겨진 동전을 꺼내서 여립에게 내밀었다. 속내도 같이 내밀었다.

"대동계의 세력이 아직은 미력합니다. 지금 거병한다면 백성들만 도탄에 빠트릴 수 있습니다."

"나 역시 같은 생각이네만…… 산운이 왜 저렇게 거병하자 안달하는지 모르겠군."

"민황의 자존을 자각한 동지들이 팔도를 덮는 그날. 그때 거병을 하셔야 희생을 줄이고 대동을 득의할 것입니다."

"그런 날이 온다면 거병하지 않아도 되겠지. 그러나 지금 거병한다면 온몸에 기름을 바르고 불속으로 뛰어드는 꼴이지. 내가 저들을 잘 타일러 봐야겠네."

여립이 일어났다. 그의 그림자가 땅거미에 먹혀서 사라졌다. 내리는 어둑발이 멀어지는 그의 뒷모습도 꿀꺽 삼켰다. 나만 홀로 남았다. 섬뜩한 소름과 고독이 온몸을 휘감았다. 장군바위의 묵직한 몸통에 몸을 기댔다. 엄습하는 불안감과 께름칙한 예감을 떨쳐내려고 애썼다. 그러나 내리에 넙죽이 눌어붙는 느낌도, 육신을 짓누르는 육감의 무게도 내게는 모두 버거웠다. 천반산 능선 위로 만월이 얼굴을 내밀었다. 거병은 어리석은 짓이었다. 대동계 동아리도 왕후장상을 꿈꾸는 무리들이 태반이거늘, 지금 거병한들 대동의 이념이 민초의 마음에 착근하기는 어려웠다. 번연히 보이는 현실을 알면서도 조급하게 서두르는 산운의 속내를 알 수가 없었다.

죽도 서실의 풍경 소리만이 괴괴한 밤의 적막을 깨트릴 뿐 서실에 모인 그 누구도 입을 열지 않았다. 난데없이 거론된 거병으로 인해서 함께 탁족하려던 여정은 침묵의 벽에 막혀버렸다. 여립은 일정을 일찍 작파했다. 금구로 돌아오는 내내 산운의 얼굴은 어두웠다. 그는 거병을 거절당한 것이 마음에 걸린 듯했다. 산운을 보는 옥정의 눈빛에 의혹이 어렸다. 자신에게로 향하는 주변의 의심이 어린 시선에도 산운은 속내를 드러내기는커녕 변명하지도 않았다. 금구로 돌아온 뒤 산운은 무언가를 골똘히 고민하며 홀로 보내는 시간이 부쩍 늘었다. 옥정도 거병에 거부감을 보이며 거리를 두자 산운의 상판에 드리운 그늘은 점점 짙어졌다. 낯빛으로 드러나는 녀석의 고민을 물어보고 싶었지만 참았다.

머금었던 습기가 빠져나가며 바람이 서늘해지자 중추절이 다가왔다. 여립의 집은 각지에서 오는 손님들로 북적였다. 서책으로 번잡함을 피하고 마음 한편에 맴도는 허전함도 달랠 겸 서재로 향했다. 문고리를 잡는 순간 감정이 격앙된 산운의 목소리가 들렸다.

"오직 너를 위한 마음에 무모한 거병을 재촉했건만……."

"마냥 변치 않는 변명은 그만해. 내가 알고 싶은 건…… 도대체 왜 거병이 나를 위한 것인지 그 이유야."

"지금은 그것이 중요한 게 아니야! 제발 네가 계주님을 좀 설득해 봐! 시간이……."

"시간보다 숨기는 속내부터 시원하게 털어놓으라니까!"

"그게…… 너를 위해서……."

"위해서라는 소리는 이제 그만해. 위한다는 말은 그렇게 쉽게 입에 담을 수 있는 잔말이 아니야. 서로를 위한 마음만 충만하여도 세상은 정말 아름답겠지. 어쩌면 청풍이 꿈꾸는 민황의 세상도 상위의 정신을 줏대로 삼을 때 현실이 되겠지. 더는 무모한 희생만을 강요하는 거병과 위한다는 말을 결부시키지 말길 바라."

순간 서실 문이 벌컥 열렸다. 옥정과 눈이 마주쳤다. 옥정은 무안한 듯 얼굴을 붉히며 망부석처럼 서 있는 내 곁을 쏜살같이 지나쳐서 자취를 감췄다. 나는 몰래 엿듣다 들킨 못난이마냥 얼굴이 화끈댔다. 열린 문틈으로 산운의 뒷모습이 비쳤다. 그는 주먹으로 탁자를 내려치며 깊은 한숨을 쉬었다. 거병으로 인해 산운과 옥정 사이가 심각하게 틀어지는 것 같았다. 내가 개입할 틈새는 없는 듯싶어 방관만 했다. 둘 사이를 지켜보는 사이 갈맷빛 여름은 가고 가을이 왔다.

귀천

보수의 바람 앞에서 운명은 초라했다. 거센 시간의 급류가 소란한 소용돌이를 만들며 절망의 낭떠러지를 향해 빠르게 흘러갔다. 폭포처럼 쏟아지던 탁류는 둔탁한 시간의 물결로 바뀌며 한가하게 세상의 중심中心을 관통했다. 시간의 흐름에 편승한 운명의 얄궂은 장난은 조악했다. 그러나 치밀했다. 그것은 이미 예견된 파멸일지도 몰랐다. 되풀이되는 원한의 앙갚음은 시간의 빛깔을 자줏빛으로 채색했다. 되돌릴 수도 없는 시간에 상처받은 나의 마음의 빛깔도 붉은빛이었다. 그러나 단풍보다도 검붉게 빛났다.

나의 삶을 송두리째 뒤바꾼 운명의 가을. 그 아픈 상처의 시작은 기축년1589의 시월 어느 날이었다. 운명의 그날은 정말 아무도 모르게 왔다. 어쩌면 그들은 알고 우리만 모르는 사이에 목전에 이르렀다. 마치 어린 시절 목도했던 갈대숲의 폭발과도 같았다. 바닷바람을 타고 냄새와 연기만 피워내며 바닥에 깔려 빠르게 퍼지던 불길이 어느 순간 엄청난 폭발음과 함께 십여 장이나 솟아올라 한순간 숲 전체를 불바다로 만들어버렸던 불꽃놀이처럼 그날이 다가왔다. 모악산이 단풍에 곱게 물들 무렵 한동안 뜸하던 숭복이 다시 금구로 내려왔다. 해주 지역 대동계의 근황을 자랑스레 늘어놓던 숭복이 뜬금없이 죽도로 나들이를 가자고 막무가내로 졸랐다. 거병으로 인해 잡혔던 탁족의 기억이 떠올라서 나는 거절했다. 한데, 숭복의 생떼에 여립이 마지못해 동의했다.

나는 동행을 원하는 이들을 알아보았다. 옥남은 수민과 만나기로 약속해서 짬을 낼 수 없다고 했다. 옥정 역시 선뜻 나들이를 나서려고 하지 않았다. 근자에 뜬눈으로 밤을 새우는 듯 상판이 초췌해진 산운이 마음에 걸려서 그의 처소로 갔다. 소곤대는 남정네들의 목소리가 문틈 사이로 삐져나왔다. 너무 작아서 잘 들리지 않았다. 조금 더 가까이 다가갔다.

"변 계주…… 그래도 이건 좀 너무……."

"아무리 정 공자라 한들 이번 일에 협조하지 않으면 환천이 되어서 나락으로 떨어질 것이니 절대 누설이나 하지 마시오."

"그래도 옥정만은……."

"어허, 회주의 성미를 모르시오."

"잠깐, 인기척이……."

나는 재빨리 집 뒤로 돌아가 몸을 숨겼다. 삐걱하며 방문이 열리는가 싶더니 잠시 후에 다시 닫혔다. 이번에는 가까이 방문 근처로 다가

가서 귀를 기울였다. 하지만 두 사람이 쥐새끼들처럼 목소리를 바짝 낮추는 바람에 더 이상은 엿들을 수가 없었다. 찜찜한 뒷맛만을 남긴 채 자리를 떴다.

다음날 죽도를 향해서 출발했다. 여립과 승복, 해주에서 온 대동계원인 필배와 필반 형제가 함께했다. 마이산 금당사에서 하룻밤을 묵었다. 이튿날 새벽 죽도로 발길을 잡았다. 마이산을 뒤로 밀어내자 늦가을 단풍으로 빨갛게 물든 천반산이 손에 닿을 듯했다. 죽도는 강물에 둘러싸인 내륙의 섬이었다. 여명에 주변의 산들이 깨어났다. 홀로 떨어져 고고함을 뽐내던 죽도가 이날따라 을씨년스러웠다. 서실을 빙 둘러싼 대나무가 늦가을 갓밝이의 냉기를 뿜어내며 우리를 맞이했다. 순간 불길한 느낌이 뇌리를 스쳤다. 불안한 예감을 애써 억누르며 필배 형제와 서실에 짐을 풀었다.

여립은 단풍에 물든 숲길에서 고독을 느끼고 싶다며 홀로 장군바위를 향해 사색의 길을 나섰다. 나는 몸에 달라붙는 불안감을 떨쳐보려고 구량천을 따라 죽도를 둘러보았다. 특이한 점은 티끌만치도 눈에 띄지 않았다. 변함없는 죽도의 가을 그대로였다. 가을이 만든 공허함이 쓸데없는 불안을 부추긴 듯싶었다. 다시 서실로 올라갔다. 여립은 필배 형제들과 차를 마시고 있었다. 필반이 뜬금없이 격검을 대화의 중심으로 끌어들였다. 함두와 나의 격검에 대한 이야기가 황해도에 파다하게 퍼졌다 했다. 격검에서 패한 함두가 복수를 위해 절치부심하며 검을 수련하고 있다는 이야기도 덧붙였다. 복수라는 말에는 기분이 불쾌했다. 승부욕이 욱일처럼 솟구치는 함두의 성질을 알기에 조금 이해는 되었지만.

진안에 볼일이 있다며 마이산에서 헤어졌던 승복이 저녁 무렵에 서실에 도착했다. 변승복은 어디서 얻었는지 두 손에 곡차와 안주를 잔뜩 챙겨왔다. 늦가을을 만끽하려면 곡차가 제격이라는 호탕한 웃음과 함께 저녁상이 푸짐하게 차려졌다. 술잔이 돌자 화기애애한 분위기가 무르익었다.

"계주…… 여전히 거병에는 뜻이 없으신지요?"

돌연 승복이 거사를 거론하여 분위기를 거슬렀다. 젠장, 이 인간이 또 거병 타령이네. 그냥 묵과하자니 지난여름의 탁족처럼 단풍구경도 일찍 작파하는 일이 생길 듯싶었다. 내가 한마디 했다.

"당분간 거병은 입에 담지 않기로 했으니 더는 계주님을 성가시게 하지 마시지요."

"모가지를 거는 거사가 성가시다. 정감록의 정씨가 정해진 것도 아니고…… 아이고, 계주님 제가 술에 취해서 실수했습니다. 이놈의 주둥이가 주착做錯을 저질렀네요."

변승복은 여립의 눈치를 실실 살피면서 속내가 주사인 양 핑계를 댔다. 잘못인 줄 알면서 일부러 실수를 저지른 그의 저의가 궁금했다. 대놓고 물어볼 수는 없었다. 한데 입가에 비소를 띤 채 사과하는 승복의 꼴값이 아니꼬웠다. 하지만 여립의 얼굴에 드리운 어두운 그림자를 보니 말을 아낄 수밖에. 침묵하던 여립이 말했다.

"좋은 세상을 빨리 보고 싶은 승복의 마음을 모르는 바는 아니네. 하지만 대동의 꿈이 영글기에는 아직 시기가 좀 이른 듯하네. 우리 일이 시대를 앞서가는 도전이니 진득하게 기다리게. 시기가 무르익으면 기회가 오겠지."

여립이 진지하게 이야기하자 숭복은 바로 꼬리를 내렸다. 그런데 숭복은 여립이 아니라 나를 보면서 아양을 떨어댔다.

"마음만 앞세우다 쪽박 차는 놈들이 많지요. 하니 당연히 기다려야죠. 지당하신 말씀. 그나저나 이놈 때문에 화기가 깨졌으니 귀한 술이나 한잔하시지요."

숭복이 옆에 있던 필배의 어깨를 두드리면서 말했다.

"어서 가서 칠선주七仙酒를 가져오게나."

필배가 엉거주춤 일어서며 주저했다. 숭복이 송곳눈을 하며 재촉했다. 필배가 문을 열고 나가자 숭복이 칠선주를 찬양했다.

"칠성七星의 기운을 머금은 일곱 가지 약재로 빚어서 한 잔만 마셔도 신선이 된다는 천하의 명주, 칠선주입죠. 제가 한양에 들러서 어렵게 구했지요. 계주님이 건강하셔야 대동계가 번창할 듯싶어서."

필배가 칠선주를 가져오자 숭복은 입가에 흡족한 미소를 띠면서 필반 형제에게 명했다.

"자네들에겐 귀한 칠선주를 줄 수가 없으니 시킨 일만 마무리하고 처소로 가서 쉬게나."

필반 형제는 여립의 눈치를 살피더니 머리를 푹 숙인 채 자리를 떴다. 술병을 손에 쥔 숭복은 상판 가득 웃음꽃을 피우며 빈 잔에 칠선주를 가득 따랐다. 숭복은 실없는 헛소리만 나불대면서 술잔을 우리에게 건넸다.

"계주, 거사는 그만 잊고 칠선주로 신선의 길이나 걸어보시죠. 아이고, 배야! 갑자기 복통이…… 신선보다 도통에서 똥부터 누어야. 아이고, 배야! 아이고, 숭복이 죽네."

숭복은 말이 끝나기가 무섭게 똥마려운 똥개마냥 허겁지겁 똥간으로 갔다. 오늘따라 유난히 수다를 떨어대던 숭복이 나가자 서실 안은 괴괴한 적막 속으로 빠져들었다. 한가로운 가을바람에 흔들리는 처마 밑 풍경 소리만 침묵의 중심부를 찔러 들어왔다. 심각하게 고민하던 여립이 술잔을 들며 말했다.

"칠선주라, 어디 이놈으로 번뇌나 씻어보세."

안타까웠다. 욕망의 대지에서 무욕의 대동을 꿈꾸는 여립의 거친 꿈이 안쓰러웠다. 술에 빌붙어 번뇌를 씻으려는 그의 빈손이 허전했다. 거병이 귀에 거슬렸는지 그는 거침없이 술을 들이켰다. 그를 따라서 나도 엉거주춤 들고 있던 술잔을 얼떨결에 입에 대고 칠선주를 한 모금 삼켰다. 아차차! 지독한 기운이 기혈 속으로 스며들기 시작했다. 빌어먹을! 독주毒酒였다. 나는 재빨리 그의 술잔을 빼앗으며 소리쳤다.

"계주, 독주입니다."

"숭복이 왜…… 이런 일을!"

여립이 피를 토하며 꼬꾸라졌다. 여립은 얼굴이 금시 푸르뎅뎅하게 변하면서 몸을 부들부들 떨기 시작했다. 나는 그의 척추에 있는 혈穴들을 눌러서 독이 퍼지는 것을 막았다. 그러나 그는 이미 마신 양이 너무 많아서 늦은 듯했다. 완벽하게 암계에 걸려들었다. 불길했던 예감이 현실이 되는 순간 후회가 물밀 듯이 밀려왔다. 후회해도 이미 소용없었다.

나는 재빨리 기혈을 역행시켜서 마신 술을 토해냈다. 이미 소량의 독이 몸에 스며들었다. 운기를 했으나 공력의 운용이 원활하지 않았다. 그러나 승복의 암계는 능히 벗어날 것 같았다. 몸의 육감을 무시하고 방심한 나 자신이 한심했다. 내가 자책하는 사이 서실 밖에서 불길이 치솟았다. 나는 따질 겨를도 없이 여립을 들쳐 업고서 밖으로 나왔다. 승복이 호방하게 웃으며 우리를 반겼다.

"쥐새끼처럼 잘도 피하네. 저장苴杖으로는 죽장이 제격이듯 망자를 저승으로 배웅하기에도 죽도가 더없이 좋아 보이더구나."

"독살의 독계를 홀로 꾸몄을 리는 없을 터. 배후를 밝혀라."

"어차피 죽을 놈이 말이 너무 많구나. 칠선주 한잔이면 족하거늘 네 놈 하나 때문에 너무 많은 군사를 동원했어. 회주가 너를 너무 대단하게 여긴다 싶었는데, 가끔은 회주의 예측도 틀리는구나. 네놈의 명줄은 끊을 수가 없으니 여립만 잡으라고 했는데, 네놈도 덤으로 잡게 생겼네. 그러게 거병하자고 했을 때 말을 들었어야지. 물론 이래 죽으나 저래 죽으나 죽기는 매한가지다만 그래도 칼춤은 추고 죽어야 덜 한스러웠을 텐데."

비겁한 자식이 지질하게 개소리만 했다. 대체 내가 왜 저런 잡놈의 잡설을 들어야만 하는지 정말 억울했다. 욕설이 절로 나왔다. 어떻게든 여길 빠져나가야 했다. 왼팔로 여립을 업은 채 오른손으로 명월검의 손잡이를 잡으면서 승복과의 거리를 가늠했다. 승복이 방심만 한다면 검을 날려서 죽일 수 있을 것 같았다. 속임수가 싫었지만 지금은 그것이 최선이었다. 나는 욱! 신음과 동시에 선혈을 토하면서 오른쪽 무릎을 꿇고 주저앉았다. 내가 짐짓 몸을 가누지 못해 휘청거리자 승복은 흡족한 듯 음흉한 미소를 지었다. 동시에 나에 대한 경계를 늦추며 입만 나불댔다.

"천하에 청풍도 칠선주 앞에서는 별수가 없구나. 귀신이 되기 전에 배후나 알려주랴. 이번에 네놈들을 잡는다고 꾀주머니 산운이 아주 큰일을 했어."

"그놈이 배후냐."

"절대 아니지. 산운 샌님은 그저 충실한 사냥개에 불과하지. 배후는 먼저 이 호각을 분 뒤에 알려 줄까 말까. 궁금하지. 히히히."

숭복이 허리춤을 뒤져 호각을 꺼냈다. 호각 소리가 군사를 불러 모으면 여립을 업은 채 도망치기는 어려웠다. 일단 숭복의 숨통을 끊어 버리는 것이 급했다. 몸을 솟구쳐서 좁혀오는 불길을 뛰어넘었다. 동시에 숭복을 향해 명월검을 날렸다. 검은 호각을 불려고 숨을 들이켜던 숭복의 심장을 관통했다. 그의 가슴에서 붉은 피가 솟구쳤고 그의 눈에서는 불신과 경악의 눈빛이 솟아났다. 숭복의 혼백은 몸과의 이별을 미처 인식하지도 못한 채 저승으로 떠났다.

명월검을 뽑아서 칼집에 넣으며 여립의 코끝에 손가락을 대어보았다. 미약한 숨이 붙어 있었지만 살아날 가망 역시 미약했다. 혹시 미친 아버지라면 여립을 살릴 수 있을지도 몰랐다. 일단 여길 벗어나야만 했다. 생각을 정리했다. 구량천 주변에는 지원군이 집결했을 것이다. 길은 외길이다. 여립을 들쳐 업고 장군바위 방향으로 뛰었다. 장군바위 근처에 이르자 횃불을 든 필배가 나를 발견하고 화들짝 놀라며 소리쳤다.

"동생, 어서 횃불을 장작더미에 던져……."

검이 필배의 심장을 관통했다. 놈은 더는 말을 잇지 못했다. 필반에게 다가가자 그는 뒷걸음질하며 말을 더듬었다.

"저흰 변 계주가 시키는 대로, 단지 시키는 대로만 했을 뿐……."

장작더미 쪽으로 물러나던 필반은 검이 자신에게로 향하자 들고 있던 횃불을 장작더미 가운데로 던지고 뛰기 시작했다. 검을 날렸다. 파공음과 함께 필반을 좇던 검은 그의 가슴을 꿰뚫은 뒤 노송에 가서 꽂히며 검신을 파르르 떨었다. 명월검에 혼백이 잘려나간 필반의 부질없는 육신만 산 아래를 향해 굴러갔다.

바위 옆에 수북이 쌓여있던 장작더미에 불이 붙자 죽도의 하늘이 밝아졌다. 여립을 장군바위 위에 눕히고 나서 주변을 살폈다. 아무도 없었다. 어찌할 바를 몰라 갈팡대는 사이 구량천 근처에서 요란한 호각 소리가 울려 퍼졌다. 구량천을 따라 수많은 횃불이 일시에 켜졌다. 다시 호각이 울리자 횃불들이 죽도 정상을 향해 올라오기 시작했다. 마음만 급할 뿐 갈피를 잡지 못해 몸은 허둥댔다. 여립에게 다가가 상태를 살폈다. 독기가 온몸에 퍼진 듯 얼굴은 새까맣게 바뀌었고 숨길은 아기처럼 가녀렸다. 죽음만 기다리는 그의 참담한 모습에 주체할 수 없는 분노가 괴성으로 터져 나왔다.

"으아 아아아!……."

야수의 울음은 죽도를 벗어나 천반산 너머로 멀어져 갔다. 그때 여립이 눈을 뜨며 마지막 말을 남겼다. 죽기 직전에 혼신의 정기를 끌어모아 무참한 마음을 모진 말들로 토해냈다.

"미안하네!…… 대동의 꿈이 허망하게 꺾일 줄이야. 그대가 품은 민황의 꿈은 절대 포기하지 말게. 미약한 꿈이 비상의 날개를 펴는 날. 만방의 인존들이 인간꽃으로 만개하는 날. 피안에서 만나 열반주로 회포나 푸세…… 죽음이 결코 끝이 아니니……!"

나의 두 손을 꼭 잡고 말을 이어가던 여립이 울컥하면서 시커먼 핏 덩이를 토해냈다. 뱃속의 장기가 잘게 잘려나가는 지독한 고통에 이만 부득부득 갈던 여립이 힘겹게 손을 들어서 하늘 높이 치솟는 불길을 가리키며 마지막 메아리만 남긴 채 떠났다.

"다비茶毘를 부탁하네."

매사에 당당하고 매사에 과감하던 여립이 죽도의 장군바위 위에서 비참한 최후를 맞이할 줄이야. 비록 여립이 제위에 대한 야망을 온전히 버리지는 못했지만 마음 깊은 곳에서 만민을 공평하게 다스리는 덕치와 대동세계를 향한 무욕의 바람이 움트고 있다는 사실을 알고 있었기에 기꺼이 그의 칼이 되어주고 싶었다. 한데 모든 것이 한낱 물거품이 될 줄이야.

"으아 아아아……!"

분노의 괴성이 너울이 되어 진안의 산천에 물결치자 장군바위를 중심으로 좁혀오던 포위망이 일순간 멈칫했다. 더는 지체할 겨를이 없었다. 양손에 기운을 모아서 여립의 시신을 공중으로 들어 올렸다. 여립의 육신을 수평으로 쳐서 천천히 거센 불길의 한가운데로 밀어넣었다. 순간 여립의 육신에 불길이 옮겨 붙으며 화광이 충천했다. 죽도의 하늘이 밝아졌다. 밤하늘의 별들이 빛을 잃었다.

시월의 비풍이 죽도를 휩쓸더니 천반산 너머로 사라졌다. 늦가을의 처량한 바람을 따라서 희망도 맥없이 물러났다. 절망이 온몸을 쑤시고 들어왔다. 죽도에서의 여립의 죽음과 손죽도에서의 대원의 죽음이 포개졌다. 이들의 헛되고 비참한 귀천歸天을 막지 못한 나의 칼이 무참하고 허무했다. 몸 둘 바를 몰랐다.

허망한 칼. 허망한 세상. 허망한 몸.

진정 베어야 할 적은 묵은 하늘과 묵은 땅과 묵은 인간이었다.

아니, 천지 안에서 가장 깊숙한 곳에 있는 인간의 **묵은 마음**이니

칼로는 닿을 수도 벨 수도 없는 것이었다.

다비의 중심에서 불타는 여립의 몸은 좌절의 울분을 빛으로 태워

내는 듯 휘황했다. 좁쌀마냥 좀스러운 좀생이들의 천국에서 밤하늘

을 밝혀주는 화광처럼 화통한 활인의 길을 걷고자 애썼던 **정여립!**

그와의 만남과 헤어짐이 주마등처럼 스쳐 지나갔다. 눈 내린 주막,

묵자의 겸애. 치마바위, 대동의 바람. 금평의 겨울, 길삼봉. 홍양의 바

다, 상위의 절규.

진여眞如의 바다에서 메밀꽃이 일었다. 무의식의 수면에서 기억의

파도들이 일렁였다. 하얀 포말로 피어난 메밀꽃은 시원한 울음소리

를 타고 소생과 소멸을 반복했다. 문득 의식의 파도가 고요한 적멸

의 품에서 잠들자 더는 메밀꽃이 피어나지 않았다. 단 일성의 울음

도 들리지 않았다. 늘 한결같은 진여의 바다만 소연하게 울어댔다.

피바람

인간의 발자취는 밟겠다. 피의 비단길을 걸어온 걸개의 족적조차
적색이었다. 젠장, 솔직하게 말해서 비단길은 아니고 자갈길이었다.
무지렁이들의 원과 한이 새빨간 짱돌마냥 단단하게 굳어서 널려있는
자갈밭을 걸었다. 비록 척박했지만 정감이 넘쳤다. 물론 슬픔이 깊게
배여 있었다. 아니 슬프다는 말로는 부족했다. 자갈처럼 옹골찬 원한
의 멍울들은 비와 바람이 빚은 풍화작용에도 마모되지 않고 끈덕지
게 꿈틀댔다.

에이! 그만하자. 비감에 잠긴들 지나간 날들이 변할 리도 없는데.
울컥하는 심장은 진정시키고 과열된 머리는 냉각시켰다. 냉정하게
기억을 되살렸다. 그래 여립이 죽었다. 나는 여립의 죽음이 끝이라고
생각했는데 아니었다. 그의 죽음이 피의 숙청을 알리는 서막에 불과

할 줄이야. 걸개가 감당하기엔 너무 버거운 비극의 막이 올랐다. 그래도 아직 내게는 그녀가 있었다. 타오르는 불길을 타고 하늘로 오르는 여립의 원혼을 달래줄 길이 없었다. 일단 다시 금구로 가야만 했다. 노송에 박힌 검을 뽑으면서 장군바위 주변을 둘러싼 횃불들을 향해 말했다.

"길을 열면 살고 막으면 죽는다. 선택은 너희들의 몫이다."

나름 비장한 어조였다. 죄다 좋아서 벌벌 떨지 싶었다. 예상대로였다. 내가 여립의 시신을 공중으로 띄워서 다비하는 것을 직접 목격한 횃불들은 동요하기 시작했다. 그때 횃불들이 양쪽으로 갈라지면서 철갑으로 치장한 무장이 백마를 타고 나타났다. 나는 작은 돌멩이를 주워들었다. 그자의 주둥이가 열리기를 기다렸다.

"진안 현감 민인백이다. 길삼봉은 오라를……."

나는 백마의 왼쪽 눈을 향해서 돌멩이를 튕겨 보냈다. 말이 놀라서 몸부림치자 민인백은 미처 말을 끝내지도 못한 채 말에서 굴러 떨어졌다. 관군들이 현감을 급히 둘러쌌다. 포위망의 반대편 꼬리가 헐거워졌다. 명월검으로 맹렬한 바람을 일으키며 후미를 향해 돌격했다. 돌풍처럼 돌진하는 칼바람에 관군은 자발적으로 길을 열었다. 관군의 추격을 따돌리려고 천반산 방향으로 튀었다.

죽을힘을 다해 달렸다. 이제 옥정만이 유일한 희망이었다. 마지막 남은 희망을 향해 달렸다. 그러나 나를 기다리는 것은 절망뿐이었다. 여립의 집은 풍비박산이 났다. 숨 막히는 정적만이 집안을 감돌았다. 살아서 움직이는 것은 깡그리 잡혀가고 남은 것은 아무것도 없었다. 모든 것이 꿈인 듯 멍하니 툇마루에 홀로 앉아서 티 없이 맑은 밤하늘만 바라보았다. 밤새 툇마루에 앉아 있었다. 달이 지고 해가 솟았다. 여전히 나는 혼자였다. 지질한 절망이 땅바닥을 맴돌았다. 기다리는 것은 무의미했다. 찾아 나서자. 마음을 다잡자 나갔던 정신이 되돌아왔다. 동시에 아랫배가 터질 듯이 아팠다.

똥간으로 갔다. 문고리를 잡는 순간 안에서 인기척과 함께 숨죽인 울음이 새어 나왔다. 식겁했다. 귀신인지 사람인지 알 수가 없었다. 등에서는 식은땀이 솟아났고 나오려던 똥은 다시 쏙 들어가 버렸다. 속으로 욕을 하면서 곰곰이 생각해보았다. 내가 집에 도착했을 때도 그 후로도 집안에는 움직이는 존재가 전혀 없었다. 그렇다면 환영이 만든 헛것이 틀림없었다. 그래도 미심쩍었다. 돌다리도 두들겨 보는 수밖에.

"쥐새끼처럼 숨어있지 말고 모습을 드러내라."

"……."

대답이 없다. 한데 울음소리가 사라졌다. 섬뜩했다.

"도대체 너는 누구냐? 귀신이면 저승으로……."

"풍이…… 형님……."

도통 문이 빠끔히 열렸다. 똥내가 확 밀려왔다. 동시에 똥을 뒤집어 쓴 인복이 내 품에 안기면서 엉엉 울었다. 녀석의 어깨를 다독여 주었다. 녀석은 좀체 울음을 그치지 않았다. 덕분에 거지도 참았던 울음을 터트렸다. 우리는 부둥켜안은 채 계속 울었다. 인복은 울면서 자신이 겪은 공포의 시간을 증언했다.

천복, 지복, 인복. 이들 삼 형제는 형식상 여립의 노복일 뿐 대동계의 당당한 계원들이었다. 그중 막내인 인복은 비록 열 살이었지만 꾀돌이였다. 인복은 내가 숭복의 잔꾀에 넘어가 죽도로 단풍구경을 가던 날 옥정과 산운도 종적을 감췄다고 했다. 다음 날 아침 뒷간에서 똥을 누던 인복은 관군이 들이닥쳐 식솔들을 줄줄이 잡아가자 자신은 똥더미 속에 몸을 숨겨 목숨을 건졌다고 했다.

섬뜩함이 엄습했다. 대동계를 박멸하려는 계획된 움직임이 느껴졌다. 그러나 상대의 실체를 몰랐다. 옥정을 찾아야만 했다. 인복을 보았다. 녀석은 여전히 곁에서 훌쩍이고 있었다. 불쌍하지만 꼬맹이를 데리고는 자유롭게 그리고 비밀리에 움직일 수가 없었다. 잠시 고민했다. 무뜩 무척 스님이 떠올랐다.

무척無隻은 금구 일대에서 바보 스님으로 통했다. 그는 항상 사람들을 만날 때마다 히히 웃으면서 침만 질질 흘렸다. 사람들은 그를 바보로 여겼다. 사실은 아니었다. 언젠가 무척이 내게 자신이 바보인 이유를 털어놓았다. 무척은 누구에게도 척隻지기 싫어서 천치로 행세한다고 했다. 알고 보니 무척은 재치가 있는 백치였다. 아마도 그라면 인복을 안전하게 보살펴 줄 것 같았다. 제비산 뒤편에 있는 귀신사로 가서 무척에게 인복을 맡겼다.

야음을 틈타 전주 인근에 살던 필우들을 찾았다. 아무도 없었다. 저항하는 자들은 죽고 굴복하는 이들만 굴비 엮이듯이 줄줄이 전주 감영으로 잡혀갔다는 풍문만 파다했다. 횡횡하는 풍문 어디에서도 옥정의 흔적을 찾을 수 없었다. 오랜 궁리 끝에 뾰족한 방책 대신 개심이 생각났다. 녀석이라면 답답한 난국을 타개할 절묘한 묘수를 찾아낼 듯싶었다. 나처럼 술수에 서툰, 아니 어설픈 얼뜨기가 설쳐봐야 싱거울 뿐이었다.

곧장 한양으로 길을 잡았다. 인간이 다니는 길 위로 역모에 대한 소문이 횡횡했고 고을마다 민심이 흉흉했다. 모반의 풍설이 면면히 낭설을 낳자 역모는 진실의 가면을 썼다. 꾸며진 진실의 탈은 정여립이 자진했다는 낭설에서 길삼봉이 구월산에서 반국을 획책했다는 낭설까지 꼬리에 꼬리를 무는 터무니없는 헛소문들로 탈바꿈하면서 조선 전역을 떠돌았다.

개심은 나를 보자마자 손을 잡아끌고 행랑으로 향했다. 변숭복의 배신과 여립의 귀천歸天을 이야기했다. 개심은 묵묵히 듣고만 있더니 눈물만 훔쳤다. 마침내 개심이 말문을 열었다. 정말 황당한 이야기였다. 한양의 마당발이 전해주는 사건의 전말은 가히 충격적이었다. 아니, 그것은 음해와 모략의 극치였다. 요 며칠 동안 내가 절망의 늪에 빠져서 허덕거리는 사이 한양에서는 생각지도 못한 간계가 날개를 펼치고 있었다.

수일 전 황해감사 한준이 여립이 역모를 획책한다는 비밀 장계와 함께 역모 가담자로 동세와 대정을 잡아 한양으로 압송했다. 동세와 대정은 임금이 친국親鞫하는 자리에서 줄기차게 반국만 부르짖다 부질없이 죽었다. 장계의 소식을 전해들은 수신은 대궐 밖에서 모반이 아니라 선비들 사이의 일인 사화士禍라며 차자箚子를 올려서 옥사의 확대를 반대했다. 그러나 임금의 노여움과 대간들의 탄핵으로 삭탈 관직만 당했다.

여립이 자결했다는 진안 현감 민인백의 장계가 올라오자 역모는 진실이 되었다. 사건들의 아귀가 척척 들어맞는다는 생각에 섬뜩했다. 작심하고 대동계의 숨통을 끊어놓기 위해 치밀하게 덫을 파놓은 듯했다. 배후에서 옥사를 조종하는 모사꾼이 궁금했다. 해주에서 마주쳤던 모사꾼 운룡이 뇌리를 스쳤다. 수양산으로 갔다. 늦가을에 붉게 물든 수양산은 여전히 고운 자태를 뽐냈다. 나는 운룡의 초옥을 찾아갔다. 주인의 손길이 오래전에 떠나간 듯 호젓했다. 정자로 올라갔지만 마찬가지. 나는 맥없이 정자에 주저앉아 마을만 내려다보았다. 오랜 시간을 흘려보낸 뒤 마음을 접고 초옥으로 내려왔다. 텃밭 바위로 올라가서 낙천이라는 시구를 찾았다. 그러나 그곳에도 낙천樂天은 없었다. 누군가 정으로 깨트린 흉측한 모습의 바위만이 남아있었다.

　실망감에 젖은 발걸음을 타박타박 옮기면서 마을 어귀로 향했다. 동구 옆 성황당을 지날 무렵이었다. 맹한 두 눈에 한 무리의 동냥아치들이 비쳤다. 멍한 두 귀에 각설이들이 부르는 장타령이 들려왔다. 김제에서 간간이 듣던 장타령을 해주에서 만난 것이 낯설었지만 관심을 두지 않았다. 무심코 그들의 곁을 지나치려는데 어린 각설이가 내 왼손을 톡톡 친 뒤 무언가를 손에 쥐어 주었다. 멍청한 눈으로 바라보자 녀석은 눈을 찡긋한 후 무리의 꽁무니를 쫓아서 멀어져갔다. 왼손을 펼쳤다. 자색의 비단 주머니가 때가 끼어서 새카만 손에 놓여있었다. 조심스럽게 주머니를 열자 서찰이 나왔다. 허심탄회. 꼭 다시 만나서 품은 속내들을 화끈하게 다 터놓고 싶은 운룡. 그의 서신이었다.

　'각설. 바람에 구름이 흩어지니 풍운아의 운명이라. 그대가 찾는다 하여 찾아지는 내가 아니니 그만 돌아감이 복되리라. 그대와의 사이에 쌓인 원한 없으니 해원주 한잔이면 족하리라.'

　운룡의 서신을 보니 허탈했다. 그를 만나면 실마리가 잡힐 거라고 기대했건만 아무런 단서조차 얻지 못한 채 한양으로 돌아가야만 한단 말인가. 갱무꼼짝이었다. 정말 참담했다. 창졸간에 바보가 되어버리린 느낌이랄까 졸지에 함정에 빠진 백호마냥 억장이 무너졌다. '작년에 왔던 각설이 죽지도 않고 또 왔네.' 헛웃음만 나왔다. 나를 조롱하는 장타령의 곡조가 너무나 서글펐다.

참으로 세상에는 잘난 놈들이 많았다. 간교한 계략으로 인간들을 가지고 놀았으니까. 순간 입에서 온갖 욕이란 욕은 죄다 튀어나왔다. 욕설의 달인으로부터 배운, 품격이 넘치는 육두문자들이 늘씬하게 풀려서 나왔다. 배우지 않으려고 했지만 몸으로 자연스레 보고 들으면서 습득했으니 나의 상욕도 일품이었다. 끈질긴 핏줄의 힘이랄까. 나도 욕쟁이 아버지의 아들이었다.

상욕을 퍼부은들 죽은 벗들이 부활하는 일은 없을 것이다. 물론 쓰린 속은 조금 풀리겠지. 울컥했다. 칼잡이가 칼춤도 추지 못한 채 필우의 피눈물을 넋을 놓고 바라만 보아야 하는 현실에 화가 났다. 진짜로 짜증이 증폭했다. 구중궁궐로 쳐들어가서 죄다 죽여 버릴까. 그러면 나도 죽겠지. 칼잡이도 빗발치듯 쏟아지는 화살들을 배겨낼 재간은 없었다. 설혹 저들을 죄다 죽인다고 세상이 바뀔까. 아니겠지. 그렇게 해서 바뀔 세상이면 진작 변했겠지. 생각을 정리했다.

일단은 옥정의 생사부터 확인하자. 만약 옥정이 죽었으면 구중궁궐에서 칼춤을 추다 장렬하게 뒈지자. 그러나 정말 간절히 바라는 바는 그녀의 생존이었다. 만약 옥정이 살아만 있다면 그녀와 함께 상처 입은 민황의 꿈을 다시 꾸고 싶었다.

개심을 찾아갔다. 독살이 자살로 둔갑하자 새로운 국면이 열렸다. 잔챙이의 음모로 역모는 진실이 되었다. 더불어 선연한 피의 숙청을 불러왔다. 지질한 치자들의 핏빛 잔치는 그 끝을 모른 채 계속됐다. 개심이 부풀어 오르는 옥사의 참상을 전해줬다. 빈천한 무지렁이 계원들은 변명도 한번 못해보고 부지기수로 참수됐다. 옥남을 비롯한 수많은 선비들은 의금부로 압송되어서 참혹한 고신을 받는다고 했다. 그런데 개심도 도저히 옥정의 흔적을 찾을 수가 없다고 했다. 수신마저 삭탈관직을 당해서 날개가 꺾였으니 개심도 운신의 폭이 좁아졌다. 고민 끝에 결단했다.

옥남을 의금부에서 구해내기로 했다. 그믐날 밤 개심과 의금부로 갔다. 어둠 속에 숨어 의금부를 염탐했다. 옥사의 규모 때문에 경비가 삼엄했다. 수십 명의 나졸이 두 명씩 조를 이뤄서 수시로 의금부 외곽을 순찰했다. 그때 동쪽 담벼락 끝에서 불빛을 받아 반짝이는 수양버들이 눈에 뜨였다. 퍼뜩 잔꾀가 떠올랐다. 개심을 담벼락의 어둠 속에 남겨두고 나는 나졸들의 순찰의 간격이 뜸한 틈을 타서 나무 위로 올라갔다.

추국청 내부가 보였다. 살이 타는 냄새에 비린내가 섞인 악취가 속을 뒤집어 놓았다. 고신이 멈춘 듯 형틀에 묶인 생명들의 신음도 잦아들었다. 추국청 중앙에 놓인 형틀에 옥남이 묶여있었다. 풀피리를 불어 개심에게 신호했다. 어둠 속에 숨었던 개심이 잽싸게 튀어나와 버드나무 아래에서 슬피 울었다. 구슬픈 울음에 순라를 돌던 나졸 두 명이 개심에게 다가왔다. 슬며시 뛰어내려 나졸들의 후두를 쳐서 기절시킨 뒤 어둠 속으로 끌고 갔다.

옷을 갈아입었다. 천연덕스럽게 걷는 개심의 뒤를 따라 옥남에게 다가갔다. 개심이 주변을 살피는 사이, 나는 옥남의 상태를 살폈다. 사

325

지는 만신창이가 되어 너덜댔고 얼굴은 피범벅이 되어 이목구비의 구별이 무의미했다. 속이 울컥했으나 울음을 토해낼 수가 없었다. 속으로 울음을 삼키며 손으로 옥남의 육신을 쓰다듬었다. 나의 따스한 손길에 순간 의식이 되돌아온 옥남이 나를 알아보고 마지막 소원을 빌었다.

"풍이…… 형님, 제발 저 좀…… 죽여주세요. 죽고 싶어요."

옥남의 육신은 숨만 헐떡대고 심장만 팔딱거릴 뿐 전신의 감각을 깨우는 극한의 고통 속에서 죽어가고 있었다. 개심이 재촉했다.

"저희가 발각되면 옥사만 확대되니 서두르시죠."

옥남을 육신의 지옥에서 풀어주자. 나는 왼손을 옥남의 후두부에 대고 중지로 풍부혈을 쳤다. 옥남은 육신의 굴레를 벗고 편히 잠이 들었다. 부릅뜬 옥남의 두 눈을 감겨준 뒤 의금부를 벗어났다.

개심이 전해주는 옥사의 소식들은 나를 비참하게 만들었다. 날이 갈수록 비렁뱅이의 자책만 늘어났다. 나는 서인의 선봉에 선 정철의 만행에 소름이 돋았다. 옥사를 주관하는 위관 정철은 피사리하는 임금의 늙다리 노복과 다르지 않았다. 정철은 피와 벼를 가늠하는 기준을 마음대로 바꿔가면서 열심히 피사리했다. 임금의 기호와 정철의 입맛과 서인의 편 가르기에 맞춰서 가늠의 기준이 바뀌었기에 아무도 안심할 수 없었다. 오직 임금만이 안심하고 자신의 입맛을 즐겼다. 주군의 구미만을 중히 여긴 정철은 땀까지 뻘뻘 흘려가면서 교묘하게 벼를 돌피로 둔갑시켰다. 그렇게 점점 더 피사리의 수량만 늘어났다. 정철의 정교한 피사리에 생명의 대지를 조율하는 농부의 투박한 피사리가 무참했다. 나는 정철의 독단에 치를 떨었다. 그러나 좀생이 주상의 지극한 엄호 속에 숨어있는 정철의 독단은 칼에 닿지도, 칼에 베이지도 않는 것이었다.

여립의 조카 정집이 모진 고문을 견뎌내지 못하고 허위로 자백했다. 그러나 누가 감히 어린 정집을 탓하리요. 어린 영혼이 지옥을 경험하고도 절개를 지킨다면 그것이 이상한 것이었다. 탓할 대상은 진실을 조작한 그들이었다. 그들이 바란 대로 자백의 여파는 실로 대단했다. 추국청 안마당은 피의 울음만 넘실대는 피바다로 변했다. 줄줄이 잡힌 연루자들의 비명과 피비린내가 섞이자 추국청은 죽음의 공포가 가득한 생지옥으로 변했다. 여립과 친분이 있거나, 서찰을 주고받은 동인 계열 선비들은 빠짐없이 죽임을 당하거나 귀양을 갔다. 백유양은 임금을 도량이 편협한 인물이라 폄하했다는 이유로 임금의 미움을 받아서 장살되었다. 임금은 백유양 일가를 몰살시켜 스스로 도량이 없음을 세상에 알렸다.

줄줄이 죽었다. 전라도사 조대중. 형조좌랑 김빙. 신녕현감 최여경. 김제군수 이언길. 장령 유몽정. 선산부사 유덕수. 참봉 윤기신. 참봉 유종지. 찰방 이황종. 맹인 배광의…….

줄줄이 유배를 갔다. 참봉 한백겸은 종성. 정개청은 온성. 심경은 회령. 우의정 정언신은 경원……. 너무 많아서 나열하기도 벅찼다.

자신의 자백이 피의 향연에 일조한 사실을 뒤늦게 깨달은, 여립의 조카 정집은 처형되기 직전 처절하게 울부짖었다.

"공경과 사대부를 끌어들이면 살려주겠다 말하더니 왜 죽이느냐!"

시류時流에 편승한 인간들은 원한을 갚기 위해서 옥사를 이용했다. 추국청은 원한의 앙갚음이 인간들을 잡아먹는 살육의 현장이었다.

끝내 정철은 정적이었던 이발을 향해 복수의 칼을 뽑았다. 그리고 노련한 백정처럼 집요하고 치밀하게 칼을 놀렸다. 정철은 자신의 현란한 수사修辭만큼 눈부신 앙갚음의 칼춤을, 아니 신들린 무녀마냥 신나는 검무를 추었다. 서인을 탄핵했던 동인의 영수 이발에게 정철은 처절하고 살뜰하게 피의 앙갚음을 했다. 이발은 온몸의 살과 뼈가 온전한 곳이 없을 정도로 극심한 고문을 받은 끝에 죽었다. 그의 팔십 노모와 여덟 살 된 아들 명철은 깨진 사기를 깔아놓은 곳에서 압슬형을 받았다. 명철은 무릎이 으깨지는 고통 속에서도 단호하게 말했다.

"매양 아버님이 전한 가르침은 가효와 국충 뿐 역적의 일을 말씀하신 바는 없습니다."

죽음 앞에서도 당당한 명철의 말에 자존심이 상한 임금은 대노했다. 임금은 입에 게거품을 물면서 명철을 때려죽이라고 했다.

"역적 놈의 자식 입에서 이런 망언이 튀어나오다니."

그렇게 명철은 맞아 죽었다. 춘심도 참혹한 고신 끝에 비참하게 죽었다. 춘심의 죽음 앞에서 개심은 절망했다. 그러나 개심도 나처럼 속수무책이었다. 여립과 이발의 서신들을 허위로 꾸며서 이발의 가문을 멸문시킨 정철은 진정 장대했다.

옥사의 피바람 속에도 옥정의 그림자는 없었다. 산운의 그림자도 밟히지 않았다. 두 사람을 찾아서 팔도를 바람처럼 떠돌았다. 그들은 자취를 남기지 않았다. 바람처럼 대지를 방랑하는 사이 계절은 덧없이 흘러 부질없는 봄을 맞이했다. 죽서루와 마주했다. 구걸하던 여인과 방랑하던 사내의 숙명이 하나로 맺어진 관동제일루. 새봄을 시샘하는 봄눈이 병풍처럼 펼쳐진 반물빛 바위 절벽을 지나서 푸른 강물로 사뿐히 내려앉았다. 순간 눈은 자취를 감췄다. 정체를 거부하는 강물에 휩쓸려서 부질없이 사라지는 눈꽃을 보니 찰나의 사랑에도 행복했을 어머니가 안쓰러웠다.

생명은 늘 한限없는 사랑을 꿈꾸나 애초부터 사랑은 한恨을 품고 태어났다. 세상 모든 사랑은 한의 그림자를 떨쳐내지 못한 채 홀연 생하고 홀연 멸했다. 아버지의 사랑도 나의 사랑도. 눈 내린 죽서루가 달빛에 숨죽여 울었다. 그녀가 살아만 있다면 나는 그녀의 가여운 밤을 달빛처럼 소리 없이 비추련만. 그녀의 그림자는 어디에도 없었다. 아련함이 묻어나는 추억만 하릴없이 보듬었다.

허무함을 달래고파 여름이 시작할 무렵 갑사로 갔다. 기댈 그리움이 있어서 외로움이 외롭지 않으리라 기대했건만 화엄으로 꽃핀 갑사의 계곡은 오히려 애잔한 기억에 애처로웠다. 살아있어서 서러운 몸을 계곡 물에 시원하게 씻었다. 몸은 목욕으로 더러움을 버릴 수가 있지만 마음은 미역으로도 무참함을 버릴 수가 없었기에 하염없는 눈물만이 허울을 타고 흘렀다. 삶과 죽음을 떠나 옥정의 몸에 닿을 수만 있다면 허울을 벗고 해탈할 수 있으리라. 그러나 그녀의 몸은 어디에도 흔적을 남기지 않았다.

한양으로 갔다. 길삼봉을 찾기 위해 정철이 안달이 났다고 했다. 정철의 안달은 무의미했다. 길삼봉은 민황의 세상을 꿈꾸는 인존들의 정신적 줏대일 뿐이었다. 그러나 옥사의 정의를 위해서 누군가는 길삼봉의 탈을 써야만 했다. 처사 최영경이 잡혀 왔다. 참 빌미가 단순했다. 하필 영경의 아호가 삼봉이었다. 아호를 빌미로 삼을 바에야 본명이 삼봉인 인간에게 누명을 씌우는 것이 그럴듯했으리라. 정말로 잡을 꼬투리가 그렇게도 없었나. 당연히 없었다.

영경은 대동계와 전혀 관련이 없었다. 그는 곧은 성품과 빼어난 학식으로 명성이 자자했을 뿐. 군이 단점을 꼽는다면 명리에 치우친 선비들이 편을 갈라서 똥개처럼 싸우는 꼬락서니를 보고 조정에 나가길 꺼렸다는 것이었다. 영경은 끼니를 잇기도 어려웠고 출입할 의복도 없었다. 비록 매양 옷을 빌려 입었지만 추호도 궁핍한 처지를 부끄러워하지 않았다. 그는 부끄러움의 본처를 알았기에 부귀공명을 시샘하는 개염이 티끌만치도 없었다. 그는 순박했기에 길삼봉이 되었고 바를 정正자만을 남긴 채 독살되었다.

여립을 천거했다는 이유로 파직된 노수신은 병든 노구에도 불구하고 상소를 올렸다. 수신은 옥사의 확대를 극구 만류했지만 허사였다. 샘만 남은 용렬한 임금은 정철이 가혹하게 옥사를 집행하도록 방조만 했다. 정철이 수신을 찾아와 희롱했다.

"상국이 전에 역적을 천거하더니 이젠 꼴이 말이 아닙니다 그려. 지금 심정이 어떻습니까?"

"허! 사람마다 소견이 다르니 그것을 어찌 탓할 수 있단 말인가. 그대의 좁은 소견이 옥사를 부풀리고 있으니 자신을 돌아보게나."

수신은 죽는 순간까지 여립에 대한 신뢰를 버리지 않았다. 오히려 정철의 편벽됨을 힐난했다. 정철은 아무런 변명도 없이 돌아갔다. 수신도 조용히 양지가 양명한 피안으로 돌아갔다. 옥사에 얽혀서 목숨을 재촉할까 두려워 아무도 조문을 오지 않았다. 개심만이 피안으로 가는 수신의 곁을 지켰다. 수신도 춘심도 모두 떠나보낸 개심은 속세에 대한 미련도 버렸다. 장례가 끝난 뒤 저녁부터 술을 동이째 들이켜던 개심이 도깨비마냥 심술궂은 인생이라는 녀석에게 대뜸 대들었다. 술고래처럼 고래고래 소리를 질러댔다.

"네놈이 뭣이 간디 내 앞을 가로막아. 비키란 말이야. 난 죽어도 춘심이 곁으로 갈래. 저리 비켜⋯⋯."

"개심아, 주사가 심하네. 그만하자."

"대풍이 자식아! 잘난 칼로 지푸라기 하나 못 베는 놈이 사내라고. 그래 나를 베면 되겠네. 어서 베! 내가 칼을 뽑아주랴⋯⋯."

개심이 검을 칼집에서 빼내려고 했다. 더는 두고 볼 수가 없었다. 뒷덜미를 쳐서 녀석을 재웠다. 조용히 쓰러져 잠든 녀석의 모습을 보자 마음이 저미었다. 개심이 꿈속에서나마 춘심과 만나기를 부질없이 바랐다. 선잠을 깼다. 미명만이 방안을 채웠다. 널브러져 있을 거라 예상했던 개심이 보이지 않았다. 목이 타서 자리끼를 찾았다. 자리끼를 들어 목을 축이려는데 그 옆에 서찰이 놓여있었다.

"공허한 마음을 달랠 길이 없어 불법에 귀의하렵니다. 제가 보고 싶으면 묘향산으로 찾아오세요. 상중이어서 전할 말을 잊고 있었네요. 도성의 걸개들에게 산운의 용모파기를 전하고 비슷한 자가 나타나면 알려 달라 했더니 얼마 전에 전갈이 왔습니다. 성균관 근처 반촌에 산운과 비슷하게 생긴 놈이 가끔 나타난다고 합니다."

살송곳

젠장, 말짱 도루묵이네. 빌어먹을, 도로 외톨이가 되었다. 그나마 개심에게 내심으로 의지했는데 녀석마저 떠나자 나는 다시 홀로 남았다. 이제 걸개의 주변엔 정말 아무도 없었다. 허탈했다. 아니 영혼까지 탈탈 털린 듯했다. 조물주조차 야속했다. 대지도 천지도 주물럭대서 만들었다던 조화옹마저 지질하게 느껴졌다. 어찌 이리 무심할 수가 있단 말인가. 죽은 자들이 진정 죽어야할 죄라도 지었단 말이던가. 진짜 죽어야할 좀팽이들은 노상 호사만 누리던데.

하늘땅을 향해서 아니, 그 뒤에 숨은 조물주를 향해서 온갖 욕설을 퍼부었다. 에이! 씨……! 차마 마지막 말은 뱉어낼 수 없어서 참았다. 이런 상황에서 업보나 원죄라는 그런 미사여구로도 분노한 걸개의 마음을 납득시키지 못했다.

누가 그랬다지. 그냥 산다고. 숨이 붙어 있으니 산다고. 살아있으니 숨을 쉰다고. 그냥 그렇게 쳇바퀴만 굴린다고. 이런 걸 거창하게 반자反者 도지동道之動이라 하던가. 사물이 극極에 다다르면 되돌아오는데, 그것이 도道의 움직임이라는. 입에서 단내가 나도록 염병할. 쳇바퀴만 돌리는 게 잘난 도道란 게지. 제기랄, 내가 보기엔 반자도지동이 아니라 반자도지 똥! 이었다. 실상 똥밭만 뒹굴다 가는 것이 인생이었으니까.

그래도 옥정만 내 곁에 있다면 그녀와 더불어 조각난 민황의 꿈을 다시 조합할 수만 있다면 똥밭도 낙원인데……. 반촌이라…… 반촌. 산운이…… 반촌에 가끔 나타난다.

반촌이라는 말에 동세가 생각났다. 어린 조카들과 형수의 얼굴도 떠올랐다. 먹고 입는 것이 넉넉하길 바라서 반국을 소원했던 동세의 소박한 바람은 무능하여 샘만 남은 임금의 암상과 당배의 이해득실만 따지는 서인의 야욕과 피의 앙갚음만을 꿈꾸는 정철의 원한이 서로 뒤엉켜 만든 거대한 옥사의 폭풍우 속에서 한낱 물거품으로 변해서 소멸했다. 사라진 물거품은 언젠가 다시 뭉쳐 비꽃으로 혹은 눈꽃으로 피어서 내릴 것이다. 원의 눈물이 마르고 한의 울음이 그쳐 인간을 품은 대지가 편히 잠들 때까지 비꽃도 눈꽃도 설핏하지만 쉼 없이 피고 또 피어나리라. 애처로운 인간꽃이 온 누리에 만개하여 해원하는 그날까지.

반촌을 샅샅이 뒤졌다. 산운의 흔적을 찾을 수가 없었다. 용암포로 갔다. 동세의 초가는 이미 폐가로 변해 있었다. 고사리같이 작은 손으로 입에 풀칠하던 조카들의 흔적도 흘러가는 시간 속에 묻혀버린 지 이미 오래였다. 땅거미가 뭍으로 올라오자 밤바다에서 메밀꽃이 애절한 울음과 함께 피어났다. 그 울음은 옥사로 희생된 무고한 생명들의 마지막 단말마였다. 부단히 밀려오고 밀려나는 단말마 속에는 동세와 형수와 조카들의 울음도 있었다.

무심한 계절의 바뀜 속에서 나의 여린 마음은 모질어졌다. 모진 마음은 칼을 뽑는 데 주저하지 않았다. 패엽사로 갔다. 의엄은 재령군수 박충간에게 밀고한 대가로 구월산 사찰들을 총괄하는 도총섭이 되었다. 밤을 틈타 방장으로 갔다. 의엄은 나를 보자 모든 것을 포기하고 담담하게 칼을 받았다. 맑은 계곡 물에 명월검을 씻었다. 신천으로 갔다. 유생인 이수와 조구는 역모를 고변한 대가로 평란 이등공신에 제수되었다. 그들에게 한마디만 했다.

"똥내를 따르는 똥파리마냥 부귀를 쫓아서 벗들을 배신한 대가는 오직 죽음뿐이다."

그들을 베었다. 마음은 허무했다. 믿음을 저버린 이들을 베었지만 이미 떠나간 벗들은 돌아오지도 슬피 울지도 않았다. 그저 무의미한 혈화만 피어올랐다. 광인이 되어 바람처럼 팔도를 떠도는 내게 뜻밖의 풍문이 들려왔다.

독사로 불리면서 옥사를 주도했던 정철이 세자 책봉 문제로 좌의정에서 체직된 뒤 양사의 탄핵을 받아서 귀양을 갔다. 강계로 발걸음을 옮겼다. 반달이 구름을 타고 흐르는 밤. 정철이 구차한 목숨을 번듯하게 연명하는 거처로 갔다. 담을 넘었다. 불 켜진 방으로 다가갔다. 갑자기 여인의 교태가 어린 웃음소리가 문틈으로 새어 나왔다. 여기가 아니었나. 순간 당황했다. 일단 조금 더 동태를 살펴보기로 했다.

정체가 묘한 여인이 유혹의 몸짓을 화려한 언어로 포장하고 있었다.

"술 대신 시詩에 취해 몸으로 한 수 읊조리면 한恨 또한 해소될 것입니다. 섭철 나리."

"섭섭하게 섭철이라니. 그럼 네년은 번질번질한 번옥이렷다. 아직 몸으로 시를 지을 감흥이 부족하니 한 잔 더 따라라."

"더는 물려 줄 수가 없으니 어서 몸으로 시를 읊조리시죠."

"앙큼한 년, 좋다. 이제 운우지정의 시를 지어주마."

『옥이 옥이라 하여 번옥燔玉이라 여겼더니

이제 다시 보니 진옥眞玉임이 분명하니

내게 살송곳 하나 있어 힘차게 뚫어볼까 하노라.』

"시 한 수로 온몸이 후끈 달아오르니 저도 온몸을 달구어줄 시를 지어드리지요."

『철이 철이라 하여 섭철鑷鐵이라 여겼더니

이제 다시 보니 정철正鐵임이 분명하네

내게 골풀무 있으니 한껏 녹여볼까 하노라.』

"멋진 시로구나. 그럼 살송곳을 골풀무에 한번 녹여볼까."

씁쓸했다. 정철은 몸에서 피 냄새가 가시기도 전에 여인의 향기에 묻히고 술의 향기에 취해 몸뚱이로 시를 짓고 있었다. 서럽도록 아름다운 시를. 술과 시로 질곡의 삶을 걸어온 노회한 정치꾼 정철. 정철은 지난날의 영화가 그리워 주색잡기에 골몰하고 있었다. 주색에 기대어 살아가는 정철의 육신이 측은했고 기댈 몸조차 잃어버린 죽은 원혼들은 더 측은했다.

그믐날 밤. 다시 정철의 거처를 찾았다. 정철은 서찰을 쓰고 있었다.

내가 방문을 열고 들어섰지만 정철은 붓을 놓지 않았다. 불청객의 등장에도 전혀 동요하지 않는 뱃심과 칼을 무시하는 그의 오만에 불쑥 부아가 솟았다. 하긴 이렇게 뻔뻔하니까 무고한 생명들을 죽이고도 명줄을 잡고 있겠지. 달리 독사가 아니었다. 칼을 뽑아서 서찰을 찍어 올렸다. 그제야 정철이 잘난 체했다.

"아직은 죽을 때가 아니다. 그만 물러가거라."

"그대의 목숨은 내 칼이 결정한다."

"건방진 놈이군. 누가 보냈느냐?"

"길삼봉!"

"길삼봉? 그놈은 죽었다. 이미 오래전에."

"최영경이 아니라 내가 길삼봉이다."

"한심한 녀석. 최영경이 길삼봉으로 죽었으면 길삼봉인 게지. 가만 네놈이었구나. 구봉이 말하던 칼을 제법 놀린다는 거지새끼. 구봉의 부탁만 없었어도 이미 악귀가 되어서 구천을 떠돌고 있을 비렁뱅이 새끼가 주제도 모르고 나대다니."

"구봉……?"

"구봉의 비범한 능력을 걸개인 네놈이 어찌 알겠냐. 아무튼 편지나 다시 내려놓고 꺼져라. 아니면 난장의 맨바닥이나 기면서 구걸이나 하든가. 내가 비록 유배를 왔어도 비렁뱅이와 대면할 하찮은 위인은 아니니까."

일관되게 거만한 인간이었다. 잘났으면 얼마나 잘났고 못났으면 또 얼마나 못났다고 이렇게도 사람을 차별한단 말인가. 나도 거지 이전에 거시기가 달린 사내건만 사내의 자존심을 짓밟는 데도 정도가 있지. 면전에서 나를 비렁뱅이라 비하하는 정철의 자만에 짜증이 났다. 나는 편지를 돌려주기는커녕 소리 내어 읽었다.

"사면을 둘러봐도 입에 풀칠할 계책이 전혀 없으니 형님이 조금은 도와주시오. 늘그막에 대책도 없이 이러고 있는 것이 본심本心에 자못 부끄럽습니다."

편지를 읽는 내내 얼굴이 화끈거렸다. 정철은 부끄러움을 버려서 구차한 목숨을 구걸했다. 정철이 권력의 정점에서 염치를 지키려고 애썼다면 피의 사화士禍는 사소한 소동으로 끝이 났으리라. 그러나 정철은 위관으로 옥사를 지휘하면서 염치 대신 서인의 이끗만 성심껏 가늠했다. 그렇게 살아왔던 정철이 지금은 잡초보다 못한 민초의 삶을, 대지를 누비하게 누비는 길삼봉의 삶을, 몸으로 부대끼며 깨치고 있었다. 정철의 서찰은 인생의 무상을 예찬했다. 맛을 탐하는 몸은 술과 색과 권력으로 채울 수 있었다. 하지만 시간과 공간의 텅 빈 사이를 거니는 삶은 물질로는 채울 수가 없었다. 정철이 모든 권력을 잃은 후에야 인생의 무상함과 민초의 고뇌가 무엇인지 깨달았기에 그의 서찰은 무참했다. 반국만을 꿈꾼 대동계를 박멸한 대가로 정철이 입에 문 것은 민초의 고초였다.

풀칠 할 입. 민초는 늘 그것을 걱정했다. 입에 대한 근심은 그들이 감내해야 할 삶의 무게였다. 그런데 민초는 버거운 입을 해방할 번듯한 군왕의 출현만을 기대했다. 그러나 그것은 심각한 착각이었다. 지금껏 군왕들은 자신들의 존위만 존심할 뿐 민초의 안위에는 무심했다. 그것은 지당한 짓거리였다. 눈으로 보이지도 않고 몸으로 닿지도 않는 민초의 삶은 군왕들의 관심 밖에 있었다. 또한 여태껏 민초의 궁핍한 입을 궁극의 해방으로 인도했던 군왕은 단 한 명도 없었다, 동서와 고금을 막론하고서.

이제는 익숙함을 버려야 할 때였다. 틀에 갇힌 관념의 뒤집기가 필요했다. 자주성의 자각만이 답이었다. 민초가 세상의 진정한 주인으로 거듭나지 않는 이상 늘 입은 고민으로 남았다. 그들의 고민을 타파하고자 대동계 동아리는 반국을 꿈꿨다. 엄밀하게 말해 빈자와 부자 사이의 벽은 조물주조차 부술 수 없었다. 조화옹조차 해소할 수 없는 빈부의 격차를 무능한 군왕들이 해결해 줄 거라고 믿는 것은 비겁한 착각이었다.

반국의 바람은 지당한 짓거리요 절실한 몸짓이었다. 그것을 이제야 깨달은 정철이 갸륵했다. 정철의 서찰을 허공에 띄웠다. 쓱! 칼로 베었다. 그러나 정철은 베지 않았다. 정철이 죽을 때까지 민초의 고초를 통해서 길삼봉의 삶에 대해 깊이 성찰하길 바랐다. 마지막 말만 남긴 채 자리를 떴다.

"그대가 본심에 부끄러운 것이 무엇인지 조금만 더 일찍 깨달았다면 좋았을 것을……"

똥파리

일체의 희망을 접었다. 마음으로 칼을 갈았다. 궁궐로 쳐들어가서 마지막 칼춤을 추리라 마음먹었다. 자꾸만 미련이 눌어붙었다. 다시 일말의 희망을 붙잡고 반촌으로 갔다. 물샐 틈 없이 반촌의 바닥을 훑었다. 산운의 꼬리가 좀체 잡히지 않았다. 폭염이 반촌을 불태워 허울을 가리는 겉옷이 얇아지면 허울만도 못한 산운의 흔적이 쉬이 드러날 거라 기대하며 반촌의 현방 거리가 한눈에 들어오는 숭보사 앞뜰의 느티나무를 벗 삼아서 이력이 난 비럭질로 민민한 목숨만을 연명하며 하염없이 기다렸다.

똑같은 하루가 지나가고 다가왔다. 끝내 참고 견딘 보람이 있었다. 마침내 그놈이 나타났다. 배신자 정산운. 벗들의 믿음에, 벗들의 따스한 가슴에 차디찬 배신의 비수를 꽂은 인면수심의 인간. 이제 이놈을 단죄할 심판의 시간이 펼쳐지리라. 벌써부터 심장은 요동치고 두 눈은 불을 뿜어댔다. 내가 화를 내는 얼굴은 정말 무서웠다. 누구든지 그 모습을 직접 보면 공포에 질려서 유체가 이탈할 것이다. 분노의 살의 殺意가 상판을 통해 분출하면 염라대왕도 저승사자도 나의 상대가 되지 못했다. 등골이 서늘하고 머리털이 쭈뼛쭈뼛 곤두서는 것은 장난이었다. 나는 상대의 심장이 얼어붙는 전율을 경험케 했으니까.

돌이켜보면 옥정이 나를 싫어한 것은 아니다. 무서워서 피한 거다. 잘생겼는데 면상이 너무 무서워서 내 마음을 거절했을 것이다. 이런 젠장. 복수를 앞두고 또 딴생각을 하다니 정신 차리자. 절호의 기회다. 냉정해야 한다. 마음먹고 무서운 상판을 하면 녀석의 심장이 마비될 수도 있으니까 조심하자. 복수는 단 한 치의 오차도 허용하지 않는다. 절대로 놈의 유려한 언변에 놀아나거나 놈의 잔망한 잔꾀에 넘어가지 말자. 확실하게 놈의 명줄을 자르고 옥정의 생사를 확인하자. 마음의 준비를 단단히 했다.

산운은 생각지도 못한 보상 차림이었다. 봇짐을 지고 현방거리에 들어선 산운은 조심스레 좌우를 살폈다. 자신을 쫓는 시선이 없다는 것을 확인한 녀석은 숭보사와 지근거리에 있는 푸줏간으로 사라졌다. 잽싸게 느티나무에서 뛰어내려 산운이 사라진 현방으로 들어갔다. 중년의 재인이 도살용 칼을 휘두르면서 내게 소리쳤다.

"이놈의 거지새끼가 어딜 들어와. 썩 꺼지지 못해."

마음이 급해서 미처 행색을 따질 겨를도 재인과 말씨름할 여유도 없었다. 그냥 밀고 들어가자 재인이 나를 향해 도살용 칼을 휘둘렀다. 칼을 피하며 백정의 후두를 쳐서 기절시켰다.

안으로 들어서자 둥근 공터가 나타났다. 현방들은 공터를 통해서 하나로 연결되어 있었고 공터의 중앙에는 소를 잡는 도구들이 널려 있었다. 백정들은 폭염을 피하려고 뿔뿔이 그늘 밑에 흩어져 쉬고 있었다. 무더위에 지친 재인들은 비렁뱅이의 갑작스러운 등장에도 무덤덤했다. 그들과 조용히 시선만 맞교환하면서 산운을 찾았다.

찾았다. 잡놈의 자식. 죽여 버리겠다. 놈은 맞은편 구석에서 봇짐을 풀다말고 나를 보더니 혼비백산하며 줄행랑을 쳤다. 흥! 뛰어봤자 벼룩이지. 놈은 푸줏간 거리로 뛰쳐나간 뒤 숭보사 쪽으로 도망쳤다. 놈을 향해 검을 날렸다. 검은 숭보사 입구를 들어서던 잡놈의 허벅지에 꽂혔다. 잽싸게 다가가서 녀석을 들쳐업고 사당으로 들어갔다. 스며든 습기로 눅눅해진 마룻바닥에 녀석을 내팽개쳤다. 잡놈은 고통을 참는다고 이를 악물었다. 그것도 잠시 잡놈은 이내 얼굴에 비웃음을 내비쳤다.

"칼밖에 쓸 줄 모르는 무지렁이가 감히…… 으으."

놈의 허벅지에 꽂힌 칼을 뽑았다. 시뻘건 피가 쫙 솟구쳤다. 피어나는 피꽃이 싱싱했다. 피비린내도 신선했다. 뿜어져 나오는 선혈을 보면서 말했다.

"그래…… 내게는 칼이 전부였지. 한데…… 사람을 믿기 시작하는 바람에 여기까지 왔구나. 칼만 믿었더라면 칼보다도 못한 너를 만나지는 않았을 텐데……."

"푸하하하……."

녀석이 박장대소를 했다. 나를 향한 비소로는 부족했는지 묻지도 않은 속내까지 다 털어놓았다.

"허풍아, 넌 우직해서 탈이야. 세상은 표리부동에 길들여져 있는데 표리일체인 대동세상을 만든다는 게 가당키나 한 일이냐. 애초부터 나는 대동계가 무지렁이들의 모임이라 여겨서 마음을 주지도 않았다. 그러니 그들의 믿음 또한 가볍게 버릴 수가 있었지. 그런데 마음도 몸도 쉬이 열지 않는 옥정 때문에 마지못해서 비렁뱅이들의 곁에 빌붙어 있었던 것뿐이야."

놈의 입에서 내가 그토록 찾던 옥정이란 이름이 튀어나오자 눈에서 불똥이 튀었다. 잡놈의 멱살을 잡아 조이며 다그쳤다.

"옥정은?"

"후우! 모른다. 옥사가 일어날 때 옥정과 헤어졌지. 그녀를 찾으려고 보상이 되어 팔도를 샅샅이 뒤졌지만…… 여태껏 그녀의 자취를 찾을 수가 없었다."

이놈 역시 옥정을 찾아서 팔도를 떠돌았단 말인가. 그녀는 우리의 눈을 피해서 도대체 어디에 숨은 것이란 말인가. 허탈한 심정으로 잡았던 멱살을 놓으며 돌아섰다. 이놈을 찾으면 옥정의 자취를 잡을 수 있을 것이라 기대했건만 그녀의 숨결도 또 그녀의 흔적도 전혀 잡히지가 않았다.

한껏 부풀어 올랐던 기대가 바닥을 쳤다. 더 이상은 내려갈 곳도 없는 심연의 바닥을 쳤다. 그러자 바닥에 침재해서 존재조차 희미했던 그리움과 삭였던 서러움이 신물처럼 목구멍을 타고 넘어왔다. 뜨거워서 멈출 수조차 없는 눈물도 함께 흘러내렸다. 나는 눈물을 닦지 않았다. 대신 천천히 검을 잡은 손에 힘을 집어넣으면서 또박또박 힘을 주어 말했다.

"산운, 비록 대동계가 헛된 꿈만 꾸는 무지렁이들의 모임이었더라도 무시하지는 말았어야지. 허망한 꿈. 공허한 이상. 맞아. 그놈들은 본래 보이지 않는 허상일지도 모르지. 그렇지만 과거의 이상이 현재의 현실이 되고 현재의 이상이 미래의 현실이 되진 않을까. 나는 그렇게 생각했는데 너의 배신 때문에 그 헛된 바람조차 사라져 버렸구나. 그동안의 정을 생각해 고통 없이 보내주마. 부디 죽어 하늘에 닿거든 먼저 간 원혼들에게 사죄하기 바란다."

산운을 등진 채 칼을 천천히 들어 올렸다. 그러자 죽음의 공포 앞에서 녀석이 발악했다.

"난 산운이 아니라 정운룡이다."

섬뜩한 괴성에 놀라서 뒤돌아섰다. 놈의 참담한 몰골에 더 놀랐다. 녀석은 피와 눈물과 땀으로 범벅이 된 괴기스러운 두억시니의 형상이었다. 지혈하던 손으로 땀과 눈물을 훔친 듯 수려했던 상판이 피범벅에 덮여서 자취를 감췄다.

피와 눈물과 땀이 만든 피범벅이 어쩌면 녀석의 드러나지 않았던 욕망의 본래 모습일지도 몰랐다. 아름다운 외모에 가려있던 추악한 욕망이 죽음을 앞두고 모습을 드러낸 듯싶었다. 그러나 안타까웠다. 놈은 새빨간 야차로 변한 자신의 본모습을 보지 못했다. 오직 나만이 피범벅으로 드러난 욕심의 참모습, 아니 빨간 야차로 드러난 욕망의 본모습을, 바로 볼 수가 있었다. 안타까웠고 궁금했다.

"정운룡…… 낙천…… 해주의 점술가!"

내 질문에 놈은 길게 답했다. 놈의 두 눈에선 쉴 새 없이 눈물이 흘러서 얼굴에 묻은 피를 씻어냈다. 놈의 과거도 함께.

산운은 본래 이름이 정운룡이었다. 운룡의 아비는 성균관에 고기를 대던 백정이었다. 어린 시절 운룡은 아비를 도와 열심히 푸줏간 일을 하면서 틈틈이 성균관 유생들로부터 귀동냥으로 글을 깨우쳤다. 가리사니를 타고 난 데다 꾀주머니였던 운룡은 반촌에서 어린 봉추로 통했다.

눈 내리던 겨울날. 운룡은 성균관에 들른 송구봉을 우연히 만났다. 운룡의 재주를 한눈에 알아본 구봉은 운룡을 구봉산으로 데리고 갔다. 그때부터 운룡은 구봉 문하에서 허드렛일을 하며 학문을 깨쳤다. 동년배 중에서 가장 뛰어났음에도 백정이라는 신분의 한계 때문에 운룡이 할 수 있는 것은 없었다. 구봉은 고민 끝에 자신에게 목숨을 빚진 해주의 부호에게 운룡을 계자로 들여보냈다.

새로운 이름과 함께 부호의 양자가 되어 신분의 굴레를 벗어던진 운룡은 정산운으로 행세하며 맘껏 해원했다. 뛰어난 학식과 수려한 외모 덕에 양부의 사랑을 독차지했고 그동안의 설움을 벌충하려는 듯 아랫것들을 실컷 차별했다. 신분으로 차별하고 학문으로 해원했지만 자신의 과거가 드러날까 두려워서 과거를 볼 수는 없었다.

해주에 비풍이 불던 날 구봉이 산운을 찾아왔다. 동인의 개염이 자신을 향하기 시작했다며 수양산 자락에 은신할 거처를 알아보라고 했다. 산운은 구봉이 거처할 초옥을 마련한 뒤 뒷산에 정자까지 지었다. 이듬해 봄. 일족 칠십여 명이 동인의 공격을 받아 천민으로 환천이 되자 구봉은 수양산 자락에 숨어들어 정운룡이라는 점술가로 행세했다. 산운의 천민시절 이름을 천민이 된 구봉이 가명으로 사용했다. 해주에서 만난 정운룡이 바로 송구봉이었다.

동인들을 향한 원한이 뼈에 사무쳤던 구봉은 복수를 향한 치밀한 계획을 세웠다. 구밀회口密會를 조직해 때만 엿보던 그에게 먹잇감이 포착됐다. 대동계였다. 구봉은 해서 지역 토호들을 유인해 대동계에 가입시키고 산운을 직접 금구로 내려 보냈다. 산운은 대동계의 동향을 구봉에게 보고했고 참언을 이용해서 제위를 향한 여립의 야망을 더욱 부풀렸다.

구봉과 산운은 해주와 금구에서 서로 조응하며 대동계를 근절하고 동인들을 박멸할 거사를 준비했다. 한데, 거사를 앞두고 구봉과 산운이 갈등했다. 구봉은 옥정을 죽이자 했고 산운은 옥정을 살리자 했다. 끝내 구봉은 산운에게 언질도 없이 거사를 추진했다. 뒤늦게 거사를 눈치챈 산운은 숭복을 설득해서 옥정만 빼돌렸다.

단풍구경을 구실로 옥정을 금구에서 빼낸 산운은 고부로 향했다. 내장산으로 가기 전에 고부에서 하룻밤을 유숙했다. 그런데 이튿날 아침에 감쪽같이 옥정이 증발했다. 귀신이 곡할 노릇이었다. 운명의 장난에 농락당한 산운은 자신의 숙명이 시발한 반촌으로 되돌아왔다. 구봉을 배신했으니 산운이 기댈 곳은 반촌밖에 없었다. 그 후로 산운은 보상이 되어서 팔도를 떠돌며 옥정을 찾아왔다.

한숨을 끝으로 산운은 이야기를 마쳤다. 야차마냥 새빨갰던 녀석의 낯짝에 새하얀 두 줄기 골짜기가 생겼다. 참회의 눈물이 핏자국을 씻어내면서 만든 길이었다. 놈은 피를 너무 많이 흘려서 기력이 쇠한 듯했다. 칼로 놈의 가슴을 겨누었다.

"간악한 네놈의 명줄을 거두고 싶으나 지나온 삶이 아프니 남은 생은 악행을 참회하며 살아라."

칼을 쥔 손에 힘을 주려는 순간 산운이 신들린 무녀마냥 온몸을 부르르 떨면서 혼잣소리를 했다.

"제발…… 악귀들, 아니 옥남아, 수민아…… 그런 모습으로 보지 말아줘. 너무 무서워. 왜 다들 그런 괴상망측한 원귀들이 된 거야. 아이고, 여립 계주 잘못했으니 용서를…… 으아악!"

산운이 헛것을 본 듯 횡설수설했다. 동시에 칼을 향해서 돌진했다. 비참한 놈의 마지막 단말마가 사당을 뒤흔들었다. 칼은 놈의 심장을 정확하게 관통했다. 창졸간에 벌어진 일이라서 막을 수조차 없었다. 목숨만은 붙여두려고 했으나 놈의 자진 아닌 자진을 막을 수는 없었다. 두 눈을 부릅뜬 채 명월검을 가슴 깊이 쑤셔 박고 축 늘어진 산운의 육신이 참담했다. 이렇게 처참하게 세상과 이별할 거였다면 왜 그리 아등바등했을까.

산운은 허공을 누비는 구름처럼 덧없는 생을 살다 흩어지는 구름처럼 세상과 이별했다. 비굴했던 인생을 비참하게 마감했다. 산운을 통해서 깨달았다. 차별받던 자가 차별을 하면 모질어진다는 서글픈 진실을. 몸으로 습득된 차별은 마음의 감시를 벗어나 차별할 대상을 찾아서 마음껏 차별한다는 사실을 산운을 통해 깨달았다. 차별. 그놈은 늘 받은 만큼 되돌려주었다. 산운 역시 받은 차별을 열심히 돌려주다 무의미한 인생을 무참하게 마무리했다. 애초부터 차별의 씨앗은 뿌려지지 말았어야 했다. 명월검을 던졌다. 명월검은 나와의 이별이 아쉬운 듯 숭보사 기둥에 꽂혀서 부르르 떨었다. 나는 숭보사를 나왔다. 아득했다. 한여름 반촌의 현방 거리는 숨이 막히는 무더위에 인적이 끊겼다.

똥파리의 세상이었다. 피 냄새를 쫓는 똥파리 떼만 무리를 지어서 인적이 끊긴 푸줏간 거리를 이리저리 몰려다녔다. 똥파리 떼만 무더위가 열어준 자신들의 세상을 만끽했다. 피 냄새 가득한 현방거리는 똥파리의 세상이었다. 바람 한 점 없었다. 시원한 산들바람이 그리웠다. 문득 치마바위가 떠올랐다. 여립과 바위에 앉아 석양을 바라보며 서로의 바람을 나누었던 추억이 생각났다.

여립은 말했었지. 대동계를 통해 새로운 바람을 일으키고, 죽어가는 조선의 숨통을 틔우고 싶다고. 새로운 바람이 소삭하는 산들바람이든 세상을 뒤바꾸는 역풍이든 아무 상관없다고.

한데, 그 바람은 피바람이 되어 조선을 핏빛으로 물들였다. 지울 수 없는 핏빛 옹이를 조선의 대지와 서로의 심장과 모두의 마음에 살뜰하게 조져 박았다. 틀어박혀 살가워진 옹이들이 서러워서 웃음이 났다. 잃을 것도 없던 인생이 모든 것을 잃자 덧없는 인생만이 남았다. 덧이라도 옥정과 함께한다면 좋으련만. 옥정이 곁에 있어야 찰나라도 복되련만. 이제 무너진 희망이 기댈 곳은 고부밖에 없었다. 고부로 길을 잡았다.

현존

시간 속을 거닐었다. 시간은 길 위의 길이었다. 길과 함께 시간은 밀려났고 길과 함께 시간이 밀려왔다. 멈추면 시간도 길도 의미를 상실했다. 시간은 현재를 비워서 세상을 변화시켰다. 시간을 따라서 미래를 조각하거나 과거를 지워버렸다. 독점을 거부하는 길과 정체를 거부하는 시간은 유형과 무형이 포개진 삶의 이름이었다.

고부로 가는 길은 시간을 역행하는 여정이었다. 걸개를 기다리는 그녀도 있었다. 텅 빈 길과 실체 없는 시간만이 과거의 늪에 빠져서 허우적대는 의식을 건져 올려서 열반涅槃에 이르게 했다. 시간을 역행하는 고통 속에서 절절매던 의식이 그녀의 현존 덕분에 해탈했다. 마음은 무엇이며 또 몸은 무엇이기에 존재의 현존 앞에서 무기력하게 무너진단 말인가.

몸으로 비럭질하던 어린 시절. 마음으로 구걸하는 인간들을 만났다. 그들은 마음이 빌붙어 믿음을 싹틔울 대상을 찾아서 유걸로 떠돌았다. 그들에게 믿음은 도구였다. *대가를 바라는 구걸의 도구.* 이곳에 부합하지 못하는 믿음은 에누리 없이 버려졌다. 믿음은 온 누리에서 시간과 공간을 넘어 사람과 사물, 사람과 사람 사이에서 물샐틈없이 교환되었다. 믿음이 열어준 길을 따라 이곳에 부합한 대가들이 부지런히 대열을 이뤄서 오갔다. 대가가 사라진 믿음의 길은 자연히 도태되고 소멸했다.

마음으로 비럭질하는 동냥치는 늘 믿음의 길을 밖으로만 열었다. 넓디넓은 내면의 세계로 믿음의 길을 연 여래如來는 이곳을 쫓지도 대가를 바라지도 마음으로 구걸하지도 않았다. 다만 내면에 반듯하게 닦아 놓은 믿음의 길을 더욱 아름답게 가꾸려고 노력할 뿐이었다. 세상은 밖으로 난 믿음의 길과 안으로 난 믿음의 길이 뒤엉켜 있는 믿음의 난장판이었다. 무질서가 판치는 난장판은 눈부셨다.

난장에서 난잡하길 거부하는 별종은 광인뿐. 광인은 난장을 벗어나려고 스스로 미쳐버렸다. 난장에서 난 놈으로 해원하든 광인으로 난장의 밑바닥을 떠받치든 세상의 본바탕은 변하지 않았다. 난장판인 인간사만 흥망성쇠의 파랑을 타고 너울댈 뿐 하늘도 땅도 한결같았고 해와 달도 변함없이 빛났다.

변하는 것은 부생의 부질없는 몸짓뿐. 찰나에 의미가 있는 몸짓은 덧없는 인생 속에서 소연히 사라졌고 무탈하길 바라는 부생들에게 변고나 탈의 빌미인 덧들만 생멸했다. 덧들을 피해서 덧 사이를 방황하는 삶이 사뭇 서글펐다……. 먼 시간의 사이에서.

만경평야와 마주했다. 대지는 갈맷빛으로 가을의 희망을 담아냈다. 부러웠고 또 부끄러웠다. 희망을 버리고 잿빛으로 변해버린 마음이 민망했다. 대지를 다채롭게 채색하는 조물주의 손길도 나의 내면의 잿빛을 지워내지는 못했다. *오직 그녀의 현존만이 내 마음의 빛깔을 바꾸리라.*

만경강에 젖줄을 댄 대지가 부러웠다. 들판은 농부들의 거룩한 손길로 건강했다. 그러나 여름 평야의 풍성함이 늘 민초의 부듯한 가을을 담보하지는 않았다. 평야의 풍성함과 민초의 민민한 마음이 포개지자 마음이 먹먹했다. 비비정에 올랐다. 삼례천이 주변 천들과 만나 만경강이 머리를 드는 곳에 세워진 비비정은 평원 위를 날아오르려 했다. 민황의 꿈을 싣고 정직한 인과가 펼쳐지는 무위無爲의 바다를 향해 비상하려는 듯했다.

만경의 하늘과 땅을 보며 생각했다. 하늘이 비꽃을 박하게 피우고 땅이 옥척沃瘠으로 차별하면 만물이 불평만 한다는 현실을. 인간이 덕화德化에 인색하면 매사에 원망만이 따른다는 사실을. 하늘땅에 빌붙어서 비럭질하는 인간들은 매양 하늘과 땅만 탓할 뿐 덕화에 옹색한 자신들을 탓하지 않는다는 진실을.

덕화가 소멸하여 믿음에 진실한 인과로 보답하지 않는 인간사의 비극을 보았다. 그 비극을 온몸으로 받아내었기에 피꽃의 비린내가 온몸 구석구석 살뜰하게 스며들었다. 비비정에서 몸에 깃든 기억과 몸에 스민 피비린내를 날려버리려고 터울댔다. 생명에 대한 연민도 함께 버리려고 했다. 그러나 생명의 약함과 강함의 기준에 절대는 없고 상대만 있다는 사실을 생각했다. 더불어 약함과 강함의 차별은 살고자 터울대는 생명의 여린 몸짓 앞에서 무의미하다는 진실을 깨달았다. 감히 누가 살고자 바동대는 하늘과 같은 생명을 무엇으로 차별한단 말인가. 소멸한 덕화가 그리웠다.

"아따! 거시기 너무 늦었을라나. 묵 스님은 만날 나만 부려 먹어."

누군가 투덜대면서 비비정을 올라왔다. 고개를 돌리자 빡빡머리 동자승이 나타났다. 눈이 마주치자 동자승은 화색을 띠었다.

"오매! 묵이 스님이 도통하긴 했나 보네. 진짜 거지…… 어 아니 거시기가 있네."

동자승은 앳된 눈동자를 위아래로 굴리면서 비렁뱅이보다 초췌한 나의 행색을 유심히 살폈다. 녀석이 물었다.

"같이 가실까요?"

"……."

뜬금없는 질문에 반응조차 하지 않았다. 녀석이 다시 물었다.

"우리 스님이 오시午時에 비비정에 가면 거지가 있으니까 무조건 끌고 오라고…… 아차! 길게 말하면 말을 안 듣는다고 했지."

"스님의 법명이?"

"진묵."

"진묵이라면……."

기억을 뒤져 진묵을 찾았다. 오 년 전 봄. 금구로 가는 길에 모악산 수왕암에 들렀다. 이제 모악산만 넘으면 금구였다. 마음이 벅찼다. 호남과 영남을 이어주는 산들을 보면서 한마디 했다.

"간위산艮爲山이라. 산에서 시작해서 산으로 끝나는구나. 좁아터진 터전에 진짜 산밖에 없네."

"얼씨구! 무예를 몸에 지녀서 먹물과는 거리가 먼 줄 알았더니만 글자깨나 주워 담았네."

누군가의 조롱 섞인 말에 식었던 땀이 다시 솟았다. 주변을 살폈다. 몸통이 집채만 한 바위 꼭대기에 중놈이 있었다. 누더기를 걸친 채 호로병을 흔드는 모습이 영락없는 미친 중이었지만 찢어진 눈매에서 뿜어져 나오는 눈빛은 강렬했다. 저자가 혹시 대원사 노승이 이야기하던 미친 땡추 진묵……

"수왕암을 지나다 보면 거시기 새파랗게 젊디젊은 중놈의 새끼가 거시기 커다란 거북바위에 앉아서 허구한 날 술을 곡차라고 우기며 마시고 자빠졌는데…… 청정한 불법을 빙자하여서 분탕질이나 치는 천하의 미친 중놈이니 모른 척하고 그냥 지나치게. 그나저나 오늘도 미치광이 묵이 밥을 빌어먹으러 오려나."

웃으며 흘려버렸던 대원사 노스님의 이야기를 곱씹는 사이 진묵은 얼큰하게 술이 올라 붉어진 얼굴로 주사를 부렸다.

"대장부는 나설 때와 물러설 때를 잘 알아야지. 가던 길은 물리고 선술이나 배우게. 아차! 아이처럼 여린 마음에 황소마냥 우직한 고집이라. 뒷걸음질을 배우지 못했구나."

젠장, 저 인간 도대체 정체가 뭐야. 꼬락서니는 딱 미친 중놈인데 명경처럼 내 마음을 비춰내는 말발은 섬뜩했다.

"똥통 같은 도를 통하면 뭐하냐. 대갈통만 아프지. 안다고 종알대자니 주둥이가 찢어질 것만 같고 가만있으려니 가슴이 찢어질 것만 같고 터진 입이라고 터놓고 말할 수 없는 이내 심정을 누가 알까. 미치겠네. 정말로."

'저 미친 중놈이 뭐라고 중얼거리는 거야!' 속으로 진묵을 욕하면서 구시렁댔다. 한데, 진묵이 황당한 부탁을 남긴 채 사라졌다.

"갈림길에서 갈 길을 정했으니 그것이 거지의 운명이겠지. 세상 인간들 죄다 무시하는 걸개가 숙명에 좌절하여 절망하는 날. 그때 다시 만나면 형님이라 불러줘. 네놈처럼 걸개의 교만이 저 하늘을 찌르는 놈한테 형님 소리만 들어도 감지덕지해야지."

나는 운명이라는 야살스런 놈에게 패퇴하여 몸을 부대끼며 정을 꽃피웠던 인존들을 모두 잃었다. 실낱같은 희망만 부여잡고 고부로 향하는 지금 홍양을 떠날 때처럼 텅 빈 빈손만이 비렁뱅이와 함께했다. 허전한 빈손이 허탈하다고 느껴질 때 문득 진묵이 나를 찾는 이유가 궁금했다.

"어느 절이지?"

"봉서사."

"가자."

그제야 동자승은 참아왔던 너스레를 떨기 시작했다. 고려 최고의 도승이었던 나옹을 끌어와서 봉서사의 유서에 광을 내다 지눌까지 끌어들였다. 동자승의 장광설이 끝날 기미를 보이지 않았다. 종남산과 서방산이 만나는 계곡의 초입에 이르자 이야기할 거리가 떨어져 입맛만 다시던 동자승은 무심결에 비구니 이야기를 시작했다. 이년 전 가을 무렵 진묵이 아리따운 처자를 데리고 오더니 출가를 시켰다고. 그 순간 머릿속에 번개가 쳤다. 비구니에 대해서 단 한마디도 묻지 않았다.

칠성각에서『금강경』을 읽는 소리가 낭랑했다. 오년 전『예기』를 읽던 옥정의 목소리가『금강경』을 읽는 목소리와 포개졌다. 눈시울이 뜨거워졌다. 지난날들이 주마등처럼 뇌리를 스쳐 지나갔다.

"이젠 아렸던 운명과 이별해야지."

진묵이 곁으로 와서 숙명에게 참패한 패자의 참담한 눈물을 달래 주었다. 수왕암에서 만났을 때보다 말쑥했지만 여전히 곡차가 담긴 호로병은 손에서 놓지 않고 있었다.

"인과因果는 지공무사하지. 동생을 만난 것도 다 인연이지 싶었어. 해서 인연의 꽃이 길한 열매를 맺길 바라는 마음에 천도를 벗어나지 않는 개입을 해 보았네."

진묵은 잠시 말을 멈추고는 곡차를 들이켰다. 호쾌하게 호로병을 빨아대더니 꺼억! 하는 트림과 함께 다시 말을 이었다.

"도道를 깨친다. 그거 좋게 말해서 미치는 거야. 어설프게 미치면 얼간이가 되고 제대로 미치면 광인이 되지. 아마 미친 정도로 따지면 자네 부친이 조선 팔도에서 으뜸이겠지. 내가 다음. 아무튼 우리는 인간사에 개입하지 않으려고 하네. 한데 미친 정도가 나랑 비등한 구봉이라는 자가 있지. 구봉은 미쳤지만 조금 정상이야. 그러니 그는 개인적인 원한의 앙갚음을 이용해 지독하게 싫어하는 조선에 분탕질을 쳐 버렸지. 원한이 얽힌 문제라서 나도 어찌할 수 없었네. 안타깝지만."

진짜 할 말이 없었다. 도대체 도를 깨쳤다는 인간들은 뭐가 이렇게 복잡한지. 인간사에 도움도 못줄 거라면 굳이 도道를 왜 통했대. 차라리 똥은 거름이라도 하잖아. 제기랄, 수많은 생명들이 죽었는데 뭔 놈의 도 타령이더냐. 점점 속에서 천불이 났다. 진묵이 내 속내를 읽었는지 변명을 했다.

"미안하네. 도움을 못 줘서. 한데 천도를 어길 수는 없었네. 때가 아닌데 떼를 쓴다고 되는 일도 아니었고 무엇보다도 인간들 사이의 원한은 조물주조차 어쩔 수가 없어. 부처님도 중생의 원한의 고를 풀지 못했으니까. 애초에 원한의 씨앗이 뿌려지지 말았어야 했는데. 하여간 내가 할 수 있는 개입은 그저 그대와 옥정의 연을 이어주는 것뿐. 좀 부끄럽지만. 에이, 도통하지 말 걸 그랬어."

솔직히 진묵이 고마웠다. 진묵의 손길마저 없었다면 지금 옥정은 세상에 없을지도 몰랐다. 옥정이 봉서사에서 비구니로 있을 거라고 상상조차 못 했다. 어쩌면 옥사의 피바람을 피해 가는 가장 안전한 길이었으리라.

"형님, 고맙습니다."

"형님, 그거 좋네. 스님 소리만 들어서 귀가 가려웠는데……."

"혹시 형님처럼 깨달은 이들도 인과因果에 떨어집니까?"

"흠…… 여태껏 나를 당혹케 하는 질문은 동생이 처음이군."

잠시 말가리를 가다듬던 진묵이 답을 내놓았다.

"세상은 인과의 텃밭일 뿐이야. 인간은 조밀한 인과의 그물에 걸려서 지금 이 순간도 인연의 씨앗만 열심히 뿌리지. 인연의 꽃이 진실하면 열매도 참된 법. 흉한 꽃은 흉한 열매를 맺을 뿐이고. 몸을 소유한 생명은 절대 인과의 터전을 벗어날 수 없어. 깨달은 생불도 마찬가지. 그저 그들도 인과에 어둡지 않을 뿐이네. 불매인과不昧因果."

말은 엿처럼 달착지근했다. 그렇다고 끈적이는 인과因果가 엿같이 달라붙은 인생이 달라지는 것도 아니었다.

"알건 모르건 인과를 벗어날 수 없는 건 매한가지군요."

"매昧와 불매不昧의 차이겠지."

"인과의 뒤웅 안에서 명明과 불명不明은 무의미한 차이겠죠."

"그렇지."

"아니! 그렇지 않아."

무심한 목소리가 대화에 끼어들었다. 옥정이었다. 그녀는 독경을 끝마친 뒤 칠성각에서 줄곧 대화를 엿들은 듯했다. 나는 옥정과 두 눈이 마주쳤다. 아무런 말도 없이 마주 보면서 오랜 시간을 흘려보냈다. 아무도 말을 하지 않았다. 산사의 풍경만이 소리 내어 울었다. 말끔하게 지워냈다고 여겼던 악몽이 풍경 소리에 다시 깨어났다. 몸속 깊숙한 곳에서 역겨운 피비린내가 밀려 나와서 몸과 마음의 갈라진 틈새를 비집고 시간의 강물을 거슬러 되돌아가기 시작했다. 거꾸로 가는 시간도 빠져나가는 피비린내도 부여잡지 않았다. 모두 놓아서 보냈다. 말끔히.

정한情恨

만물이 영그는 가을. 내게는 서글펐던 시절이요 잔인했던 계절이었다. 어미 없는 호래자식의 삶이 시발한 시절이요, 사화의 피바람으로 벗들과 이별한 계절이었다. 단풍으로 풍만해진 숲길도 거지에게는 너무 버거웠다. 단풍잎이 눈부셔서 남몰래 눈물만 훔쳤으니까. 작물을 가을하는 계절이 더는 서럽지 않았고 옥정의 현존으로 인해서 슬픈 세상이 더는 슬프지도 않았고 고독한 계절이 더는 외롭지 않았다. 가을비에 젖는 우수조차 견뎌낼 만했다. 메마르고 빛이 바랜 죽은 감정들은 산뜻한 가을바람에 날려 버렸다. 새로운 감정들이 찬연한 추풍에 꿈틀대며 생동하자 표류하던 일상들이 생기를 얻고 갈피를 잡아나갔다. 지래산 자락에 초막을 마련했다. 산그늘에 척박한 자갈밭을 비웃으며 차茶나무가 듬성듬성 자생했다. 서릿발도 살가운지 차나무들은 세상의 모든 꽃이 꽃을 떨어뜨린 늦가을에야 수줍은 꽃들을 피워냈다. 바람에 꽃들이 은은한 향을 피워내자 지래산 자락은 차향에 물들었다. 몸도 잃어버린 중심을 되찾았다.

시간이 조화를 부렸다. 시간의 물결 속으로 과거의 아린 기억들을 흘려보냈다. 야위었던 옥정의 몸피가 본래의 모습으로 되돌아갔다. 마음의 생채기가 치유되자 그녀의 닫혔던 마음의 문이 열렸다. 그녀가 힘겹게 기억의 조각들을 조합했다.

운명은 때론 우연이요 때론 필연이었다. 때로는 의지의 문제였다. 선택과 배제를 판가름하는 주체적 결단이 운명을 가늠했다. 운명이 늘 그런 것은 아니었다. 얄궂은 운명은 변덕이 심했다. 배짱을 앞세워서 덤벼도 요지부동이던 운명은 때론 무심하게 대처하면 꼬랑지를 감췄다. 낯짝이 여럿인 운명 앞에서 인간은 늘 갈팡댔다.

옥정은 산운의 앙탈에 이끌려 단풍구경을 나섰다. 한데, 고부에서 유숙하던 날 밤 사달이 났다. 산운이 밤을 틈타 평소에 탐하던 옥정의 몸을 범하기 위해서 그녀가 잠든 방으로 잠입했다. 산운이 그녀의 닫힌 가슴을 열려고 할 때 건장한 사내들이 들이닥쳤다. 사내들은 산운을 흠씬 두들겨 팼다. 이후에 옥정을 가마에 태워 어디론가 데려갔다. 가마는 종남산 초입에서 멈췄다. 마침 진묵이 나타났다. 진묵은 옥정을 봉서사로 데리고 갔다. 안정을 취하던 옥정은 옥사의 피바람이 잠잠해지자 진묵과 함께 금구로 갔다. 그러나 그곳에서 그녀를 기다리는 것은 숯으로 채워진 큰 웅덩이뿐. 여립의 집은 송두리째 사라지고 없었다. 옥정의 무너진 가슴이 다시 허물어졌다. 진묵이 그녀의 부들대는 어깨를 다독였다. 진묵은 낭설로 뒤덮인 풍문에서 진실과 거짓을 구별해 주었다. 잠자코 그녀의 이야기를 듣는 사이 뚜렷했던 흥양의 산들이 어느새 흐릿해졌다. 나는 울지 않으려고 애썼다. 그녀도 어깨만 들썩였다.

"삼키지 마라. 울음은······ 토하는 것이다."

아버지가 오랜만에 찾아왔다. 아버지는 옥정의 흔들리는 어깨를 다독인 뒤 잔소리를 늘어놓아 그녀가 편히 울 시간을 열어주었다.

"정情과 한恨은 함께하는 놈들이야. 부대끼며 정을 꽃피웠던 몸이 소멸하면 한이 피어나지. 몸뚱이 때문에 인간들은 애초부터 염치와 정한을 동시에 갖고 태어나는데, 인간들이 영악해서 염치는 버려도 정과 한은 쉽게 떼지 못해. 깨달은 인간들도 정과 한이 뒤엉켜서 만든 원한의 고해를 벗어나지 못하니까 너무 슬퍼하지 마. 애당초 인간은 고독한 거야. 원초적인 고독을 넘어서려면 몸을 비비며 더불어 살아야지. 너희도 이젠 몸을 좀 비비면서 살아! 그러면 한이 사그라지고 정이 싹틀 것이여."

옥정은 울음을 그쳤고 나는 얼굴이 빨개졌다. 아버지가 허둥대는 나의 모습을 보며 이해할 수 없는 이상한 말을 덧붙였다.

"사물은 수數를 품고 생겨나고 그 수를 주재하는 존재가 신神이다. 신과 소통하는 길은 인간의 일심이지. 운명의 문턱을 넘으려면 일심으로 신을 주재해서 생명의 수를 조절한다면 모든 것이 바뀌겠지. 물론 목숨을 걸어야겠지. 쉽지 않은 일이니까 그냥 신천옹信天翁마냥 하늘만 믿고 살아라. 장차 세상을 뒤바꿀 거대한 바람이 불면 그때 날개를 펼쳐 바람을 타고 세상의 끝까지 날아보아라. 아직은 때가 아니지만 언젠가는 장대한 바람이 불어올 게다."

도무지 무슨 소리인지 알 턱이 없었다. 옥정도 나도 그저 아버지의 얼굴만 바라보았다. 잘난 척하려다가 머쓱해진 아버지는 난발만 벅벅 긁더니 마지막 말만 남기고 멀어져갔다.

"외로운 인간들끼리 몸뚱이를 비비면서 살다 보면 제법 살아가는 재미도 생겨. 설움만 곱씹으면 심장은 녹고 애간장은 타서 제명에는 살 수가 없어야. 되돌아보지 말고 살아."

민황

　지금껏 피똥을 싸는 심정으로 엿처럼 끈적거리는 과거를, 거지가 감당하기엔 버거웠던 기억을 씻어냈다. 찌든 때처럼 뇌리의 표피에 눌어붙어 지분대던 기억이 시커먼 국수마냥 말려서 떨어졌다. 흔적 없는 바람 속으로 시간마저 소멸하는 판에 제까짓 기억들이 대수냐 싶었다. 젠장, 아니었다. 희미한 윤곽으로 내리의 중심에 자리 잡은 허무는 좀체 지워지지 않았다.

　몸에 깃든 피꽃을 꺾고 몸에 스민 피비린내를 제거하려면 눈꽃에게 빌붙는 수밖에 없었다. 정녕 마음을 좀먹는 자주 빛깔 기억들이 까칠했다. 온갖 욕설을 동원해 몹쓸 기억을 저주해 보았지만 소용이 없었다. 오히려 눈에 덮이는 지래산을 보자 기억의 저편이 하얗게 변하면서 지나간 시간의 마디들이 찰나에 압축되어 펼쳐졌다.

조물주가 주물럭댄 적막한 대지 위로 색깔의 추상화가 펼쳐졌다. 마치 그것은 하얀 허공에 붓으로 그려낸, 움직이는 그림마냥 선명했다. 그것은 포개진 기축사화의 기억이자 피의 향연이었다.

텅 빈 대지에 새하얀 눈보라가 밀려왔다. 차갑게 얼어붙은 땅의 바닥에 따스한 눈이 내리자 대지는 하얗게 하나가 되었다. 눈 내린 대지는 평온했다. 눈밭의 고요를 가르며 새빨간 망울들이 설핏하게 솟았다. 눈바람이 점점 더 거세졌다. 거친 눈보라 속에서 망울들은 서로의 몸뚱이를 비비며 함께 온기를 나눴다. 핏빛 망울들의 어설픈 몸부림이 애처로웠다.

적시에 죽음의 화살이 허공을 갈랐다. 이념의 시비是非가 차별의 시위를 당기자 시퍼런 살이 바람을 갈랐다. 하나로 뭉치던 시뻘건 망울들이 살에 맞아 터졌다. 피눈물이 흘러 대지를 적셨고 핏방울이 흩날려 하얀 눈밭을 붉은 피꽃으로 수놓았다. 빗맞은 망울들은 혈루만 흘렸다. 하염없이.

바람 빠진 희망은 절망으로…… 다시 원망으로…… 마침내 피맺힌 원한으로 피어났다. 하소연할 판관도…… 한풀이할 무녀도…… 전무했다. 허무한 죽음만이 낭자했다.

그렇게 사라져 버린 대동의 바람은 그날의 기억들 속에서만 소용돌이쳤다. 그러나 아무리 몸부림쳐도 차별의 굴레를 벗어나서 해탈하지 못했다. 핏방울로 얼룩진 새하얀 대지 위로 다시 눈이 내렸다. 세상은 새로운 설국이 되었다.

그러나 그날의 기억들은 새빨간 심장 속에서 다시 펄떡였다. 실로 거침없는 겁살의 순간이요. 살이 떨리는 학살의 현장이었다. 천치인 치자들이 개염의 올가미에 걸린 무고한 생명들의 피로 잔치를 벌였다. 오직 이념과 이끗만 판치는 치밀하게 준비된 잔치에 치가 떨렸다. 피비린내 진득한 사화의 피바람이 조선을 뒤덮자 조선의 산하가 시끌벅적했다.

차별과 대동의 대극. 개염과 염치의 상극. 그 비극이 빚어낸 피꽃은 민민한 민황들의 마음에 한恨의 옹이들을 쑤셔 박았다. 틀어박힌 옹이들이 욱신대도 무지렁이들은 울음을 삼켰다. 숨죽인 울음은 옥사獄事의 정의正義를 위한 희생제의가 끝났음에도 멈추지 않았다. 아니, 절대 멈출 수가 없었다. 내리는 눈처럼 불어오는 바람처럼.

눈바람에 날개를 접었던 민황民皇의 꿈이 꿈틀댔다. 망각의 빗장이 벗겨졌다. 마음의 화폭에 핏빛 묵화가 피어났다. 마음의 빈자리를 기억의 붓끝이 채워갔다. 몸에 깃든 기억들은 묘파描破의 바람에서 비롯된 붓질에 빌붙어 마음의 여백을 먹빛으로 물들였다. 미쳐서 날뛰는 붓놀림은 감당조차 힘겨운 기억들을 마음결에 담으려고 터울댔다. 남김없이 밝히어 그려내기란 몸으로는 결코 닿을 수조차 없는 수평선이었지만 색色을 버리고 망각의 늪에 숨어있던 수많은 사건들이 하나로 모여 묵화로 피었다.

그것은 마음의 중심에 가뭇한 기억들로 그려낸 담묵빛 도화였다. 그것은 바람을 타고 비상하려던 민황의 꿈이 절망의 벽에 가로막혀 날개를 접었던 좌절의 시간이었다.

그 좌절의 시간을 다시 곱씹었다. 임진년 새해 벽두부터 하늘에서 쏟아지는 햇눈을 보자, 텅 빈 공간을 촘촘히 채워주는 눈송이를 보자 다시 마음이 울컥했다. 나는 손바닥을 펼쳐 눈송이를 받아냈다. 사르르 녹아서 물이 되는 눈을 보면서 땅의 맨바닥을 맴도는 피맺힌 원혼들의 원한도, 망념의 테두리를 둘러싼 저 몹쓸 기억도 눈에 덮이기를 바랐다.

눈꽃은 무욕無慾의 꿈을 품고 피었다. 무욕은 일체의 욕망을 버리려는 모순된, 아니 이중적인 욕망이었다. 무욕은 자잘한 욕심들이 사라진 텅 빈 마음과 합일하려는 궁극의 욕망이니 무욕의 이중성은 무無의 역설에서 비롯되었다. 가득 참과 텅 빔을 동시에 내포하는 무無는 생명의 본바탕이자 세계의 참모습이었다. 생명은 늘 생의 시작과 끝을 무無와 함께했다. 만물은 기필코 무無에서 하나로 만났다.

"풍, 멍하니 또 무슨 생각에 잠긴 거야."

눈사람처럼 반석에 얼어붙은 나를, 아니 눈꽃에 달라붙어 과거를 헤매던 상념을 옥정이 깨웠다. 찰나의 순간 지나간 날들이 뇌리를 벗어나서 소멸했다. 쌓인 눈을 보자 심한 자괴감이 밀려왔다.

피비린내 진득한 인간사의 변두리에서 과연 나는 무엇을 했던가. 매양 망념에만 사로잡혀 행동하길 망설였던 졸장부가 아니었던가. 화자의 바람. 민황의 꿈. 전부 부질없는 망상일 뿐이었다. 품격 있는 걸개이기를 자처하다가 나에게 남은 것은 상처받은 자존심뿐. 갈기갈기 찢긴 꿈의 조각들이 처참했다.

비극의 변두리만 맴돌면서 방관한 내가 정말 나쁜 놈일까. 칼춤을 추다가 장렬하게 뒈졌어야만 했는가. *아니다! 거개가 걸개인 나처럼 살았다. 세상의 주변부에서 주저하다가 세상과 작별했다. 그런 삶도 삶이니 자책하지 말자. 거지가 좁은 마음과 작은 몸짓으로 살아간들 누가 탓 하리. 그저 세상에 작은 마음만 보태줘도 힘이 되니까. 소심한 마음들이 모이고 사소한 몸짓들이 뭉치면 능히 새로운 변화의 바람을 몰고 왔으니까.*

터놓고 말해서 나는 그녀의 현존만으로도 복福된 거지였다. 그녀가 나와 함께 바람의 길을 걷는다면 짓밟혀서 뭉개진 걸개의 꿈을 다시 꿀 수 있을 것이다. 흩어졌던 티끌들을 힘겹게 모아서 뭉쳤다.

주체의 존엄에 대한 자각. 민황民皇의 정신. 상위相鳥의 몸짓. 의로움의 조화. 한 몸一心에 기댄 존재의 평등한 가치. 개염에서 해방된 염치廉恥. 욕망으로부터의 해탈解脫. 반국의 바람. 대동의 꿈은 수줍은 마음들이 모여서 하나가 될 때 현실이 되리라. 해맑은 마음들이 모여 하나가 되는 때는 영원한 시간 속에 찰나의 점이리라. 묵은 하늘과 묵은 땅이 마모의 물레질에 닳아서 티끌들이 되고 티끌들이 다시 모여 새로운 하늘과 땅으로 열리는 순간 뭇 마음들은 하나로 만나리라.

옥정과 함께 차를 마셨다. 차향을 타고 그녀의 몸내가 몰려왔다. 순간 몸이 묘한 열기에 휩싸였다. 이런, 몸이 또 지랄이네. 불타는 가슴을 식히려고 나는 방문을 활짝 열어 재꼈다. 소복소복 쌓이는 눈으로 세상은 새하얀 설국이었다. 잦아들던 눈발이 탐스런 함박눈으로 변하며 텅 비어 안쓰러웠던 하늘땅 사이를 촘촘히 채웠다.

옥정의 은은한 향기가 다시 공허한 마음의 중심을 촉촉이 적셔주었다. 옥정은 묵묵히 차만 마셨고 나는 곁에서 그녀의 낯꽃만 살폈다. 그녀의 얼굴이 붉어졌다. 얼어있던 그녀의 마음을 눈이 녹였는지 상큼한 기운이 밀려왔다. 나도 몰래 설렜다. 불쑥, 몸이 본능을 따라서 마음으로 통제할 수 없는 원초적 몸짓을 향해 다가갔다. 마음으로는 무수히 품어왔던 옥정을 난생처음 몸으로도 품었다. 옥정도 수줍게 마음의 문을 열고 몸으로 나를 받아들였다.

태시太始에 세상의 문을 처음으로 열었던 음양의 몸짓이 잔잔하게 율동을 시작했다. 열린 문을 통해 세상이 소통하듯 열린 방문을 통해 눈바람이 밀려왔다. 열린 방문 밖 세상에는 여전히 눈이 내렸다. 탐스러운 눈송이가 따스한 눈바람을 방안으로 밀어 넣자, 우리의 몸짓은 한 폭의 자수를 함께 수繡놓았다. 그것은 시간의 족쇄를 풀고 영원으로 나가려는 찰나의 몸짓. 한 땀 한 땀 마음으로 빚고 몸으로 수를 놓았다.

자존의 마음과 염치의 몸짓이 하나로 뒤엉켰다. 희미한 윤곽으로 내리의 중심에 자리 잡았던 허무는 여인의 서툴지만 살가운 손길을 따라 한 올씩 수놓아지는 색실로 채워졌다. 빛바랜 수묵화는 사라지고 오색의 다채로운 자수가 뇌리를 감쌌다. 본디 마음의 빛깔은 빛조차 무색하게 만드는 눈부신 황금빛이었다. 현존들은 원시의 몸짓을 통해 내면의 빛을 되찾기 시발했다.

대동大同은 하나의 몸짓. 현재를 함께하는 존재들과 원융圓融하는 몸짓. 서로의 허물을 덮어주고 서로의 결핍을 채워주는 몸짓. 그러한 몸짓들을 통해서 대동의 길이 펼쳐졌다. 지존한 몸과 존귀한 몸짓이 대동의 첫걸음이었다. 하나 된 엉킨 몸짓으로 현존들은 자존을 회복했다. 자존自尊. 그것은 현존現存이 민황民皇의 절대적 가치와 존엄을 스스로 깨우쳐 아는 일이었다.

내리는 눈에 덮이고 대동의 몸짓 속으로 소멸하는 과거의 기억들. 차별의 벽에 가로막혀 무너진 무지렁이들의 덧없는 몸짓을 세상은 기축사화라 불렀고 나는 그것을 화자花子의 바람이라 여겼다. 언젠가 나비의 멋진 날갯짓으로 부활하여 민황民皇의 세상을 열어줄 산들바람!

바람을 타고 뜻이 하늘에 닿으니
필연코 민황의 시대가 펼쳐지리라.

　시대마다 민民을 비유하는 수사修辭는 변해왔다. 풀에 비유된 민초民草의 시대에서 주인에 비유된 민주民主의 시대까지. 시대를 막론하고 국가의 근본根本은 국민이었으나, 국민이 늘 그러한 대접을 받은 것은 아니었다. 그러함에 민중은 언제나 주체의 존엄을 회복하고자 애썼다. 민중의 저항의 몸짓은 혁명의 횃불에서 축제의 촛불로 진화했지만 위정자들의 행태는 야만의 시대에 머물렀다.

　이제는 민황民皇의 시대로 도약할 때이다. 여태껏 존귀한 존재들, 예를 들면 하늘의 천제나 땅의 황제 또는 만물의 주재자를 의미했던 황皇을 이제 민民의 짝으로 만들어주자. 이것이 민황의 탄생 배경이다. 존재론적인 시각에서 존재의 존엄을 찬미하고픈 민황의 꿈. 그 꿈을 소설로 그리자. 그것이 화자花子의 바람이다. 바로 헐벗은 대지 위에서 빌어먹는 비렁뱅이의 꿈.

하늘과 땅에 빌붙어 생명을 영위하는 인간은 본질이 비렁뱅이지만 존귀한 존재다. 일찍이 그것을 깨닫고 그것을 몸으로 구현했던 이들이 있었다. 신분의 차별이 당연했던 군왕의 시대에 대동의 이념을 실현하기 위해 대동계를 조직했던 정여립. 단재 신채호는 정여립을 동아시아 최초의 공화주의자로 평가했다. 다산 정약용은 대동계를 빌미로 벌어진 기축옥사己丑獄死를 역모가 아니라 붕당 간의 정치적인 이해관계가 얽힌 사화士禍로 규정했다.

소설『민황』은 사화의 심장부를 관통하지 못하고 주변부를 맴돌며 철학적인 탐색에 주력했다. 곳곳에 철학적인 의미를 함축한 표현들을 제멋대로 나열하는 바람에 지루함을 피할 수 없었다. 역량의 한계를 절감했다. 지나간 시간 속에 묻혀버린 사화의 실상을 복원하려면 죽은 원혼들을 초혼招魂해서 진실을 판가름해야 하리라. 그것은 불가능한 일이었다. 불가피하게 철학적인 접근법을 선택했다. 따분함을 피할 수는 없었지만 핑계 거리는 존재했다. 사화라는 피의 자갈길을 걸었던 원혼들의 몸짓은 재미라는 감각적인 기호嗜好만으로 판별할 대상이 아니라는 사실과 여전히 불변하는 조선의 민낯과 차별의 욕망을 반추하려면 대동세계를 꿈꿨던 무지렁이들의 몸부림을 다시 조명할 필요가 있다는 진실이 마음에 위로가 되었다.

민초의 굴레를 벗고 민주의 시대로 진입했으나 무늬만 민주일 뿐 차별만이 찬란했다. 권위를 앞세운 차별 앞에서 힘들게 깨친 민주民主의 참뜻은 무색했고 짓밟힌 존재의 존엄은 무참했다. 다시 주체의 존엄에 대한 자각이 필요했다. 상실된 실존의 위엄을 회복하고파 대동大同의 이념에 주목했다. 기축사화가 마음에 걸렸다. 대동계를 조직해 차별 없는 신세계를 그리며 묵은 세상에 저항했던, 시대를 앞서 살았던 대동계 동아리. 그들과 연루된 무고한 생명들의 희생. 무수한 무지렁이들이 지렁이마냥 짓밟혔다.

마음이 아렸다. 나의 울음이 먼 기축년의 하늘에 닿아, 죽어 하늘로 오르는 원혼들의 마음에 닿기를 바라며 나는 마음으로 길게 울었다. 동서붕당에 뿌리를 둔 이념理念의 시비是非와 원한의 앙갚음과 시샘하는 개염들이 뭉쳐서 단단하게 굳은, 한국사의 슬픈 옹이들을 글로 풀어내고 싶었다. 그것은 해원解寃의 글판이었다. 대동大同 두 글자를 칼 삼아, 한국사에 비극의 씨를 뿌리고 한국인의 정情에 한恨을 싹틔운 기축년의 옹이를 글로나마 도려내고 싶어서 슬픈 원혼들의 해원굿을 글판으로 벌였다.

주저했다. 역설逆說이 판치는 역사 앞에서 나는 붓을 들기가 두려웠다. 역사는 붓으로 기록되기에 모순矛盾되었다. 불의와 정의가 막역했고 거짓과 진실은 막연했다. 붓끝의 율동이 행과 간을 구별해서 행行으로 불의와 정의가 뒤엉킨 사실을 기록할 때 텅 빈 간間은 숨죽여서 우짖는 진실을 배척하지도 차별하지도 않았다. 진실은 막막하여 깊이조차 가늠할 수 없는 간 속에서 들리지 않는 울음을 울었다. 진실의 울음은 아렸고 대동의 참뜻은 처량했다. 붓끝으로 진실과 정의 그리고 역사와 진리를 훔치는 대도大盜가 되지 않기를 바라며 허구의 붓을 들었다. 언젠가 삶에 관한 공부가 차고 넘쳐 사색이 누렇게 여물면 사유의 붓을 들어 실지에 부합하는 상위相爲의 글판을 펼쳐내고 싶다.

반국叛國의 바람이 애틋했다. 좌우의 이념적인 시비보다 입에 풀칠할 생업을 중히 여기는 현실이, 넉넉하게 먹고 입길 바라서 반국을 꿈꿨던, 신분보다는 재화의 차별에 마음이 더 쓰였던 해서 지역 대동계 동아리의 처지와 다르지 않았다. 재화才華를 꽃피울 재화財貨를 바라는 현실도, 살갑게 차별하고 서럽게 차별받는 세태도 그때와 전혀 다르지 않았다. 넉넉한 재화의 표준과 정당한 차별의 기준만 바뀌었을 뿐 달과 별이 신화의 가면을 벗은 오늘날에도 변하지 않는 몸과 몸짓으로 인해 변한 것은 없다.

인간은 몸과 몸짓의 굴레를 벗어나지 못했다. 몸이 인간의 실존을 담보하는 실체實體라면 몸짓은 인식認識의 기반인 현상現象이다. 물론 이것은 빗대어 설명하는 달의 빈 그림자일 뿐이다. 몸과 몸짓은 비유이자 언어의 껍데기다. 경험의 기반인 몸과 몸짓 너머를 비추는, 마음의 체용體用, 즉 마음의 본체와 작용이, 몸의 보편성과 몸짓의 개별성이 불일불이不一不二하다는 상징이다. 달을 가리키는 손가락일 뿐 달이 아니다. 정말 중요한 것은 몸짓으로 드러나는 몸의 현존이다. 인식의 지평은 넓어지고 몸짓은 다채하게 변했지만 실존의 중심인 몸은 변하지 않았다. 그러함에 인간은 마냥 같은 몸과 다른 몸짓 사이를 살아갔다.

현존現存은 현재를 살아가는 실존이다. 지금 이 순간 함께 숨을 쉬면서 살아가는 현존은 세상의 중심이다. 현존의 삶은 미화된 과거에 기대는 삶도 미정된 미래를 위해서 희생하는 삶도 아니다. 몸과 몸짓의 사이에, 지금과 여기의 자각에 삶의 의미가 있다. 현존은 세상의 어떤 가치보다 우선한다. 차별의 몸짓도 시비의 다툼도 신념의 다름도 존재의 현존 앞에서는 무의미할 뿐. 현존은 실재만으로도 가치가 있다. 도구화된 존재가 아니라 현존만으로 서로를 품에 안을 때 세상은 따스해지리라. 이곳만 따지는 믿음을 넘어서 넉넉한 마음으로 서로의 존재를 신뢰할 때 세상은 족히 아름다워지리라. 이제는 현존의 존엄을 회복할 때이다. 그 시대의 소망을 위해, 지천하나 존귀한 민황의 세상을 위해, 상것들이 살맛나는 상놈의 세상을 위해 민황을 바친다.

늘 모든 곳에 있다! 모든 것이 늘